Christian Handel

ROSEN
&
KNOCHEN

Die Hexenwald-Chroniken

Band 1

DRACHENMOND VERLAG

Drachenmond Verlag
Auf der Weide 6
50354 Hürth
www.drachenmond.de
info@drachenmond.de

Umschlaggestaltung: Marie Graßhoff
Lektorat: Alexandra Fuchs
Korrektorat: Michaela Retetzki
Satz & Layout: Astrid Behrendt
Bildmaterial: Shutterstock
Druck: Booksfactory

ISBN 978-3-95991-272-3

© Drachenmond Verlag 2017

ROSEN
&
KNOCHEN

Die Hexenwald-Chroniken

Geisterkinder führten uns zum Haus der Hexe.

Wie Irrlichter blühten sie als durchsichtige Schemen im Wald auf, schweigend und eine Handbreit über dem Boden schwebend. Sie markierten einen Weg, dem wir offensichtlich folgen sollten, über Baumwurzeln und unwegsames Gelände hinweg. Jedes Kind wies mit einer Hand in die Richtung, in welche wir uns durchs Unterholz schlagen sollten – bis zu der Stelle, an der wir den nächsten Geist trafen. Keiner von ihnen begleitete uns, aber ich konnte ihre Blicke im Rücken spüren, sobald wir an ihnen vorbeizogen.

»Nach allem, was die Dorfbewohner erzählt haben, hätte ich mit etwas Angsteinflößenderem gerechnet«, sagte Rose, während ich, von ihrem festen Griff gestützt, auf einen verwitterten Baumstamm kletterte. Er überspannte eine Schlucht als natürliche Brücke.

»Angsteinflößender?«

Ich hob die Augenbraue, was sie natürlich nicht sehen konnte. Vorsichtig setzte ich meinen linken Fuß vor den rechten.

»Trägt er dich?«, fragte Rose stattdessen. Ich spürte ihre Hände an meiner Hüfte. Sie würde mich nicht stürzen lassen. Also belastete ich mein linkes Bein mit meinem vollen Gewicht. Der Stamm hielt.

»Vermutlich können wir es wagen«, murmelte ich und machte einen weiteren Schritt. »Er ist morsch, aber stabil.« Ich

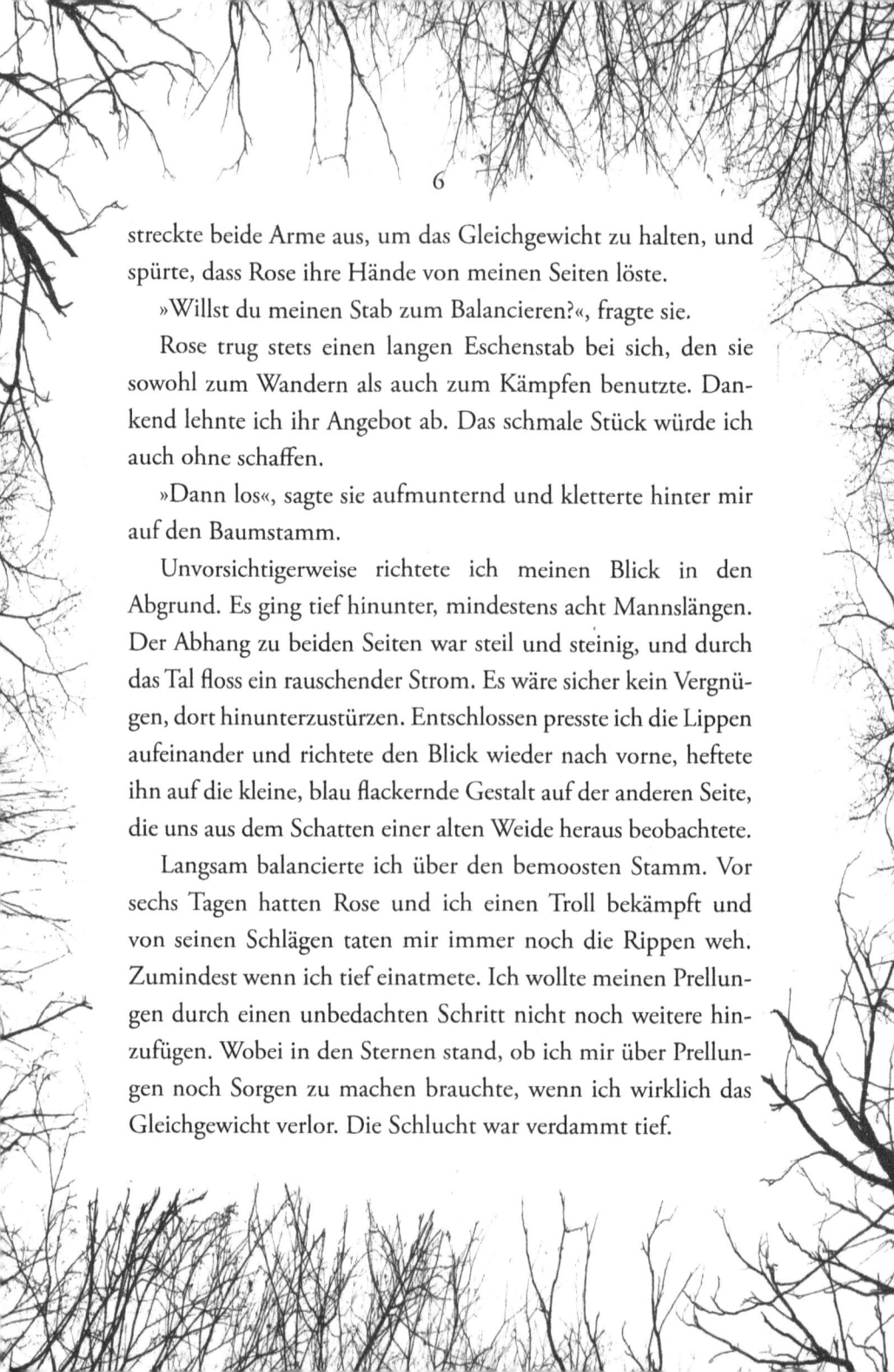

streckte beide Arme aus, um das Gleichgewicht zu halten, und spürte, dass Rose ihre Hände von meinen Seiten löste.

»Willst du meinen Stab zum Balancieren?«, fragte sie.

Rose trug stets einen langen Eschenstab bei sich, den sie sowohl zum Wandern als auch zum Kämpfen benutzte. Dankend lehnte ich ihr Angebot ab. Das schmale Stück würde ich auch ohne schaffen.

»Dann los«, sagte sie aufmunternd und kletterte hinter mir auf den Baumstamm.

Unvorsichtigerweise richtete ich meinen Blick in den Abgrund. Es ging tief hinunter, mindestens acht Mannslängen. Der Abhang zu beiden Seiten war steil und steinig, und durch das Tal floss ein rauschender Strom. Es wäre sicher kein Vergnügen, dort hinunterzustürzen. Entschlossen presste ich die Lippen aufeinander und richtete den Blick wieder nach vorne, heftete ihn auf die kleine, blau flackernde Gestalt auf der anderen Seite, die uns aus dem Schatten einer alten Weide heraus beobachtete.

Langsam balancierte ich über den bemoosten Stamm. Vor sechs Tagen hatten Rose und ich einen Troll bekämpft und von seinen Schlägen taten mir immer noch die Rippen weh. Zumindest wenn ich tief einatmete. Ich wollte meinen Prellungen durch einen unbedachten Schritt nicht noch weitere hinzufügen. Wobei in den Sternen stand, ob ich mir über Prellungen noch Sorgen zu machen brauchte, wenn ich wirklich das Gleichgewicht verlor. Die Schlucht war verdammt tief.

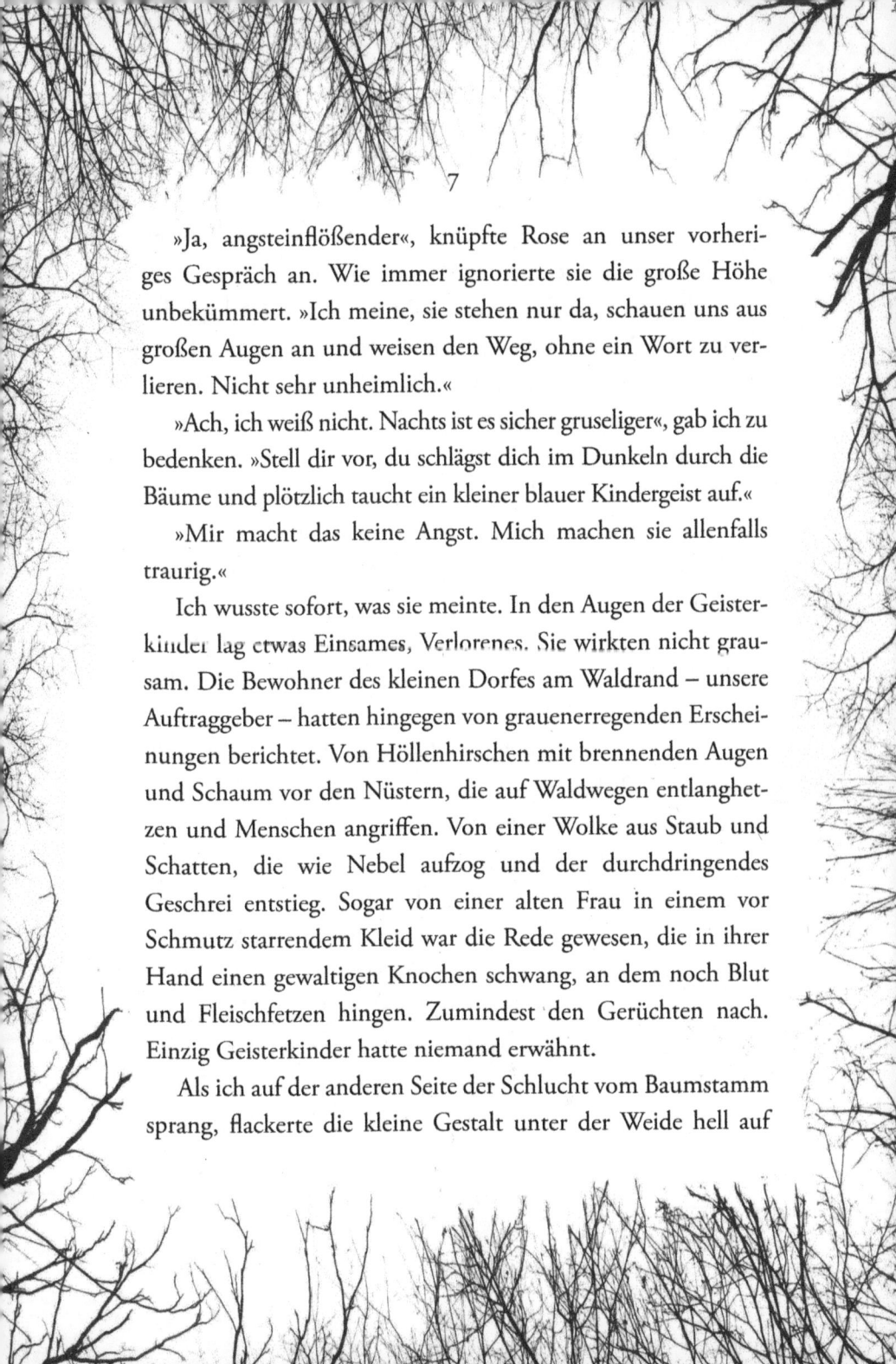

»Ja, angsteinflößender«, knüpfte Rose an unser vorheriges Gespräch an. Wie immer ignorierte sie die große Höhe unbekümmert. »Ich meine, sie stehen nur da, schauen uns aus großen Augen an und weisen den Weg, ohne ein Wort zu verlieren. Nicht sehr unheimlich.«

»Ach, ich weiß nicht. Nachts ist es sicher gruseliger«, gab ich zu bedenken. »Stell dir vor, du schlägst dich im Dunkeln durch die Bäume und plötzlich taucht ein kleiner blauer Kindergeist auf.«

»Mir macht das keine Angst. Mich machen sie allenfalls traurig.«

Ich wusste sofort, was sie meinte. In den Augen der Geisterkinder lag etwas Einsames, Verlorenes. Sie wirkten nicht grausam. Die Bewohner des kleinen Dorfes am Waldrand – unsere Auftraggeber – hatten hingegen von grauenerregenden Erscheinungen berichtet. Von Höllenhirschen mit brennenden Augen und Schaum vor den Nüstern, die auf Waldwegen entlanghetzen und Menschen angriffen. Von einer Wolke aus Staub und Schatten, die wie Nebel aufzog und der durchdringendes Geschrei entstieg. Sogar von einer alten Frau in einem vor Schmutz starrendem Kleid war die Rede gewesen, die in ihrer Hand einen gewaltigen Knochen schwang, an dem noch Blut und Fleischfetzen hingen. Zumindest den Gerüchten nach. Einzig Geisterkinder hatte niemand erwähnt.

Als ich auf der anderen Seite der Schlucht vom Baumstamm sprang, flackerte die kleine Gestalt unter der Weide hell auf und verschwand. Einige Meter von der Stelle entfernt begann die Luft blau zu leuchten und die durchscheinende Silhouette eines Mädchens mit furchtsamem Blick erschien. Ich legte den Kopf in den Nacken und sah, dass die Sonne sich linker Hand anschickte, auf die Baumwipfel herabzusinken. Das bedeutete, wir mussten nach Nordosten, zumindest für den nächsten Abschnitt unserer Reise.

Hinter mir hüpfte Rose leichtfüßig ins Gras und trat neben mich. Sie angelte nach der Wasserflasche, genehmigte sich einen großen Schluck und bot sie dann mir an. Ich schüttelte den Kopf.

»Eine ganz schöne Tortur, sich hier durchs Unterholz zu quälen.« Missmutig betrachtete sie einen Riss in ihrem Hemdärmel. »Verdammte Dornenhecken.«

Ich schenkte ihr ein kurzes Lächeln. »Den kann ich dir heute Abend flicken.«

Rose grinste breit zurück und verstaute die Flasche wieder an ihrem Gürtel. Ich wusste, dass sie mir dankbar für dieses Angebot war. Sie verabscheute jegliche Arbeit mit Nadel und Faden, obwohl ihre Mutter und Großmutter geschickte Näherinnen waren und ihre Schwester sogar bei einer Schneiderin in die Lehre ging. Doch Rose war schon als Kind wilder gewesen als andere Mädchen. Sie hatte sich lieber mit den Jungen im Dorf Schlammschlachten geliefert und Streiche ausgeheckt, anstatt mit Puppen zu spielen oder brav bei der Hausarbeit zu

helfen. Ihren ältesten Bruder hatte sie so lange genervt, bis er ihr das Kämpfen beibrachte. Was gut war, denn immerhin verdienten wir damit unseren Lebensunterhalt. Anders als Rose, machte es mir dennoch nichts aus, Beinkleider zu flicken, Hemden auszubessern oder Socken zu stopfen. Handarbeiten entspannten mich.

»Wir sollten weitergehen«, drängte ich zum Aufbruch, nachdem wir uns einen Augenblick ausgeruht hatten. »Ich will die Hütte vor Einbruch der Dunkelheit finden.«

»Fürchtest du dich, bei Mondschein das Grab einer Hexe zu betreten?«, neckte mich Rose.

»Nein.« Ich schüttelte den Kopf und dachte an all die gruseligen Dinge, die wir beide bereits erlebt hatten. Ein Erdhügel, unter dem tote Knochen lagen, jagte mir nicht sonderlich viel Angst ein.

Zu diesem Zeitpunkt wusste ich es noch nicht besser.

Seit vier Jahren zogen Rose und ich als Dämonenjägerinnen durch die Lande. Wir bekämpften Trolle, retteten Jungfrauen vor Wassermännern und vertrieben Kobolde aus Mühlen oder Bauernhäusern. Man kannte uns unter unseren Decknamen *Schneeweißchen* und *Rosenrot*. *Schneeweißchen*, das war ich. Rose hatte mir diesen Spitznamen wegen meiner hellen

Haut gegeben. *Rosenrot* hingegen war eine Anspielung auf ihren richtigen Namen, Rosalie, den sie nicht mochte. Weshalb ich mir angewöhnt hatte, sie Rose zu nennen, ausgesprochen in der Zunge meiner Heimat, mit der Betonung auf dem O und einem stummen E. Wenn wir in Gesellschaft waren, nannte ich sie jedoch Rosenrot, passend zu ihren dunkelroten Locken. Es hatte sich als sicherer herausgestellt, unsere Decknamen zu verwenden. Wir durften nicht unter unseren Geburtsnamen auftreten. Das hätte es unseren Gegnern zu leicht gemacht, unsere Familien aufzuspüren. Na ja, Rose' Familie zumindest. Gleich zu Beginn unserer Laufbahn als Dämonenjägerinnen war es zu einem unschönen Zwischenfall mit einem Schwarzalben gekommen, der für Rose' Lieblingsbruder beinahe tödlich ausgegangen wäre. Der pure Zufall hatte es gewollt, dass wir uns zu diesem Zeitpunkt gerade in der Nähe befanden und ihn retten konnten. So etwas wollten wir alle nicht noch einmal erleben. Und so wurden wir zu *Schneeweißchen* und *Rosenrot*.

Unsere Erfolgsbilanz war beeindruckend. Dennoch hatten wir nie darüber nachgedacht, uns den königlichen Hexenschlächtern anzuschließen, einer Gruppe militärisch organisierter Jäger, die auf Befehl des Adels hin Dämonen und schwarzmagisches Gelichter zur Strecke brachte. Für ihre Arbeit wurden die Schlächter sehr gut entlohnt und sie suchten ständig nach neuen Rekruten. Aber Rose und ich waren ein Team. Wir konnten uns voll und ganz aufeinander verlassen und kamen gut

allein zurecht. Vor allem aber brauchten wir niemanden, der uns sagte, wie wir unsere Arbeit erledigen sollten, oder – schlimmer noch – welche Aufträge wir annehmen durften und welche nicht. Wir blieben niemals länger als ein paar Nächte an einem Ort und obwohl ich mich mein halbes Leben lang nach einem echten Zuhause gesehnt hatte, fühlte ich mich freier und glücklicher als jemals zuvor. So glücklich man eben sein konnte, wenn man Nixen auflauerte und Riesen bekämpfte – oder Wolfsmenschen, die Appetit auf Menschenfleisch entwickelt hatten. Hexen jagten wir nur selten. Aber diese Dorfbewohner brauchten Hilfe. Sie waren bereit, uns im Rahmen ihrer Möglichkeiten zu entlohnen, und wir scheuten nie eine Herausforderung. Außerdem war die Hexe bereits tot. Ob das die Aufgabe leichter oder schwerer machen würde, musste sich noch herausstellen.

»Der König lebt zu weit entfernt«, hatte der Gastwirt des Auerochsen gemurrt, bei dem wir tags zuvor eingekehrt waren. Bereits zwei Mal hatte das Dorf einen Boten an den königlichen Hof entsandt, mit dem Ersuchen, seine Hexenschlächter zu schicken, um dem Spuk im Wald ein Ende zu bereiten. Bis heute war die Bitte ungehört geblieben.

»Wir können nicht viel zahlen«, hatte er uns gestanden. Die Schenke war, wie alle Gebäude im Dorf, klein und schäbig, und so war seine Offenbarung nicht überraschend gekommen. »Aber was wir haben, geben wir euch gerne. Wenn ihr nur diesem schrecklichen Spuk ein Ende setzt.«

12

Dann war die ganze Geschichte aus ihm herausgesprudelt: von der Hexe, die mitten im Wald gelebt und kleine Kinder in die Falle gelockt hatte. Niemand, der nach ihrer Hütte suchte, war in der Lage, sie zu finden. Suchtrupps hatten wochenlang das ganze Unterholz durchkämmt – erfolglos. Was sie nicht vermocht hatten, war schließlich einem ihrer Opfer geglückt. Ein junges Mädchen war in der Lage gewesen, sich zu befreien. Mehr noch. Es war ihm gelungen, die Hexe zu töten. »Hat das getan, was man mit jeder Hexe tun sollte«, hatte der Wirt gesagt. »Hat der Teufelsbuhle den Garaus gemacht.«

»Mutiges Mädchen«, hatte Rose gesagt, durchaus mit Bewunderung in der Stimme, und ich hatte ihr zugestimmt. Es gehörte viel dazu, sich aus dem Bannzauber einer Hexe zu befreien und diese gar zu besiegen. *Falls* die Geschichte stimmte.

Aber das Grauen hörte mit dem Tod der Hexe nicht auf. Ihr Körper mochte vernichtet worden sein, nicht aber ihre Seele. Als rastloser Geist suchte sie den Wald heim. Sie verwandelte harmlose Tiere in angriffslustige Bestien, streifte mit Gespensterhunden über die Waldwege, lockte Wanderer in die Irre und trieb Jäger und Sammler in den Wahnsinn.

Der Weg durch den Wald war nicht länger sicher. Das war für die Dörfler ein Problem, denn durch den dichten Mischwald führte die kürzeste Route zur nächsten Stadt. Rose und ich hatten die kleine Siedlung von Norden her erreicht; wir waren allerdings über ein ziemlich unwegsames Gebirge gekom-

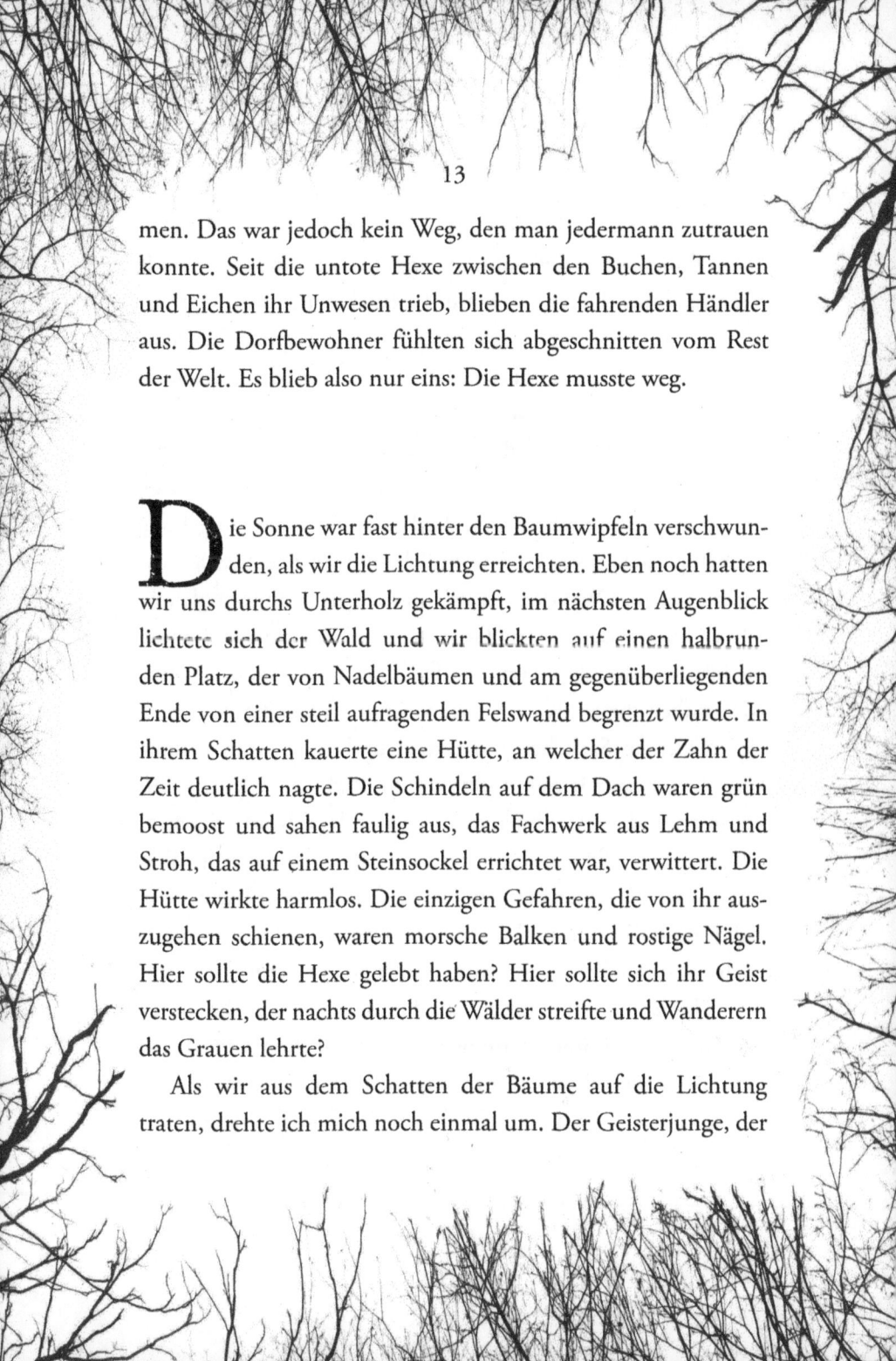

men. Das war jedoch kein Weg, den man jedermann zutrauen konnte. Seit die untote Hexe zwischen den Buchen, Tannen und Eichen ihr Unwesen trieb, blieben die fahrenden Händler aus. Die Dorfbewohner fühlten sich abgeschnitten vom Rest der Welt. Es blieb also nur eins: Die Hexe musste weg.

Die Sonne war fast hinter den Baumwipfeln verschwunden, als wir die Lichtung erreichten. Eben noch hatten wir uns durchs Unterholz gekämpft, im nächsten Augenblick lichtete sich der Wald und wir blickten auf einen halbrunden Platz, der von Nadelbäumen und am gegenüberliegenden Ende von einer steil aufragenden Felswand begrenzt wurde. In ihrem Schatten kauerte eine Hütte, an welcher der Zahn der Zeit deutlich nagte. Die Schindeln auf dem Dach waren grün bemoost und sahen faulig aus, das Fachwerk aus Lehm und Stroh, das auf einem Steinsockel errichtet war, verwittert. Die Hütte wirkte harmlos. Die einzigen Gefahren, die von ihr auszugehen schienen, waren morsche Balken und rostige Nägel. Hier sollte die Hexe gelebt haben? Hier sollte sich ihr Geist verstecken, der nachts durch die Wälder streifte und Wanderern das Grauen lehrte?

Als wir aus dem Schatten der Bäume auf die Lichtung traten, drehte ich mich noch einmal um. Der Geisterjunge, der als Letzter aufgetaucht war, warf mir einen warnenden Blick zu. Dann flimmerte er hell auf und verglühte wie eine ersterbende Flamme. Ein Schauer kroch mir das Rückgrat entlang. Ich war in meinem Leben schon einigen Geistern begegnet, aber diese kleinen, stummen, unschuldig wirkenden Gesellen berührten mich auf eine Art und Weise, die völlig übertrieben war. Rose legte mir die Hand auf die Schulter und brachte mich dazu, mich wieder umzudrehen. Während sie die Augen zu schmalen Schlitzen zusammenkniff und die Hütte sowie die Umgebung sorgfältig nach etwas Ungewöhnlichem absuchte, ließ ich die Riemen meines Wanderranzens von meinen Schultern gleiten. Ich wühlte zwischen den Gegenständen im Inneren herum, bis ich die schmale Glasphiole fand, in der wir getrockneten Klee aufbewahrten. Kurz entschlossen griff ich außerdem nach einem kleinen Säckchen mit Linsen und band es an meinen Gürtel. Vor zwei Jahren waren wir einer Horde Boggarts entkommen, indem wir ihnen mehrere Handvoll Korn entgegenschleuderten. Unsere Gegner hatten sich gezwungen gefühlt, die Körner zu zählen statt uns zu verfolgen. Zwar handelte es sich hier um Linsen und nicht um Getreide und wir hatten es auch nicht mit Boggarts zu tun, aber man konnte nie wissen.

Während wir langsam auf die Hütte zugingen, öffnete ich das Glasgefäß. Früher hatte offenbar ein hüfthoher Holzzaun den Grund der Hexe von der Wildnis getrennt. Jetzt steckten nur noch hier und da einzelne Latten im Boden. Die größten

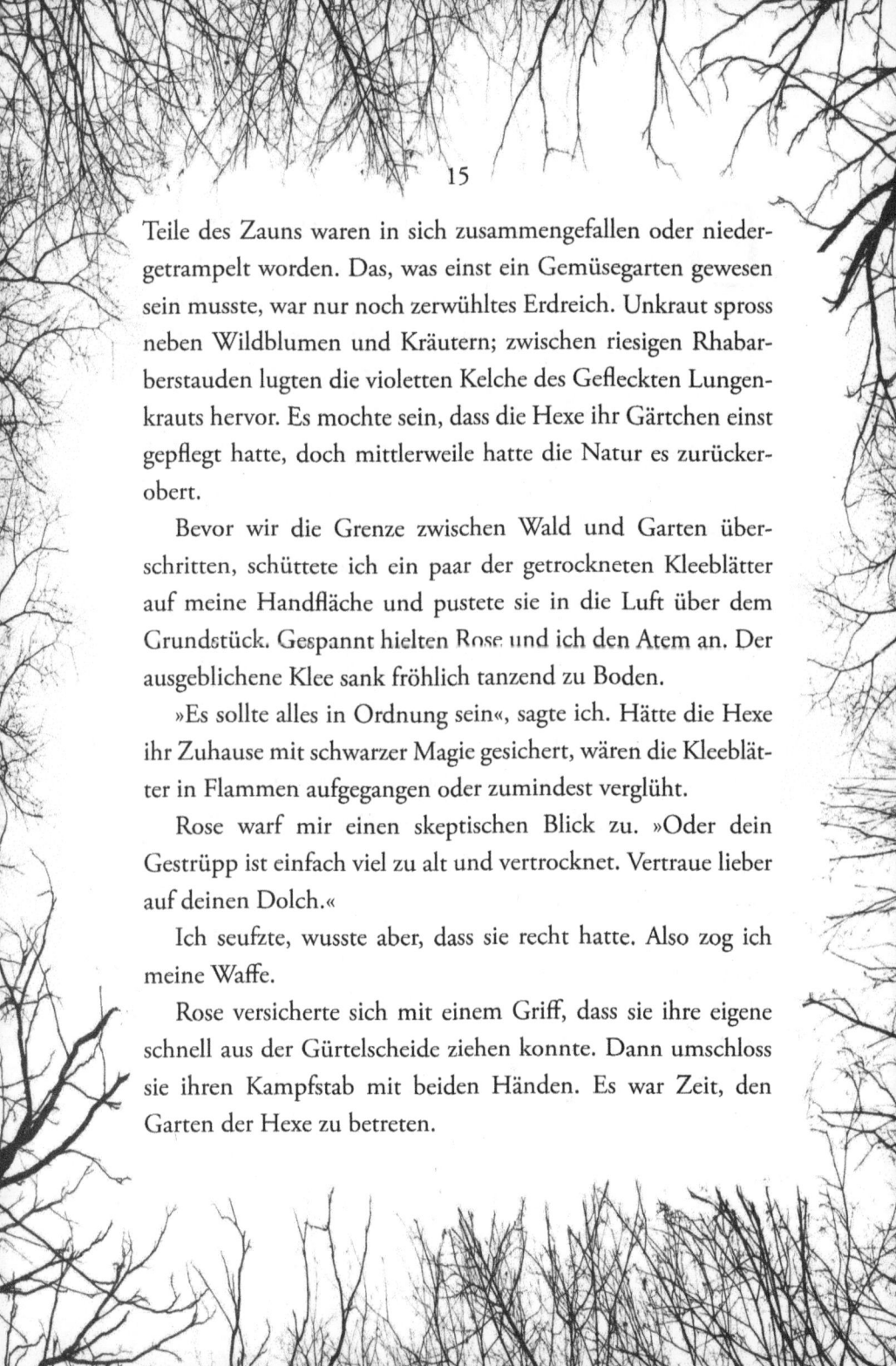

Teile des Zauns waren in sich zusammengefallen oder niedergetrampelt worden. Das, was einst ein Gemüsegarten gewesen sein musste, war nur noch zerwühltes Erdreich. Unkraut spross neben Wildblumen und Kräutern; zwischen riesigen Rhabarberstauden lugten die violetten Kelche des Gefleckten Lungenkrauts hervor. Es mochte sein, dass die Hexe ihr Gärtchen einst gepflegt hatte, doch mittlerweile hatte die Natur es zurückerobert.

Bevor wir die Grenze zwischen Wald und Garten überschritten, schüttete ich ein paar der getrockneten Kleeblätter auf meine Handfläche und pustete sie in die Luft über dem Grundstück. Gespannt hielten Rose und ich den Atem an. Der ausgeblichene Klee sank fröhlich tanzend zu Boden.

»Es sollte alles in Ordnung sein«, sagte ich. Hätte die Hexe ihr Zuhause mit schwarzer Magie gesichert, wären die Kleeblätter in Flammen aufgegangen oder zumindest verglüht.

Rose warf mir einen skeptischen Blick zu. »Oder dein Gestrüpp ist einfach viel zu alt und vertrocknet. Vertraue lieber auf deinen Dolch.«

Ich seufzte, wusste aber, dass sie recht hatte. Also zog ich meine Waffe.

Rose versicherte sich mit einem Griff, dass sie ihre eigene schnell aus der Gürtelscheide ziehen konnte. Dann umschloss sie ihren Kampfstab mit beiden Händen. Es war Zeit, den Garten der Hexe zu betreten.

Der schmale Trampelpfad, der zum Haus führte, war zwischen den hochwachsenden Gräsern und Nesseln kaum auszumachen. Ich presste die Arme eng an meinen Oberkörper, als wir uns daranmachten, auf die Hütte zuzugehen. Wie immer, wenn wir uns einer potentiellen Gefahr näherten, ging Rose voran und ich folgte dicht hinter ihr.

Die Stängel eines besonders hohen Brennnesselbuschs schob ich mit meinem Dolch zur Seite, um mich an ihm vorbeischieben zu können. Die Klinge meiner Waffe war silbern, damit sie auch gegen Dämonen und Hexenwerk etwas ausrichten konnte. Vor vier Jahren hatte Rose sie mir zum Geschenk gemacht. Damals war sie mir unbezahlbar vorgekommen. Inzwischen konnten wir gut von unserem Gewerbe leben, und ich hätte mir längst einen neuen, schöner gearbeiteten Silberdolch kaufen können. Doch ich behielt diesen. Er war mein Talisman.

Wir waren nur noch wenige Schritte von der Hütte entfernt, als Wind aufkam. Er wirbelte feine Staubkörnchen und Laubfetzen vom Boden auf und blies sie uns ins Gesicht. Ich sah, dass auch Rose ihren Silberdolch zog. Eine Strähne löste sich aus meinem Pferdeschwanz und ich schob sie hinters Ohr. Mit jedem Schritt, den wir auf die Hütte zugingen, wurde der Wind stärker. Zu stark, um natürlichen Ursprungs zu sein.

»Rose …«, rief ich und sah, wie sie kurz nickte.

»Ich weiß. Sie will uns nicht hierhaben«, antwortete sie. Mehr nicht.

Mein Griff um den Silberdolch wurde fester. Plötzlich, von einem Moment auf den anderen, verwandelte sich der Wind in einen Orkan. Er fuhr durch das Geäst der Bäume, heulte um die Hütte und trieb mir Tränen in die Augen. Eine alte Tanne neben uns schwankte gefährlich.

»Als ob …«, murmelte Rose und ging unbeirrt weiter voran.

Es waren jetzt nicht mehr nur Staubkörnchen, die die Böen vom Erdreich aufwirbelten. Vertrocknetes Gras, ganze Erdbrocken, Fetzen von Moos, modriges Laub, Aststückchen, selbst kleine Steine wurden von der Gewalt des Windes erfasst, nach oben gerissen und uns entgegengeschleudert. Rose schlug ein Kreuzzeichen, auch wenn ich vermutete, dass sie ahnte, wie nutzlos das war. Es brachte fast nie etwas. Aber es war eine alte Gewohnheit, die abzulegen ihr nicht gelang. Ich konnte es ihr nicht verübeln. Auch wenn ich schon vieles gesehen hatte, ließ das, was sich jetzt vor uns abspielte, mein Blut in den Adern gefrieren. Der Sturm setzte die Aststückchen und das Laub, die Erdflocken und die Kieselsteine zu einer Form zusammen, alles andere als willkürlich. Der Wirbel aus Staub und Blättern verdichtete sich zu einem Gesicht. Zu einem riesigen, zornigen Antlitz, dessen Züge von spitzen Steinen, Dreck und Ästen gebildet wurden und das von fauligen Laubhaaren umrahmt war. Nichts an ihm wirkte freundlich. Kleine Insekten krochen über die Züge, die sich fortwährend wandelten, sich verformten und zu erschreckend menschlich wirkenden Formen zusammenrotteten. Es wuchs und wuchs, wurde immer größer, bis es uns den Blick auf die Hütte komplett verwehrte. Irgendwann war es mindestens fünf Schritt hoch – und wütend. Das Gesicht riss das Maul auf, als wollte es uns anbrüllen. Der Sturm, der um uns herum tobte und an unseren Kleidern zerrte, dröhnte in meinen Ohren und übertönte jedes andere Geräusch. Dann spie uns die dämonische Fratze eine Fontäne aus Holzsplittern und Steinen entgegen. Gerade noch rechtzeitig gelang es mir, meinen Kopf zur Seite zu drehen und ihn mit meinem rechten Arm zu schützen. Trotzdem spürte ich, wie mich harte, spitze Gegenstände am Arm und an der Wange trafen und mir die Haut aufrissen. Ich biss die Zähne zusammen und hielt die Luft an, bis der Schwall abebbte. Dann spähte ich vorsichtig hinter meinem Arm hervor. Das Gesicht brüllte immer noch. Zwar hatte es aufgehört, uns Schmutz und Kiesel entgegenzuspeien, aber dafür begann es nun, sich auf uns zuzubewegen. Erst langsam, dann schneller und schneller werdend. Fauchend fuhr es auf uns zu.

VERSCHWINDET!

Ich wusste nicht, ob die Stimme echt war oder ich sie nur in meinem Kopf hörte. So oder so, die Botschaft war unmissverständlich. Die Windfratze riss ihr Maul immer weiter auf, bis die Öffnung aus Astwerk und vertrockneten Buchenblättern wie der Eingang zu einem düsteren Tunnel wirkte, in dessen Inneren eine lebendige schwarze Masse umherwirbelte. Rose

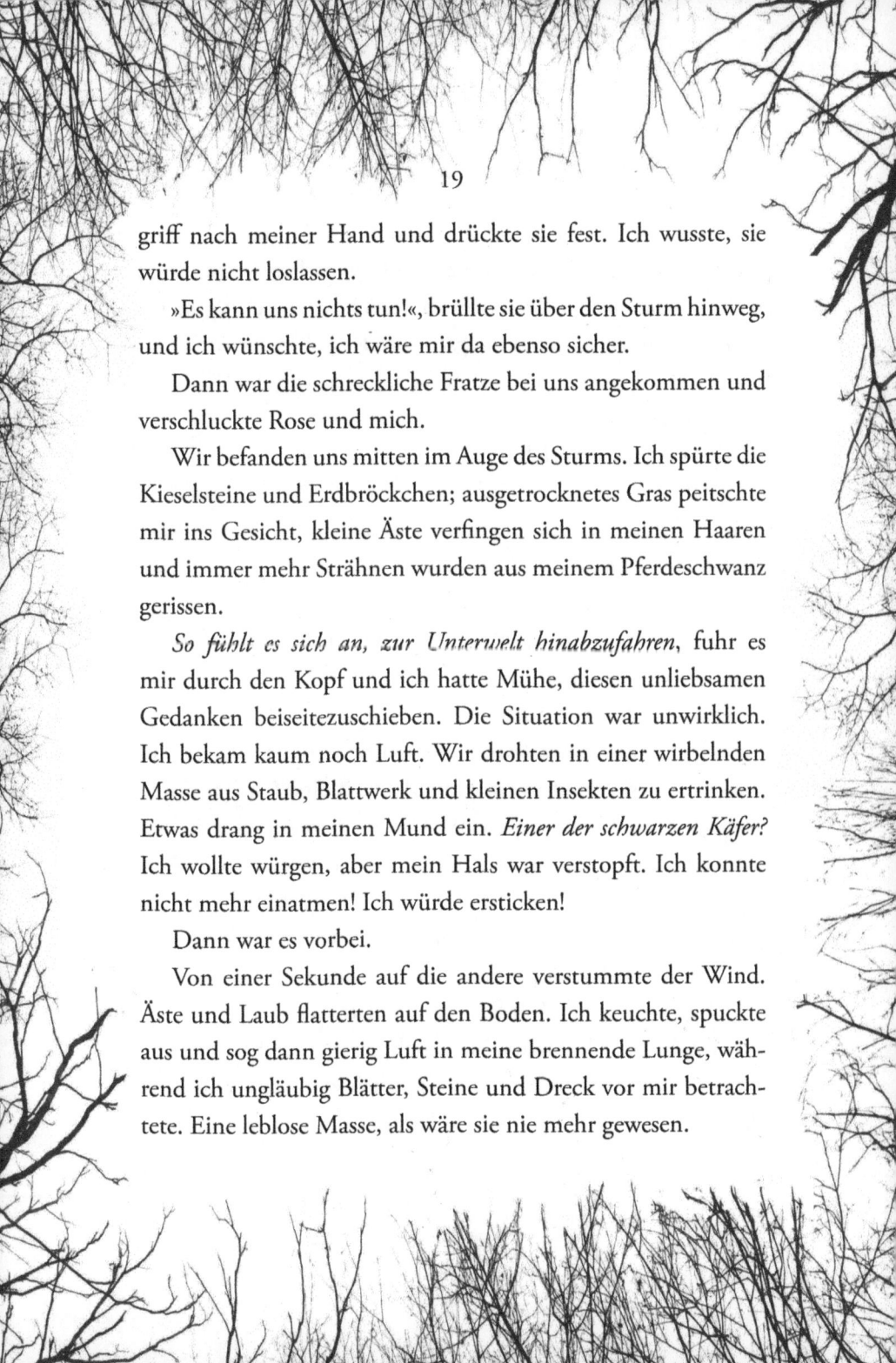

griff nach meiner Hand und drückte sie fest. Ich wusste, sie würde nicht loslassen.

»Es kann uns nichts tun!«, brüllte sie über den Sturm hinweg, und ich wünschte, ich wäre mir da ebenso sicher.

Dann war die schreckliche Fratze bei uns angekommen und verschluckte Rose und mich.

Wir befanden uns mitten im Auge des Sturms. Ich spürte die Kieselsteine und Erdbröckchen; ausgetrocknetes Gras peitschte mir ins Gesicht, kleine Äste verfingen sich in meinen Haaren und immer mehr Strähnen wurden aus meinem Pferdeschwanz gerissen.

So fühlt es sich an, zur Unterwelt hinabzufahren, fuhr es mir durch den Kopf und ich hatte Mühe, diesen unliebsamen Gedanken beiseitezuschieben. Die Situation war unwirklich. Ich bekam kaum noch Luft. Wir drohten in einer wirbelnden Masse aus Staub, Blattwerk und kleinen Insekten zu ertrinken. Etwas drang in meinen Mund ein. *Einer der schwarzen Käfer?* Ich wollte würgen, aber mein Hals war verstopft. Ich konnte nicht mehr einatmen! Ich würde ersticken!

Dann war es vorbei.

Von einer Sekunde auf die andere verstummte der Wind. Äste und Laub flatterten auf den Boden. Ich keuchte, spuckte aus und sog dann gierig Luft in meine brennende Lunge, während ich ungläubig Blätter, Steine und Dreck vor mir betrachtete. Eine leblose Masse, als wäre sie nie mehr gewesen.

Bei all dem, womit wir es bei unseren Aufträgen zu tun bekamen, hätte mir ein solcher Spuk eigentlich keine Angst mehr machen sollen. Trotzdem spürte ich, wie wackelig meine Beine waren, als ich mich langsam wieder aufrichtete und versuchte, mir Staub und trockene Laubfetzen von den Kleidern zu wischen.

Rose tat es mir gleich.

Nachdem wir uns wieder einigermaßen sicher auf den Beinen fühlten, lächelten wir uns schwach an. Dann griff Rose nach vorne und pflückte mir irgendein Insekt aus dem Haar. Eklig.

»Das fängt ja gut an. Dabei haben wir die Hütte noch nicht mal betreten«, sagte sie und ich nickte.

»Du spürst es also auch?«

»Irgendetwas ist seltsam. Ich hatte wirklich Angst, als dieses … Gesicht auf uns zugerast kam. Meine Glieder waren wie gelähmt. Weißt du noch? Unsere Begegnung mit den Gewitterhunden in dieser Burgruine?« Ich wartete ihre Antwort gar nicht ab. »Selbst damals habe ich mich nicht so sehr gefürchtet. Mein Herz klopft immer noch wie verrückt.«

»Schwarze Magie«, grummelte Rose wütend.

Ich schüttelte den Kopf. »Die Kleeblätter …«

»Vergiss die Kleeblätter. Hier treibt eine Hexe ihr Unwesen. Eine tote Hexe. Sie nährt sich vermutlich von Angst und sorgt dafür, dass wir sie verspüren. Du kannst mir nicht weismachen,

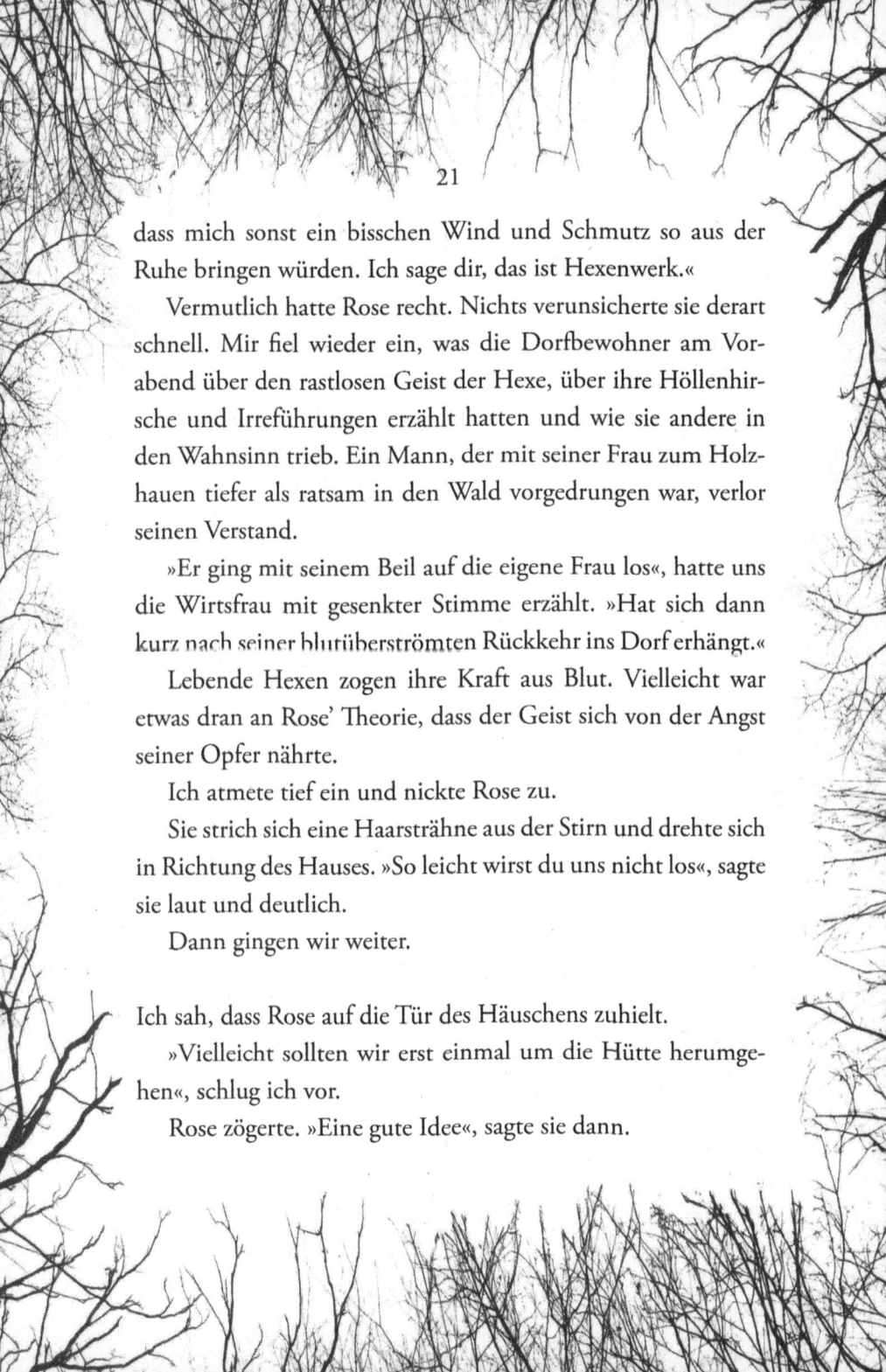

dass mich sonst ein bisschen Wind und Schmutz so aus der Ruhe bringen würden. Ich sage dir, das ist Hexenwerk.«

Vermutlich hatte Rose recht. Nichts verunsicherte sie derart schnell. Mir fiel wieder ein, was die Dorfbewohner am Vorabend über den rastlosen Geist der Hexe, über ihre Höllenhirsche und Irreführungen erzählt hatten und wie sie andere in den Wahnsinn trieb. Ein Mann, der mit seiner Frau zum Holzhauen tiefer als ratsam in den Wald vorgedrungen war, verlor seinen Verstand.

»Er ging mit seinem Beil auf die eigene Frau los«, hatte uns die Wirtsfrau mit gesenkter Stimme erzählt. »Hat sich dann kurz nach seiner blutüberströmten Rückkehr ins Dorf erhängt.«

Lebende Hexen zogen ihre Kraft aus Blut. Vielleicht war etwas dran an Rose' Theorie, dass der Geist sich von der Angst seiner Opfer nährte.

Ich atmete tief ein und nickte Rose zu.

Sie strich sich eine Haarsträhne aus der Stirn und drehte sich in Richtung des Hauses. »So leicht wirst du uns nicht los«, sagte sie laut und deutlich.

Dann gingen wir weiter.

Ich sah, dass Rose auf die Tür des Häuschens zuhielt.

»Vielleicht sollten wir erst einmal um die Hütte herumgehen«, schlug ich vor.

Rose zögerte. »Eine gute Idee«, sagte sie dann.

Wir verließen den Trampelpfad und schoben uns durch hüfthohe Nesseln. Der Boden war aufgewühlt und erdig, der Pflanzenbewuchs hielt sich in Grenzen. Hier und da wucherte Unkraut in kleinen Büschen und ein ziemlich kümmerlicher Apfelbaum streckte seine knotigen Äste in den Himmel. Der Pfad selbst war frei von Gestrüpp und der Holzzaun zu unserer Rechten besser intakt als das Stück an der Frontseite. Aus der Nähe konnte man sehen, in welch desolatem Zustand sich die Hütte tatsächlich befand. Graublaues Flechtwerk zog sich über die rissigen, stumpf gewordenen Holzbalken, und einer der grün gestrichenen Fensterläden hatte sich aus den Angeln gelöst und war ins hohe Gras gefallen. Zu meiner Überraschung erkannte ich Glas im Fensterrahmen, auch wenn die Scheibe staubblind war. Ich bedeutete Rose mit einem Handzeichen zu warten, ging hinüber und versuchte, einen Blick in das Innere zu erhaschen.

Durch das verdreckte Glas konnte ich nicht viel erkennen. Allerdings war ich mir ziemlich sicher, nur einen einzigen großen Raum auszumachen. Alles andere verschwamm im Zwielicht zu formlosen Schemen.

»Und?«, hörte ich Rose hinter mir fragen.

Ich zuckte mit den Schultern. »Schwer zu sagen. In der Mitte steht ein Tisch, der mit allerlei gedeckt ist, und weiter hinten ist der Raum mit Tüchern abgehangen, glaube ich. Aber um sicher zu sein – ahhh!«

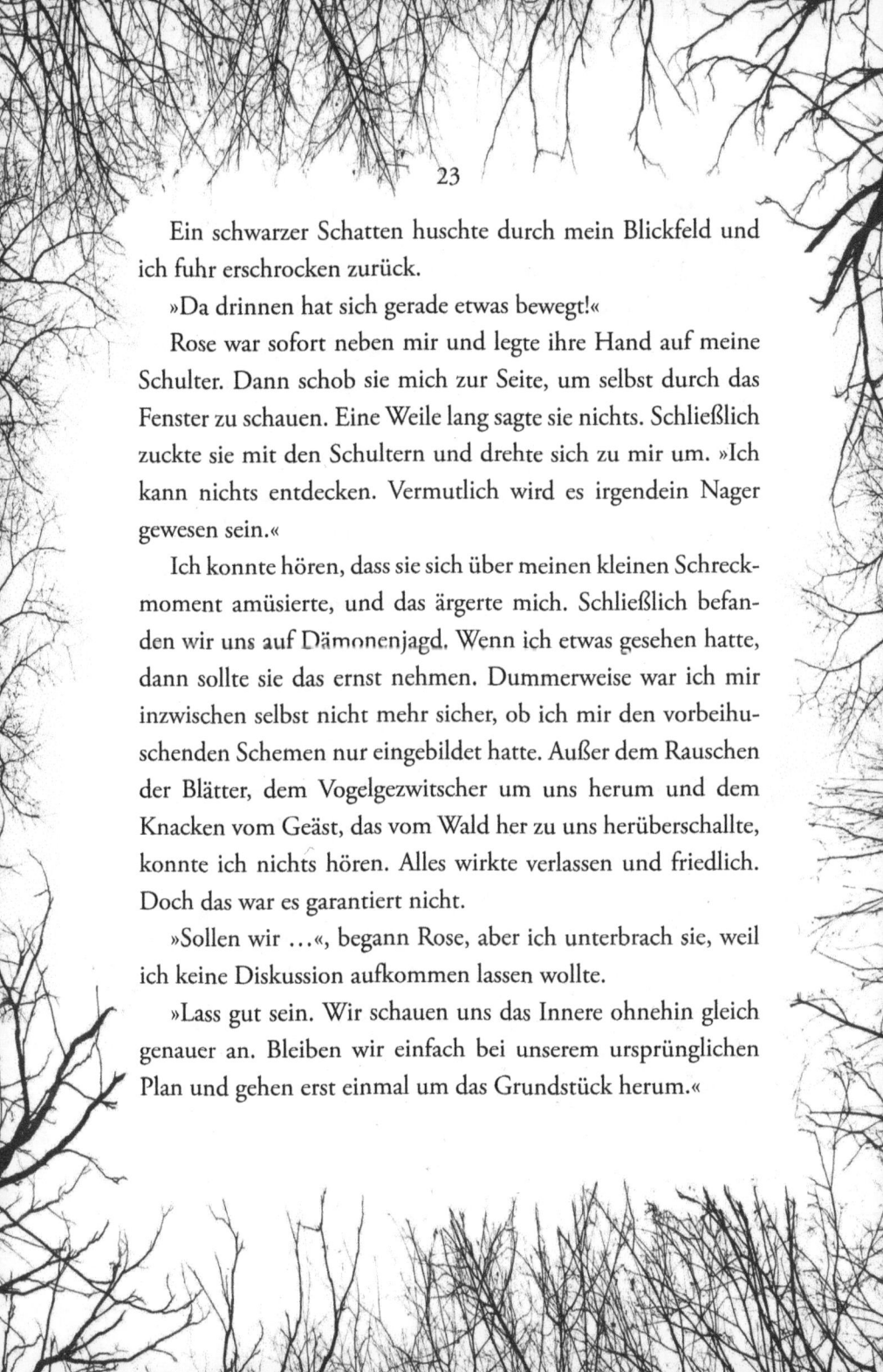

Ein schwarzer Schatten huschte durch mein Blickfeld und ich fuhr erschrocken zurück.

»Da drinnen hat sich gerade etwas bewegt!«

Rose war sofort neben mir und legte ihre Hand auf meine Schulter. Dann schob sie mich zur Seite, um selbst durch das Fenster zu schauen. Eine Weile lang sagte sie nichts. Schließlich zuckte sie mit den Schultern und drehte sich zu mir um. »Ich kann nichts entdecken. Vermutlich wird es irgendein Nager gewesen sein.«

Ich konnte hören, dass sie sich über meinen kleinen Schreckmoment amüsierte, und das ärgerte mich. Schließlich befanden wir uns auf Dämonenjagd. Wenn ich etwas gesehen hatte, dann sollte sie das ernst nehmen. Dummerweise war ich mir inzwischen selbst nicht mehr sicher, ob ich mir den vorbeihuschenden Schemen nur eingebildet hatte. Außer dem Rauschen der Blätter, dem Vogelgezwitscher um uns herum und dem Knacken vom Geäst, das vom Wald her zu uns herüberschallte, konnte ich nichts hören. Alles wirkte verlassen und friedlich. Doch das war es garantiert nicht.

»Sollen wir …«, begann Rose, aber ich unterbrach sie, weil ich keine Diskussion aufkommen lassen wollte.

»Lass gut sein. Wir schauen uns das Innere ohnehin gleich genauer an. Bleiben wir einfach bei unserem ursprünglichen Plan und gehen erst einmal um das Grundstück herum.«

Hinter dem Haus drängten sich zwischen Felswand und Hütte ein Brunnen und ein Backofen. Ein paar Schritte daneben befand sich ein kleiner Stall mit einer Gittertür, die offen stand. Holzscheite lagerten darin. Sie waren moosüberzogen und dunkel vor Feuchtigkeit. Rose beachtete weder Brunnen noch Stall. Ihr ganzes Augenmerk richtete sich auf den bienenkorbförmigen Ofen, der auf einem Fundament aus flach geschliffenen Feldsteinen stand. Sie musste ebenso überrascht wie ich darüber sein, ein solch großes Exemplar mitten im Wald vorzufinden. Rose entstammte einer betuchten Bauernfamilie. Ihre Mutter buk nicht nur das Brot für die eigene Familie, sondern auch das der Nachbarn. Dieser Backofen stand dem ihren in nichts nach. Die Natur mochte im Lauf der Jahre große Teile des Grundstücks zurückerobert haben, aber die Fläche rund um den Ofen war unberührt von jeglichem Grün, als wäre er noch immer regelmäßig in Betrieb oder als hätte erst kürzlich jemand Gras und Unkraut in den Ritzen zwischen den Steinplatten gejätet. Davor war eine kleine Vertiefung in die Erde gegraben, die, wie ich dank Rose' Mutter wusste, die Arbeit erleichtern sollte. Man konnte sich hineinstellen und so besser Öffnung und Backfläche erreichen. Das Feuerloch wirkte riesig, sein Durchmesser sicher halb so groß wie ein aufrecht stehender Mensch. Es musste möglich sein, hier mehrere Dutzend Laibe Brot auf einmal zu backen. Beeindruckend – und völlig unnö-

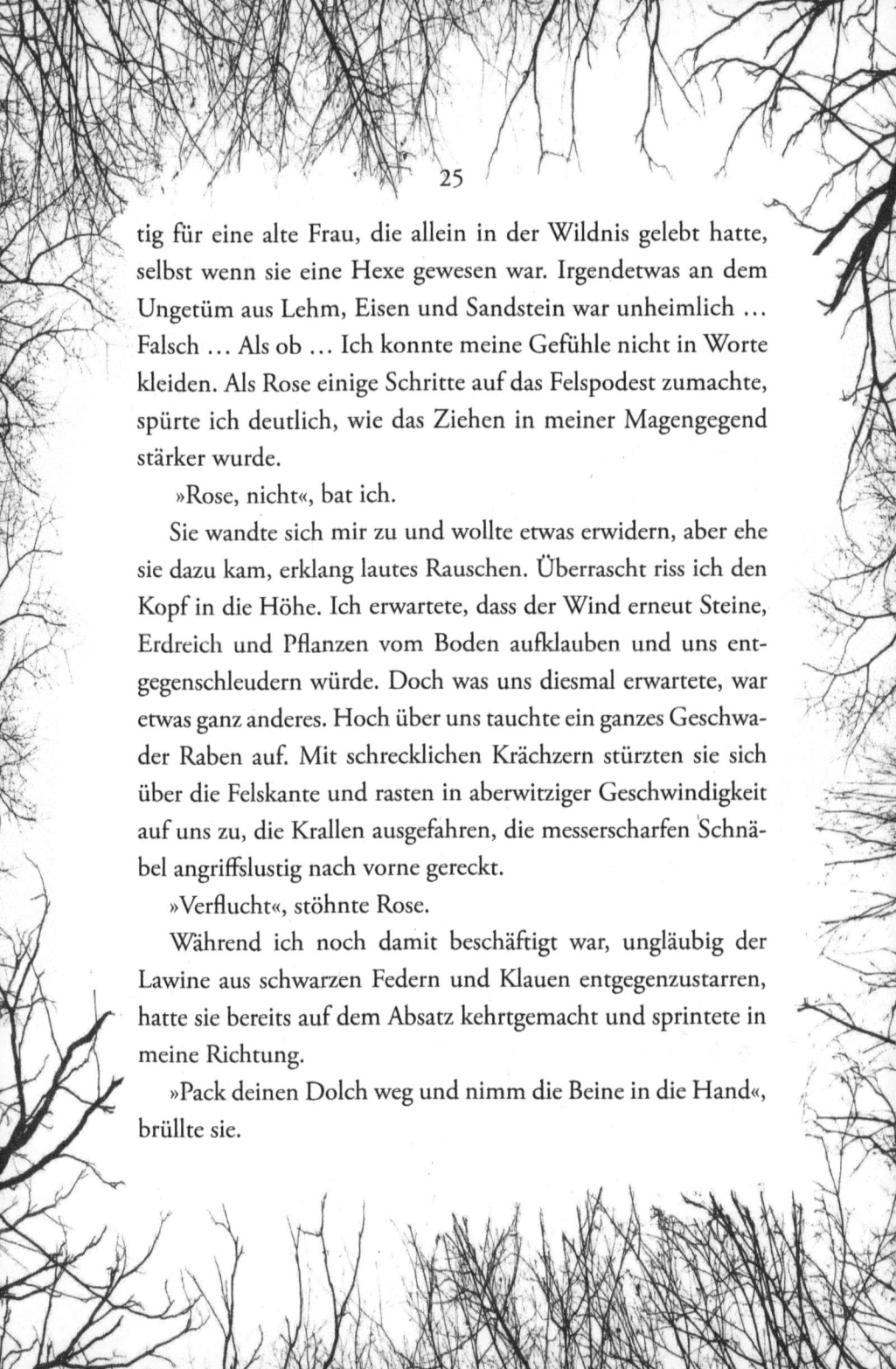

tig für eine alte Frau, die allein in der Wildnis gelebt hatte, selbst wenn sie eine Hexe gewesen war. Irgendetwas an dem Ungetüm aus Lehm, Eisen und Sandstein war unheimlich … Falsch … Als ob … Ich konnte meine Gefühle nicht in Worte kleiden. Als Rose einige Schritte auf das Felspodest zumachte, spürte ich deutlich, wie das Ziehen in meiner Magengegend stärker wurde.

»Rose, nicht«, bat ich.

Sie wandte sich mir zu und wollte etwas erwidern, aber ehe sie dazu kam, erklang lautes Rauschen. Überrascht riss ich den Kopf in die Höhe. Ich erwartete, dass der Wind erneut Steine, Erdreich und Pflanzen vom Boden aufklauben und uns entgegenschleudern würde. Doch was uns diesmal erwartete, war etwas ganz anderes. Hoch über uns tauchte ein ganzes Geschwader Raben auf. Mit schrecklichen Krächzern stürzten sie sich über die Felskante und rasten in aberwitziger Geschwindigkeit auf uns zu, die Krallen ausgefahren, die messerscharfen Schnäbel angriffslustig nach vorne gereckt.

»Verflucht«, stöhnte Rose.

Während ich noch damit beschäftigt war, ungläubig der Lawine aus schwarzen Federn und Klauen entgegenzustarren, hatte sie bereits auf dem Absatz kehrtgemacht und sprintete in meine Richtung.

»Pack deinen Dolch weg und nimm die Beine in die Hand«, brüllte sie.

Erst da merkte ich, dass ich die Faust mit dem Silberdolch in einer verzweifelten Abwehrhaltung in die Höhe streckte. Aber meine kurze Klinge würde mir gegen dieses Rabengeschwader nicht viel nutzen. Wie viele mochten es sein? Drei Dutzend? Vier? Rose griff nach meiner linken Hand und zerrte mich mit sich. Stolpernd versuchte ich Tritt zu finden und fiel dann in ihr Tempo mit ein. Diesmal achtete ich nicht darauf, wohin ich trat. Ich ignorierte die Nesseln, die meine bloßen Hände und Unterarme streiften, wollte nur weg. Kurz kam mir in den Sinn, in die Hütte zu flüchten, die zwar baufällig war, uns aber Schutz gegen eine angreifende Vogelarmee bieten würde. Schnell wurde mir allerdings bewusst, dass ich keinerlei Ahnung hatte, was uns darin erwartete. Gut möglich, dass das, was im Inneren lauerte, wesentlich schlimmer war als scharfe Krallen und Schnäbel. Rose schien die gleiche Schlussfolgerung gezogen zu haben, denn sie würdigte das Haus keines Blickes und hetzte den Trampelpfad entlang, der zum Wald führte.

Ich hechtete hinter ihr her, das Krächzen der Raben im Nacken. Täuschte ich mich, oder holten sie auf? Ich musste mich zwingen, mich nicht umzudrehen, sondern stur weiter geradeaus zu rennen und dabei nicht langsamer zu werden. Mein Atem ging keuchend und stoßweise. Gleich waren die Vögel bei uns, würden ihre Krallen, vermutlich so groß wie kleine Finger, in mein Haar schlagen und unbarmherzig mit ihren spitzen Schnäbeln nach meinem Gesicht hacken. Kurz

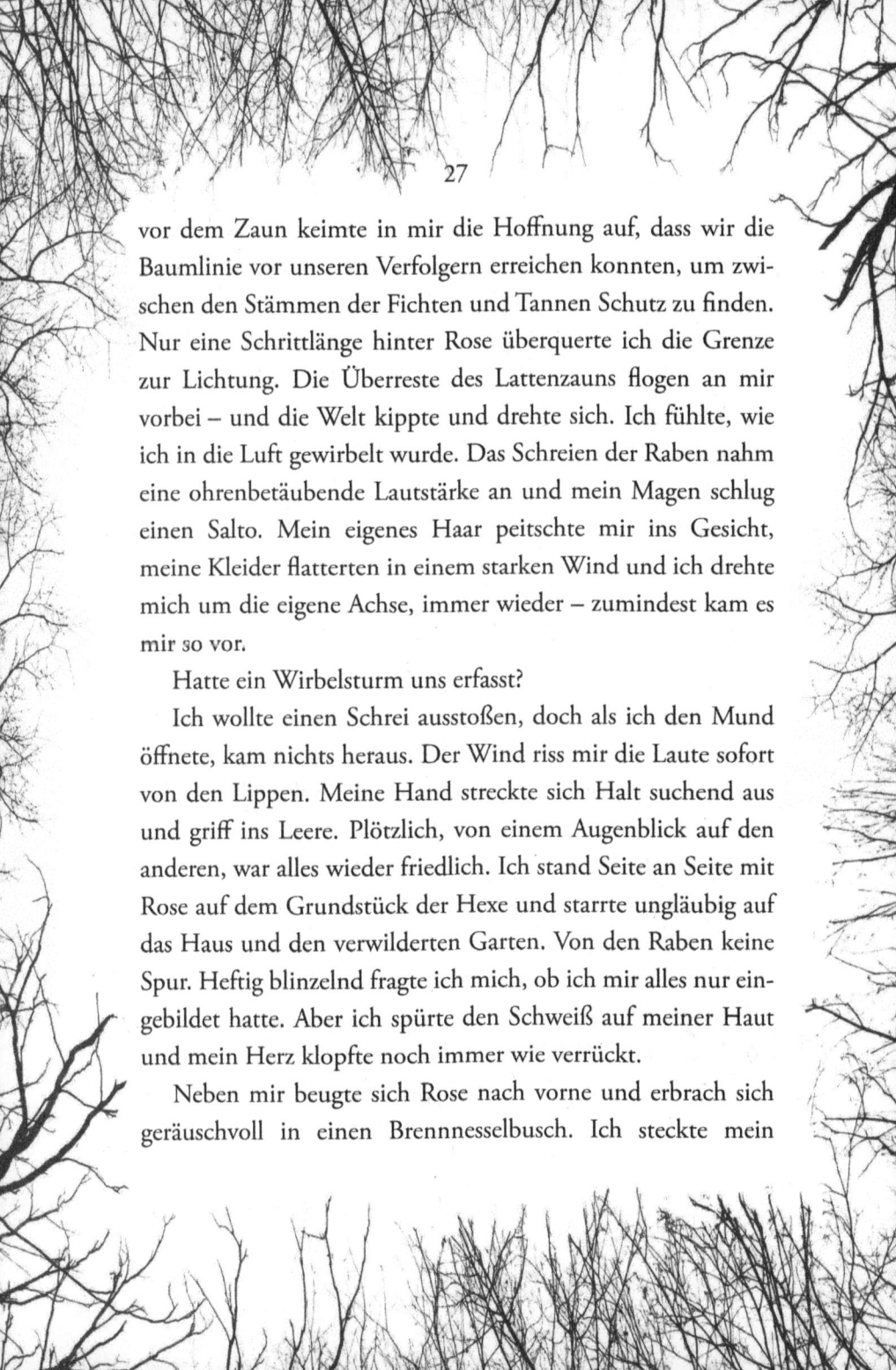

vor dem Zaun keimte in mir die Hoffnung auf, dass wir die Baumlinie vor unseren Verfolgern erreichen konnten, um zwischen den Stämmen der Fichten und Tannen Schutz zu finden. Nur eine Schrittlänge hinter Rose überquerte ich die Grenze zur Lichtung. Die Überreste des Lattenzauns flogen an mir vorbei – und die Welt kippte und drehte sich. Ich fühlte, wie ich in die Luft gewirbelt wurde. Das Schreien der Raben nahm eine ohrenbetäubende Lautstärke an und mein Magen schlug einen Salto. Mein eigenes Haar peitschte mir ins Gesicht, meine Kleider flatterten in einem starken Wind und ich drehte mich um die eigene Achse, immer wieder – zumindest kam es mir so vor.

Hatte ein Wirbelsturm uns erfasst?

Ich wollte einen Schrei ausstoßen, doch als ich den Mund öffnete, kam nichts heraus. Der Wind riss mir die Laute sofort von den Lippen. Meine Hand streckte sich Halt suchend aus und griff ins Leere. Plötzlich, von einem Augenblick auf den anderen, war alles wieder friedlich. Ich stand Seite an Seite mit Rose auf dem Grundstück der Hexe und starrte ungläubig auf das Haus und den verwilderten Garten. Von den Raben keine Spur. Heftig blinzelnd fragte ich mich, ob ich mir alles nur eingebildet hatte. Aber ich spürte den Schweiß auf meiner Haut und mein Herz klopfte noch immer wie verrückt.

Neben mir beugte sich Rose nach vorne und erbrach sich geräuschvoll in einen Brennnesselbusch. Ich steckte mein

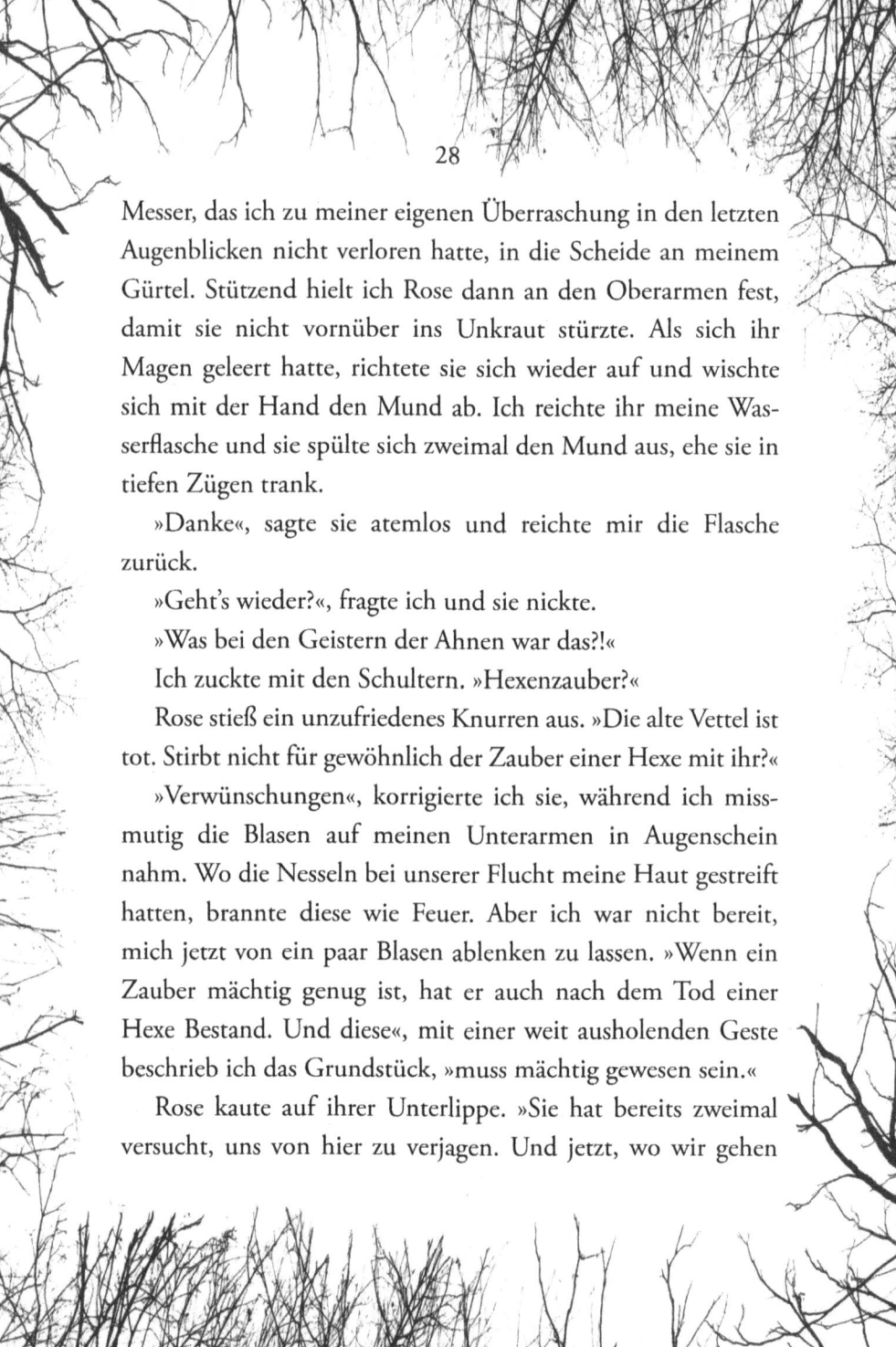

Messer, das ich zu meiner eigenen Überraschung in den letzten Augenblicken nicht verloren hatte, in die Scheide an meinem Gürtel. Stützend hielt ich Rose dann an den Oberarmen fest, damit sie nicht vornüber ins Unkraut stürzte. Als sich ihr Magen geleert hatte, richtete sie sich wieder auf und wischte sich mit der Hand den Mund ab. Ich reichte ihr meine Wasserflasche und sie spülte sich zweimal den Mund aus, ehe sie in tiefen Zügen trank.

»Danke«, sagte sie atemlos und reichte mir die Flasche zurück.

»Geht's wieder?«, fragte ich und sie nickte.

»Was bei den Geistern der Ahnen war das?!«

Ich zuckte mit den Schultern. »Hexenzauber?«

Rose stieß ein unzufriedenes Knurren aus. »Die alte Vettel ist tot. Stirbt nicht für gewöhnlich der Zauber einer Hexe mit ihr?«

»Verwünschungen«, korrigierte ich sie, während ich missmutig die Blasen auf meinen Unterarmen in Augenschein nahm. Wo die Nesseln bei unserer Flucht meine Haut gestreift hatten, brannte diese wie Feuer. Aber ich war nicht bereit, mich jetzt von ein paar Blasen ablenken zu lassen. »Wenn ein Zauber mächtig genug ist, hat er auch nach dem Tod einer Hexe Bestand. Und diese«, mit einer weit ausholenden Geste beschrieb ich das Grundstück, »muss mächtig gewesen sein.«

Rose kaute auf ihrer Unterlippe. »Sie hat bereits zweimal versucht, uns von hier zu verjagen. Und jetzt, wo wir gehen

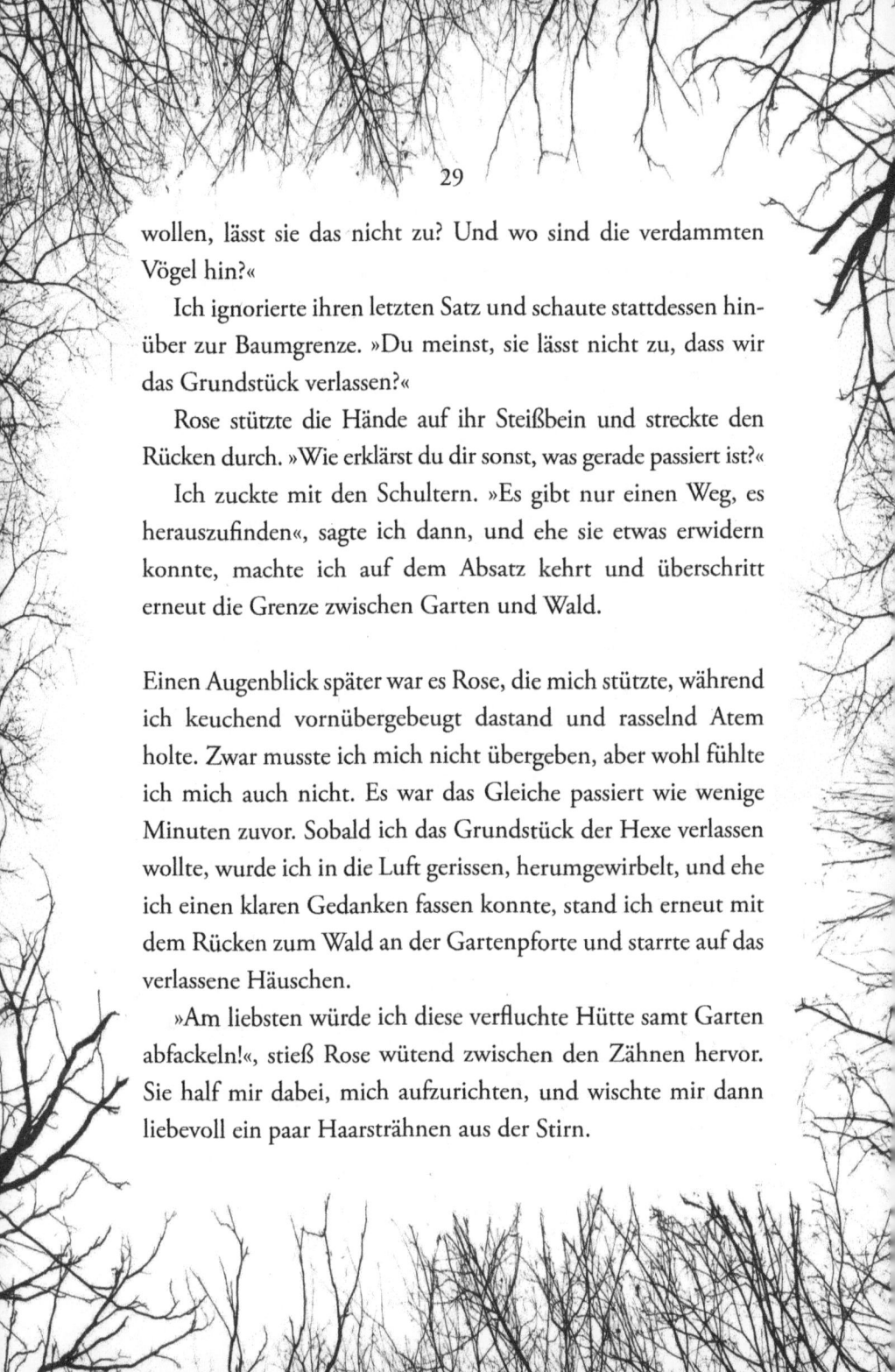

wollen, lässt sie das nicht zu? Und wo sind die verdammten Vögel hin?«

Ich ignorierte ihren letzten Satz und schaute stattdessen hinüber zur Baumgrenze. »Du meinst, sie lässt nicht zu, dass wir das Grundstück verlassen?«

Rose stützte die Hände auf ihr Steißbein und streckte den Rücken durch. »Wie erklärst du dir sonst, was gerade passiert ist?«

Ich zuckte mit den Schultern. »Es gibt nur einen Weg, es herauszufinden«, sagte ich dann, und ehe sie etwas erwidern konnte, machte ich auf dem Absatz kehrt und überschritt erneut die Grenze zwischen Garten und Wald.

Einen Augenblick später war es Rose, die mich stützte, während ich keuchend vornübergebeugt dastand und rasselnd Atem holte. Zwar musste ich mich nicht übergeben, aber wohl fühlte ich mich auch nicht. Es war das Gleiche passiert wie wenige Minuten zuvor. Sobald ich das Grundstück der Hexe verlassen wollte, wurde ich in die Luft gerissen, herumgewirbelt, und ehe ich einen klaren Gedanken fassen konnte, stand ich erneut mit dem Rücken zum Wald an der Gartenpforte und starrte auf das verlassene Häuschen.

»Am liebsten würde ich diese verfluchte Hütte samt Garten abfackeln!«, stieß Rose wütend zwischen den Zähnen hervor. Sie half mir dabei, mich aufzurichten, und wischte mir dann liebevoll ein paar Haarsträhnen aus der Stirn.

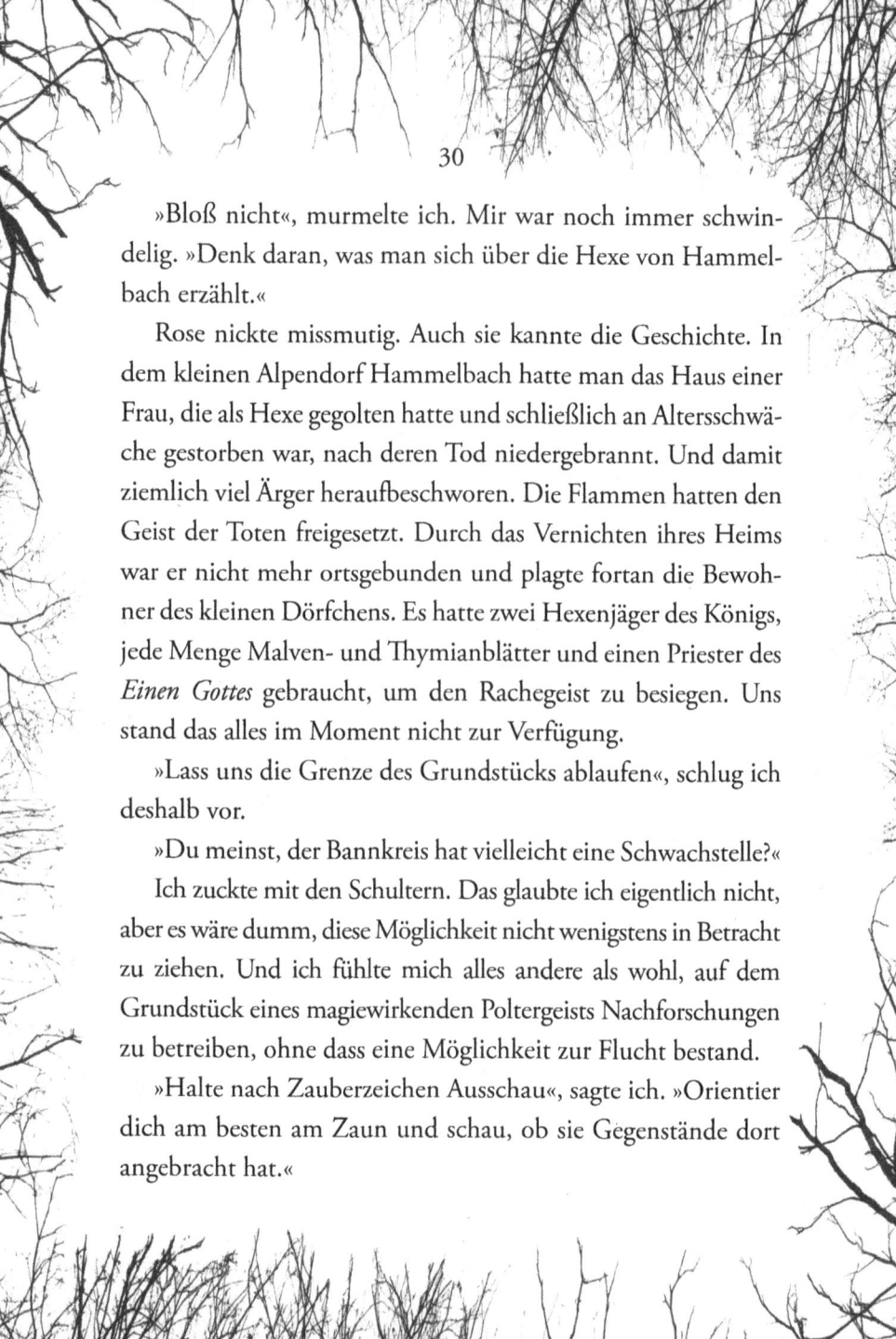

»Bloß nicht«, murmelte ich. Mir war noch immer schwindelig. »Denk daran, was man sich über die Hexe von Hammelbach erzählt.«

Rose nickte missmutig. Auch sie kannte die Geschichte. In dem kleinen Alpendorf Hammelbach hatte man das Haus einer Frau, die als Hexe gegolten hatte und schließlich an Altersschwäche gestorben war, nach deren Tod niedergebrannt. Und damit ziemlich viel Ärger heraufbeschworen. Die Flammen hatten den Geist der Toten freigesetzt. Durch das Vernichten ihres Heims war er nicht mehr ortsgebunden und plagte fortan die Bewohner des kleinen Dörfchens. Es hatte zwei Hexenjäger des Königs, jede Menge Malven- und Thymianblätter und einen Priester des *Einen Gottes* gebraucht, um den Rachegeist zu besiegen. Uns stand das alles im Moment nicht zur Verfügung.

»Lass uns die Grenze des Grundstücks ablaufen«, schlug ich deshalb vor.

»Du meinst, der Bannkreis hat vielleicht eine Schwachstelle?«

Ich zuckte mit den Schultern. Das glaubte ich eigentlich nicht, aber es wäre dumm, diese Möglichkeit nicht wenigstens in Betracht zu ziehen. Und ich fühlte mich alles andere als wohl, auf dem Grundstück eines magiewirkenden Poltergeists Nachforschungen zu betreiben, ohne dass eine Möglichkeit zur Flucht bestand.

»Halte nach Zauberzeichen Ausschau«, sagte ich. »Orientier dich am besten am Zaun und schau, ob sie Gegenstände dort angebracht hat.«

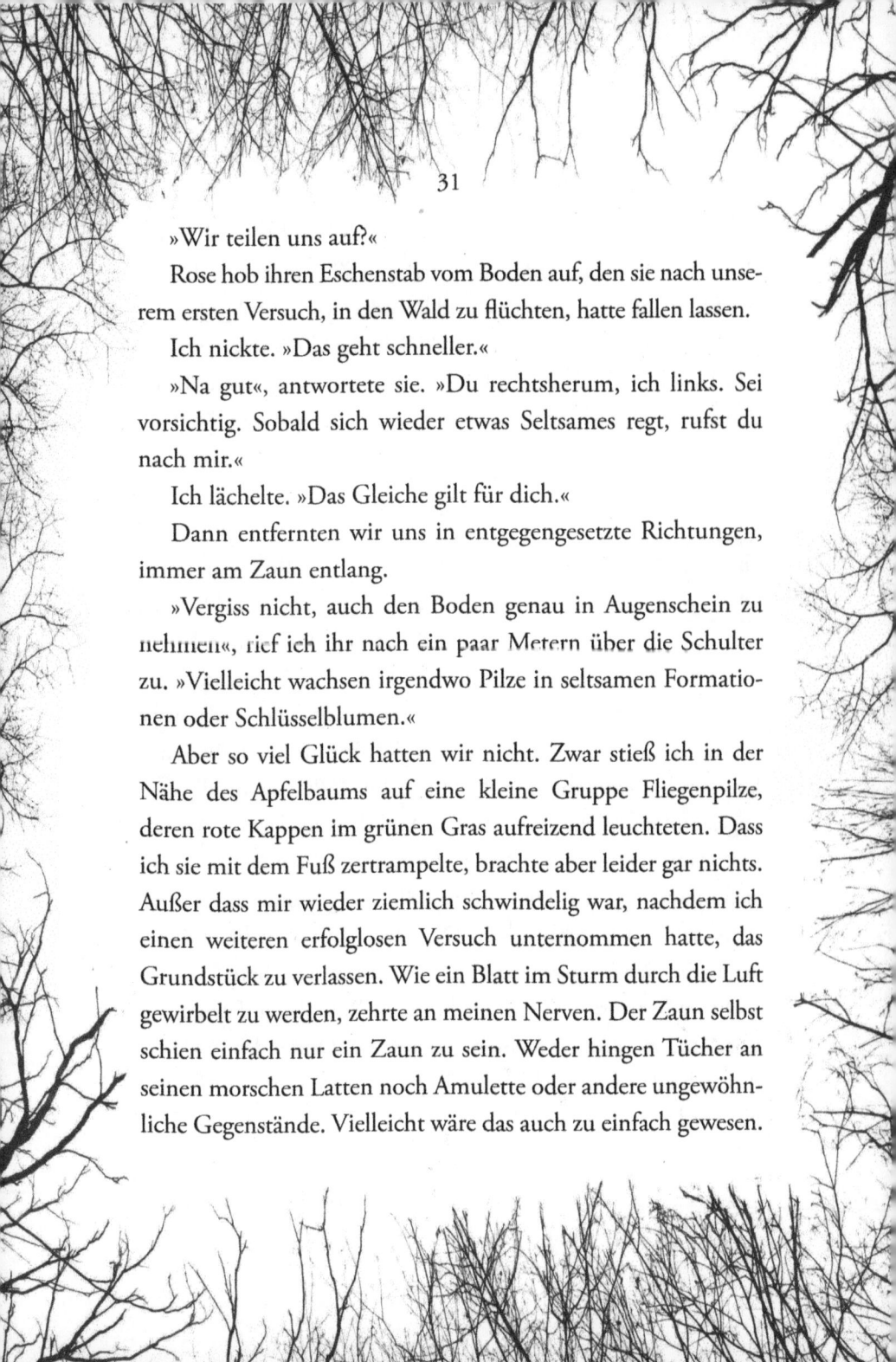

»Wir teilen uns auf?«

Rose hob ihren Eschenstab vom Boden auf, den sie nach unserem ersten Versuch, in den Wald zu flüchten, hatte fallen lassen.

Ich nickte. »Das geht schneller.«

»Na gut«, antwortete sie. »Du rechtsherum, ich links. Sei vorsichtig. Sobald sich wieder etwas Seltsames regt, rufst du nach mir.«

Ich lächelte. »Das Gleiche gilt für dich.«

Dann entfernten wir uns in entgegengesetzte Richtungen, immer am Zaun entlang.

»Vergiss nicht, auch den Boden genau in Augenschein zu nehmen«, rief ich ihr nach ein paar Metern über die Schulter zu. »Vielleicht wachsen irgendwo Pilze in seltsamen Formationen oder Schlüsselblumen.«

Aber so viel Glück hatten wir nicht. Zwar stieß ich in der Nähe des Apfelbaums auf eine kleine Gruppe Fliegenpilze, deren rote Kappen im grünen Gras aufreizend leuchteten. Dass ich sie mit dem Fuß zertrampelte, brachte aber leider gar nichts. Außer dass mir wieder ziemlich schwindelig war, nachdem ich einen weiteren erfolglosen Versuch unternommen hatte, das Grundstück zu verlassen. Wie ein Blatt im Sturm durch die Luft gewirbelt zu werden, zehrte an meinen Nerven. Der Zaun selbst schien einfach nur ein Zaun zu sein. Weder hingen Tücher an seinen morschen Latten noch Amulette oder andere ungewöhnliche Gegenstände. Vielleicht wäre das auch zu einfach gewesen.

»Bleiben wir also beim ursprünglichen Plan«, beschloss Rose, als wir wieder aufeinandertrafen. »Wir spüren die Leiche der Hexe auf, vernichten sie und beenden so diesen Spuk.«

»Dann sollten wir jetzt einen Blick in die Hütte wagen«, sagte ich. Es sollte aufmunternd klingen, aber das tat es nicht. Trotzdem holte ich tief Atem und wir machten uns auf den Weg.

Die Tür war nicht verschlossen. Als Rose ihr einen Schups verpasste, schwang sie knarzend auf. Drinnen herrschte Zwielicht, aber alles wirkte ruhig. Von einem Kleintier, das ich durch das Fenster hätte bemerkt haben können, hörte und sah man nichts. Über allem lag eine verdächtige Stille. Wieder zückten wir unsere Waffen und schoben uns langsam hintereinander in die Hütte. Die Luft roch muffig und abgestanden. In den einfallenden Strahlen der letzten Abendsonne tanzte golden der Staub. Es dauerte einen Moment, bis sich meine Augen an die Lichtverhältnisse gewöhnten. Was ich dann sah, überraschte mich. Die Hütte war sowohl sauberer als auch reicher eingerichtet, als ich es erwartet hatte. Es gab mehrere Fenster; eines in der hinteren Wand, der Tür gegenüber, und zwei in der rechten Seitenwand. Durch das vorderste dieser beiden hatte ich einen Blick geworfen, aber aufgrund des verdreckten Zustands der Glasscheibe hatte ich den Ein-

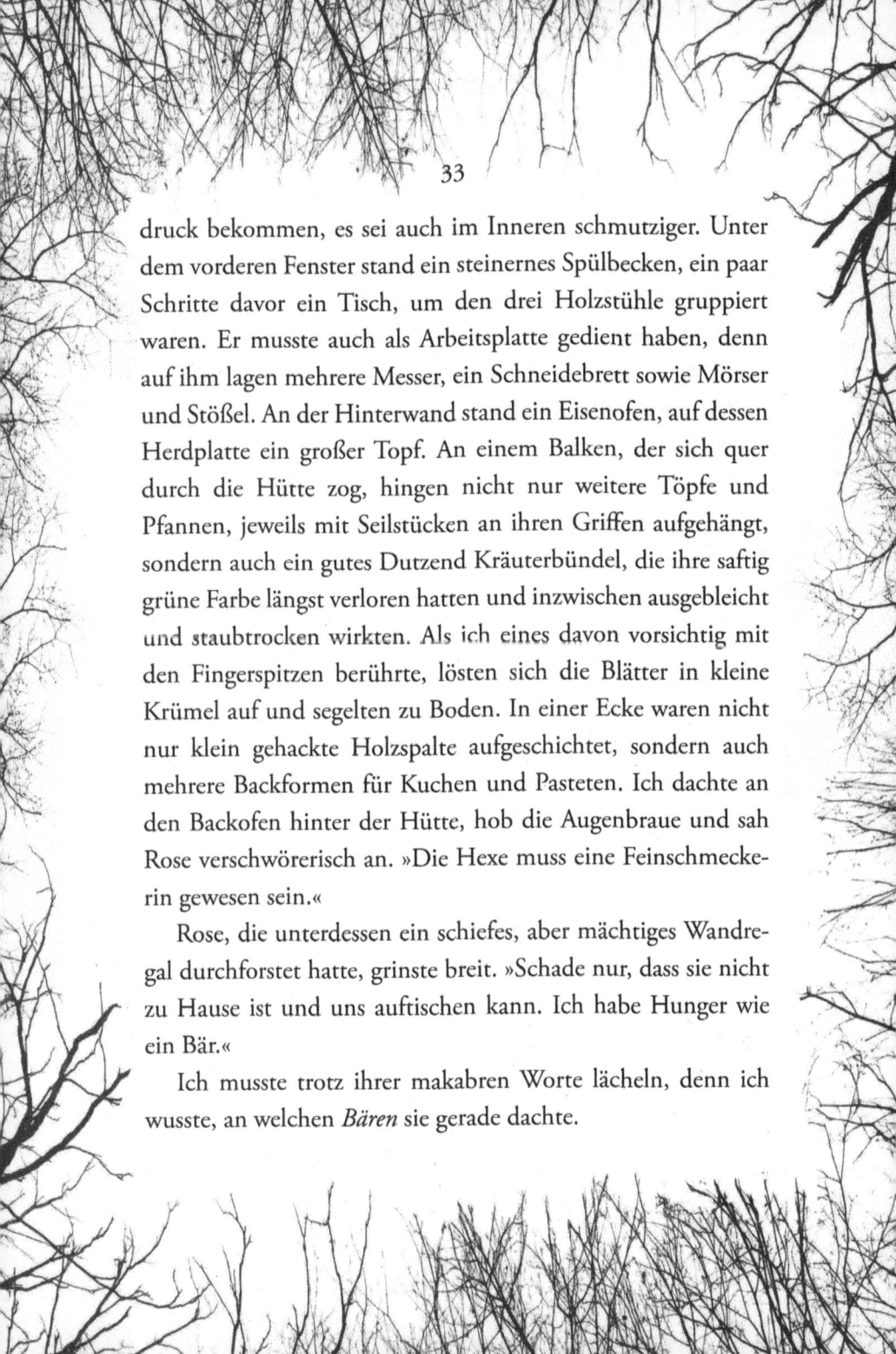

druck bekommen, es sei auch im Inneren schmutziger. Unter dem vorderen Fenster stand ein steinernes Spülbecken, ein paar Schritte davor ein Tisch, um den drei Holzstühle gruppiert waren. Er musste auch als Arbeitsplatte gedient haben, denn auf ihm lagen mehrere Messer, ein Schneidebrett sowie Mörser und Stößel. An der Hinterwand stand ein Eisenofen, auf dessen Herdplatte ein großer Topf. An einem Balken, der sich quer durch die Hütte zog, hingen nicht nur weitere Töpfe und Pfannen, jeweils mit Seilstücken an ihren Griffen aufgehängt, sondern auch ein gutes Dutzend Kräuterbündel, die ihre saftig grüne Farbe längst verloren hatten und inzwischen ausgebleicht und staubtrocken wirkten. Als ich eines davon vorsichtig mit den Fingerspitzen berührte, lösten sich die Blätter in kleine Krümel auf und segelten zu Boden. In einer Ecke waren nicht nur klein gehackte Holzspalte aufgeschichtet, sondern auch mehrere Backformen für Kuchen und Pasteten. Ich dachte an den Backofen hinter der Hütte, hob die Augenbraue und sah Rose verschwörerisch an. »Die Hexe muss eine Feinschmeckerin gewesen sein.«

Rose, die unterdessen ein schiefes, aber mächtiges Wandregal durchforstet hatte, grinste breit. »Schade nur, dass sie nicht zu Hause ist und uns auftischen kann. Ich habe Hunger wie ein Bär.«

Ich musste trotz ihrer makabren Worte lächeln, denn ich wusste, an welchen *Bären* sie gerade dachte.

»Sei froh, dass die alte Vettel nicht mehr lebendig vor uns steht, sonst hätte sie uns vielleicht schon längst in Schweine verwandelt wie diese hellenische Zauberin den armen Odysseus.«

»Sie hat nicht Odysseus in ein Schwein verwandelt, sondern seine Mannschaft«, widersprach mir Rose.

Ich ließ das Thema fallen. »Hast du noch etwas zu essen im Ranzen?«

Rose nickte. »Ja, aber nicht mehr viel. Für heute Abend wird es reichen. Allerdings sollten wir sehen, dass wir schleunigst einen Weg finden, von diesem verfluchten Grundstück zu kommen.«

Mit einem Seufzen ließ sie sich in einen breiten, blassroten Ohrensessel sinken, der neben dem Wandregal an der fensterlosen Seitenwand stand. Eine Staubwolke quoll vom verblichenen Stoff auf und brachte sie zum Niesen.

»Wenn du dich da mal nicht in ein Rattennest gesetzt hast«, warnte ich sie, aber Rose zuckte nur mit den Schultern.

»Ich sitze bequem, danke.«

»Und ich soll wohl mit einem der unbequemen Holzstühle vorliebnehmen?«, zog ich sie auf.

Sie grinste mich breit an. »Du kannst auch gern hierherkommen und dich auf meinen Schoß setzen, du Fliegengewicht.« Dann streckte sie einen Arm aus und deutete in den hinteren Teil der Hütte. »Oder du nimmst das Bett.«

»Das Bett?« Ich war überrascht und ging in die Richtung, in die Rose wies. Ein alter Flickenvorhang trennte einen Teil

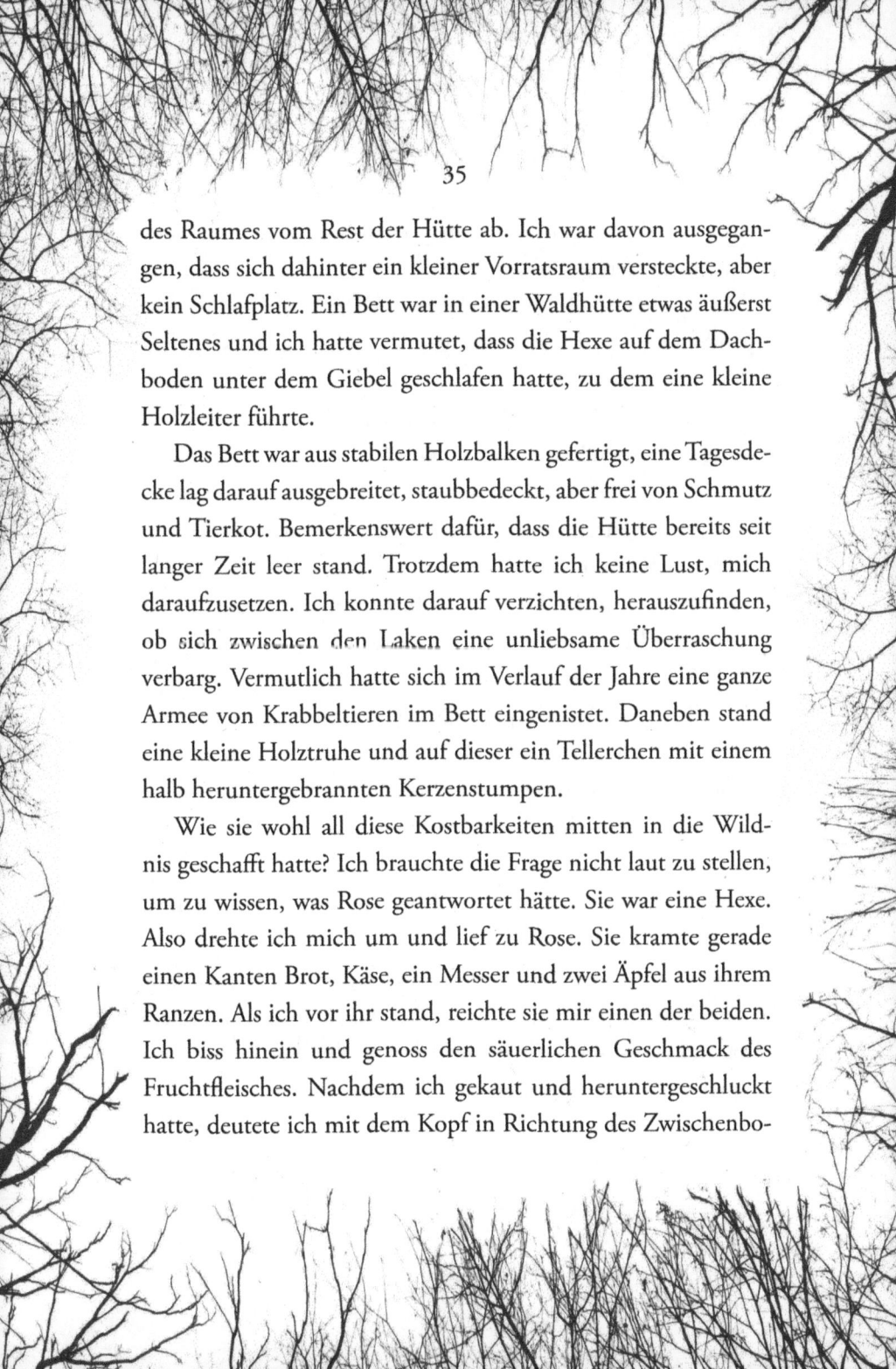

des Raumes vom Rest der Hütte ab. Ich war davon ausgegangen, dass sich dahinter ein kleiner Vorratsraum versteckte, aber kein Schlafplatz. Ein Bett war in einer Waldhütte etwas äußerst Seltenes und ich hatte vermutet, dass die Hexe auf dem Dachboden unter dem Giebel geschlafen hatte, zu dem eine kleine Holzleiter führte.

Das Bett war aus stabilen Holzbalken gefertigt, eine Tagesdecke lag darauf ausgebreitet, staubbedeckt, aber frei von Schmutz und Tierkot. Bemerkenswert dafür, dass die Hütte bereits seit langer Zeit leer stand. Trotzdem hatte ich keine Lust, mich daraufzusetzen. Ich konnte darauf verzichten, herauszufinden, ob sich zwischen den Laken eine unliebsame Überraschung verbarg. Vermutlich hatte sich im Verlauf der Jahre eine ganze Armee von Krabbeltieren im Bett eingenistet. Daneben stand eine kleine Holztruhe und auf dieser ein Tellerchen mit einem halb heruntergebrannten Kerzenstumpen.

Wie sie wohl all diese Kostbarkeiten mitten in die Wildnis geschafft hatte? Ich brauchte die Frage nicht laut zu stellen, um zu wissen, was Rose geantwortet hätte. Sie war eine Hexe. Also drehte ich mich um und lief zu Rose. Sie kramte gerade einen Kanten Brot, Käse, ein Messer und zwei Äpfel aus ihrem Ranzen. Als ich vor ihr stand, reichte sie mir einen der beiden. Ich biss hinein und genoss den säuerlichen Geschmack des Fruchtfleisches. Nachdem ich gekaut und heruntergeschluckt hatte, deutete ich mit dem Kopf in Richtung des Zwischenbo-

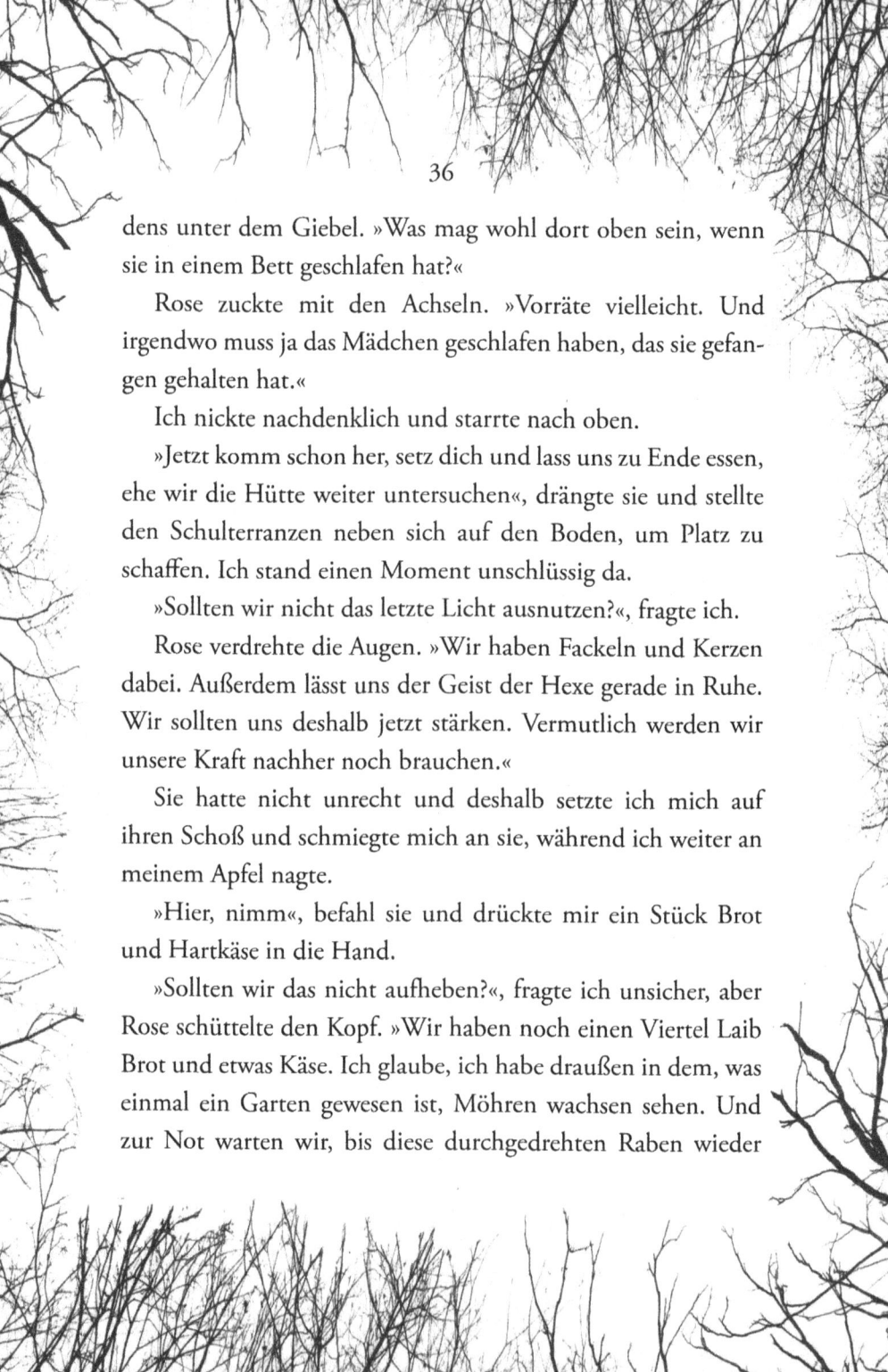

dens unter dem Giebel. »Was mag wohl dort oben sein, wenn sie in einem Bett geschlafen hat?«

Rose zuckte mit den Achseln. »Vorräte vielleicht. Und irgendwo muss ja das Mädchen geschlafen haben, das sie gefangen gehalten hat.«

Ich nickte nachdenklich und starrte nach oben.

»Jetzt komm schon her, setz dich und lass uns zu Ende essen, ehe wir die Hütte weiter untersuchen«, drängte sie und stellte den Schulterranzen neben sich auf den Boden, um Platz zu schaffen. Ich stand einen Moment unschlüssig da.

»Sollten wir nicht das letzte Licht ausnutzen?«, fragte ich.

Rose verdrehte die Augen. »Wir haben Fackeln und Kerzen dabei. Außerdem lässt uns der Geist der Hexe gerade in Ruhe. Wir sollten uns deshalb jetzt stärken. Vermutlich werden wir unsere Kraft nachher noch brauchen.«

Sie hatte nicht unrecht und deshalb setzte ich mich auf ihren Schoß und schmiegte mich an sie, während ich weiter an meinem Apfel nagte.

»Hier, nimm«, befahl sie und drückte mir ein Stück Brot und Hartkäse in die Hand.

»Sollten wir das nicht aufheben?«, fragte ich unsicher, aber Rose schüttelte den Kopf. »Wir haben noch einen Viertel Laib Brot und etwas Käse. Ich glaube, ich habe draußen in dem, was einmal ein Garten gewesen ist, Möhren wachsen sehen. Und zur Not warten wir, bis diese durchgedrehten Raben wieder

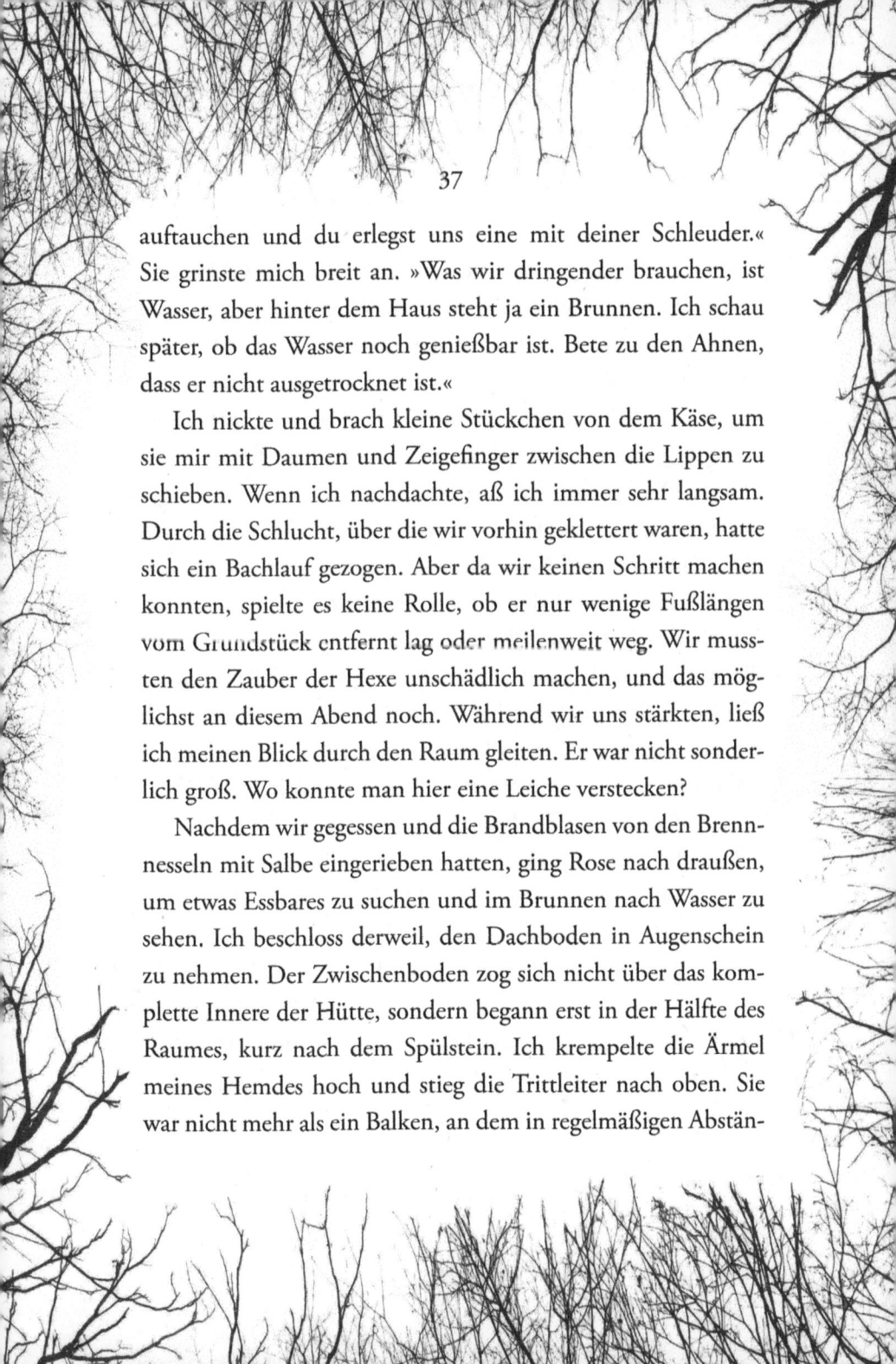

auftauchen und du erlegst uns eine mit deiner Schleuder.« Sie grinste mich breit an. »Was wir dringender brauchen, ist Wasser, aber hinter dem Haus steht ja ein Brunnen. Ich schau später, ob das Wasser noch genießbar ist. Bete zu den Ahnen, dass er nicht ausgetrocknet ist.«

Ich nickte und brach kleine Stückchen von dem Käse, um sie mir mit Daumen und Zeigefinger zwischen die Lippen zu schieben. Wenn ich nachdachte, aß ich immer sehr langsam. Durch die Schlucht, über die wir vorhin geklettert waren, hatte sich ein Bachlauf gezogen. Aber da wir keinen Schritt machen konnten, spielte es keine Rolle, ob er nur wenige Fußlängen vom Grundstück entfernt lag oder meilenweit weg. Wir mussten den Zauber der Hexe unschädlich machen, und das möglichst an diesem Abend noch. Während wir uns stärkten, ließ ich meinen Blick durch den Raum gleiten. Er war nicht sonderlich groß. Wo konnte man hier eine Leiche verstecken?

Nachdem wir gegessen und die Brandblasen von den Brennnesseln mit Salbe eingerieben hatten, ging Rose nach draußen, um etwas Essbares zu suchen und im Brunnen nach Wasser zu sehen. Ich beschloss derweil, den Dachboden in Augenschein zu nehmen. Der Zwischenboden zog sich nicht über das komplette Innere der Hütte, sondern begann erst in der Hälfte des Raumes, kurz nach dem Spülstein. Ich krempelte die Ärmel meines Hemdes hoch und stieg die Trittleiter nach oben. Sie war nicht mehr als ein Balken, an dem in regelmäßigen Abständen Querstreben genagelt worden waren. Zunächst bewegte ich mich vorsichtig, aber sie hielt. Der Platz zwischen Giebel und Zwischenboden war nicht hoch. Vielleicht konnte ein Kind in der Mitte direkt unter der Giebelspitze aufrecht stehen, ein Erwachsener höchstens kriechen. Das spärliche Licht, das von unten – und durch ein paar Löcher im Dach – hereindrang, genügte gerade, damit ich meine nähere Umgebung sehen konnte. Die unbehandelten Dielen waren mit Binsen ausgelegt, die trocken, aber nicht verrottet waren, obwohl die Zeit längst hätte dafür sorgen müssen. Rechts von mir lag ein flacher Leinensack, der vermutlich mit Stroh gefüllt war. Sonst schien der Dachboden leer; keine Vorräte, keine Gebrauchsgegenstände, die man nirgends sonst aufbewahren wollte. Vielleicht hatte hier tatsächlich das Mädchen geschlafen. Hatte auf ihm auch ein Fluch gelegen, der es daran hinderte, das Grundstück zu verlassen? Aber warum hatte der Fluch dann nach dem Tod der Hexe aufgehört, für das Mädchen zu existieren, für uns galt er jedoch? Ich schüttelte den Gedanken ab. Es brachte nichts, sich jetzt darüber den Kopf zu zerbrechen, aber ich nahm mir vor, Rose später darauf anzusprechen. Vielleicht kamen wir gemeinsam darauf, was wir übersahen. Stattdessen versuchte ich, die Schatten in den Ecken zu durchdringen, jedoch ohne großen Erfolg. Die Dunkelheit verschluckte meinen Blick. Allerdings ging ich inzwischen nicht mehr davon aus, hier etwas zu finden, das uns weiterhelfen konnte. Gerade als ich mich anschickte,

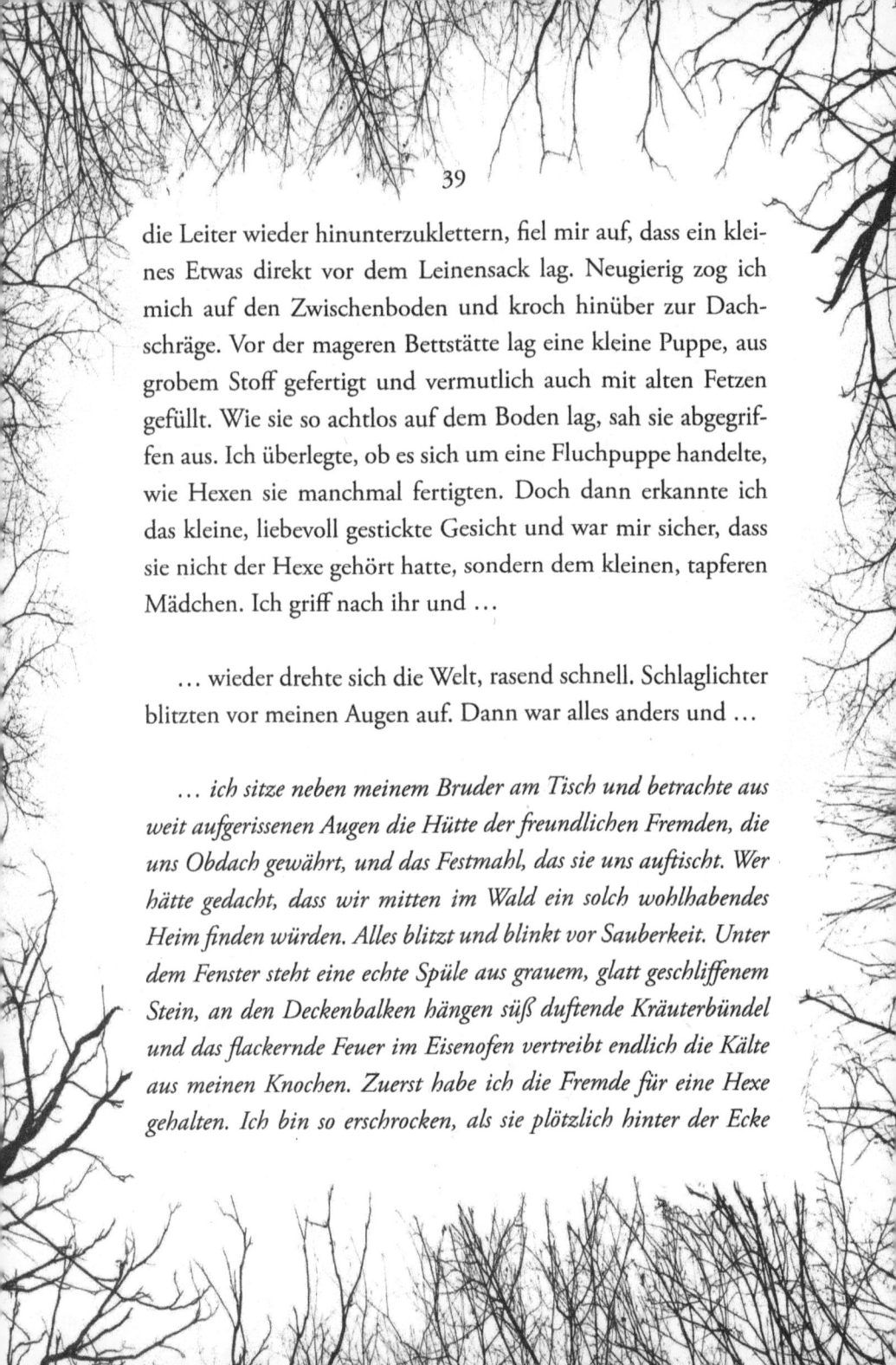

die Leiter wieder hinunterzuklettern, fiel mir auf, dass ein kleines Etwas direkt vor dem Leinensack lag. Neugierig zog ich mich auf den Zwischenboden und kroch hinüber zur Dachschräge. Vor der mageren Bettstätte lag eine kleine Puppe, aus grobem Stoff gefertigt und vermutlich auch mit alten Fetzen gefüllt. Wie sie so achtlos auf dem Boden lag, sah sie abgegriffen aus. Ich überlegte, ob es sich um eine Fluchpuppe handelte, wie Hexen sie manchmal fertigten. Doch dann erkannte ich das kleine, liebevoll gestickte Gesicht und war mir sicher, dass sie nicht der Hexe gehört hatte, sondern dem kleinen, tapferen Mädchen. Ich griff nach ihr und …

… wieder drehte sich die Welt, rasend schnell. Schlaglichter blitzten vor meinen Augen auf. Dann war alles anders und …

… ich sitze neben meinem Bruder am Tisch und betrachte aus weit aufgerissenen Augen die Hütte der freundlichen Fremden, die uns Obdach gewährt, und das Festmahl, das sie uns auftischt. Wer hätte gedacht, dass wir mitten im Wald ein solch wohlhabendes Heim finden würden. Alles blitzt und blinkt vor Sauberkeit. Unter dem Fenster steht eine echte Spüle aus grauem, glatt geschliffenem Stein, an den Deckenbalken hängen süß duftende Kräuterbündel und das flackernde Feuer im Eisenofen vertreibt endlich die Kälte aus meinen Knochen. Zuerst habe ich die Fremde für eine Hexe gehalten. Ich bin so erschrocken, als sie plötzlich hinter der Ecke

aufgetaucht ist und uns dabei ertappte, wie wir eine Pastete von ihrem Fensterbrett stibitzten. Aber sie sah ganz und gar nicht aus wie die triefäugigen, rotnasigen Alten, vor denen uns die Erwachsenen immer warnen. Die Frau ist nicht mehr jung, aber auch nicht alt, hat volles schwarzes Haar und wenn sie lächelt, wird sie richtig hübsch. Hänsel hat schneller Vertrauen zu ihr gefasst als ich – vielleicht hat das auch sein ausgehungerter Magen für ihn entschieden. Jetzt bin ich froh, dass wir der Einladung gefolgt und mit ihr in die Hütte gekommen sind. Kaum zu glauben, dass uns jemand, der uns heute Morgen noch nicht kannte, besser behandelt als unsere eigenen Eltern! Mir krampft sich das Herz zusammen. Sie haben uns im Wald ausgesetzt! Uns im Stich gelassen. Sie wollten uns loswerden. Ich merke, wie ich zu zittern beginne, und verbanne den Gedanken so gut es geht in einen dunklen Winkel in meinem Kopf, damit ich ihn nicht mehr ansehen, mich nicht mehr mit ihm beschäftigen muss. Stattdessen konzentriere ich mich auf meine Umgebung. Es ist schön hier und gemütlich, viel schöner und gemütlicher als bei uns zu Hause. Am besten aber ist der reich gedeckte Tisch. Auf einem schneeweißen Leinentuch steht ein Festmahl, das so herrlich duftet, dass mir das Wasser im Mund zusammenläuft. Ein Festmahl, das nur für uns bestimmt ist. Kurz frage ich mich, warum die freundliche Frau wie für eine königliche Hochzeit gekocht hat, wenn sie doch niemanden erwartet hat. Aber beim Anblick des knusprigen Schweinebratens, der dampfenden Fleischpasteten und des Zuckerwerks, das sie vor uns aufgetürmt

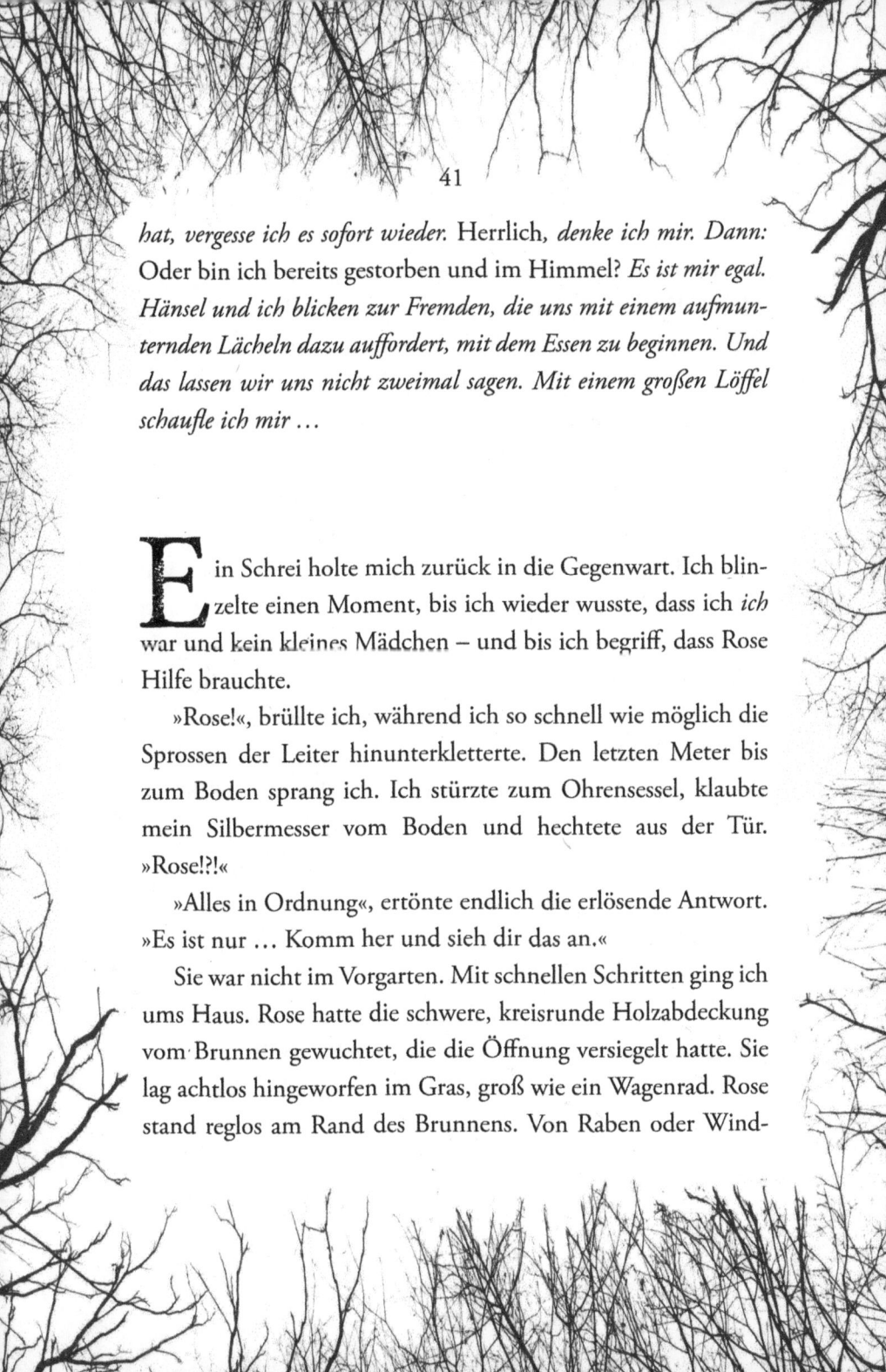

hat, vergesse ich es sofort wieder. Herrlich, *denke ich mir. Dann:*
Oder bin ich bereits gestorben und im Himmel? *Es ist mir egal.*
Hänsel und ich blicken zur Fremden, die uns mit einem aufmun-
ternden Lächeln dazu auffordert, mit dem Essen zu beginnen. Und
das lassen wir uns nicht zweimal sagen. Mit einem großen Löffel
schaufle ich mir …

Ein Schrei holte mich zurück in die Gegenwart. Ich blin-
zelte einen Moment, bis ich wieder wusste, dass ich *ich*
war und kein kleines Mädchen – und bis ich begriff, dass Rose
Hilfe brauchte.

»Rose!«, brüllte ich, während ich so schnell wie möglich die
Sprossen der Leiter hinunterkletterte. Den letzten Meter bis
zum Boden sprang ich. Ich stürzte zum Ohrensessel, klaubte
mein Silbermesser vom Boden und hechtete aus der Tür.
»Rose!?!«

»Alles in Ordnung«, ertönte endlich die erlösende Antwort.
»Es ist nur … Komm her und sieh dir das an.«

Sie war nicht im Vorgarten. Mit schnellen Schritten ging ich
ums Haus. Rose hatte die schwere, kreisrunde Holzabdeckung
vom Brunnen gewuchtet, die die Öffnung versiegelt hatte. Sie
lag achtlos hingeworfen im Gras, groß wie ein Wagenrad. Rose
stand reglos am Rand des Brunnens. Von Raben oder Wind-

und Staubgesichtern war nichts zu sehen. Als sie mich näher kommen hörte, warf sie mir einen verstörten Blick zu. Ihr Mund klappte auf, als wolle sie etwas sagen, doch kein Ton kam hervor. Stumm deutete sie auf die Brunnenöffnung. Ich ging an ihr vorbei, streifte ihr kurz beruhigend über die Schultern und trat an den steinernen Rand, der mir bis zum Bauch ging. Der Geruch, der aus dem Schacht aufstieg, traf mich wie ein Schlag. Stinkend und faulig verschlug er mir den Atem. Noch ehe ich hinunter in die schwarze Tiefe blickte, wusste ich, dass ich kein Wasser darin finden würde. Auf das, was mich erwartete, war ich dennoch nicht vorbereitet. Es war furchtbar. Das, was einst ein Brunnen gewesen war, war jetzt ein feuchtes Massengrab. Knochen über Knochen türmten sich im Schacht, elfenbeinfarben, teils vermodert, teils rostbraun befleckt, aber alle frei von Fleisch. Schenkelknochen, Ober- und Unterarmknochen, Rippenbögen, zerbrochene Hüften und aufgebrochene Schädel, über die winzige Finger- und Zehenknöchlein, Kniescheiben und Fersenknochen zerstreut lagen. Totenköpfe grinsten mir aus der schwarzen Tiefe bleich entgegen. Die Knochen waren klein, deutlich kleiner als die eines ausgewachsenen Menschen. Sie mussten Kindern gehört haben. Brot, Käse und Apfel, die ich erst vor Kurzem so genüsslich verspeist hatte, revoltierten in meinem Magen. Ich drehte mich um und blickte Rose entsetzt an. Sie erwiderte traurig meinen Blick. »Ich glaube, jetzt wissen wir, woher die Geisterkinder kommen«, sagte sie.

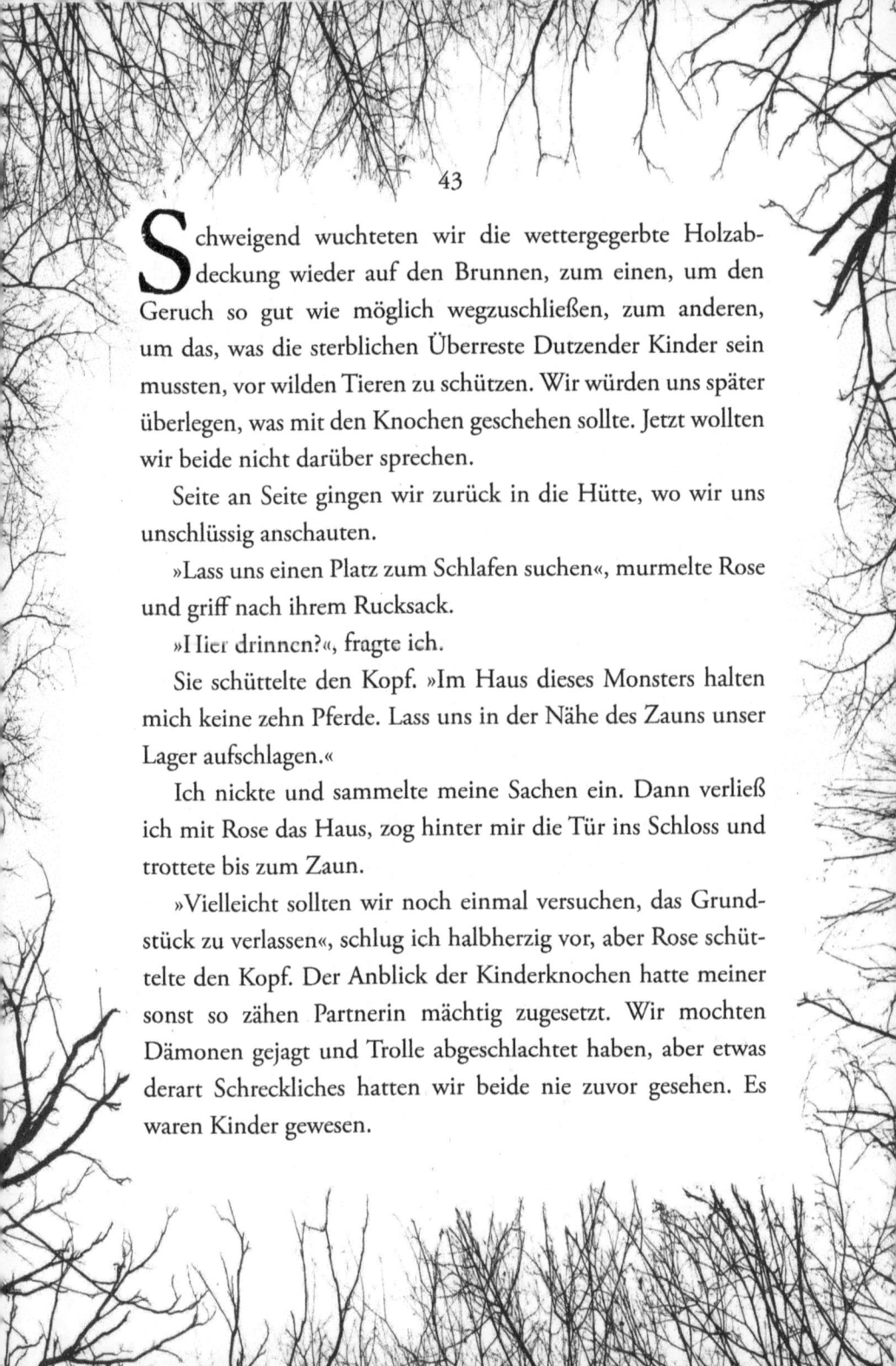

Schweigend wuchteten wir die wettergegerbte Holzabdeckung wieder auf den Brunnen, zum einen, um den Geruch so gut wie möglich wegzuschließen, zum anderen, um das, was die sterblichen Überreste Dutzender Kinder sein mussten, vor wilden Tieren zu schützen. Wir würden uns später überlegen, was mit den Knochen geschehen sollte. Jetzt wollten wir beide nicht darüber sprechen.

Seite an Seite gingen wir zurück in die Hütte, wo wir uns unschlüssig anschauten.

»Lass uns einen Platz zum Schlafen suchen«, murmelte Rose und griff nach ihrem Rucksack.

»Hier drinnen?«, fragte ich.

Sie schüttelte den Kopf. »Im Haus dieses Monsters halten mich keine zehn Pferde. Lass uns in der Nähe des Zauns unser Lager aufschlagen.«

Ich nickte und sammelte meine Sachen ein. Dann verließ ich mit Rose das Haus, zog hinter mir die Tür ins Schloss und trottete bis zum Zaun.

»Vielleicht sollten wir noch einmal versuchen, das Grundstück zu verlassen«, schlug ich halbherzig vor, aber Rose schüttelte den Kopf. Der Anblick der Kinderknochen hatte meiner sonst so zähen Partnerin mächtig zugesetzt. Wir mochten Dämonen gejagt und Trolle abgeschlachtet haben, aber etwas derart Schreckliches hatten wir beide nie zuvor gesehen. Es waren Kinder gewesen.

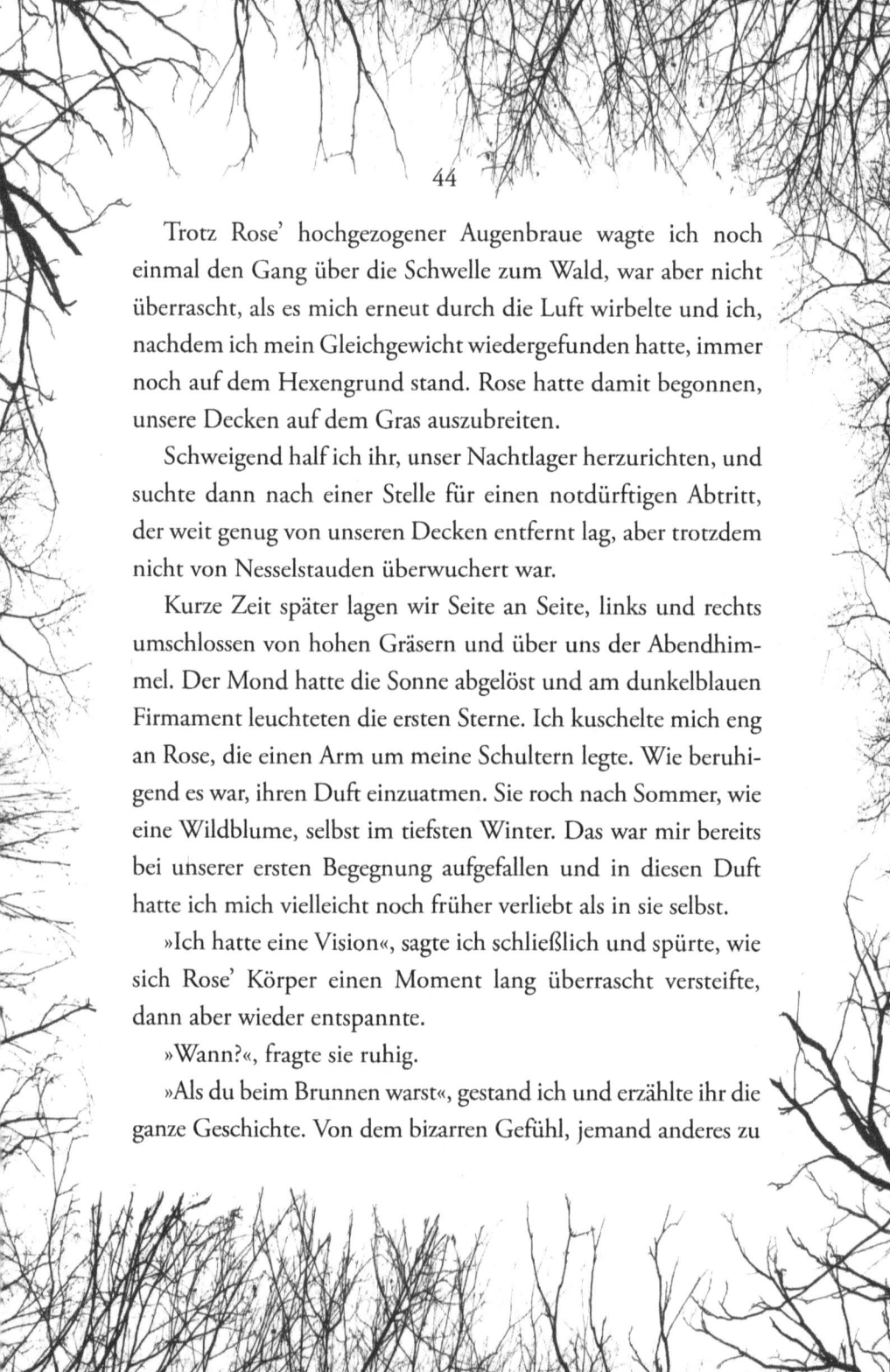

Trotz Rose' hochgezogener Augenbraue wagte ich noch einmal den Gang über die Schwelle zum Wald, war aber nicht überrascht, als es mich erneut durch die Luft wirbelte und ich, nachdem ich mein Gleichgewicht wiedergefunden hatte, immer noch auf dem Hexengrund stand. Rose hatte damit begonnen, unsere Decken auf dem Gras auszubreiten.

Schweigend half ich ihr, unser Nachtlager herzurichten, und suchte dann nach einer Stelle für einen notdürftigen Abtritt, der weit genug von unseren Decken entfernt lag, aber trotzdem nicht von Nesselstauden überwuchert war.

Kurze Zeit später lagen wir Seite an Seite, links und rechts umschlossen von hohen Gräsern und über uns der Abendhimmel. Der Mond hatte die Sonne abgelöst und am dunkelblauen Firmament leuchteten die ersten Sterne. Ich kuschelte mich eng an Rose, die einen Arm um meine Schultern legte. Wie beruhigend es war, ihren Duft einzuatmen. Sie roch nach Sommer, wie eine Wildblume, selbst im tiefsten Winter. Das war mir bereits bei unserer ersten Begegnung aufgefallen und in diesen Duft hatte ich mich vielleicht noch früher verliebt als in sie selbst.

»Ich hatte eine Vision«, sagte ich schließlich und spürte, wie sich Rose' Körper einen Moment lang überrascht versteifte, dann aber wieder entspannte.

»Wann?«, fragte sie ruhig.

»Als du beim Brunnen warst«, gestand ich und erzählte ihr die ganze Geschichte. Von dem bizarren Gefühl, jemand anderes zu

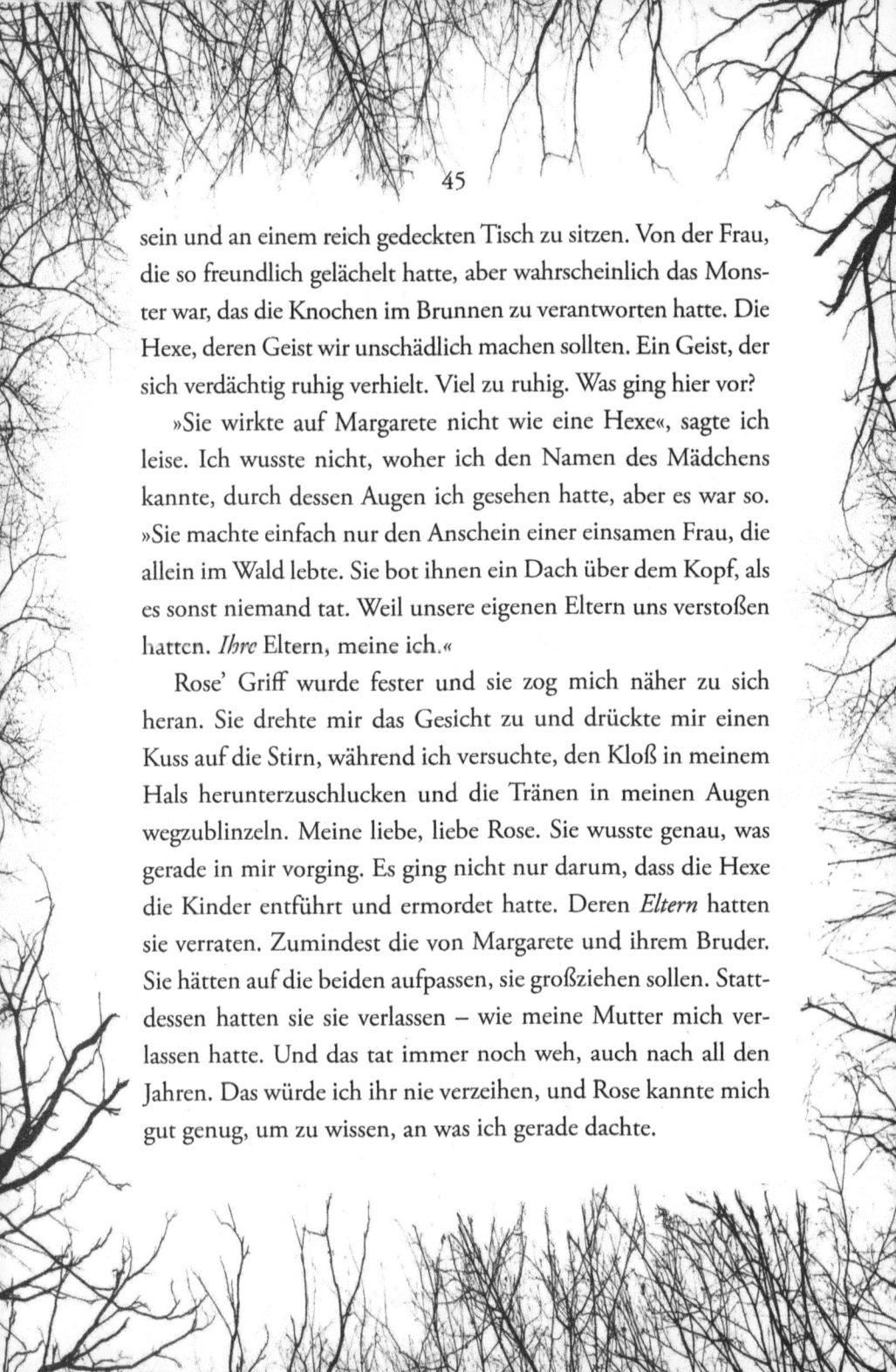

sein und an einem reich gedeckten Tisch zu sitzen. Von der Frau, die so freundlich gelächelt hatte, aber wahrscheinlich das Monster war, das die Knochen im Brunnen zu verantworten hatte. Die Hexe, deren Geist wir unschädlich machen sollten. Ein Geist, der sich verdächtig ruhig verhielt. Viel zu ruhig. Was ging hier vor?

»Sie wirkte auf Margarete nicht wie eine Hexe«, sagte ich leise. Ich wusste nicht, woher ich den Namen des Mädchens kannte, durch dessen Augen ich gesehen hatte, aber es war so. »Sie machte einfach nur den Anschein einer einsamen Frau, die allein im Wald lebte. Sie bot ihnen ein Dach über dem Kopf, als es sonst niemand tat. Weil unsere eigenen Eltern uns verstoßen hatten. *Ihre* Eltern, meine ich.«

Rose' Griff wurde fester und sie zog mich näher zu sich heran. Sie drehte mir das Gesicht zu und drückte mir einen Kuss auf die Stirn, während ich versuchte, den Kloß in meinem Hals herunterzuschlucken und die Tränen in meinen Augen wegzublinzeln. Meine liebe, liebe Rose. Sie wusste genau, was gerade in mir vorging. Es ging nicht nur darum, dass die Hexe die Kinder entführt und ermordet hatte. Deren *Eltern* hatten sie verraten. Zumindest die von Margarete und ihrem Bruder. Sie hätten auf die beiden aufpassen, sie großziehen sollen. Stattdessen hatten sie sie verlassen – wie meine Mutter mich verlassen hatte. Und das tat immer noch weh, auch nach all den Jahren. Das würde ich ihr nie verzeihen, und Rose kannte mich gut genug, um zu wissen, an was ich gerade dachte.

Plötzlich war ich wieder das kleine Mädchen, das vor vielen Sommern barfuß am Strand gestanden hatte, den Arm einer Lumpenpuppe fest umklammert, die der von Margarete ganz ähnlich gewesen war. Ich erinnerte mich an den Moment, als wäre es gestern gewesen. Meine Mutter, die sich zu mir herabbeugte und mir über das Haar strich. »Sei ein braves Mädchen, Muireann, und hör auf deinen Vater. Du musst jetzt stark sein. Ich liebe dich sehr, mein kleiner Seedrache, mehr als du dir vorstellen kannst. Aber ich kann nicht bleiben.« Das waren ihre letzten Worte gewesen. Dann hatte sie sich umgedreht und war gegangen, ohne auch nur einen einzigen Blick zurückzuwerfen.

Das alles hatte ich Rose erzählt in jenem ersten Sommer, in dem wir uns ineinander verliebt hatten. Dass ich in unmittelbarer Nähe des Meeres geboren worden war, weit entfernt von den Wäldern und Gebirgen des Festlands, auf einer Insel in der sturmgepeitschten See. Ich hatte keine Geschwister, und die ersten Jahre meines Lebens waren wundervoll gewesen. Meine Eltern liebten und umsorgten mich; meine Mutter nähte mir Puppen aus Stoff- und Wollresten, und mein Vater erzählte die wundervollsten Geschichten, von Ghillie Dhu, dem Geist in den Birken, und von Tom, dem Reimer, der niemals die Unwahrheit sprechen konnte. Jeden Abend erzählte er mir und meiner Mutter vor dem Schlafengehen eine Geschichte. Tagsüber fuhr er hinaus aufs Meer, um von seinem kleinen Boot aus Netze auszuwerfen. Er war Fischer und auch wenn unsere

Insel das Zuhause vieler Fischer war, lebten wir gut davon. Ich konnte mich nicht daran erinnern, dass er jemals mit leeren Händen zurückgekehrt war. Wir waren nicht reich gewesen, aber ich wusste damals nicht, was arm oder reich bedeutete, denn in unserer kleinen Siedlung gab es kaum jemanden, dem es besser ging als uns, aber viele, die weniger besaßen. Zu den wohlhabendsten Menschen auf der Insel zählte meine Tante Raelyn. Sie war die Schwester meines Vaters und ihre Eltern hatten sie gut verheiratet. Dennoch war sie nicht glücklich, denn sie hatte sich immer Kinder gewünscht, jedoch nie eigene bekommen. Vielleicht, wenn sie welche gehabt hätte, wäre später alles anders gewesen. Ich hatte nicht viele Freunde im Dorf. Die meisten Kinder hielten mich wegen meiner schnee-blassen Haut und meinen Augen, die fast so dunkel waren wie mein Haar, für seltsam. Ihre Eltern hingegen betrachteten mich argwöhnisch, weil ich die Tochter meiner Mutter war, einer Frau, die niemand gekannt hatte, bevor mein Vater sie mit-gebracht hatte. Eine Frau, die mir ihre schneeweiße Haut und ihre seltsamen Augen vererbt hatte. Wenn sie gewusst hätten, dass mich meine Mutter heimlich, im Schutz unseres kleinen Zuhauses und an einer verlassenen Stelle am Strand, kleine Zauber lehrte, hätten sie sie sicher noch mehr verachtet, viel-leicht sogar gefürchtet. Ich lernte schnell, sowohl die kleinen Tricks als auch diese Geheimnisse gut zu hüten. Außer meinen Eltern wusste niemand, dass ich mit dem Schnippen meiner

Finger eine Kerzenflamme entzünden oder mit den richtigen
Zutaten einen Schutzkreis ziehen konnte. Selbst Rose hatte ich
niemals *davon* erzählt. Ich wusste, wie sehr sie alles Magische
hasste. Wenn ich etwas nicht wollte, dann in ihren Augen die
Verachtung zu sehen, die sie für Hexen und Zauberer empfand.
Ich brauchte sie. Die Angst, sie zu verlieren, war auf einmal so
überwältigend, dass ich mich vom Rücken auf die Seite rollte
und ihren Oberkörper mit meinem Arm umschlang, während
ich mein Gesicht in ihrer Halsbeuge vergrub.

»Du bist ja noch wach …

« Überrascht zog sie mich fest an sich. »Ist alles in Ordnung?
Warum schläfst du nicht?«

»Mir geht zu viel durch den Kopf«, sagte ich leise und begann,
mir eine ihrer roten Locken um den Finger zu wickeln. Wie
immer hatte Rose angeboten, die erste Wache zu übernehmen,
um mir ein paar Stunden Ruhe zu gönnen, ehe ich an der Reihe
war. Rose war eher ein Nachtmensch, ich ein Frühaufsteher.
Heute wollte sich der Schlaf, der mich in der Regel übermannte,
sobald ich die Augen schloss, jedoch einfach nicht einstellen.

»Dann erzähl mir von den Sternen«, bat Rose. »Das lenkt
uns ab.«

Ich lächelte, drehte mich wieder auf den Rücken und
blickte nach oben in den Nachthimmel. Vor dem schwarzen
Hintergrund des Firmaments hoben sich die Sterne ab wie
makellose Perlen.

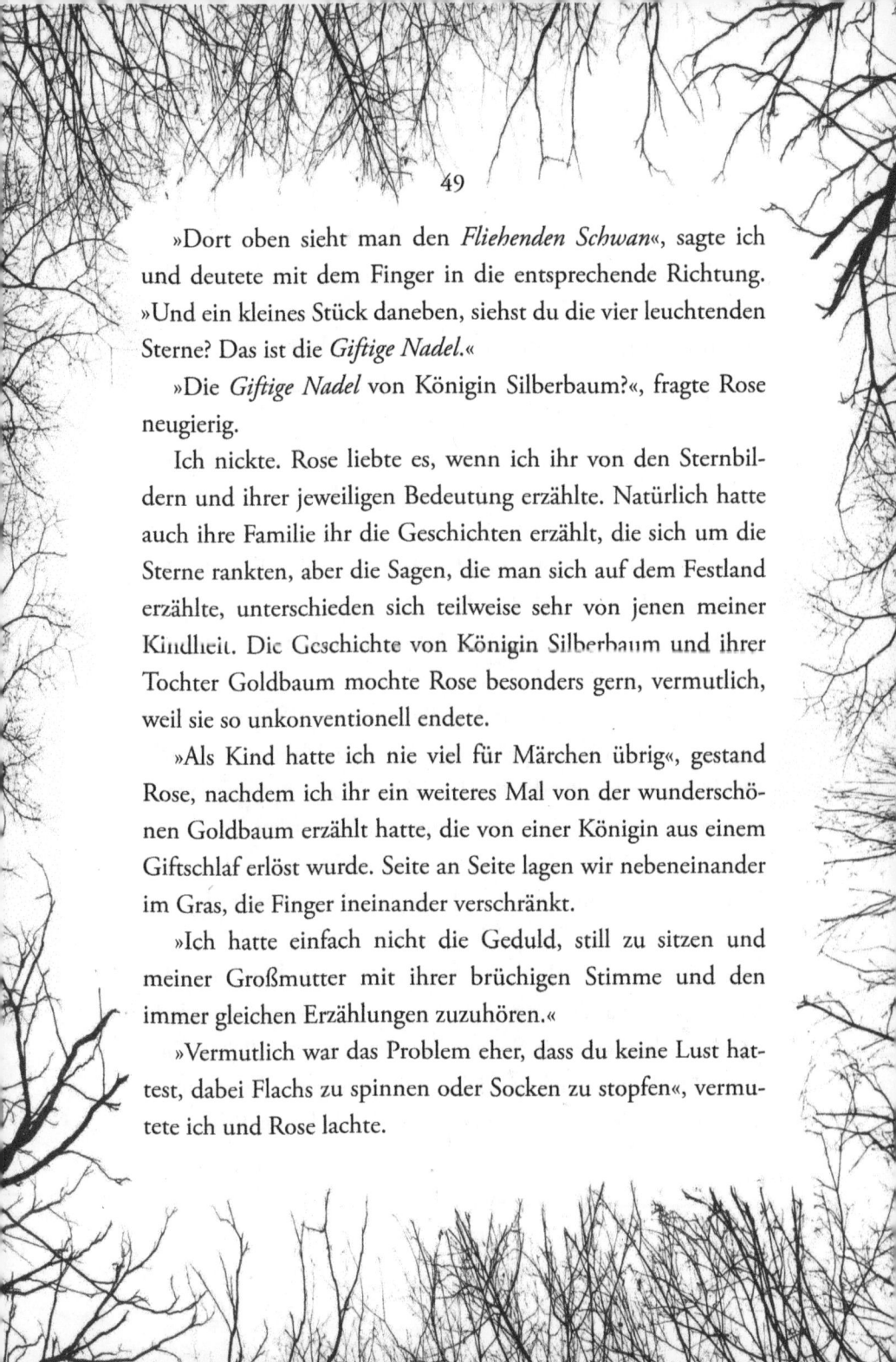

»Dort oben sieht man den *Fliehenden Schwan*«, sagte ich und deutete mit dem Finger in die entsprechende Richtung. »Und ein kleines Stück daneben, siehst du die vier leuchtenden Sterne? Das ist die *Giftige Nadel*.«

»Die *Giftige Nadel* von Königin Silberbaum?«, fragte Rose neugierig.

Ich nickte. Rose liebte es, wenn ich ihr von den Sternbildern und ihrer jeweiligen Bedeutung erzählte. Natürlich hatte auch ihre Familie ihr die Geschichten erzählt, die sich um die Sterne rankten, aber die Sagen, die man sich auf dem Festland erzählte, unterschieden sich teilweise sehr von jenen meiner Kindheit. Die Geschichte von Königin Silberbaum und ihrer Tochter Goldbaum mochte Rose besonders gern, vermutlich, weil sie so unkonventionell endete.

»Als Kind hatte ich nie viel für Märchen übrig«, gestand Rose, nachdem ich ihr ein weiteres Mal von der wunderschönen Goldbaum erzählt hatte, die von einer Königin aus einem Giftschlaf erlöst wurde. Seite an Seite lagen wir nebeneinander im Gras, die Finger ineinander verschränkt.

»Ich hatte einfach nicht die Geduld, still zu sitzen und meiner Großmutter mit ihrer brüchigen Stimme und den immer gleichen Erzählungen zuzuhören.«

»Vermutlich war das Problem eher, dass du keine Lust hattest, dabei Flachs zu spinnen oder Socken zu stopfen«, vermutete ich und Rose lachte.

»Ja, vielleicht«, gab sie dann zu. »Da war es doch viel spannender, mit meinen Brüdern durch den Wald zu tollen. Niemand aus meiner Familie würde mir glauben, dass ich still neben dir liegen und dich eine ganze Geschichte von Anfang bis Ende erzählen lassen kann, ohne dich mindestens drei Mal zu unterbrechen. Schon gar nicht, wenn es sich dabei um eine Geschichte über Prinzessinnen und Königinnen handelt und darin kein einziger Ritter oder Riese vorkommt, geschweige denn ein ordentlicher Kampf.«

Sie seufzte tief. »Kein Wunder, dass mich alle schon als Kind für hart und spröde gehalten haben.«

Ich stützte mich auf meinen Ellenbogen, legte das Kinn auf meine Handfläche und blickte sie versonnen an.

»Niemand, der dich auf dem Ball von Prinz Simon gesehen hat, würde dich je als spröde und hart bezeichnen«, sagte ich. Die Herrscherfamilie des Königreichs der Stürme war monatelang von einem Wiedergänger heimgesucht worden, der jedoch nur in den Nächten zuschlug, in denen auf der Burg ein großes Fest gefeiert worden war. Man hatte deshalb vermutet, dass der Wiedergänger aus dem Adel stammte. Die königliche Familie hatte Rose und mich damit beauftragt, dem blutsaugenden Untoten das Handwerk zu legen, und zwar während eines Balls zu Ehren ihres einzigen Sohnes. Anstatt unserer üblichen Kleidung hatten wir prächtige Ballkleider getragen und uns inkognito unter die Gäste gemischt. Der Anblick von Rose – die

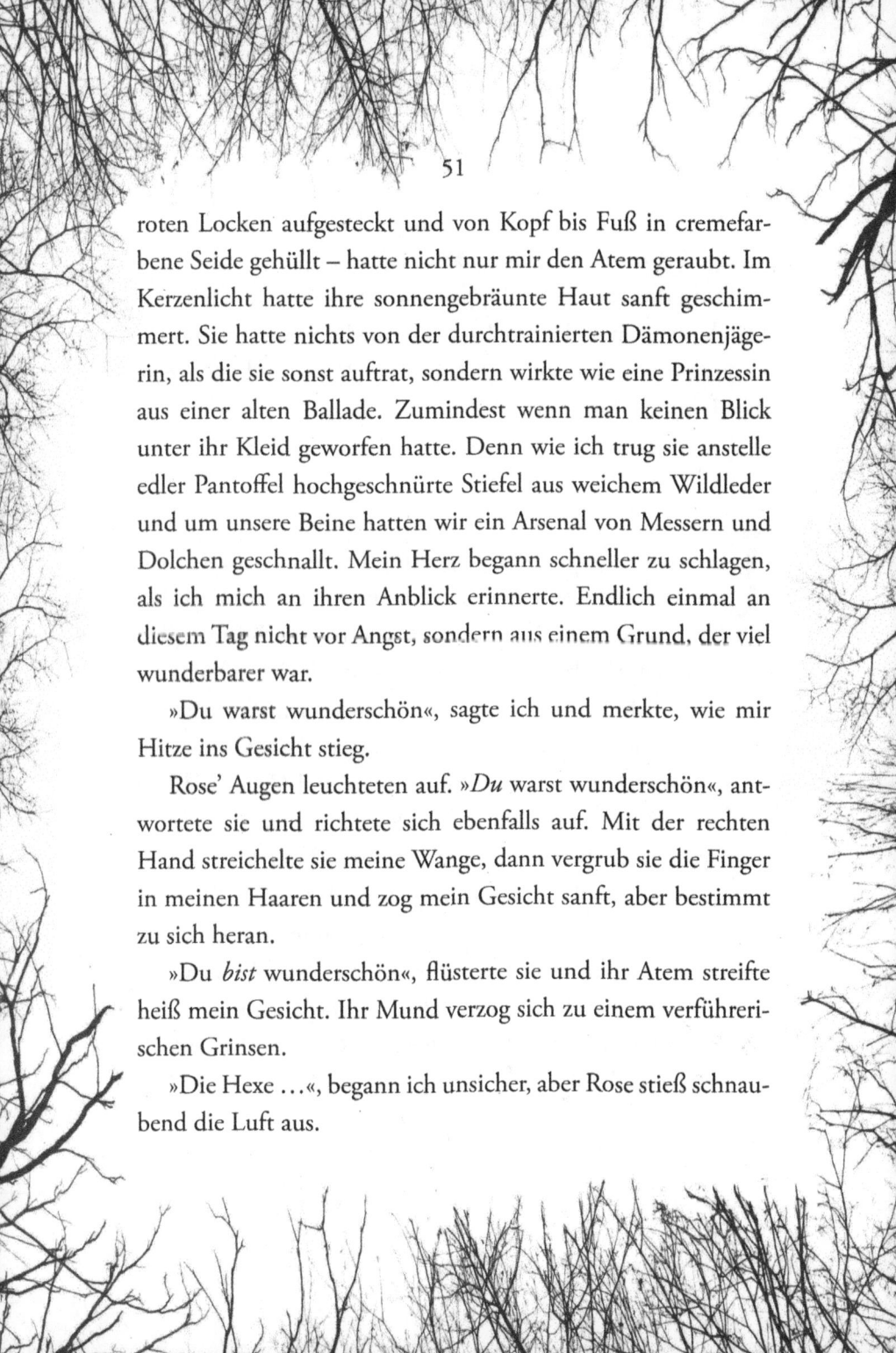

roten Locken aufgesteckt und von Kopf bis Fuß in cremefarbene Seide gehüllt – hatte nicht nur mir den Atem geraubt. Im Kerzenlicht hatte ihre sonnengebräunte Haut sanft geschimmert. Sie hatte nichts von der durchtrainierten Dämonenjägerin, als die sie sonst auftrat, sondern wirkte wie eine Prinzessin aus einer alten Ballade. Zumindest wenn man keinen Blick unter ihr Kleid geworfen hatte. Denn wie ich trug sie anstelle edler Pantoffel hochgeschnürte Stiefel aus weichem Wildleder und um unsere Beine hatten wir ein Arsenal von Messern und Dolchen geschnallt. Mein Herz begann schneller zu schlagen, als ich mich an ihren Anblick erinnerte. Endlich einmal an diesem Tag nicht vor Angst, sondern aus einem Grund, der viel wunderbarer war.

»Du warst wunderschön«, sagte ich und merkte, wie mir Hitze ins Gesicht stieg.

Rose' Augen leuchteten auf. »*Du* warst wunderschön«, antwortete sie und richtete sich ebenfalls auf. Mit der rechten Hand streichelte sie meine Wange, dann vergrub sie die Finger in meinen Haaren und zog mein Gesicht sanft, aber bestimmt zu sich heran.

»Du *bist* wunderschön«, flüsterte sie und ihr Atem streifte heiß mein Gesicht. Ihr Mund verzog sich zu einem verführerischen Grinsen.

»Die Hexe …«, begann ich unsicher, aber Rose stieß schnaubend die Luft aus.

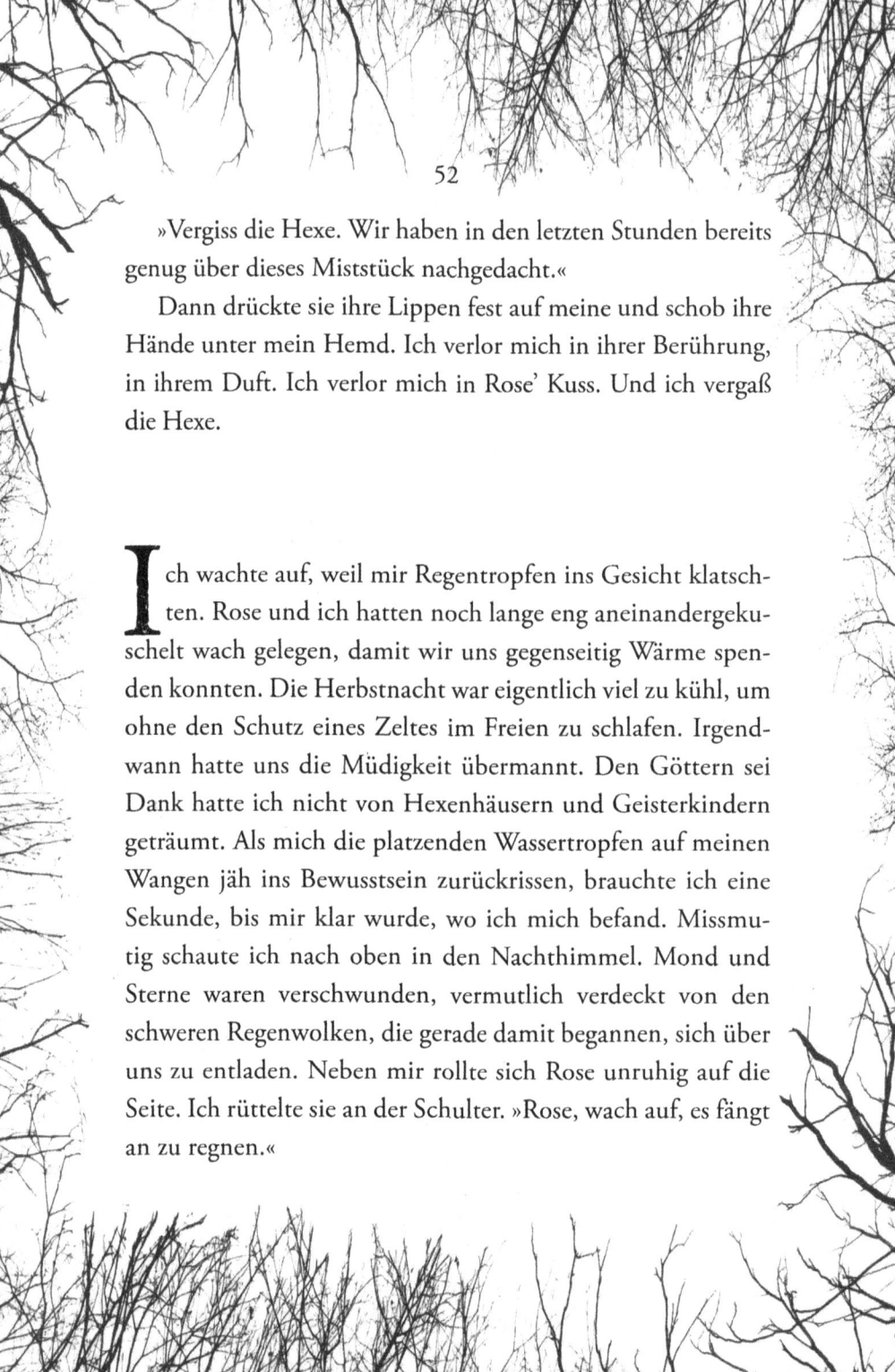

»Vergiss die Hexe. Wir haben in den letzten Stunden bereits genug über dieses Miststück nachgedacht.«

Dann drückte sie ihre Lippen fest auf meine und schob ihre Hände unter mein Hemd. Ich verlor mich in ihrer Berührung, in ihrem Duft. Ich verlor mich in Rose' Kuss. Und ich vergaß die Hexe.

Ich wachte auf, weil mir Regentropfen ins Gesicht klatschten. Rose und ich hatten noch lange eng aneinandergekuschelt wach gelegen, damit wir uns gegenseitig Wärme spenden konnten. Die Herbstnacht war eigentlich viel zu kühl, um ohne den Schutz eines Zeltes im Freien zu schlafen. Irgendwann hatte uns die Müdigkeit übermannt. Den Göttern sei Dank hatte ich nicht von Hexenhäusern und Geisterkindern geträumt. Als mich die platzenden Wassertropfen auf meinen Wangen jäh ins Bewusstsein zurückrissen, brauchte ich eine Sekunde, bis mir klar wurde, wo ich mich befand. Missmutig schaute ich nach oben in den Nachthimmel. Mond und Sterne waren verschwunden, vermutlich verdeckt von den schweren Regenwolken, die gerade damit begannen, sich über uns zu entladen. Neben mir rollte sich Rose unruhig auf die Seite. Ich rüttelte sie an der Schulter. »Rose, wach auf, es fängt an zu regnen.«

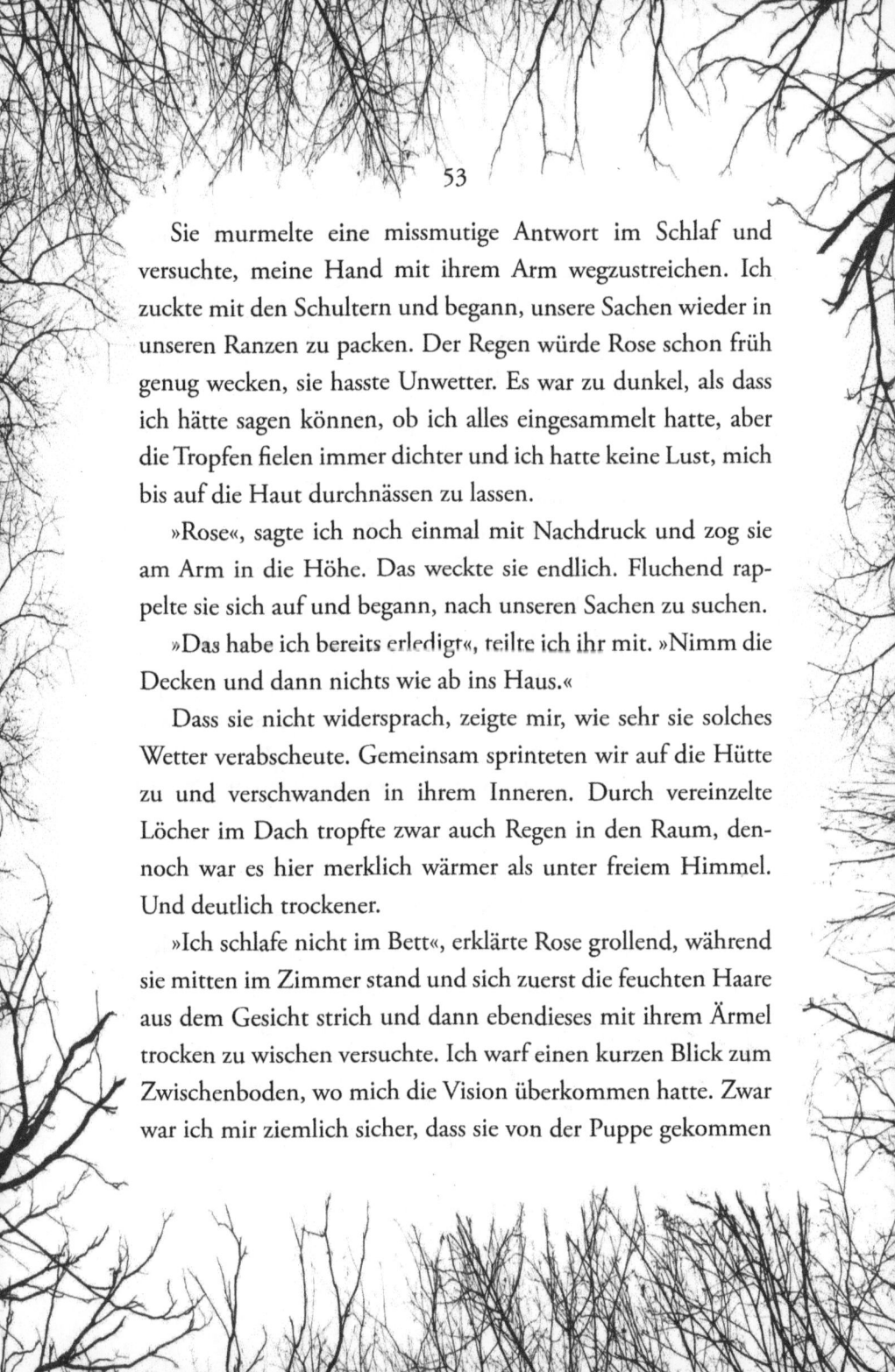

Sie murmelte eine missmutige Antwort im Schlaf und versuchte, meine Hand mit ihrem Arm wegzustreichen. Ich zuckte mit den Schultern und begann, unsere Sachen wieder in unseren Ranzen zu packen. Der Regen würde Rose schon früh genug wecken, sie hasste Unwetter. Es war zu dunkel, als dass ich hätte sagen können, ob ich alles eingesammelt hatte, aber die Tropfen fielen immer dichter und ich hatte keine Lust, mich bis auf die Haut durchnässen zu lassen.

»Rose«, sagte ich noch einmal mit Nachdruck und zog sie am Arm in die Höhe. Das weckte sie endlich. Fluchend rappelte sie sich auf und begann, nach unseren Sachen zu suchen.

»Das habe ich bereits erledigt«, teilte ich ihr mit. »Nimm die Decken und dann nichts wie ab ins Haus.«

Dass sie nicht widersprach, zeigte mir, wie sehr sie solches Wetter verabscheute. Gemeinsam sprinteten wir auf die Hütte zu und verschwanden in ihrem Inneren. Durch vereinzelte Löcher im Dach tropfte zwar auch Regen in den Raum, dennoch war es hier merklich wärmer als unter freiem Himmel. Und deutlich trockener.

»Ich schlafe nicht im Bett«, erklärte Rose grollend, während sie mitten im Zimmer stand und sich zuerst die feuchten Haare aus dem Gesicht strich und dann ebendieses mit ihrem Ärmel trocken zu wischen versuchte. Ich warf einen kurzen Blick zum Zwischenboden, wo mich die Vision überkommen hatte. Zwar war ich mir ziemlich sicher, dass sie von der Puppe gekommen

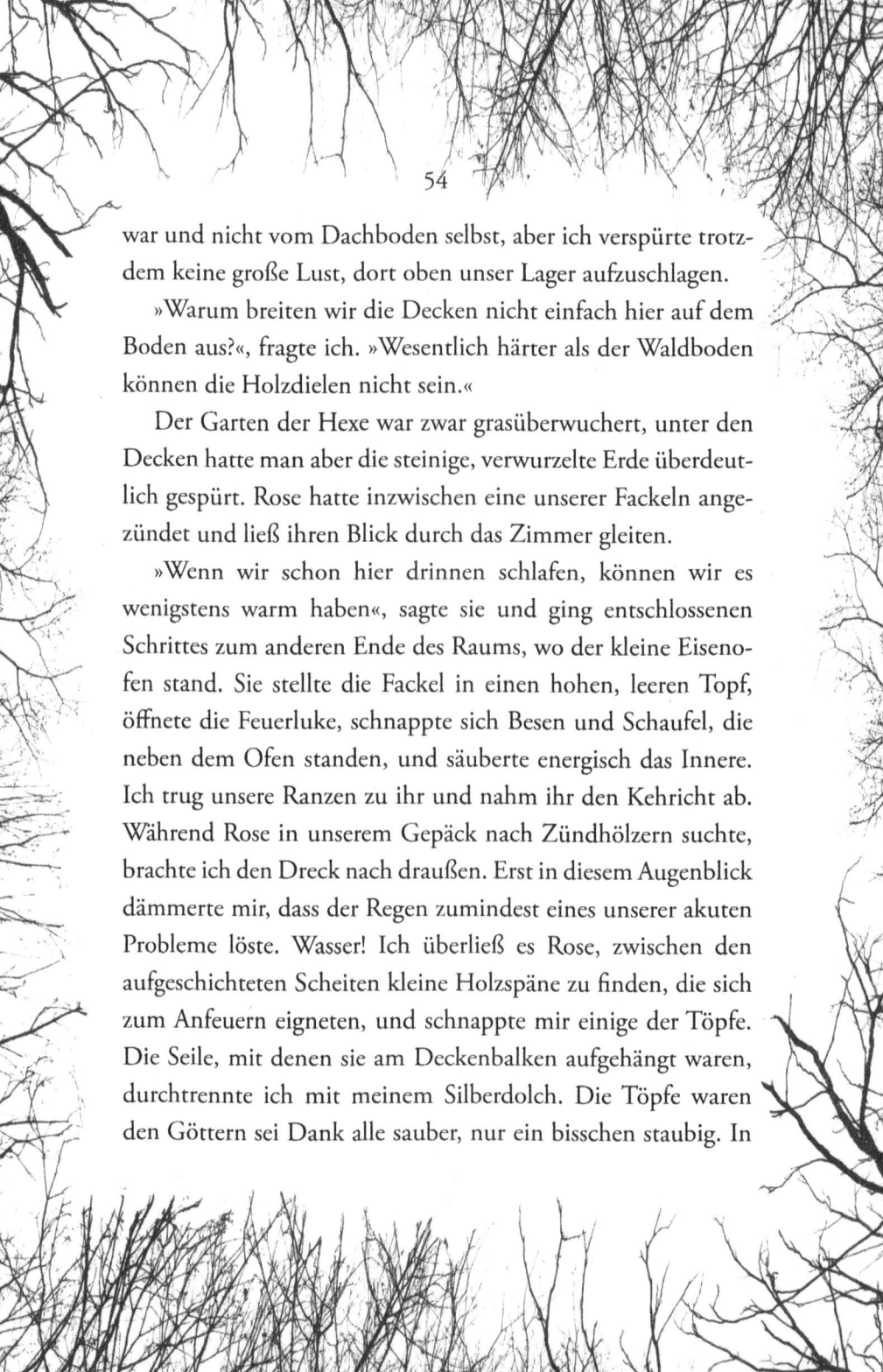

war und nicht vom Dachboden selbst, aber ich verspürte trotzdem keine große Lust, dort oben unser Lager aufzuschlagen.

»Warum breiten wir die Decken nicht einfach hier auf dem Boden aus?«, fragte ich. »Wesentlich härter als der Waldboden können die Holzdielen nicht sein.«

Der Garten der Hexe war zwar grasüberwuchert, unter den Decken hatte man aber die steinige, verwurzelte Erde überdeutlich gespürt. Rose hatte inzwischen eine unserer Fackeln angezündet und ließ ihren Blick durch das Zimmer gleiten.

»Wenn wir schon hier drinnen schlafen, können wir es wenigstens warm haben«, sagte sie und ging entschlossenen Schrittes zum anderen Ende des Raums, wo der kleine Eisenofen stand. Sie stellte die Fackel in einen hohen, leeren Topf, öffnete die Feuerluke, schnappte sich Besen und Schaufel, die neben dem Ofen standen, und säuberte energisch das Innere. Ich trug unsere Ranzen zu ihr und nahm ihr den Kehricht ab. Während Rose in unserem Gepäck nach Zündhölzern suchte, brachte ich den Dreck nach draußen. Erst in diesem Augenblick dämmerte mir, dass der Regen zumindest eines unserer akuten Probleme löste. Wasser! Ich überließ es Rose, zwischen den aufgeschichteten Scheiten kleine Holzspäne zu finden, die sich zum Anfeuern eigneten, und schnappte mir einige der Töpfe. Die Seile, mit denen sie am Deckenbalken aufgehängt waren, durchtrennte ich mit meinem Silberdolch. Die Töpfe waren den Göttern sei Dank alle sauber, nur ein bisschen staubig. In

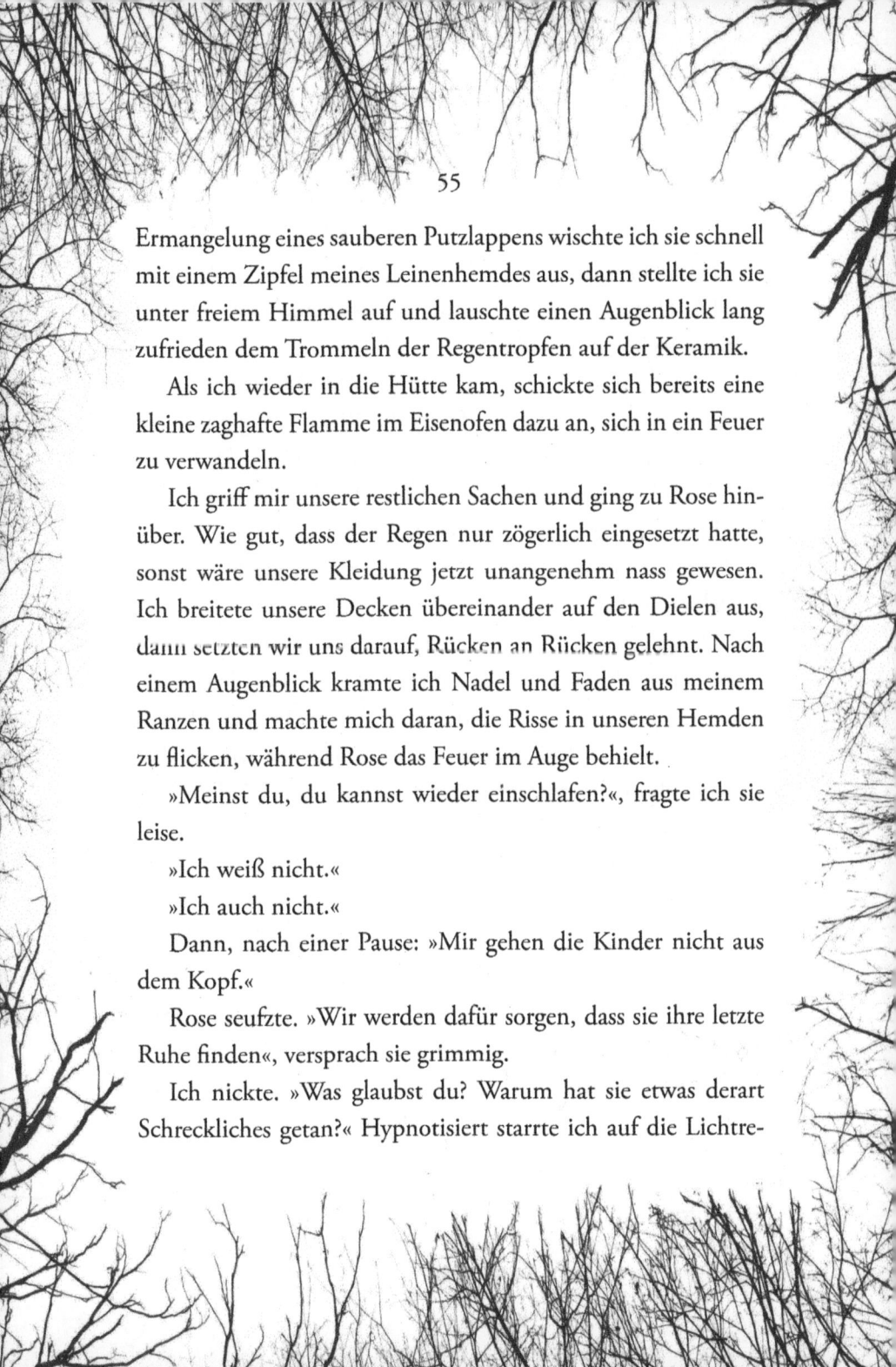

Ermangelung eines sauberen Putzlappens wischte ich sie schnell mit einem Zipfel meines Leinenhemdes aus, dann stellte ich sie unter freiem Himmel auf und lauschte einen Augenblick lang zufrieden dem Trommeln der Regentropfen auf der Keramik.

Als ich wieder in die Hütte kam, schickte sich bereits eine kleine zaghafte Flamme im Eisenofen dazu an, sich in ein Feuer zu verwandeln.

Ich griff mir unsere restlichen Sachen und ging zu Rose hinüber. Wie gut, dass der Regen nur zögerlich eingesetzt hatte, sonst wäre unsere Kleidung jetzt unangenehm nass gewesen. Ich breitete unsere Decken übereinander auf den Dielen aus, dann setzten wir uns darauf, Rücken an Rücken gelehnt. Nach einem Augenblick kramte ich Nadel und Faden aus meinem Ranzen und machte mich daran, die Risse in unseren Hemden zu flicken, während Rose das Feuer im Auge behielt.

»Meinst du, du kannst wieder einschlafen?«, fragte ich sie leise.

»Ich weiß nicht.«

»Ich auch nicht.«

Dann, nach einer Pause: »Mir gehen die Kinder nicht aus dem Kopf.«

Rose seufzte. »Wir werden dafür sorgen, dass sie ihre letzte Ruhe finden«, versprach sie grimmig.

Ich nickte. »Was glaubst du? Warum hat sie etwas derart Schreckliches getan?« Hypnotisiert starrte ich auf die Lichtre-

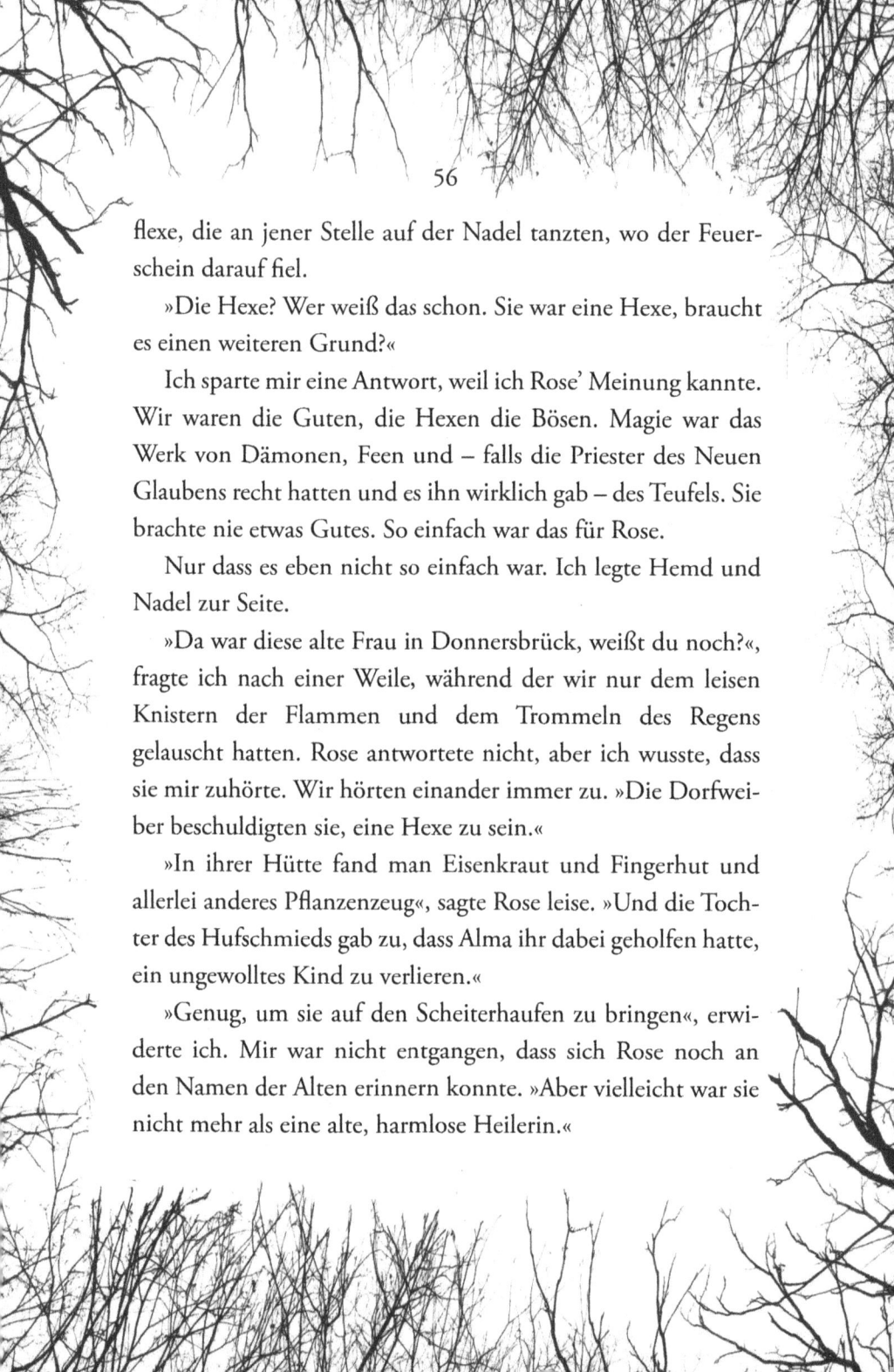

flexe, die an jener Stelle auf der Nadel tanzten, wo der Feuerschein darauf fiel.

»Die Hexe? Wer weiß das schon. Sie war eine Hexe, braucht es einen weiteren Grund?«

Ich sparte mir eine Antwort, weil ich Rose' Meinung kannte. Wir waren die Guten, die Hexen die Bösen. Magie war das Werk von Dämonen, Feen und – falls die Priester des Neuen Glaubens recht hatten und es ihn wirklich gab – des Teufels. Sie brachte nie etwas Gutes. So einfach war das für Rose.

Nur dass es eben nicht so einfach war. Ich legte Hemd und Nadel zur Seite.

»Da war diese alte Frau in Donnersbrück, weißt du noch?«, fragte ich nach einer Weile, während der wir nur dem leisen Knistern der Flammen und dem Trommeln des Regens gelauscht hatten. Rose antwortete nicht, aber ich wusste, dass sie mir zuhörte. Wir hörten einander immer zu. »Die Dorfweiber beschuldigten sie, eine Hexe zu sein.«

»In ihrer Hütte fand man Eisenkraut und Fingerhut und allerlei anderes Pflanzenzeug«, sagte Rose leise. »Und die Tochter des Hufschmieds gab zu, dass Alma ihr dabei geholfen hatte, ein ungewolltes Kind zu verlieren.«

»Genug, um sie auf den Scheiterhaufen zu bringen«, erwiderte ich. Mir war nicht entgangen, dass sich Rose noch an den Namen der Alten erinnern konnte. »Aber vielleicht war sie nicht mehr als eine alte, harmlose Heilerin.«

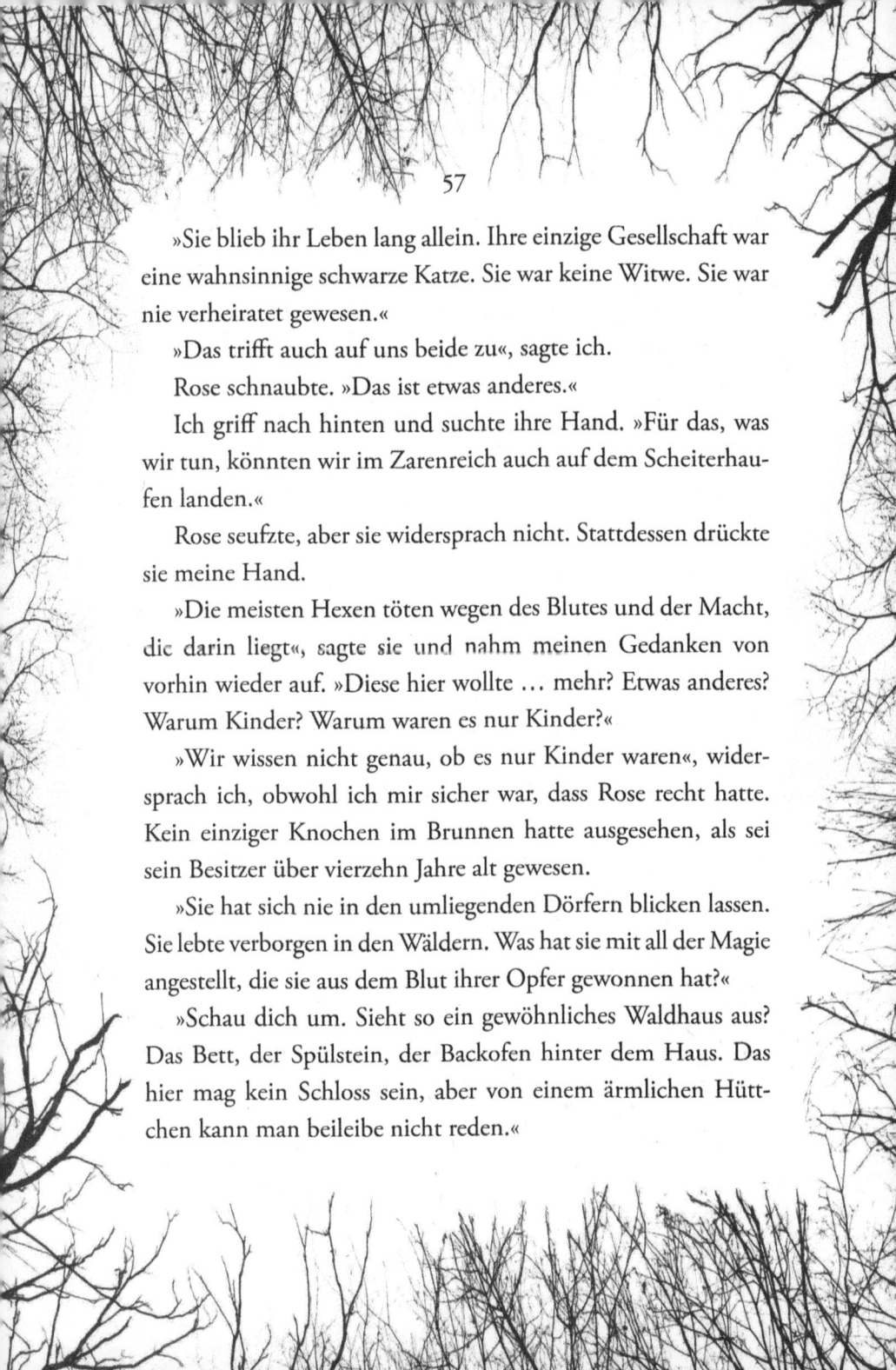

»Sie blieb ihr Leben lang allein. Ihre einzige Gesellschaft war eine wahnsinnige schwarze Katze. Sie war keine Witwe. Sie war nie verheiratet gewesen.«

»Das trifft auch auf uns beide zu«, sagte ich.

Rose schnaubte. »Das ist etwas anderes.«

Ich griff nach hinten und suchte ihre Hand. »Für das, was wir tun, könnten wir im Zarenreich auch auf dem Scheiterhaufen landen.«

Rose seufzte, aber sie widersprach nicht. Stattdessen drückte sie meine Hand.

»Die meisten Hexen töten wegen des Blutes und der Macht, die darin liegt«, sagte sie und nahm meinen Gedanken von vorhin wieder auf. »Diese hier wollte … mehr? Etwas anderes? Warum Kinder? Warum waren es nur Kinder?«

»Wir wissen nicht genau, ob es nur Kinder waren«, widersprach ich, obwohl ich mir sicher war, dass Rose recht hatte. Kein einziger Knochen im Brunnen hatte ausgesehen, als sei sein Besitzer über vierzehn Jahre alt gewesen.

»Sie hat sich nie in den umliegenden Dörfern blicken lassen. Sie lebte verborgen in den Wäldern. Was hat sie mit all der Magie angestellt, die sie aus dem Blut ihrer Opfer gewonnen hat?«

»Schau dich um. Sieht so ein gewöhnliches Waldhaus aus? Das Bett, der Spülstein, der Backofen hinter dem Haus. Das hier mag kein Schloss sein, aber von einem ärmlichen Hüttchen kann man beileibe nicht reden.«

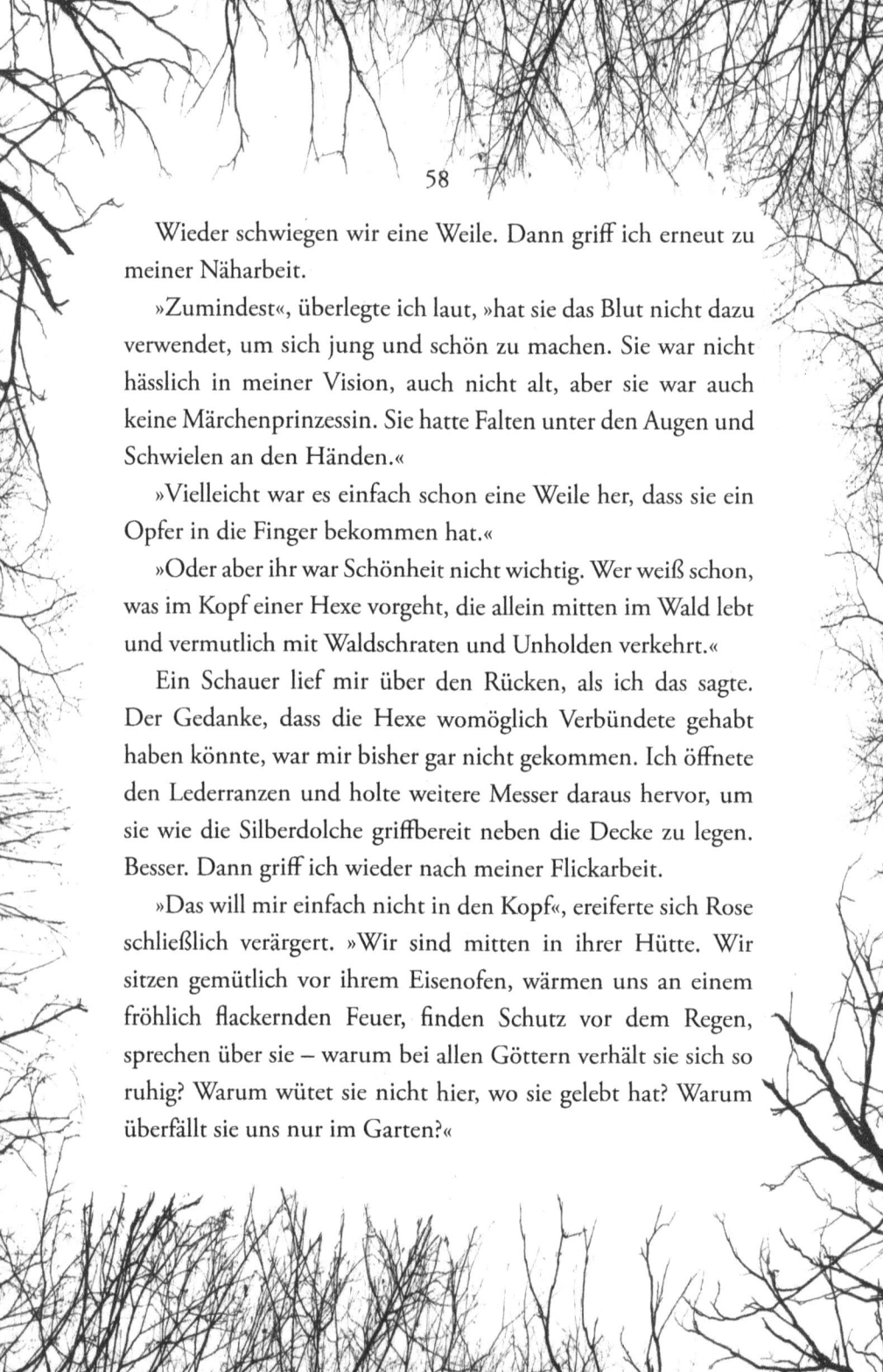

Wieder schwiegen wir eine Weile. Dann griff ich erneut zu meiner Näharbeit.

»Zumindest«, überlegte ich laut, »hat sie das Blut nicht dazu verwendet, um sich jung und schön zu machen. Sie war nicht hässlich in meiner Vision, auch nicht alt, aber sie war auch keine Märchenprinzessin. Sie hatte Falten unter den Augen und Schwielen an den Händen.«

»Vielleicht war es einfach schon eine Weile her, dass sie ein Opfer in die Finger bekommen hat.«

»Oder aber ihr war Schönheit nicht wichtig. Wer weiß schon, was im Kopf einer Hexe vorgeht, die allein mitten im Wald lebt und vermutlich mit Waldschraten und Unholden verkehrt.«

Ein Schauer lief mir über den Rücken, als ich das sagte. Der Gedanke, dass die Hexe womöglich Verbündete gehabt haben könnte, war mir bisher gar nicht gekommen. Ich öffnete den Lederranzen und holte weitere Messer daraus hervor, um sie wie die Silberdolche griffbereit neben die Decke zu legen. Besser. Dann griff ich wieder nach meiner Flickarbeit.

»Das will mir einfach nicht in den Kopf«, ereiferte sich Rose schließlich verärgert. »Wir sind mitten in ihrer Hütte. Wir sitzen gemütlich vor ihrem Eisenofen, wärmen uns an einem fröhlich flackernden Feuer, finden Schutz vor dem Regen, sprechen über sie – warum bei allen Göttern verhält sie sich so ruhig? Warum wütet sie nicht hier, wo sie gelebt hat? Warum überfällt sie uns nur im Garten?«

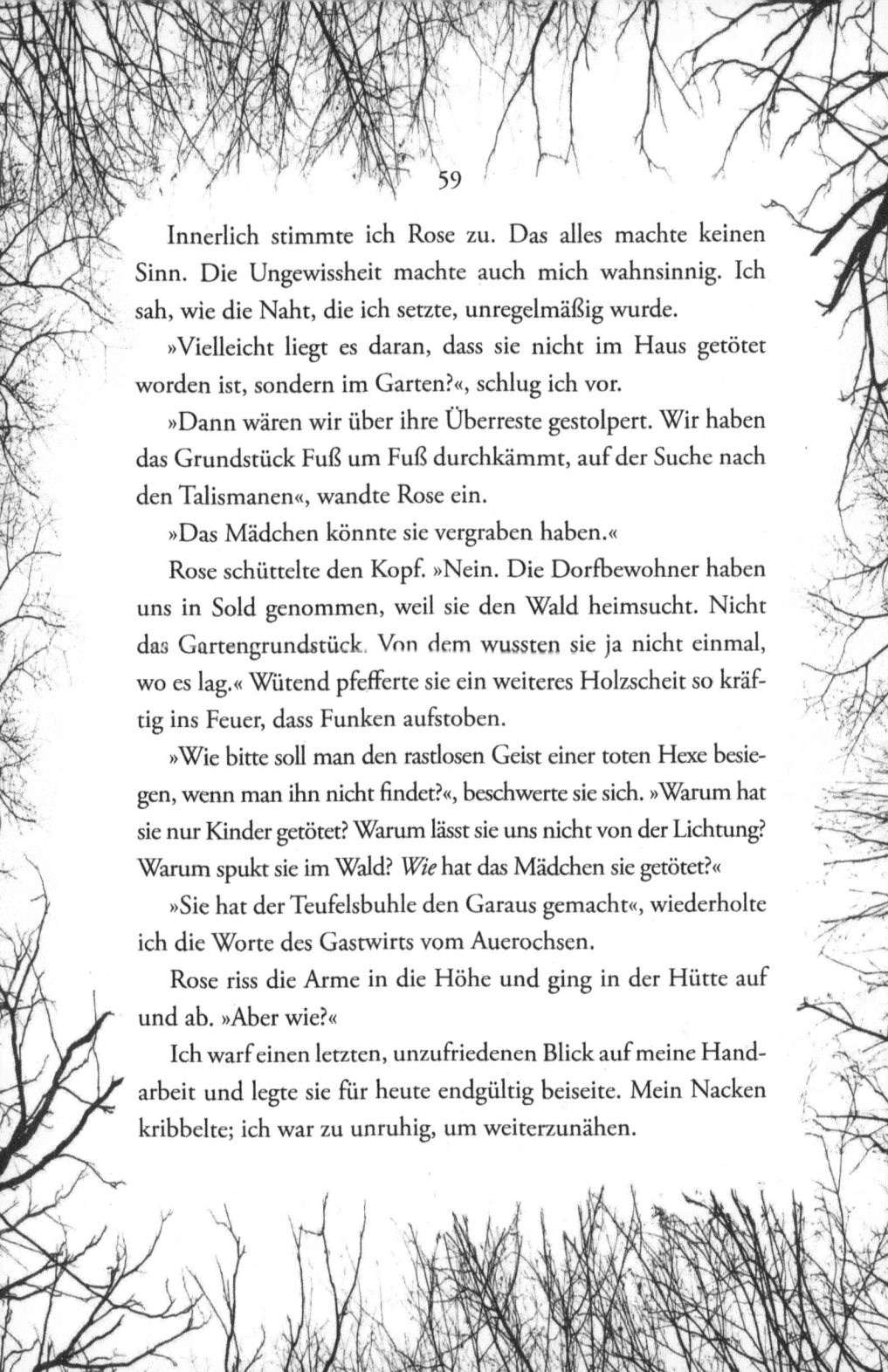

Innerlich stimmte ich Rose zu. Das alles machte keinen Sinn. Die Ungewissheit machte auch mich wahnsinnig. Ich sah, wie die Naht, die ich setzte, unregelmäßig wurde.

»Vielleicht liegt es daran, dass sie nicht im Haus getötet worden ist, sondern im Garten?«, schlug ich vor.

»Dann wären wir über ihre Überreste gestolpert. Wir haben das Grundstück Fuß um Fuß durchkämmt, auf der Suche nach den Talismanen«, wandte Rose ein.

»Das Mädchen könnte sie vergraben haben.«

Rose schüttelte den Kopf. »Nein. Die Dorfbewohner haben uns in Sold genommen, weil sie den Wald heimsucht. Nicht das Gartengrundstück. Von dem wussten sie ja nicht einmal, wo es lag.« Wütend pfefferte sie ein weiteres Holzscheit so kräftig ins Feuer, dass Funken aufstoben.

»Wie bitte soll man den rastlosen Geist einer toten Hexe besiegen, wenn man ihn nicht findet?«, beschwerte sie sich. »Warum hat sie nur Kinder getötet? Warum lässt sie uns nicht von der Lichtung? Warum spukt sie im Wald? *Wie* hat das Mädchen sie getötet?«

»Sie hat der Teufelsbuhle den Garaus gemacht«, wiederholte ich die Worte des Gastwirts vom Auerochsen.

Rose riss die Arme in die Höhe und ging in der Hütte auf und ab. »Aber wie?«

Ich warf einen letzten, unzufriedenen Blick auf meine Handarbeit und legte sie für heute endgültig beiseite. Mein Nacken kribbelte; ich war zu unruhig, um weiterzunähen.

Wie war es Margarete gelungen, die Hexe zu besiegen? Nicht einmal die Dorfbewohner hatten es gewusst. Das Einzige, was sie uns erzählt hatten, war, dass ein junges Mädchen in der Lage gewesen war, sich aus der Gewalt der Hexe zu befreien, indem es die alte Vettel tötete. Wie sie das genau angestellt hatte, wusste jedoch niemand.

»Sie war völlig verstört, als sie aus dem Wald kam«, hatte die Frau des Wirtes entschuldigend hervorgebracht. »War ein hübsches Ding, aber ausgehungert und mit riesigen, angsterfüllten Augen. Hat sich geweigert, über das, was ihr zugestoßen ist, zu sprechen. Kein Wunder, bei dem, was sie alles durchgemacht hat, die Arme.«

Margarete selbst hatten Rose und ich nicht befragen können, denn sie lebte nicht mehr im Dorf.

»Sie ist nur kurz bei uns geblieben und bald weitergezogen«, hatte der Wirt achselzuckend erklärt. »Die Frau vom Michel, unserem Schmied, hat ihr angeboten, erst mal bei ihr zu bleiben. Hatte ja kein Zuhause, zu dem sie zurückkehren konnte. Ihre Eltern haben sie im Wald ausgesetzt. Aber sie hat es im Dorf nicht ausgehalten. Nicht, als der Spuk im Wald anfing. Drei Jahre ist das her. Hat die Händler und Reisenden, die durch den Wald zogen, in Angst und Schrecken versetzt, dieser faule Hexenzauber. Die Kleine hat er dagegen fast schon magisch angezogen, Gott allein weiß warum. Immer wieder verschwand sie im Wald, zumindest in den ersten Tagen. Aber

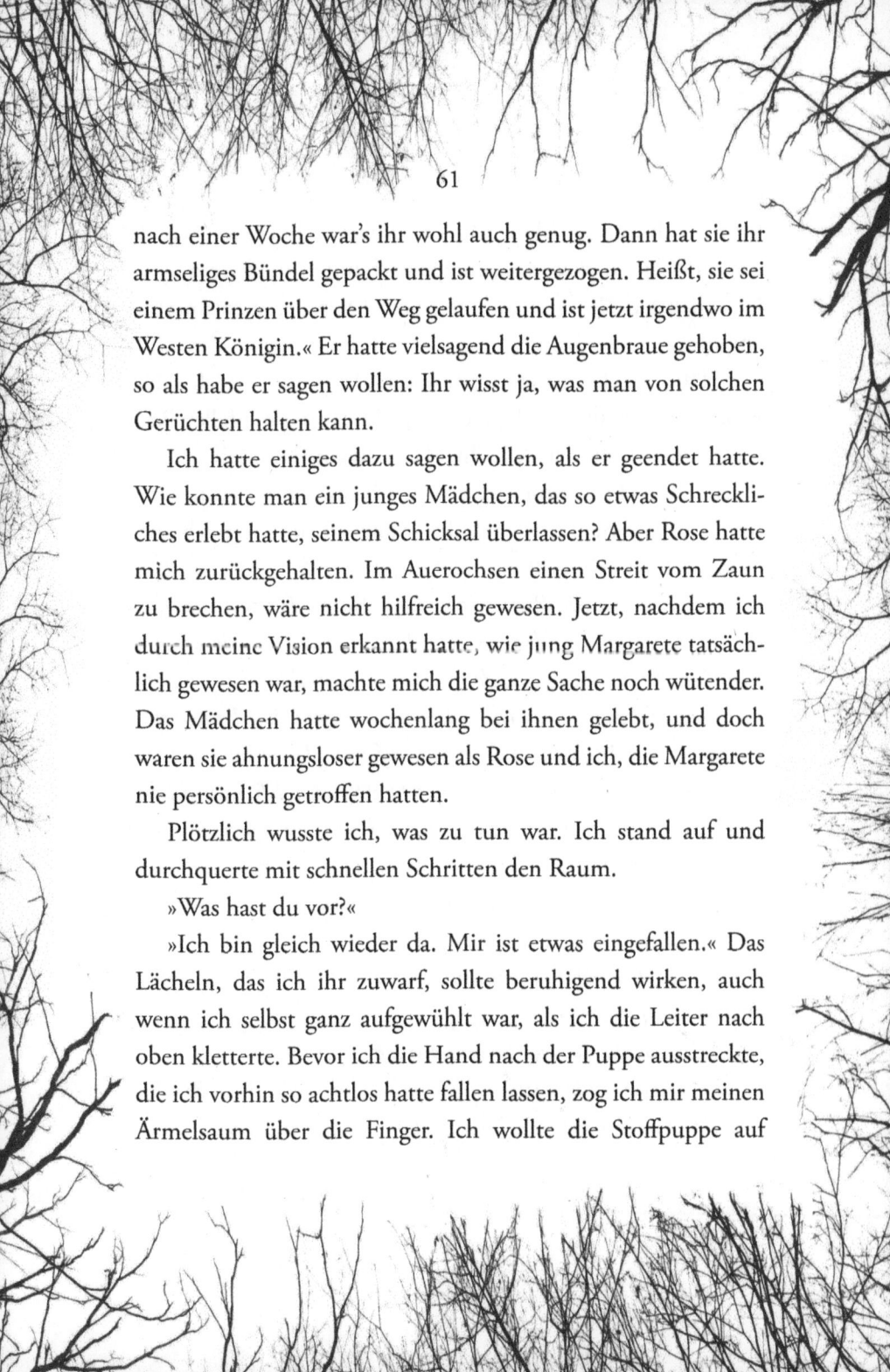

nach einer Woche war's ihr wohl auch genug. Dann hat sie ihr armseliges Bündel gepackt und ist weitergezogen. Heißt, sie sei einem Prinzen über den Weg gelaufen und ist jetzt irgendwo im Westen Königin.« Er hatte vielsagend die Augenbraue gehoben, so als habe er sagen wollen: Ihr wisst ja, was man von solchen Gerüchten halten kann.

Ich hatte einiges dazu sagen wollen, als er geendet hatte. Wie konnte man ein junges Mädchen, das so etwas Schreckliches erlebt hatte, seinem Schicksal überlassen? Aber Rose hatte mich zurückgehalten. Im Auerochsen einen Streit vom Zaun zu brechen, wäre nicht hilfreich gewesen. Jetzt, nachdem ich durch meine Vision erkannt hatte, wie jung Margarete tatsächlich gewesen war, machte mich die ganze Sache noch wütender. Das Mädchen hatte wochenlang bei ihnen gelebt, und doch waren sie ahnungsloser gewesen als Rose und ich, die Margarete nie persönlich getroffen hatten.

Plötzlich wusste ich, was zu tun war. Ich stand auf und durchquerte mit schnellen Schritten den Raum.

»Was hast du vor?«

»Ich bin gleich wieder da. Mir ist etwas eingefallen.« Das Lächeln, das ich ihr zuwarf, sollte beruhigend wirken, auch wenn ich selbst ganz aufgewühlt war, als ich die Leiter nach oben kletterte. Bevor ich die Hand nach der Puppe ausstreckte, die ich vorhin so achtlos hatte fallen lassen, zog ich mir meinen Ärmelsaum über die Finger. Ich wollte die Stoffpuppe auf keinen Fall mit der bloßen Haut berühren. Es erwies sich als umständlich, so wieder die Treppe nach unten zu klettern, aber ich schaffte es. Rose schaute mir vom Ofen her stirnrunzelnd entgegen.

»Hältst du das für eine gute Idee?«, fragte sie, als ich mich neben sie setzte und die Puppe auf die Decke vor mir fallen ließ.

Ich zuckte mit den Achseln. »Hast du eine bessere?«

Als sie nicht antwortete, beugte ich mich nach vorne und drückte ihr einen Kuss auf die Wange. Dann zog ich den Ärmelstoff zurück, griff nach der Puppe und …

… blicke auf die Pastete in meiner Hand. Ich erkenne, dass es kein Kirschsaft ist, der aus dem Teig sickert. Und die saftigen Fleischstücke, in die ich gerade gebissen habe, sind vermutlich auch nicht vom Schwein, sondern … Ich muss würgen. Die Pastete entgleitet meinen Händen und zerfällt auf dem Boden zu einer teigigen, blutigen Masse. Ich möchte schreien, aber ich kann nicht. Jeder Laut bleibt mir im Hals stecken. Ich kann gerade noch einen taumelnden Schritt nach hinten machen, dann übergebe ich mich.

»Grete!«, ruft Hänsel erschrocken und dann, als er erkennt, was mich so entsetzt hat: »Guter Gott!«

Er lässt den Löffel fallen und steht auf. Er will zu mir eilen. Aber sie lässt ihn nicht.

»Hiergeblieben!«, sagt sie unerbittlich.

Ihre Finger krallen sich in die Schultern meines kleinen Bruders und drücken ihn auf den Stuhl zurück. Sie hat auf einmal nichts

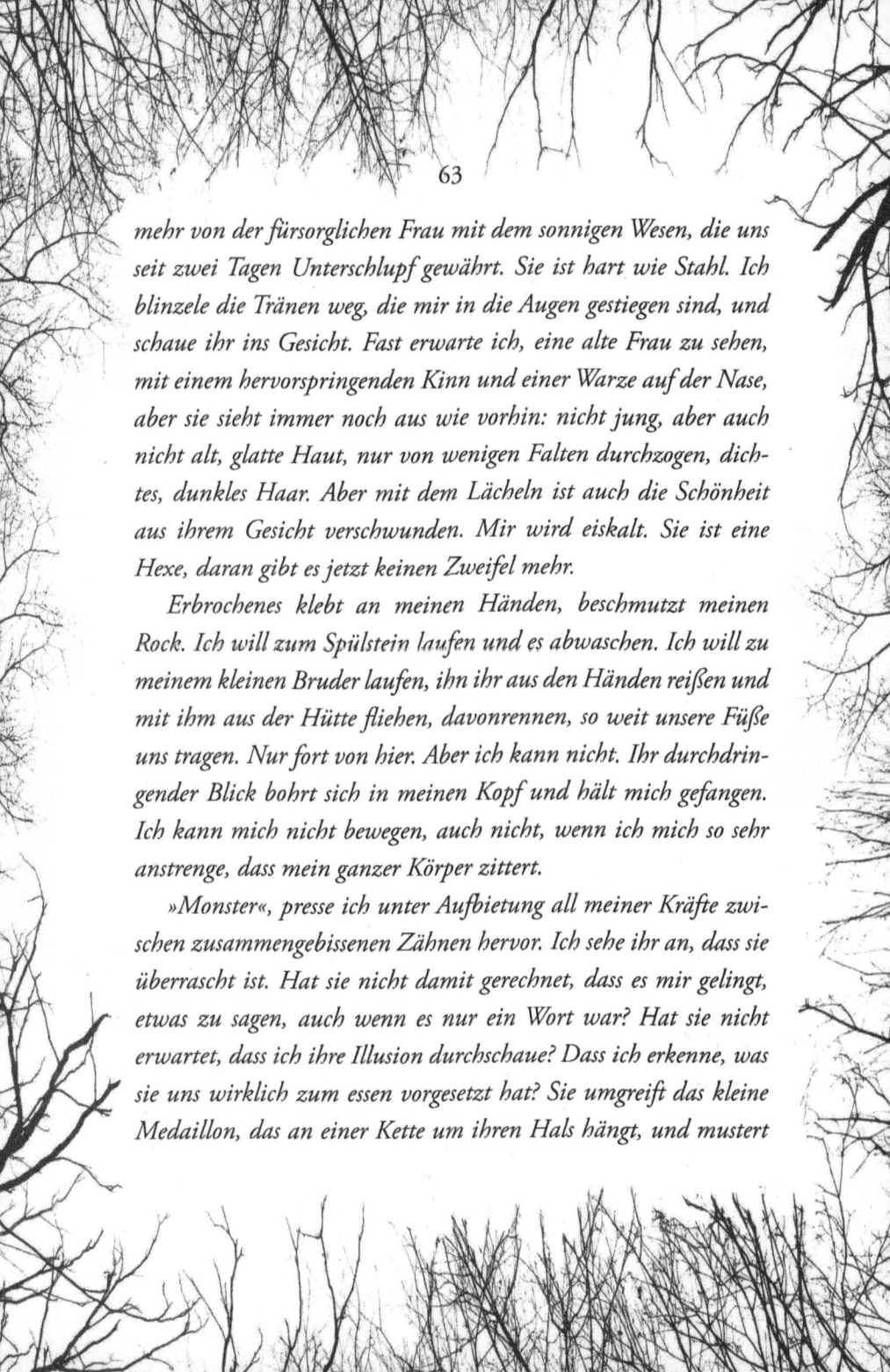

mehr von der fürsorglichen Frau mit dem sonnigen Wesen, die uns seit zwei Tagen Unterschlupf gewährt. Sie ist hart wie Stahl. Ich blinzele die Tränen weg, die mir in die Augen gestiegen sind, und schaue ihr ins Gesicht. Fast erwarte ich, eine alte Frau zu sehen, mit einem hervorspringenden Kinn und einer Warze auf der Nase, aber sie sieht immer noch aus wie vorhin: nicht jung, aber auch nicht alt, glatte Haut, nur von wenigen Falten durchzogen, dichtes, dunkles Haar. Aber mit dem Lächeln ist auch die Schönheit aus ihrem Gesicht verschwunden. Mir wird eiskalt. Sie ist eine Hexe, daran gibt es jetzt keinen Zweifel mehr.

Erbrochenes klebt an meinen Händen, beschmutzt meinen Rock. Ich will zum Spülstein laufen und es abwaschen. Ich will zu meinem kleinen Bruder laufen, ihn ihr aus den Händen reißen und mit ihm aus der Hütte fliehen, davonrennen, so weit unsere Füße uns tragen. Nur fort von hier. Aber ich kann nicht. Ihr durchdringender Blick bohrt sich in meinen Kopf und hält mich gefangen. Ich kann mich nicht bewegen, auch nicht, wenn ich mich so sehr anstrenge, dass mein ganzer Körper zittert.

»Monster«, presse ich unter Aufbietung all meiner Kräfte zwischen zusammengebissenen Zähnen hervor. Ich sehe ihr an, dass sie überrascht ist. Hat sie nicht damit gerechnet, dass es mir gelingt, etwas zu sagen, auch wenn es nur ein Wort war? Hat sie nicht erwartet, dass ich ihre Illusion durchschaue? Dass ich erkenne, was sie uns wirklich zum essen vorgesetzt hat? Sie umgreift das kleine Medaillon, das an einer Kette um ihren Hals hängt, und mustert mich einen Moment lang aufmerksam. Dann, als sie sich sicher ist, dass ich mich nicht aus ihrem Bann befreien kann, wendet sie sich wieder meinem kleinen Bruder zu.

»Iss«, sagt sie mit fester Stimme und schiebt ihn samt Stuhl wieder näher an den Tisch. Hänsel zögert, er schluckt. Dann greift seine Hand wieder nach dem Löffel. Er ist für die Hexe ebenso eine Marionette wie ich. Entsetzt und hilflos sehe ich, wie er den Holzlöffel langsam in die dicke, dunkle Suppe taucht. Dann führt er ihn an sein Gesicht, schiebt ihn in den Mund. In dem, was ich für eine cremige Gulaschsuppe gehalten habe, hatte ich vorhin winzige getrocknete Trauben ausgemacht. Jetzt frage ich mich, um was es sich dabei in Wirklichkeit handelt. Ich möchte schreien. Ich möchte das weiße Leinentuch ergreifen und das ganze grauenhafte Mahl mit einem Ruck vom Tisch fegen. Ich möchte Hänsel anflehen, nicht weiterzuessen, nur das nicht.

Ich bleibe stumm.

Da sitzt mein kleiner, unschuldiger Bruder und verköstigt Löffel für Löffel die Suppe, die die Hexe für uns gekocht hat.

»Gut so«, sagt sie und wirkt wieder ruhig und entspannt. Zufrieden. »Sehr schön machst du das. Iss nur, iss alles auf.«

Dann wendet sie den Kopf und blickt mich an. Ihre Stimme klingt frostig und duldet keine Widerrede: »Und du, mach dich sauber. Und putz die Schweinerei auf, die du veranstaltet hast.«

Alles in mir rebelliert, doch ich kann nichts dagegen tun, dass mein Körper sich umdreht und ihrem magischen Befehl gehorcht.

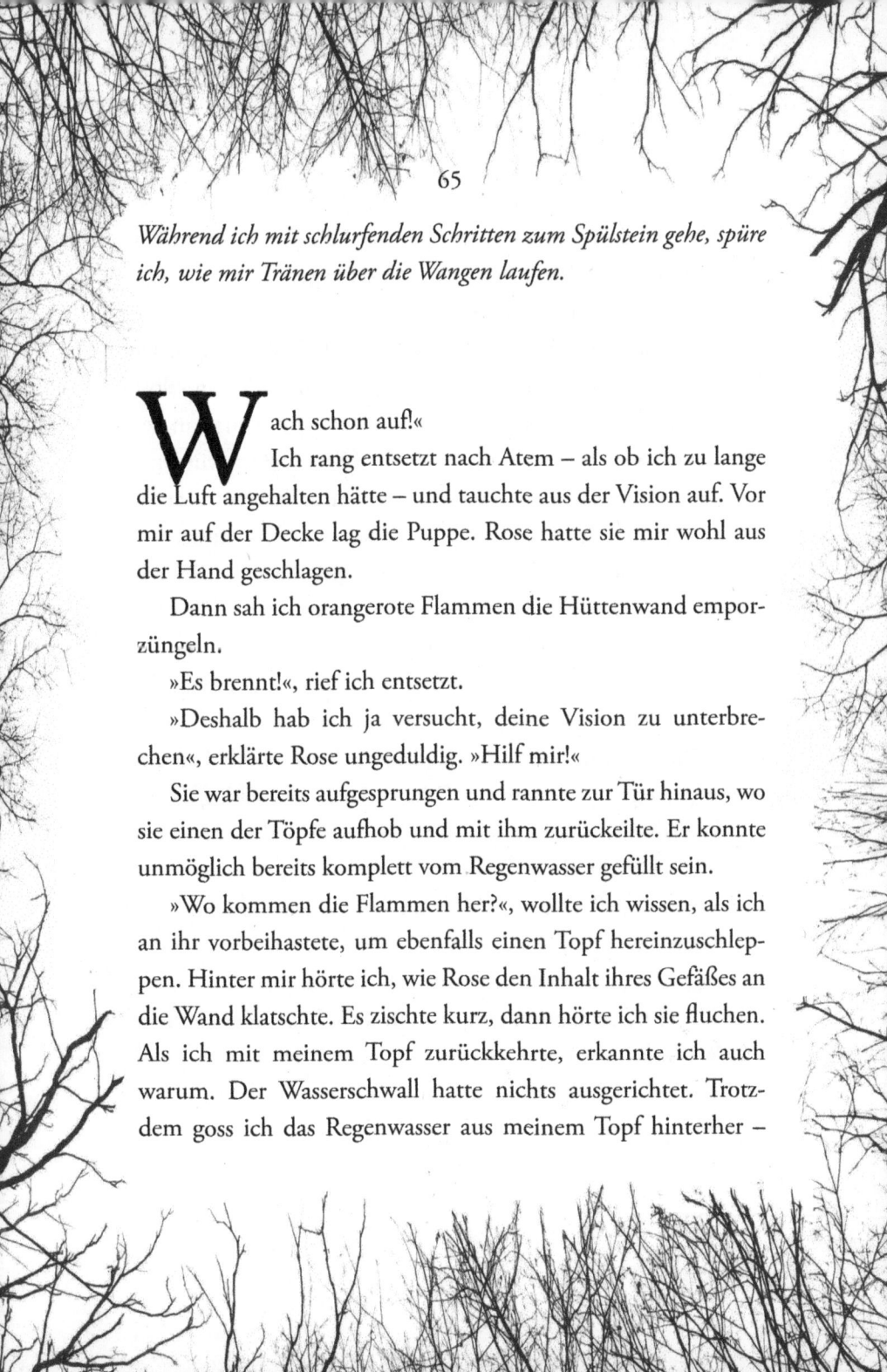

Während ich mit schlurfenden Schritten zum Spülstein gehe, spüre ich, wie mir Tränen über die Wangen laufen.

Wach schon auf!«

Ich rang entsetzt nach Atem – als ob ich zu lange die Luft angehalten hätte – und tauchte aus der Vision auf. Vor mir auf der Decke lag die Puppe. Rose hatte sie mir wohl aus der Hand geschlagen.

Dann sah ich orangerote Flammen die Hüttenwand emporzüngeln.

»Es brennt!«, rief ich entsetzt.

»Deshalb hab ich ja versucht, deine Vision zu unterbrechen«, erklärte Rose ungeduldig. »Hilf mir!«

Sie war bereits aufgesprungen und rannte zur Tür hinaus, wo sie einen der Töpfe aufhob und mit ihm zurückeilte. Er konnte unmöglich bereits komplett vom Regenwasser gefüllt sein.

»Wo kommen die Flammen her?«, wollte ich wissen, als ich an ihr vorbeihastete, um ebenfalls einen Topf hereinzuschleppen. Hinter mir hörte ich, wie Rose den Inhalt ihres Gefäßes an die Wand klatschte. Es zischte kurz, dann hörte ich sie fluchen. Als ich mit meinem Topf zurückkehrte, erkannte ich auch warum. Der Wasserschwall hatte nichts ausgerichtet. Trotzdem goss ich das Regenwasser aus meinem Topf hinterher –

erfolglos. Es zischte, Rauch stieg auf, aber die Wände brannten weiter. Hitze und Rauch schlugen mir entgegen.

»Was ist passiert?«, drängte ich.

»Das weiß ich auch nicht«, gab sie zu und blickte sich gehetzt im Raum um. »Auf einmal waren sie da. Sie sind wie von selbst aus dem Boden gewachsen und haben sich rasend schnell an der Wand nach oben gefressen, als ob sie einer Ölspur folgen würden.«

Ich rannte zurück zur Tür, um noch mehr Regenwasser zu holen, obwohl ich ahnte, dass das nichts ausrichten würde.

»Wir können die Hütte nicht abbrennen lassen!«, rief ich verzweifelt und dachte wieder an die Hexe von Hammelbach.

»Das weiß ich«, zischte Rose ungehalten.

Hinter mir hörte ich Holz knarzen und Rose angestrengt die Luft ausstoßen. Mit einem Topf, der gerade mal zu einem Drittel gefüllt war, eilte ich zurück zu ihr. Sie hatte inzwischen ein großes Laken vom Bett in der Ecke gerissen und schlug damit auf die Flammen ein. Es schien nicht viel zu helfen, aber wenigstens fing es nicht ebenfalls Feuer. Die Flammen leckten noch immer ausschließlich an der hinteren Wand. Sie bedeckten diese von oben bis unten, wanderten aber nicht weiter. Ich kniff die Augen zusammen, stellte den Topf ab und ging auf die Flammen zu. Hitze schlug mir entgegen, und ein beißender Geruch.

»Was machst du da?«, rief Rose entsetzt, aber ich ließ mich nicht beirren. Ich trat näher an die Wand, streckte meine Hand aus und griff in die Flammen. Ich sah, wie die flackernden

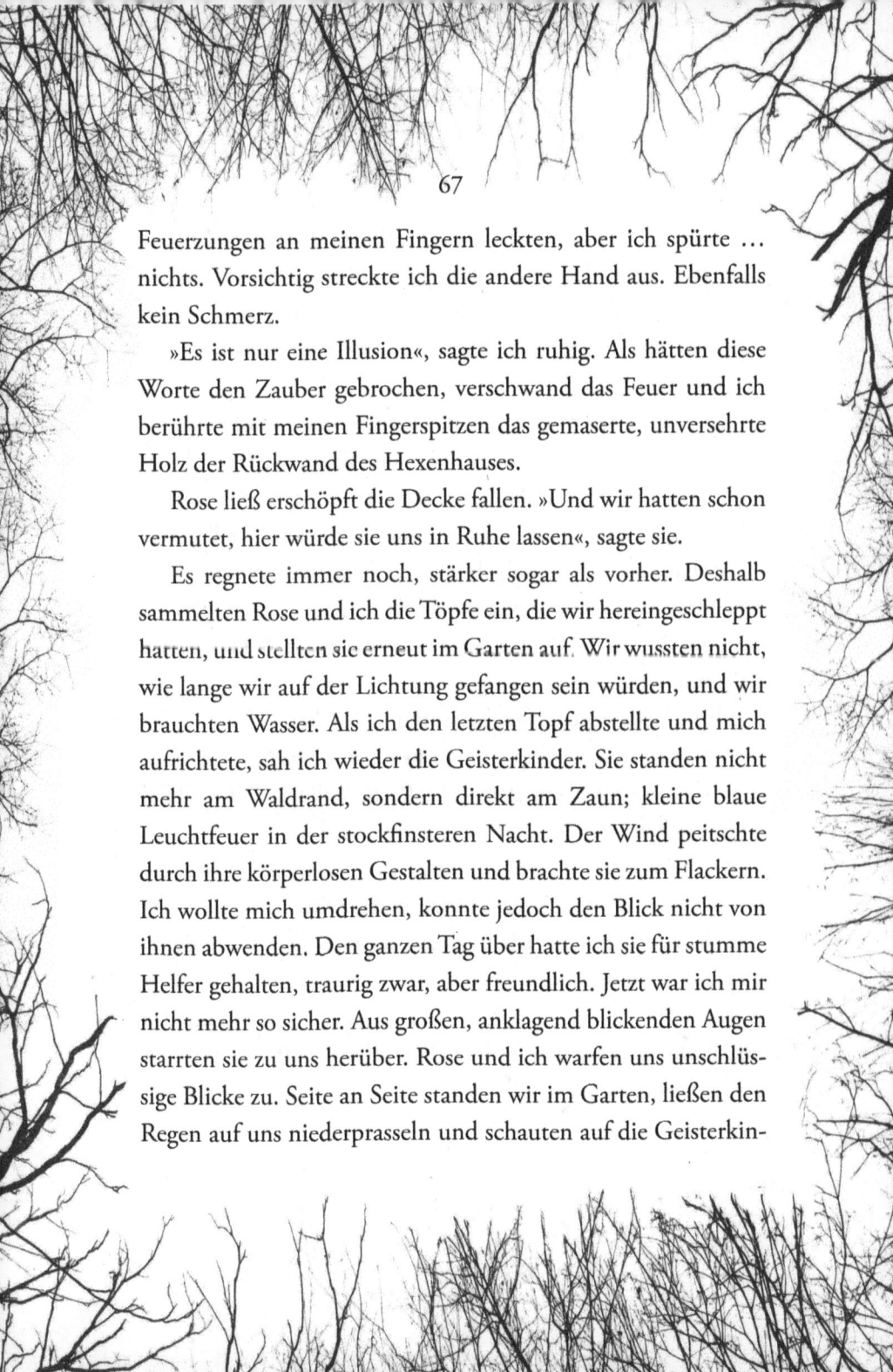

Feuerzungen an meinen Fingern leckten, aber ich spürte … nichts. Vorsichtig streckte ich die andere Hand aus. Ebenfalls kein Schmerz.

»Es ist nur eine Illusion«, sagte ich ruhig. Als hätten diese Worte den Zauber gebrochen, verschwand das Feuer und ich berührte mit meinen Fingerspitzen das gemaserte, unversehrte Holz der Rückwand des Hexenhauses.

Rose ließ erschöpft die Decke fallen. »Und wir hatten schon vermutet, hier würde sie uns in Ruhe lassen«, sagte sie.

Es regnete immer noch, stärker sogar als vorher. Deshalb sammelten Rose und ich die Töpfe ein, die wir hereingeschleppt hatten, und stellten sie erneut im Garten auf. Wir wussten nicht, wie lange wir auf der Lichtung gefangen sein würden, und wir brauchten Wasser. Als ich den letzten Topf abstellte und mich aufrichtete, sah ich wieder die Geisterkinder. Sie standen nicht mehr am Waldrand, sondern direkt am Zaun; kleine blaue Leuchtfeuer in der stockfinsteren Nacht. Der Wind peitschte durch ihre körperlosen Gestalten und brachte sie zum Flackern. Ich wollte mich umdrehen, konnte jedoch den Blick nicht von ihnen abwenden. Den ganzen Tag über hatte ich sie für stumme Helfer gehalten, traurig zwar, aber freundlich. Jetzt war ich mir nicht mehr so sicher. Aus großen, anklagend blickenden Augen starrten sie zu uns herüber. Rose und ich warfen uns unschlüssige Blicke zu. Seite an Seite standen wir im Garten, ließen den Regen auf uns niederprasseln und schauten auf die Geisterkinder, die plötzlich, als seien sie eins, ihre rechten Arme hoben und mit ausgestreckten Zeigefingern auf die Hütte deuteten. Auf uns. Mir lief ein Schauer über den Rücken.

»Lass uns reingehen«, bat ich Rose, und sie folgte mir schweigend.

Vor dem Ofen klaubte ich das vergammelte Laken auf und warf es zurück auf das Bett, von dem Rose es gezerrt hatte. Dabei fiel mein Blick auf den Boden. Unter dem Bett konnte ich eine Luke ausmachen, die mir vorher nicht aufgefallen war.

»Schau mal dort.« Ich gab Rose mit einem Wink zu verstehen, dass sie zu mir kommen sollte. Gemeinsam gingen wir vor dem Bett in die Hocke und betrachteten den Schlitz in den Dielenbrettern.

»Eine Kellerluke«, sagte Rose und ich nickte.

Wir schauten uns kurz an, dann machten wir uns in wortloser Übereinstimmung daran, das Bettgestell von seinem Platz wegzurücken.

Das war seltsam. Wir befanden uns mitten im Wald. Ich hatte noch nie von einer Hütte in der Wildnis gehört, die unterkellert war. Die Arbeit, die es kostete, in den steinigen, wurzelreichen Boden einen Keller zu hauen, war es nicht wert. Andererseits musste eine Hexe für so etwas wohl nicht ihre Hände benutzen. Während ich Rose dabei half, die Luke an ihrem verrosteten Eisengriff nach oben zu ziehen, wurde mir bewusst, dass ich ihr noch gar nicht erzählt hatte, was ich in

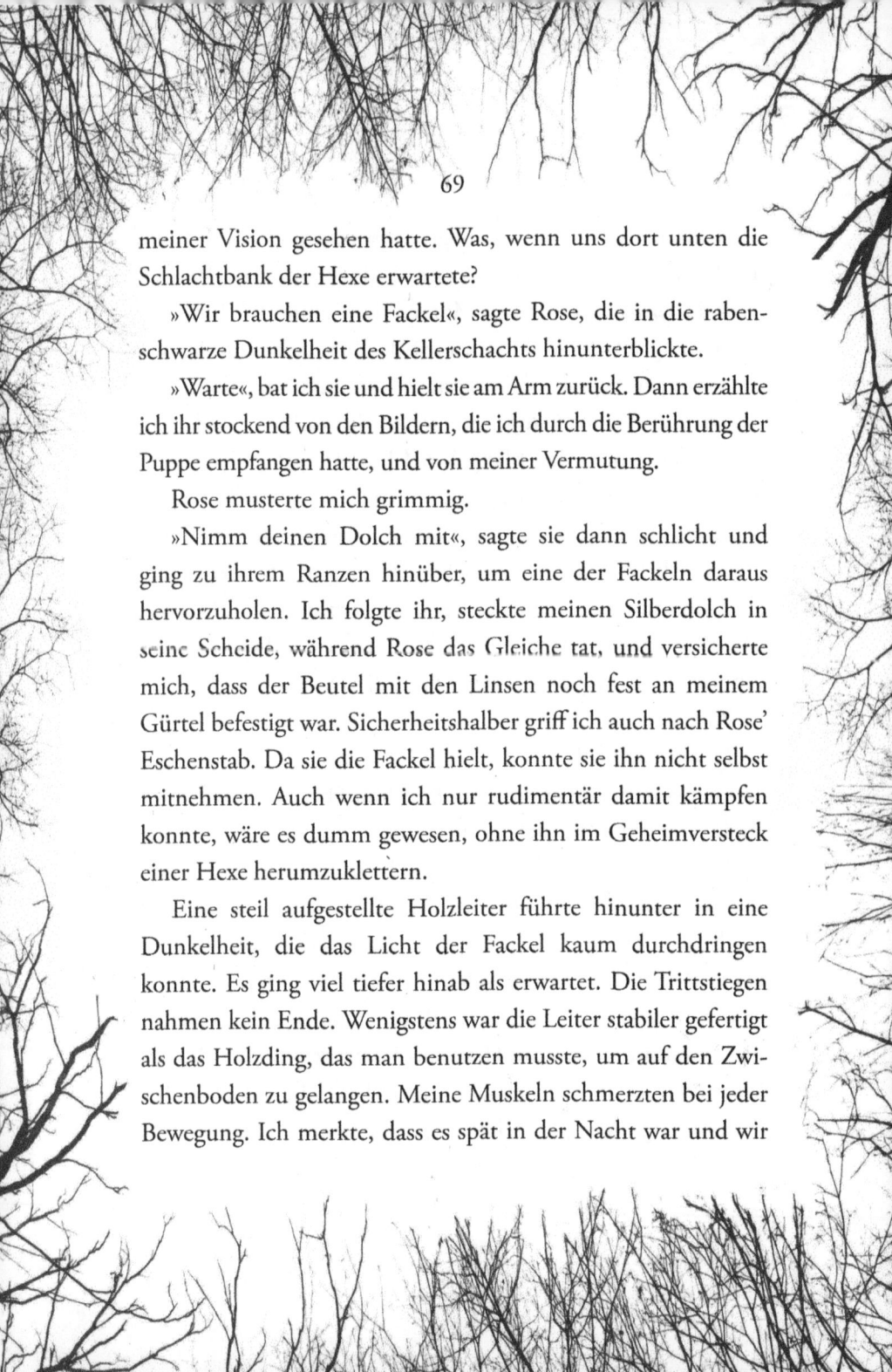

meiner Vision gesehen hatte. Was, wenn uns dort unten die Schlachtbank der Hexe erwartete?

»Wir brauchen eine Fackel«, sagte Rose, die in die raben-schwarze Dunkelheit des Kellerschachts hinunterblickte.

»Warte«, bat ich sie und hielt sie am Arm zurück. Dann erzählte ich ihr stockend von den Bildern, die ich durch die Berührung der Puppe empfangen hatte, und von meiner Vermutung.

Rose musterte mich grimmig.

»Nimm deinen Dolch mit«, sagte sie dann schlicht und ging zu ihrem Ranzen hinüber, um eine der Fackeln daraus hervorzuholen. Ich folgte ihr, steckte meinen Silberdolch in seine Scheide, während Rose das Gleiche tat, und versicherte mich, dass der Beutel mit den Linsen noch fest an meinem Gürtel befestigt war. Sicherheitshalber griff ich auch nach Rose' Eschenstab. Da sie die Fackel hielt, konnte sie ihn nicht selbst mitnehmen. Auch wenn ich nur rudimentär damit kämpfen konnte, wäre es dumm gewesen, ohne ihn im Geheimversteck einer Hexe herumzuklettern.

Eine steil aufgestellte Holzleiter führte hinunter in eine Dunkelheit, die das Licht der Fackel kaum durchdringen konnte. Es ging viel tiefer hinab als erwartet. Die Trittstiegen nahmen kein Ende. Wenigstens war die Leiter stabiler gefertigt als das Holzding, das man benutzen musste, um auf den Zwischenboden zu gelangen. Meine Muskeln schmerzten bei jeder Bewegung. Ich merkte, dass es spät in der Nacht war und wir den ganzen Tag auf den Beinen gewesen waren. Die Wände um uns herum bestanden aus braunem Erdreich, das von Wurzelwerk durchzogen war. Einen Moment lang drängte sich mir die Vorstellung auf, der Waldboden würde über uns zusammenbrechen und uns begraben. Wenigstens das geschah nicht.

Am Fuß der Leiter angekommen – wir mochten mindestens sechs oder sieben Mannslängen tief hinuntergeklettert sein –, weitete sich der Schacht zu einer Höhle. Die Wände bestanden jetzt nicht mehr aus Erde, sondern aus grauem Stein, der im Fackellicht an manchen Stellen seltsam glitzerte. Gegenüber der Leiter stand ein schmales Regal, in dem sich allerlei Gläser, Tiegel und Schatullen stapelten. Rose legte einen Finger auf die Lippen. Angestrengt lauschten wir in die Dunkelheit.

Nichts.

Es war alles still.

Gemeinsam gingen wir zum Regal hinüber. Ich schob mich an Rose vorbei, die sich seitlich hinter mich stellte und die Fackel so in die Höhe hielt, dass das Licht ihrer Flamme einerseits die Gangöffnung beleuchtete, andererseits auch den Inhalt des Regals. Rose behielt unsere Umgebung im Auge, während ich mich mit den Gegenständen vor mir beschäftigte. Jetzt gab es keine Zweifel mehr, dass wir uns im Heim einer Hexe befanden. Zwar waren manche Tiegel aus Keramik gefertigt und mit Wachs versiegelt, viele Fläschchen und Gefäße jedoch waren durchsichtig. Augäpfel schwammen in trüber Flüssigkeit in einem Einmachglas, während in einem anderen bis zur Hälfte lange, weiße Raubtierzähne angehäuft waren. Giftgrüne Flüssigkeit füllte eine schmale Phiole, daneben lagen mehrere Alraunenwurzeln, mit einem groben Strick zusammengeschnürt. Täuschte ich mich oder bewegten sie sich? Auf einem Regalbrett auf Brusthöhe stand ein geöffnetes Ledersäckchen, in dem Salz schimmerte. Zumindest nahm ich an, dass es Salz war; eine Zutat, die in keiner Küche fehlen sollte, besonders nicht in der Küche einer Hexe. Man schützte sich damit vor Geistern und Dämonen – oder beschwor sie. Allerdings befürchtete ich, dass die Hexe es weniger für ihre Zauberrituale verwendet hatte, als vielmehr dafür, ihre abartigen Speisen zu würzen. Seltsam fasziniert und angewidert zugleich nahm ich ein Behältnis nach dem anderen aus dem Regal, hob es in Kopfhöhe, drehte es nach links und rechts und begutachtete den Inhalt. Ich hatte gerade eine schmale, mit Wachs versiegelte Glasröhre hervorgeholt, in der sich ein grobkörniges lilafarbenes Pulver befand, als ich aus den Augenwinkel einen Schatten ausmachte. Er bewegte sich aus der leeren Stelle im Regal auf mich zu. Ich wandte den Blick, um besser sehen zu können – und wünschte mir kurz darauf, ich hätte es nicht getan. Eine ganze Armada schwarzer, haariger Spinnen kroch aus der Schwärze und krabbelte auf uns zu. Flink huschten sie auf ihren langen, dürren Beinen wie eine einzige wogende Masse vom Regal auf den Boden und begannen uns zu umschwärmen und an unseren Beinen hinaufzu-

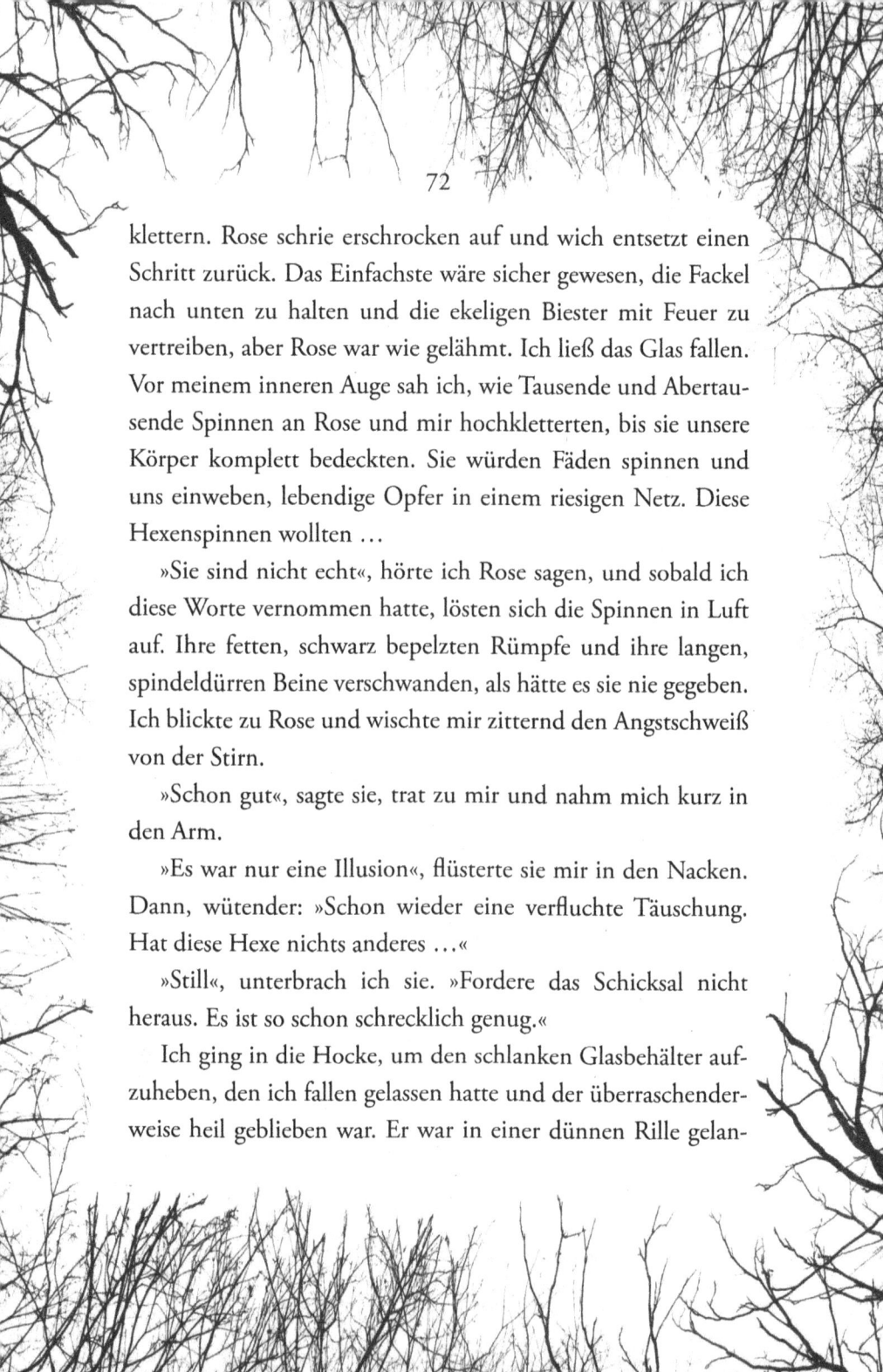

klettern. Rose schrie erschrocken auf und wich entsetzt einen Schritt zurück. Das Einfachste wäre sicher gewesen, die Fackel nach unten zu halten und die ekeligen Biester mit Feuer zu vertreiben, aber Rose war wie gelähmt. Ich ließ das Glas fallen. Vor meinem inneren Auge sah ich, wie Tausende und Abertausende Spinnen an Rose und mir hochkletterten, bis sie unsere Körper komplett bedeckten. Sie würden Fäden spinnen und uns einweben, lebendige Opfer in einem riesigen Netz. Diese Hexenspinnen wollten …

»Sie sind nicht echt«, hörte ich Rose sagen, und sobald ich diese Worte vernommen hatte, lösten sich die Spinnen in Luft auf. Ihre fetten, schwarz bepelzten Rümpfe und ihre langen, spindeldürren Beine verschwanden, als hätte es sie nie gegeben. Ich blickte zu Rose und wischte mir zitternd den Angstschweiß von der Stirn.

»Schon gut«, sagte sie, trat zu mir und nahm mich kurz in den Arm.

»Es war nur eine Illusion«, flüsterte sie mir in den Nacken. Dann, wütender: »Schon wieder eine verfluchte Täuschung. Hat diese Hexe nichts anderes …«

»Still«, unterbrach ich sie. »Fordere das Schicksal nicht heraus. Es ist so schon schrecklich genug.«

Ich ging in die Hocke, um den schlanken Glasbehälter aufzuheben, den ich fallen gelassen hatte und der überraschenderweise heil geblieben war. Er war in einer dünnen Rille gelan-

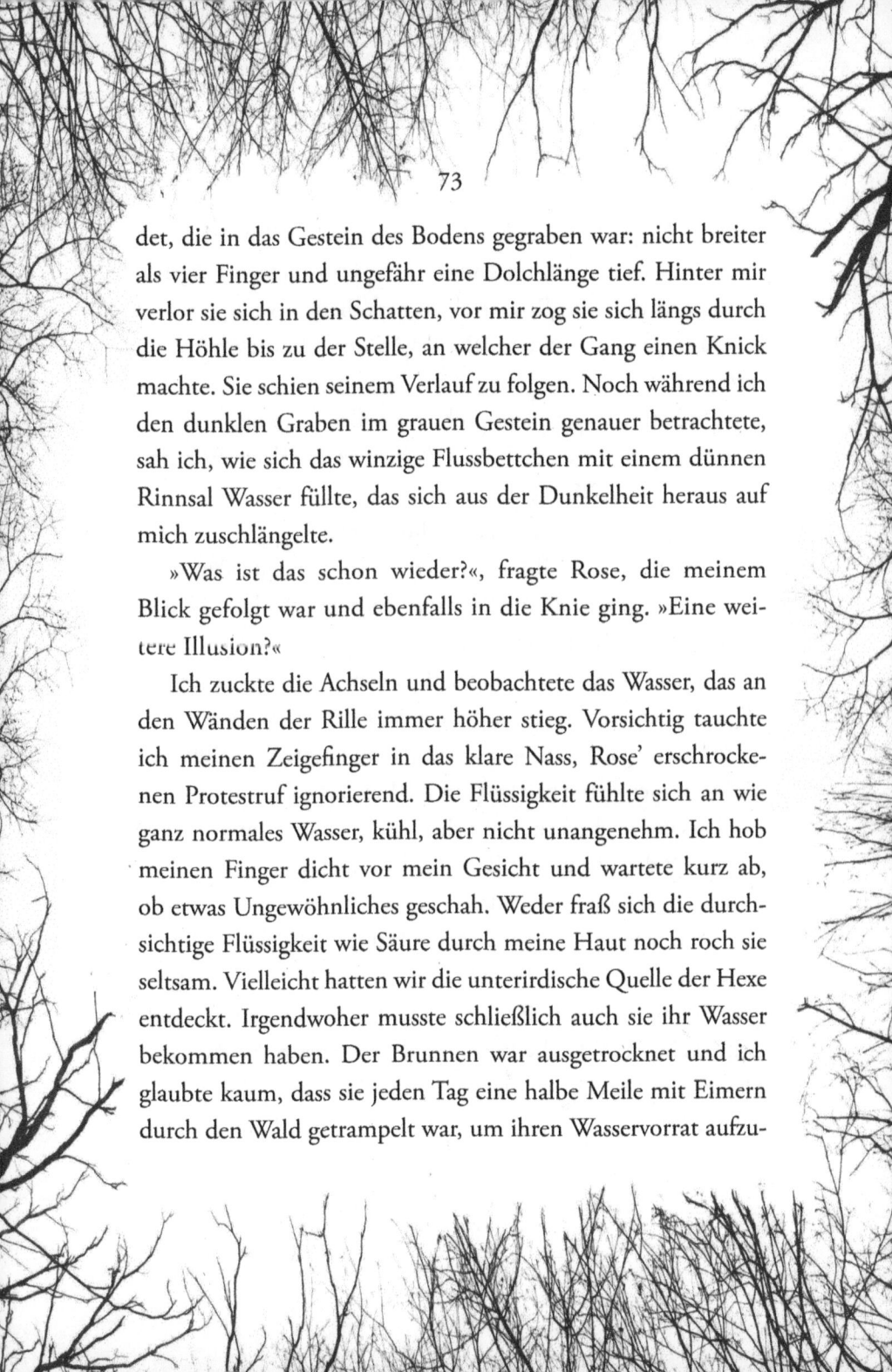

det, die in das Gestein des Bodens gegraben war: nicht breiter als vier Finger und ungefähr eine Dolchlänge tief. Hinter mir verlor sie sich in den Schatten, vor mir zog sie sich längs durch die Höhle bis zu der Stelle, an welcher der Gang einen Knick machte. Sie schien seinem Verlauf zu folgen. Noch während ich den dunklen Graben im grauen Gestein genauer betrachtete, sah ich, wie sich das winzige Flussbettchen mit einem dünnen Rinnsal Wasser füllte, das sich aus der Dunkelheit heraus auf mich zuschlängelte.

»Was ist das schon wieder?«, fragte Rose, die meinem Blick gefolgt war und ebenfalls in die Knie ging. »Eine weitere Illusion?«

Ich zuckte die Achseln und beobachtete das Wasser, das an den Wänden der Rille immer höher stieg. Vorsichtig tauchte ich meinen Zeigefinger in das klare Nass, Rose' erschrockenen Protestruf ignorierend. Die Flüssigkeit fühlte sich an wie ganz normales Wasser, kühl, aber nicht unangenehm. Ich hob meinen Finger dicht vor mein Gesicht und wartete kurz ab, ob etwas Ungewöhnliches geschah. Weder fraß sich die durchsichtige Flüssigkeit wie Säure durch meine Haut noch roch sie seltsam. Vielleicht hatten wir die unterirdische Quelle der Hexe entdeckt. Irgendwoher musste schließlich auch sie ihr Wasser bekommen haben. Der Brunnen war ausgetrocknet und ich glaubte kaum, dass sie jeden Tag eine halbe Meile mit Eimern durch den Wald getrampelt war, um ihren Wasservorrat aufzu-

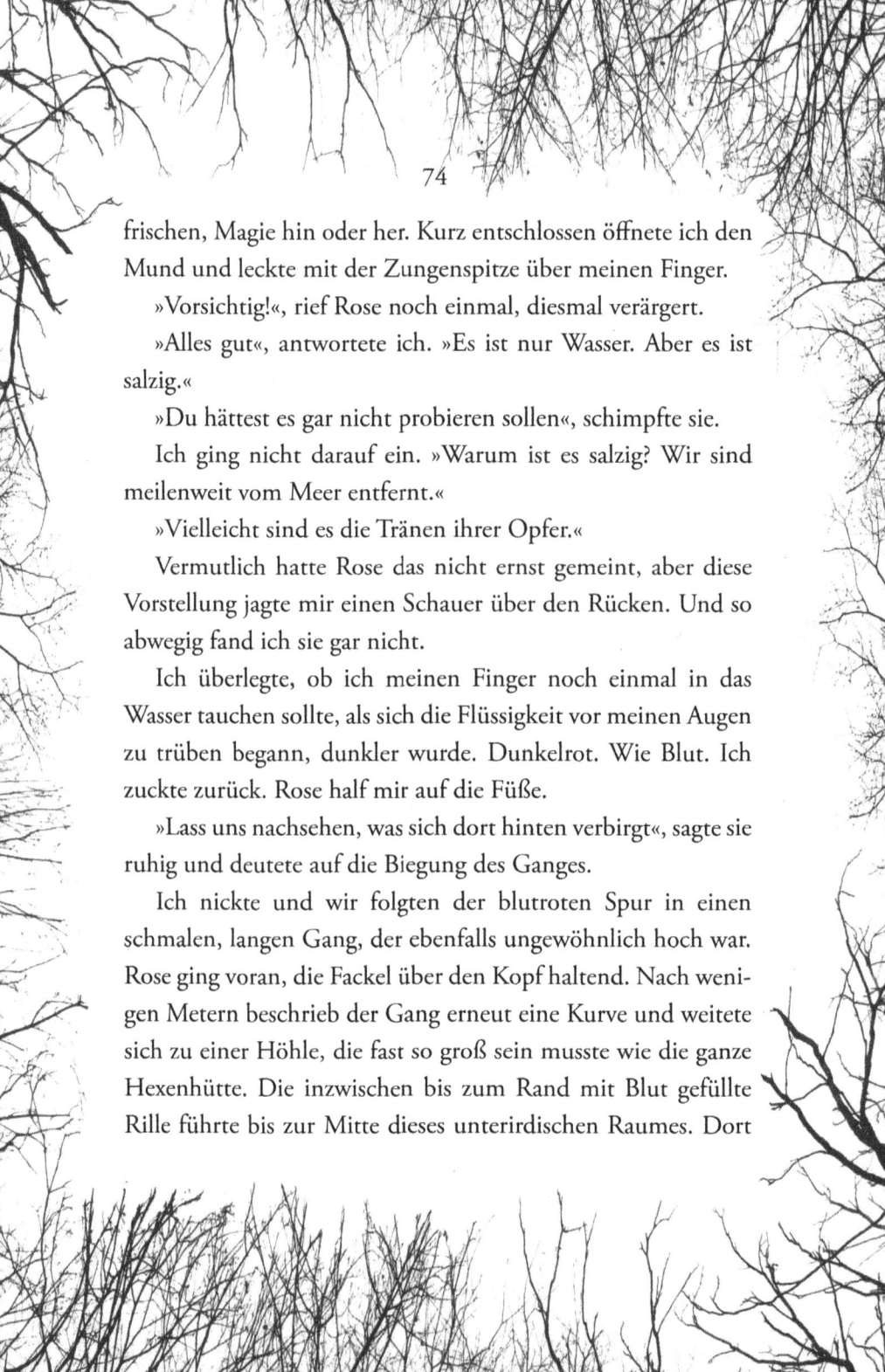

frischen, Magie hin oder her. Kurz entschlossen öffnete ich den Mund und leckte mit der Zungenspitze über meinen Finger.

»Vorsichtig!«, rief Rose noch einmal, diesmal verärgert.

»Alles gut«, antwortete ich. »Es ist nur Wasser. Aber es ist salzig.«

»Du hättest es gar nicht probieren sollen«, schimpfte sie.

Ich ging nicht darauf ein. »Warum ist es salzig? Wir sind meilenweit vom Meer entfernt.«

»Vielleicht sind es die Tränen ihrer Opfer.«

Vermutlich hatte Rose das nicht ernst gemeint, aber diese Vorstellung jagte mir einen Schauer über den Rücken. Und so abwegig fand ich sie gar nicht.

Ich überlegte, ob ich meinen Finger noch einmal in das Wasser tauchen sollte, als sich die Flüssigkeit vor meinen Augen zu trüben begann, dunkler wurde. Dunkelrot. Wie Blut. Ich zuckte zurück. Rose half mir auf die Füße.

»Lass uns nachsehen, was sich dort hinten verbirgt«, sagte sie ruhig und deutete auf die Biegung des Ganges.

Ich nickte und wir folgten der blutroten Spur in einen schmalen, langen Gang, der ebenfalls ungewöhnlich hoch war. Rose ging voran, die Fackel über den Kopf haltend. Nach wenigen Metern beschrieb der Gang erneut eine Kurve und weitete sich zu einer Höhle, die fast so groß sein musste wie die ganze Hexenhütte. Die inzwischen bis zum Rand mit Blut gefüllte Rille führte bis zur Mitte dieses unterirdischen Raumes. Dort

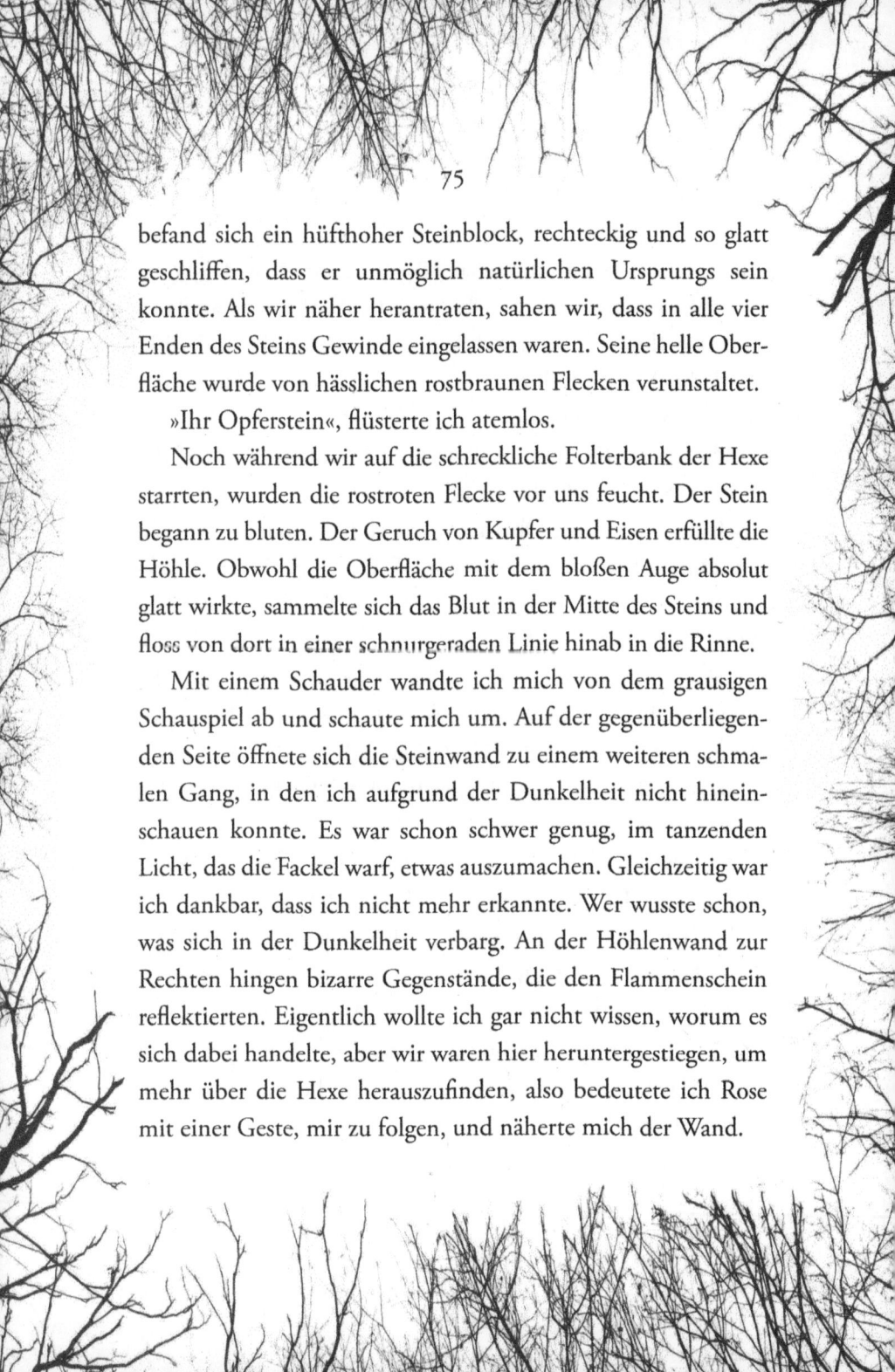

befand sich ein hüfthoher Steinblock, rechteckig und so glatt geschliffen, dass er unmöglich natürlichen Ursprungs sein konnte. Als wir näher herantraten, sahen wir, dass in alle vier Enden des Steins Gewinde eingelassen waren. Seine helle Oberfläche wurde von hässlichen rostbraunen Flecken verunstaltet.

»Ihr Opferstein«, flüsterte ich atemlos.

Noch während wir auf die schreckliche Folterbank der Hexe starrten, wurden die rostroten Flecke vor uns feucht. Der Stein begann zu bluten. Der Geruch von Kupfer und Eisen erfüllte die Höhle. Obwohl die Oberfläche mit dem bloßen Auge absolut glatt wirkte, sammelte sich das Blut in der Mitte des Steins und floss von dort in einer schnurgeraden Linie hinab in die Rinne.

Mit einem Schauder wandte ich mich von dem grausigen Schauspiel ab und schaute mich um. Auf der gegenüberliegenden Seite öffnete sich die Steinwand zu einem weiteren schmalen Gang, in den ich aufgrund der Dunkelheit nicht hineinschauen konnte. Es war schon schwer genug, im tanzenden Licht, das die Fackel warf, etwas auszumachen. Gleichzeitig war ich dankbar, dass ich nicht mehr erkannte. Wer wusste schon, was sich in der Dunkelheit verbarg. An der Höhlenwand zur Rechten hingen bizarre Gegenstände, die den Flammenschein reflektierten. Eigentlich wollte ich gar nicht wissen, worum es sich dabei handelte, aber wir waren hier heruntergestiegen, um mehr über die Hexe herauszufinden, also bedeutete ich Rose mit einer Geste, mir zu folgen, und näherte mich der Wand.

Sicheln und Sensen, Hack- und Klauenbeile hingen in verschiedenen Größen an langen Nägeln, die tief in die Wand getrieben worden waren. Selbst eine Grabenhaue befand sich darunter. Ihre Klingen reflektierten das Fackellicht und wirkten dadurch noch tödlicher. Ich ahnte, für was die Hexe diese Werkzeuge genutzt hatte.

Mit einem Kloß im Hals wandte ich mich um. Auf der anderen Seite der Höhle stand ein schmaler, lang gezogener Tisch aus Holz. Seine Oberfläche war völlig zerkratzt und mehrere Dutzend Kerzen standen darauf. Durch ihr herabgelaufenes Wachs waren sie mit dem Holz verschmolzen. Zwischen ihnen lagen Messer, kleine und große, lange, breite, welche mit abgerundetem Ende und andere, sehr spitz zulaufende. So unterschiedlich sie in ihrer Form auch waren, eins hatten sie alle gemeinsam: Ihre Schneiden sahen unheimlich scharf aus.

Rose griff nach etwas, das am Rand des Tisches hinter den Kerzen verborgen lag. »Oh.«

Sie übergab mir die Fackel, offenbar brauchte sie beide Hände, um den Gegenstand anzuheben. Ich hielt den Atem an, als ich erkannte, um was es sich handelte. In ihren Fingern hielt Rose ein Buch. Es war fast so lang wie ihr Unterarm und sicher eine Handbreit dick. Seine Pergamentseiten waren in einen Umschlag aus schwarzem gegerbtem Leder gebunden und die Ecken mit bronzenen Zierstücken beschlagen. Es sah alt und wertvoll aus.

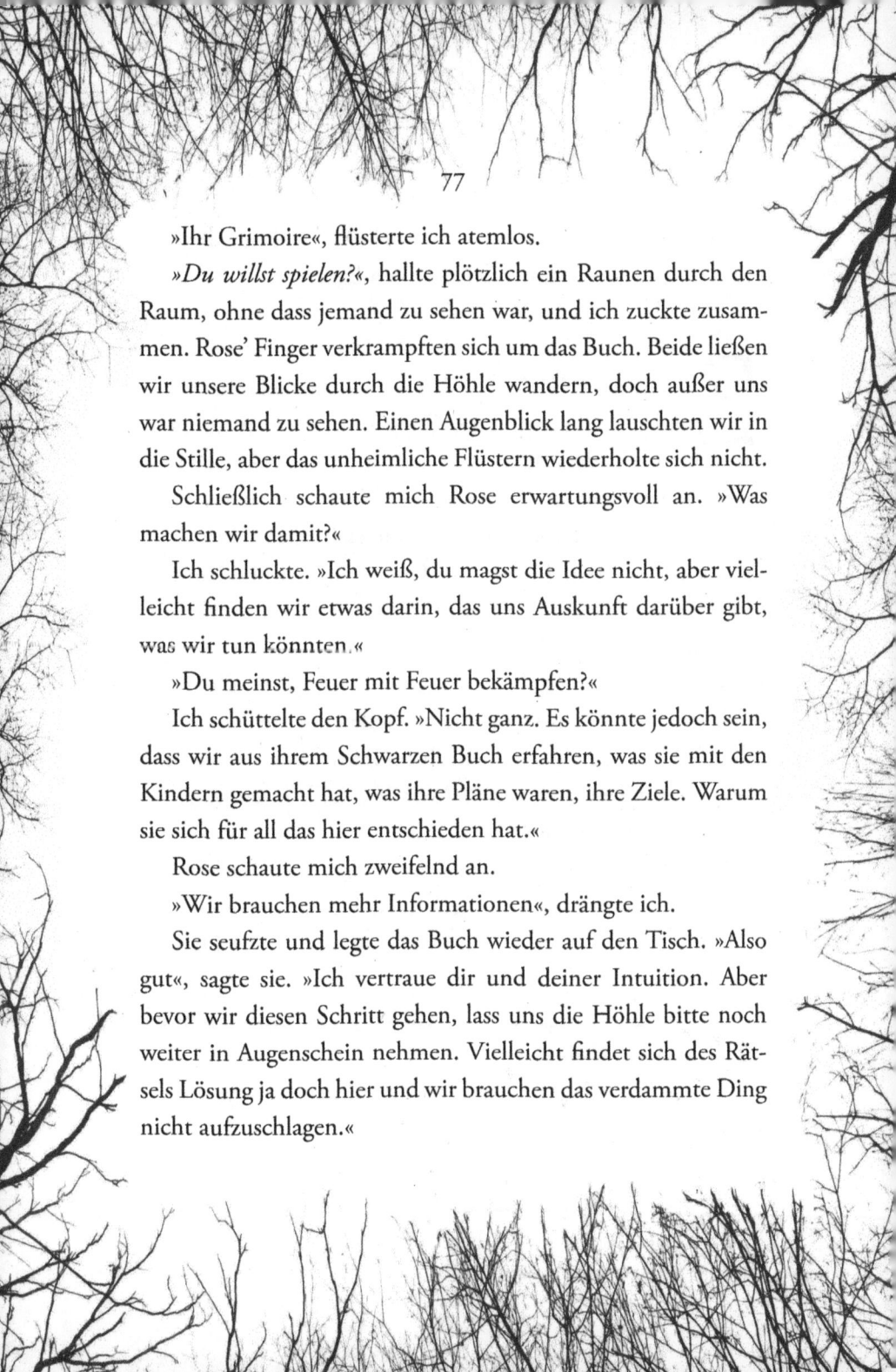

»Ihr Grimoire«, flüsterte ich atemlos.

»*Du willst spielen?*«, hallte plötzlich ein Raunen durch den Raum, ohne dass jemand zu sehen war, und ich zuckte zusammen. Rose' Finger verkrampften sich um das Buch. Beide ließen wir unsere Blicke durch die Höhle wandern, doch außer uns war niemand zu sehen. Einen Augenblick lang lauschten wir in die Stille, aber das unheimliche Flüstern wiederholte sich nicht.

Schließlich schaute mich Rose erwartungsvoll an. »Was machen wir damit?«

Ich schluckte. »Ich weiß, du magst die Idee nicht, aber vielleicht finden wir etwas darin, das uns Auskunft darüber gibt, was wir tun könnten.«

»Du meinst, Feuer mit Feuer bekämpfen?«

Ich schüttelte den Kopf. »Nicht ganz. Es könnte jedoch sein, dass wir aus ihrem Schwarzen Buch erfahren, was sie mit den Kindern gemacht hat, was ihre Pläne waren, ihre Ziele. Warum sie sich für all das hier entschieden hat.«

Rose schaute mich zweifelnd an.

»Wir brauchen mehr Informationen«, drängte ich.

Sie seufzte und legte das Buch wieder auf den Tisch. »Also gut«, sagte sie. »Ich vertraue dir und deiner Intuition. Aber bevor wir diesen Schritt gehen, lass uns die Höhle bitte noch weiter in Augenschein nehmen. Vielleicht findet sich des Rätsels Lösung ja doch hier und wir brauchen das verdammte Ding nicht aufzuschlagen.«

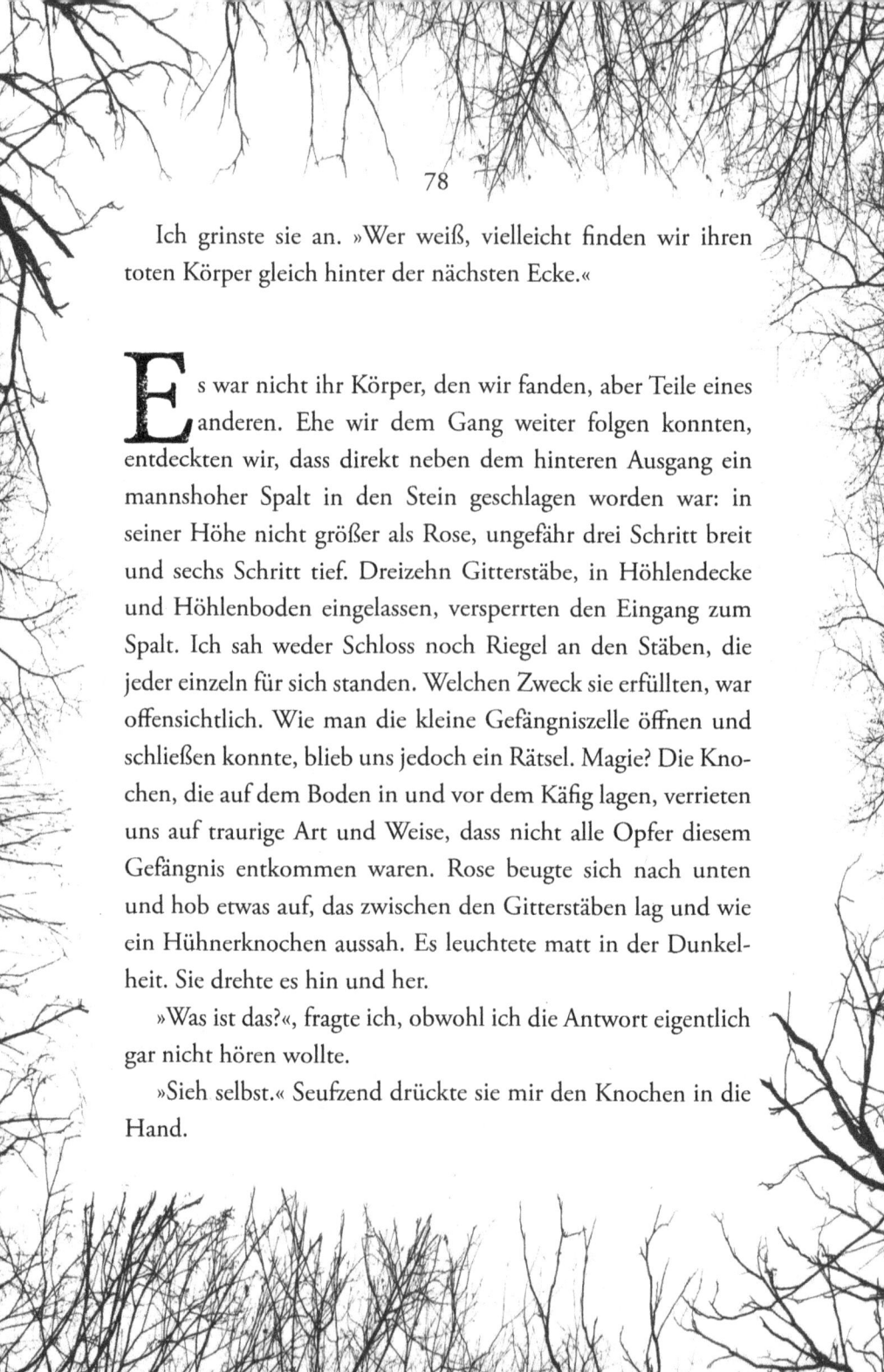

Ich grinste sie an. »Wer weiß, vielleicht finden wir ihren toten Körper gleich hinter der nächsten Ecke.«

Es war nicht ihr Körper, den wir fanden, aber Teile eines anderen. Ehe wir dem Gang weiter folgen konnten, entdeckten wir, dass direkt neben dem hinteren Ausgang ein mannshoher Spalt in den Stein geschlagen worden war: in seiner Höhe nicht größer als Rose, ungefähr drei Schritt breit und sechs Schritt tief. Dreizehn Gitterstäbe, in Höhlendecke und Höhlenboden eingelassen, versperrten den Eingang zum Spalt. Ich sah weder Schloss noch Riegel an den Stäben, die jeder einzeln für sich standen. Welchen Zweck sie erfüllten, war offensichtlich. Wie man die kleine Gefängniszelle öffnen und schließen konnte, blieb uns jedoch ein Rätsel. Magie? Die Knochen, die auf dem Boden in und vor dem Käfig lagen, verrieten uns auf traurige Art und Weise, dass nicht alle Opfer diesem Gefängnis entkommen waren. Rose beugte sich nach unten und hob etwas auf, das zwischen den Gitterstäben lag und wie ein Hühnerknochen aussah. Es leuchtete matt in der Dunkelheit. Sie drehte es hin und her.

»Was ist das?«, fragte ich, obwohl ich die Antwort eigentlich gar nicht hören wollte.

»Sieh selbst.« Seufzend drückte sie mir den Knochen in die Hand.

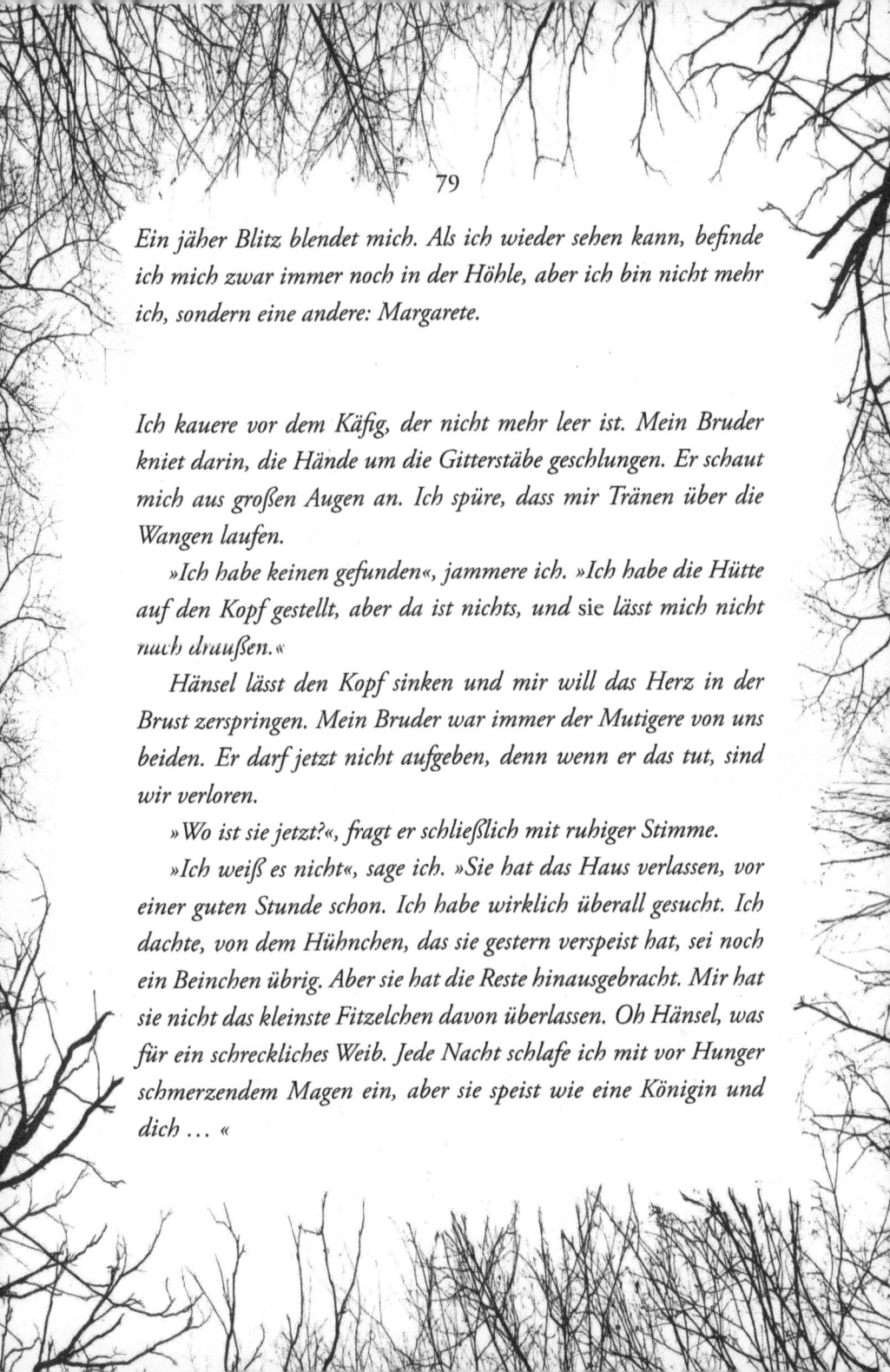

Ein jäher Blitz blendet mich. Als ich wieder sehen kann, befinde ich mich zwar immer noch in der Höhle, aber ich bin nicht mehr ich, sondern eine andere: Margarete.

Ich kauere vor dem Käfig, der nicht mehr leer ist. Mein Bruder kniet darin, die Hände um die Gitterstäbe geschlungen. Er schaut mich aus großen Augen an. Ich spüre, dass mir Tränen über die Wangen laufen.

»Ich habe keinen gefunden«, jammere ich. »Ich habe die Hütte auf den Kopf gestellt, aber da ist nichts, und sie lässt mich nicht nach draußen.«

Hänsel lässt den Kopf sinken und mir will das Herz in der Brust zerspringen. Mein Bruder war immer der Mutigere von uns beiden. Er darf jetzt nicht aufgeben, denn wenn er das tut, sind wir verloren.

»Wo ist sie jetzt?«, fragt er schließlich mit ruhiger Stimme.

»Ich weiß es nicht«, sage ich. »Sie hat das Haus verlassen, vor einer guten Stunde schon. Ich habe wirklich überall gesucht. Ich dachte, von dem Hühnchen, das sie gestern verspeist hat, sei noch ein Beinchen übrig. Aber sie hat die Reste hinausgebracht. Mir hat sie nicht das kleinste Fitzelchen davon überlassen. Oh Hänsel, was für ein schreckliches Weib. Jede Nacht schlafe ich mit vor Hunger schmerzendem Magen ein, aber sie speist wie eine Königin und dich … «

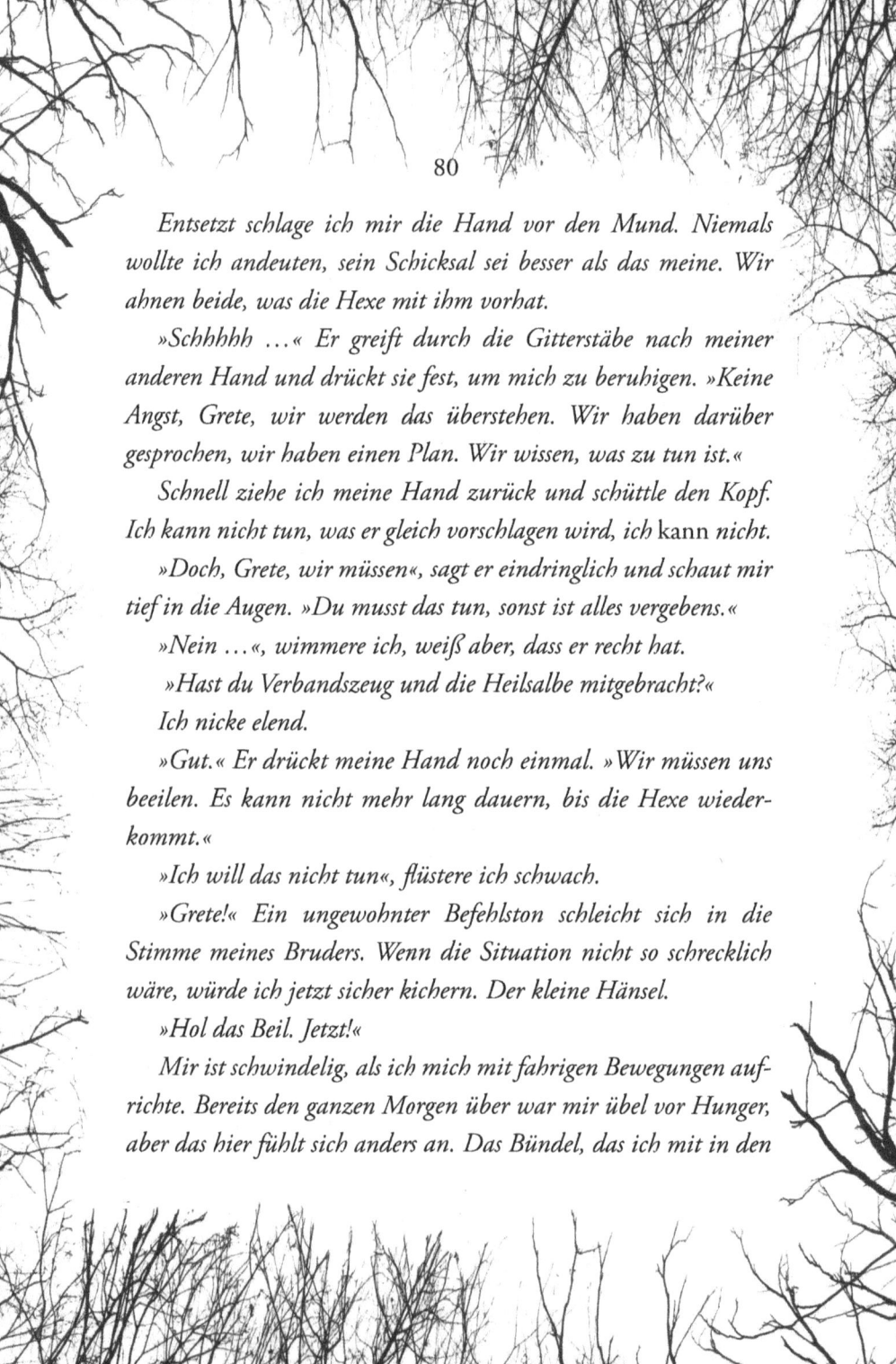

Entsetzt schlage ich mir die Hand vor den Mund. Niemals wollte ich andeuten, sein Schicksal sei besser als das meine. Wir ahnen beide, was die Hexe mit ihm vorhat.

»Schhhhh …« Er greift durch die Gitterstäbe nach meiner anderen Hand und drückt sie fest, um mich zu beruhigen. »Keine Angst, Grete, wir werden das überstehen. Wir haben darüber gesprochen, wir haben einen Plan. Wir wissen, was zu tun ist.«

Schnell ziehe ich meine Hand zurück und schüttle den Kopf. Ich kann nicht tun, was er gleich vorschlagen wird, ich kann nicht.

»Doch, Grete, wir müssen«, sagt er eindringlich und schaut mir tief in die Augen. »Du musst das tun, sonst ist alles vergebens.«

»Nein …«, wimmere ich, weiß aber, dass er recht hat.

»Hast du Verbandszeug und die Heilsalbe mitgebracht?«

Ich nicke elend.

»Gut.« Er drückt meine Hand noch einmal. »Wir müssen uns beeilen. Es kann nicht mehr lang dauern, bis die Hexe wiederkommt.«

»Ich will das nicht tun«, flüstere ich schwach.

»Grete!« Ein ungewohnter Befehlston schleicht sich in die Stimme meines Bruders. Wenn die Situation nicht so schrecklich wäre, würde ich jetzt sicher kichern. Der kleine Hänsel.

»Hol das Beil. Jetzt!«

Mir ist schwindelig, als ich mich mit fahrigen Bewegungen aufrichte. Bereits den ganzen Morgen über war mir übel vor Hunger, aber das hier fühlt sich anders an. Das Bündel, das ich mit in den

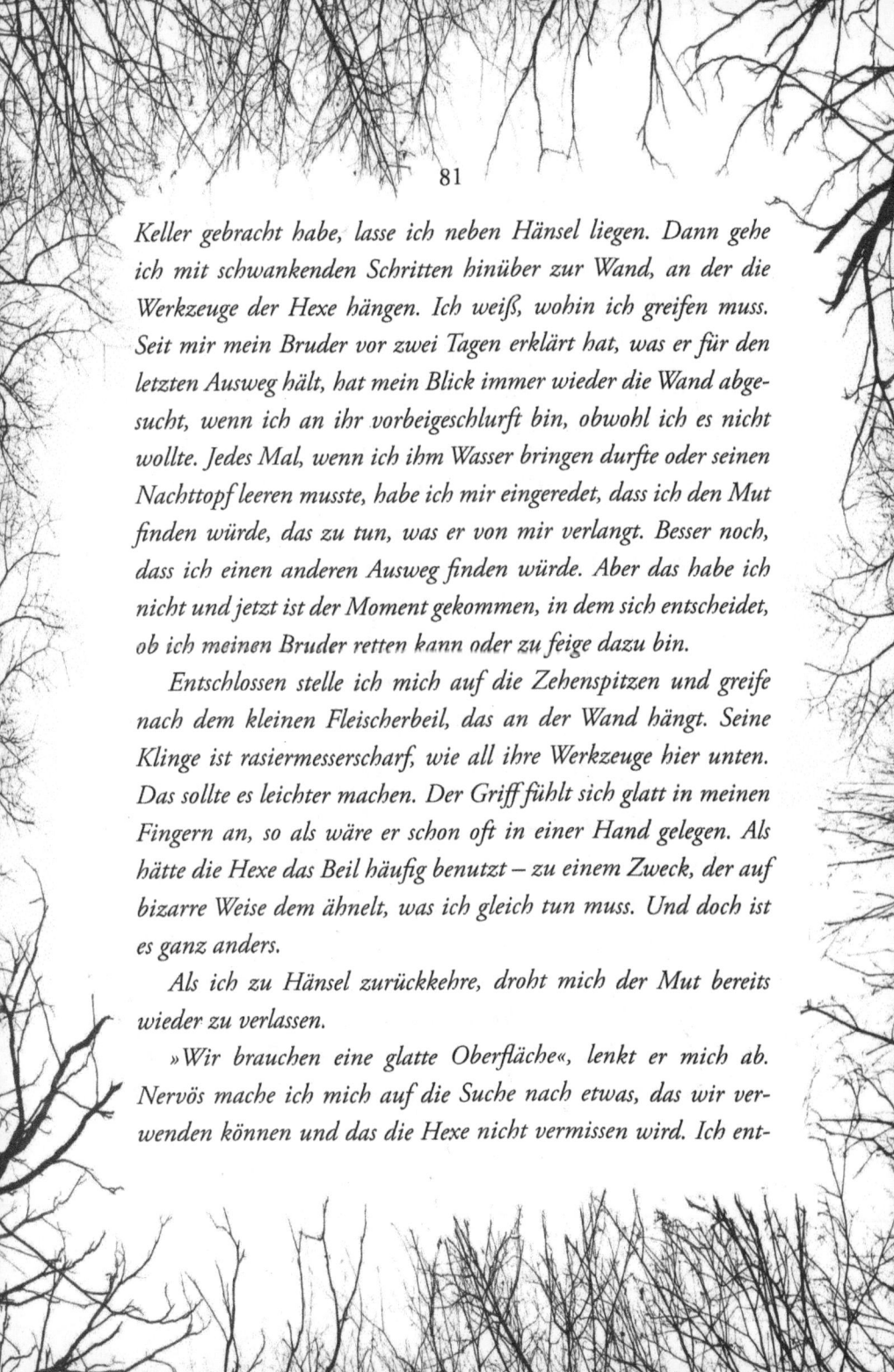

Keller gebracht habe, lasse ich neben Hänsel liegen. Dann gehe ich mit schwankenden Schritten hinüber zur Wand, an der die Werkzeuge der Hexe hängen. Ich weiß, wohin ich greifen muss. Seit mir mein Bruder vor zwei Tagen erklärt hat, was er für den letzten Ausweg hält, hat mein Blick immer wieder die Wand abgesucht, wenn ich an ihr vorbeigeschlurft bin, obwohl ich es nicht wollte. Jedes Mal, wenn ich ihm Wasser bringen durfte oder seinen Nachttopf leeren musste, habe ich mir eingeredet, dass ich den Mut finden würde, das zu tun, was er von mir verlangt. Besser noch, dass ich einen anderen Ausweg finden würde. Aber das habe ich nicht und jetzt ist der Moment gekommen, in dem sich entscheidet, ob ich meinen Bruder retten kann oder zu feige dazu bin.

Entschlossen stelle ich mich auf die Zehenspitzen und greife nach dem kleinen Fleischerbeil, das an der Wand hängt. Seine Klinge ist rasiermesserscharf, wie all ihre Werkzeuge hier unten. Das sollte es leichter machen. Der Griff fühlt sich glatt in meinen Fingern an, so als wäre er schon oft in einer Hand gelegen. Als hätte die Hexe das Beil häufig benutzt – zu einem Zweck, der auf bizarre Weise dem ähnelt, was ich gleich tun muss. Und doch ist es ganz anders.

Als ich zu Hänsel zurückkehre, droht mich der Mut bereits wieder zu verlassen.

»Wir brauchen eine glatte Oberfläche«, lenkt er mich ab. Nervös mache ich mich auf die Suche nach etwas, das wir verwenden können und das die Hexe nicht vermissen wird. Ich ent-

scheide mich für eines der zahlreichen Schneidebretter, die unter dem Tisch gestapelt sind. Es hat viele Kerben, eine mehr wird nicht auffallen.

Als ich zu Hänsel zurückkomme, hat er bereits das Verbandszeug ausgepackt und griffbereit zur Seite gelegt. Den Tiegel mit der Salbe und einige Ersatzbinden hat er im hinteren Teil seines Gefängnisses versteckt. Nur gut, dass die Hexe im Dunkeln schlecht sieht. Ironie des Schicksals, die schon fast komisch wäre, hätte ich nicht solche Angst. Vor den Gitterstäben steht eine gusseiserne Schale, die ich aus der Küche mitgebracht habe. Hänsel entzündet darin mit Holzspänen und einem Schwefelholz ein kleines Feuer. Ich eile zum Tisch und hole ein breites Messer. Vorsichtig platziere ich es so auf der Schale, dass seine Klinge direkt über den Flammen liegt. Ich hoffe, das wird genügen. Ich hoffe, die Hexe wird nicht merken, dass eines ihrer Messer fehlt, denn ich mache mir nicht viel Hoffnung, dass es das, was wir damit vorhaben, unbeschadet oder gar spurlos überstehen wird.

Dann gibt es nichts mehr zu tun, außer das eine, und die Zeit rinnt uns unbarmherzig durch die Finger. Bei diesem Vergleich zucke ich zusammen. Auch Hans weiß, dass wir den Zeitpunkt nicht mehr aufschieben können. Er schenkt mir ein aufmunterndes Lächeln, aber sein Gesicht ist ganz blass, das sehe ich selbst im Zwielicht der Höhle. Ich bewundere seinen Mut. Für ihn ist das, was jetzt geschieht, viel schlimmer. Ich sollte mir also ein Beispiel an ihm nehmen.

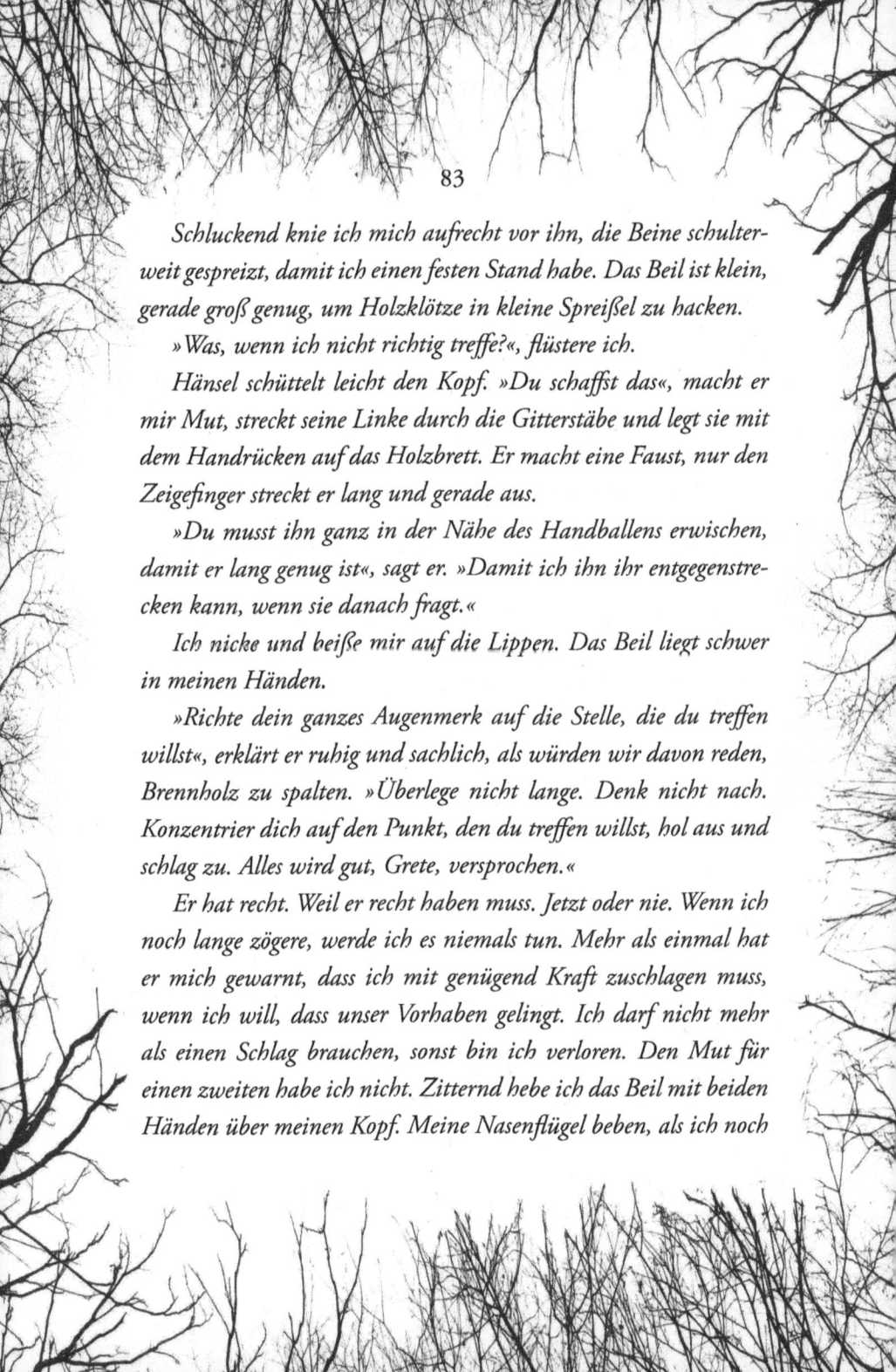

Schluckend knie ich mich aufrecht vor ihn, die Beine schulter-weit gespreizt, damit ich einen festen Stand habe. Das Beil ist klein, gerade groß genug, um Holzklötze in kleine Spreißel zu hacken.

»Was, wenn ich nicht richtig treffe?«, flüstere ich.

Hänsel schüttelt leicht den Kopf. »Du schaffst das«, macht er mir Mut, streckt seine Linke durch die Gitterstäbe und legt sie mit dem Handrücken auf das Holzbrett. Er macht eine Faust, nur den Zeigefinger streckt er lang und gerade aus.

»Du musst ihn ganz in der Nähe des Handballens erwischen, damit er lang genug ist«, sagt er. »Damit ich ihn ihr entgegenstre-cken kann, wenn sie danach fragt.«

Ich nicke und beiße mir auf die Lippen. Das Beil liegt schwer in meinen Händen.

»Richte dein ganzes Augenmerk auf die Stelle, die du treffen willst«, erklärt er ruhig und sachlich, als würden wir davon reden, Brennholz zu spalten. »Überlege nicht lange. Denk nicht nach. Konzentrier dich auf den Punkt, den du treffen willst, hol aus und schlag zu. Alles wird gut, Grete, versprochen.«

Er hat recht. Weil er recht haben muss. Jetzt oder nie. Wenn ich noch lange zögere, werde ich es niemals tun. Mehr als einmal hat er mich gewarnt, dass ich mit genügend Kraft zuschlagen muss, wenn ich will, dass unser Vorhaben gelingt. Ich darf nicht mehr als einen Schlag brauchen, sonst bin ich verloren. Den Mut für einen zweiten habe ich nicht. Zitternd hebe ich das Beil mit beiden Händen über meinen Kopf. Meine Nasenflügel beben, als ich noch

einmal tief einatme. Dann halte ich die Luft an, kneife die Augen
zu schmalen Schlitzen zusammen, konzentriere mich ganz auf die
Hand meines Bruders. Auf einen Punkt etwas oberhalb von der
Stelle, an der sein Zeigefinger in die Handfläche übergeht – und
schlage zu. Kurz, schnell, ohne darüber nachzudenken. Ich lege
mein ganzes Gewicht in diesen Schlag.

Hänsel schreit auf. Etwas Nasses, Warmes spritzt mir ins Gesicht
und ich spüre, wie das Beil durch etwas Weiches hindurchgleitet,
auf Widerstand trifft, bis dieser nachgibt. Ich kann nicht sagen, was
davon in welcher Reihenfolge geschieht. Mein Kopf pocht. Das Blut
dröhnt in meinen Ohren. Hänsel schreit. Erst jetzt merke ich, dass
ich die Augen ganz geschlossen habe. Ich will sie nicht öffnen, nie
wieder, zwinge mich aber trotzdem dazu. Das Beil liegt vor mir auf
dem Holzbrett, die Schneide blutig. Wann habe ich es losgelassen?
Daneben liegt reglos der kleine, rosafarbene Finger meines Bruders.
Mir wird schlecht. Magensäure steigt mir die Kehle hinauf. Aber ich
darf mich nicht übergeben! Ich schlucke reflexartig und schluchze
auf. Ein Schrei will sich aus meiner Kehle quälen, doch ich halte die
Lippen fest geschlossen. Jetzt darf ich nicht schwach werden, denn ich
bin unversehrt. Hänsel hingegen … Hänsel schreit. Endlich greife
ich nach den Binden, die er zurechtgelegt hat, und brülle ihn an:
»Gib mir deine Hand!« Sein Oberkörper ist nach hinten gekrümmt,
er stöhnt und flucht und aus seinem Fingerstumpf spritzt pulsie-
rend Blut. Ich schiebe meine Hand durch die Gitterstäbe, schnappe
mir sein Handgelenk und ziehe es zu mir. Nein, ich schaue mir

die Wunde nicht an. Nicht jetzt. Wie schwer es ist, nicht darüber nachzudenken, was gerade geschehen ist. In den letzten Tagen haben wir diese Situation immer wieder Schritt für Schritt besprochen. So weiß ich, was als Nächstes zu tun ist, und lasse die Binden in meinen Schoß fallen. Dann packe ich das Messer. Obwohl sein Griff aus Holz ist, spüre ich, dass es heiß ist. Die Klinge glüht. Gut, denke ich, und ehe Hänsel etwas sagen kann, presse ich ihm die flache Messerklinge auf die blutende Wunde. Es zischt, Qualm steigt auf, und zu meinem absoluten Entsetzen merke ich, dass mir beim Duft des gebratenen Fleisches das Wasser im Mund zusammenläuft. Oh Herr, bin ich hungrig. Ich hasse mich für diesen Gedanken und presse weiter das Messer auf den Schnitt, ignoriere die Schreie und Schluchzer meines Bruders, ignoriere, dass ich mit der glühenden Klinge nicht nur die Verletzung, sondern auch die heile Haut seiner Hand verbrenne, und wünsche mir, endlich aus diesem Albtraum zu erwachen.

Ich tauchte aus der Vision auf, weil Rose mir mit der Handfläche ins Gesicht geschlagen hatte. Meine Wagen waren nass von Tränen und in meinen Ohren dröhnte der Nachhall meines eigenen Schreis. Mein Hals fühlte sich rau an und ich sah, dass das Knöchlein – Hänsels Finger – vor mir auf dem Boden lag.

»Entschuldige«, sagte Rose und schaute mich besorgt an. »Du hast angefangen zu schreien, als ginge es um Leben und Tod, und bist auch nicht aufgewacht, als ich dir den Knochen aus der Hand gerissen habe. Ich wusste nicht, was ich sonst tun sollte.«

Ich starrte sie an, wollte ihr sagen, dass sie richtig gehandelt hatte, aber die Worte blieben aus. Eine heftige Woge brachte meinen ganzen Körper zum Erzittern und ich begann hemmungslos zu weinen. Was hatte dieses Monster den Kindern nur angetan?

Wie lange ich mich an Rose' Schulter ausheulte, wusste ich nicht. Es tat gut, dass sie mich einfach nur in den Arm nahm und über mein Haar streichelte, ohne Fragen zu stellen. Als ich nach einer ganzen Weile unter Schluchzern davon berichtete, was ich gesehen und was ich dabei empfunden hatte, sagte sie nichts, sondern presste nur wütend die Lippen aufeinander. Sie warf einen angeekelten Blick auf den Kerker und auf die Wand mit den Hackinstrumenten, dann drückte sie mir einen Kuss auf die Stirn.

»Lass uns nach oben gehen. Für heute genügt es.«

Ich fühlte mich jämmerlich, als wäre ich es gewesen, die Hans den Finger abgehackt hatte, und nicht das Mädchen in der Vision. Dann kam mir ein weiterer furchtbarer Gedanke.

»Rose.« Meine Stimme klang belegt.

Sie schaute mich mitfühlend an.

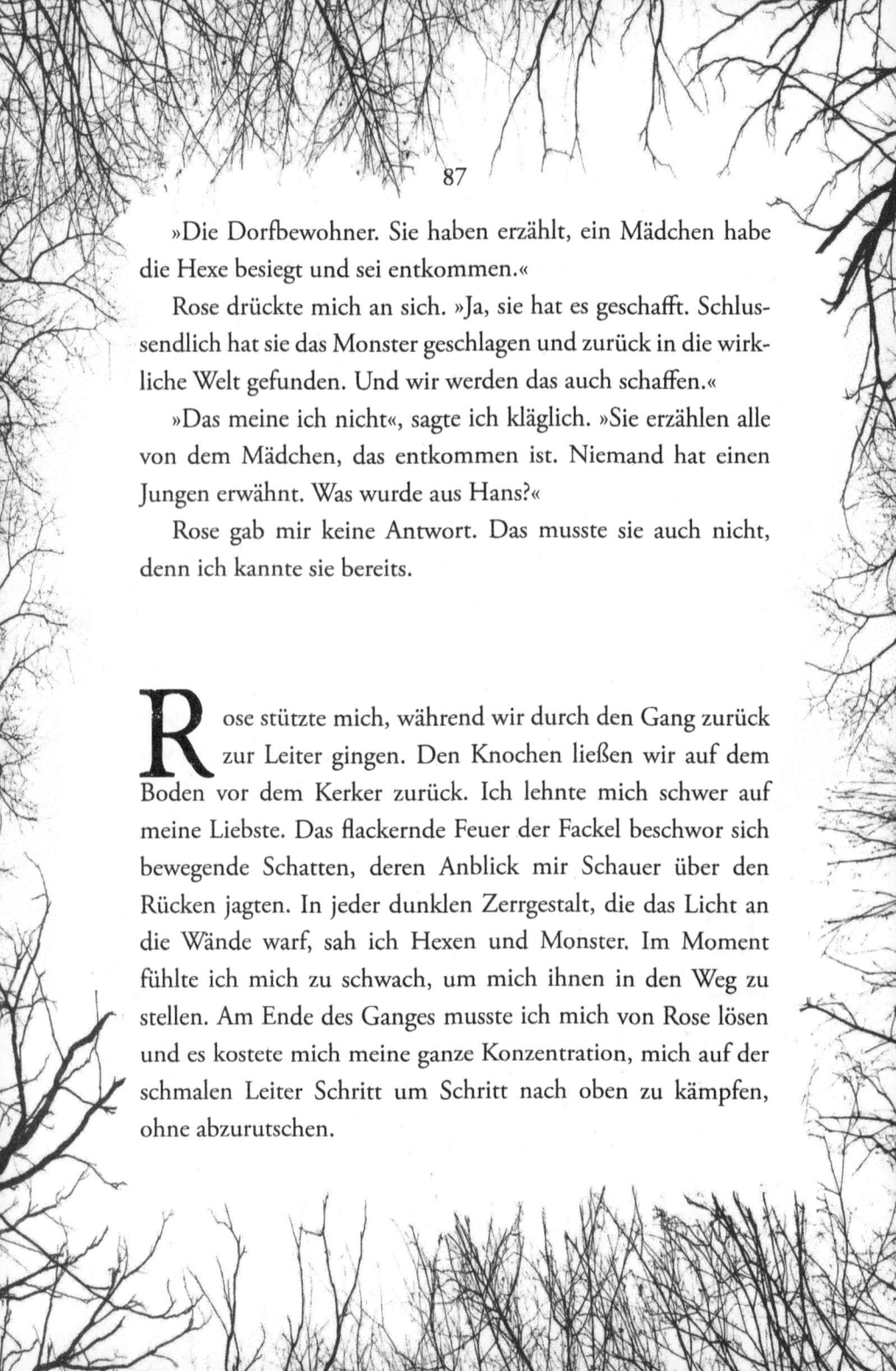

»Die Dorfbewohner. Sie haben erzählt, ein Mädchen habe die Hexe besiegt und sei entkommen.«

Rose drückte mich an sich. »Ja, sie hat es geschafft. Schlussendlich hat sie das Monster geschlagen und zurück in die wirkliche Welt gefunden. Und wir werden das auch schaffen.«

»Das meine ich nicht«, sagte ich kläglich. »Sie erzählen alle von dem Mädchen, das entkommen ist. Niemand hat einen Jungen erwähnt. Was wurde aus Hans?«

Rose gab mir keine Antwort. Das musste sie auch nicht, denn ich kannte sie bereits.

Rose stützte mich, während wir durch den Gang zurück zur Leiter gingen. Den Knochen ließen wir auf dem Boden vor dem Kerker zurück. Ich lehnte mich schwer auf meine Liebste. Das flackernde Feuer der Fackel beschwor sich bewegende Schatten, deren Anblick mir Schauer über den Rücken jagten. In jeder dunklen Zerrgestalt, die das Licht an die Wände warf, sah ich Hexen und Monster. Im Moment fühlte ich mich zu schwach, um mich ihnen in den Weg zu stellen. Am Ende des Ganges musste ich mich von Rose lösen und es kostete mich meine ganze Konzentration, mich auf der schmalen Leiter Schritt um Schritt nach oben zu kämpfen, ohne abzurutschen.

Im Erdgeschoss angekommen, brachte mich Rose zu den Decken vor dem Eisenofen. Sie wischte mir das Gesicht mit einem Tuch ab, half mir aus meinen Kleidern und sorgte mit vorsichtigen, aber bestimmten Griffen dafür, dass ich mich hinlegte. Dann verstaute sie unsere Sachen, löschte die Fackel im Garten und kam zurück, um sich neben mich zu legen. Ich wusste nicht, wie spät es war, vermutete aber, dass es weit nach Mitternacht sein musste. Mich schauderte. War es wirklich eine gute Idee, die Geisterstunden im Haus einer Hexe zu verbringen, die selbst nach ihrem Tod als rastloses Phantom noch Angst und Schrecken verbreitete? Aber mein Kopf war leer, eine Alternative wollte mir nicht einfallen. Draußen regnete es noch immer, und deshalb protestierte ich nicht, als Rose sich auszog und zu mir unter die Decke schlüpfte, sondern kuschelte mich einfach nur dankbar an sie. Es dauerte nicht lange und ich war eingeschlafen.

E s war mir auch diesmal nicht vergönnt, bis zum Morgen durchzuschlafen. Ein Geräusch, das ich nicht zuordnen konnte, weckte mich. Ich streckte den Kopf in die Höhe, hielt den Atem an und lauschte. Dumpf drang es von draußen herein. Je länger ich lauschte, desto sicherer war ich mir, dass es sich dabei um Kinderstimmen handelte, die sangen. Rose

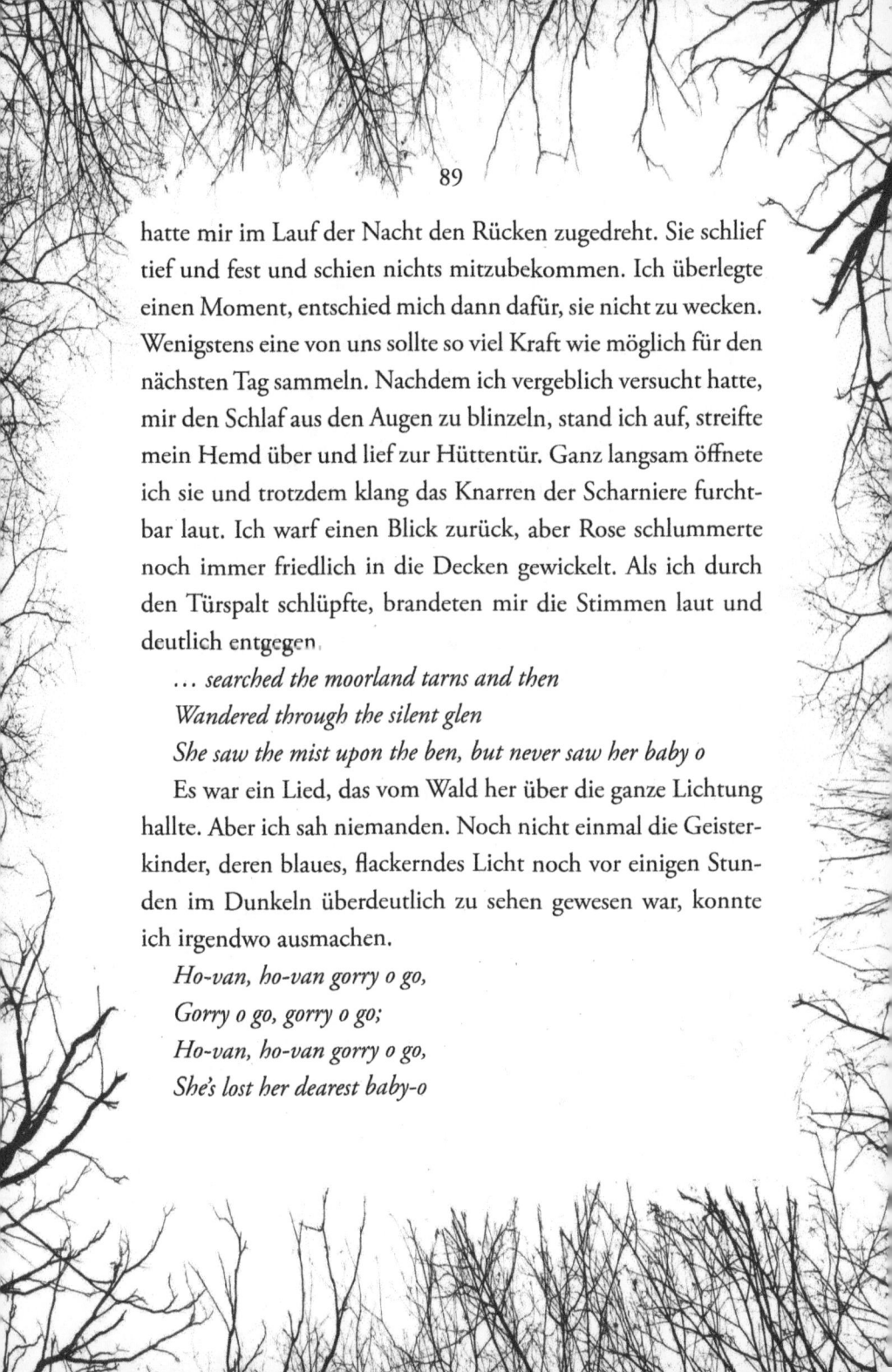

hatte mir im Lauf der Nacht den Rücken zugedreht. Sie schlief tief und fest und schien nichts mitzubekommen. Ich überlegte einen Moment, entschied mich dann dafür, sie nicht zu wecken. Wenigstens eine von uns sollte so viel Kraft wie möglich für den nächsten Tag sammeln. Nachdem ich vergeblich versucht hatte, mir den Schlaf aus den Augen zu blinzeln, stand ich auf, streifte mein Hemd über und lief zur Hüttentür. Ganz langsam öffnete ich sie und trotzdem klang das Knarren der Scharniere furchtbar laut. Ich warf einen Blick zurück, aber Rose schlummerte noch immer friedlich in die Decken gewickelt. Als ich durch den Türspalt schlüpfte, brandeten mir die Stimmen laut und deutlich entgegen.

… searched the moorland tarns and then
Wandered through the silent glen
She saw the mist upon the ben, but never saw her baby o

Es war ein Lied, das vom Wald her über die ganze Lichtung hallte. Aber ich sah niemanden. Noch nicht einmal die Geisterkinder, deren blaues, flackerndes Licht noch vor einigen Stunden im Dunkeln überdeutlich zu sehen gewesen war, konnte ich irgendwo ausmachen.

Ho-van, ho-van gorry o go,
Gorry o go, gorry o go;
Ho-van, ho-van gorry o go,
She's lost her dearest baby-o

Mich schauderte. Nicht nur, weil es ein unheimliches Gefühl war, nachts auf einer verregneten Lichtung vor einem Hexenhaus zu stehen und den Stimmen von Kindern zu lauschen, die nicht da waren. Sondern auch, weil ich das Lied kannte. Sowohl die Melodie als auch die Worte, die nicht in der Sprache dieses Landes, sondern in einer fremden gesungen wurden. Einer Sprache, die ich seit Jahren nicht mehr gehört hatte. Es war das Lied, das die Frauen in meiner Heimat oft beim Spinnen vor sich hin sangen. Mein Herz setzte einen Schlag lang aus, als ob mein Körper den Bruchteil einer Sekunde vor mir begriff, was das bedeutete. Wer auch immer da sang, kannte mich. Die Stimmen wussten, woher ich kam und wer ich war.

Eine Weile stand ich unschlüssig vor dem Häuschen, während das Lied immer weiter anschwoll, lauter wurde und näher kam. Es fühlte sich an, als wollten sich die Laute in meinen Kopf fressen. Die Sänger verstummten einfach nicht. Sobald das Lied zu Ende war, fingen sie übergangslos von vorne an. Als die Geister zum dritten Mal in den Kehrreim einstimmten, war es mir endlich gelungen, meine Beunruhigung ein wenig zurückzudrängen. Körperlose Stimmen konnten uns nicht gefährlich werden. Vermutlich war es ohnehin besser, nicht weiter darüber nachzudenken, warum die Geister ausgerechnet dieses Lied sangen, sondern zurück unter die Decke zu schlüpfen und zu versuchen, noch etwas zu schlafen. So gut das eben ging. Als ich die Hüttentür von innen schloss und mich zu Rose umdrehte, erstarrte ich erneut. Vor unserem Deckenlager stand ein Mädchen. Es war eines der Geisterkinder, seine flackernde Gestalt tauchte die Umgebung um Rose in ein unirdisches Licht. Sie beugte sich herunter, ganz tief hinab, die Hände hinter dem Rücken ineinandergelegt. Aufmerksam musterte sie Rose, machte jedoch keine Anstalten, sie zu berühren. Bisher. Mir klopfte das Herz bis zum Hals. Ich war müde, hatte Angst und vor allem genug von Geistererscheinungen und nächtlichen Unterbrechungen. Also ging ich hinüber zu unseren Sachen und wühlte in ihnen herum, bis ich den Stoffbeutel an meinem Gürtel fand und ihn losknotete. Die Linsen, die bisher darin gelegen hatten, schüttete ich kurz entschlossen in das Seitenfach des Rucksacks. Es würde später eine Fleißarbeit sein, sie daraus hervorzuklauben und ordentlich zu verstauen, aber das erschien mir jetzt als kleineres Übel. Leise öffnete ich die Kellerluke und kletterte erneut die Leiter hinunter. Auf halbem Weg nach unten flüsterte ich einen uralten, vergessen geglaubten Spruch in meiner Muttersprache. Ein grüner Lichtball erblühte vor mir in der Luft. Er leuchtete nur schwach, aber das matte Licht genügte, um zum Regal zu stolpern und nach dem Ledersack zu greifen, in dem sich das Salz befand. Mit der Hand schöpfte ich davon so viel in meinen Beutel, bis dieser prall gefüllt war. Ehe ich es mir anders überlegen konnte, kletterte ich die Leiter wieder nach oben, darauf bedacht, den Lichtball rechtzeitig zu löschen, damit Rose ihn nicht sah.

Ich hätte mir keine Sorgen machen müssen, denn sie schlief immer noch tief und fest. Fast schon zu tief und fest? Nein, alles war gut, ihr Brustkorb hob und senkte sich. Das Geistermädchen beobachtete meine Liebste immer noch neugierig.

Ho-van, ho-van gorry o go,
Gorry o go, gorry o go …

Das Lied erscholl nun auch im Raum. Jetzt war es nur ein leises Flüstern, aber mit jedem Vokal wurde es lauter. Mit festen Schritten ging ich zu unserem Deckenlager, zischte dem Geist leise zu, er solle uns in Ruhe lassen, und begann, eine Linie aus Salz in einem Kreis um uns herum zu ziehen. Erst als ich mich davon überzeugt hatte, dass die Linie an keiner Stelle unterbrochen war, stellte ich das Beutelchen zur Seite, stieg vorsichtig in die Mitte des Kreises und flüsterte einen weiteren Zauber, den mir meine Mutter beigebracht hatte. Das Salz leuchtete den Bruchteil einer Sekunde lang auf und ich sah, wie das Geistermädchen überrascht seinen Mund öffnete, aber kein Laut drang von außen zu uns. Es war gefährlich, was ich tat. Zum einen wusste ich, dass Rose mein kleines magisches Kunststück nicht gutheißen würde. Zum anderen schloss der Bannkreis nicht nur das Lied der Geister aus, sondern jegliche Geräusche. Draußen könnte die Welt untergehen, wir würden es nicht hören. Mir war es egal. Ich wusste, weder ein Geräusch noch ein Geist, ja nicht einmal irgendein Insekt konnte den Bannkreis durch-

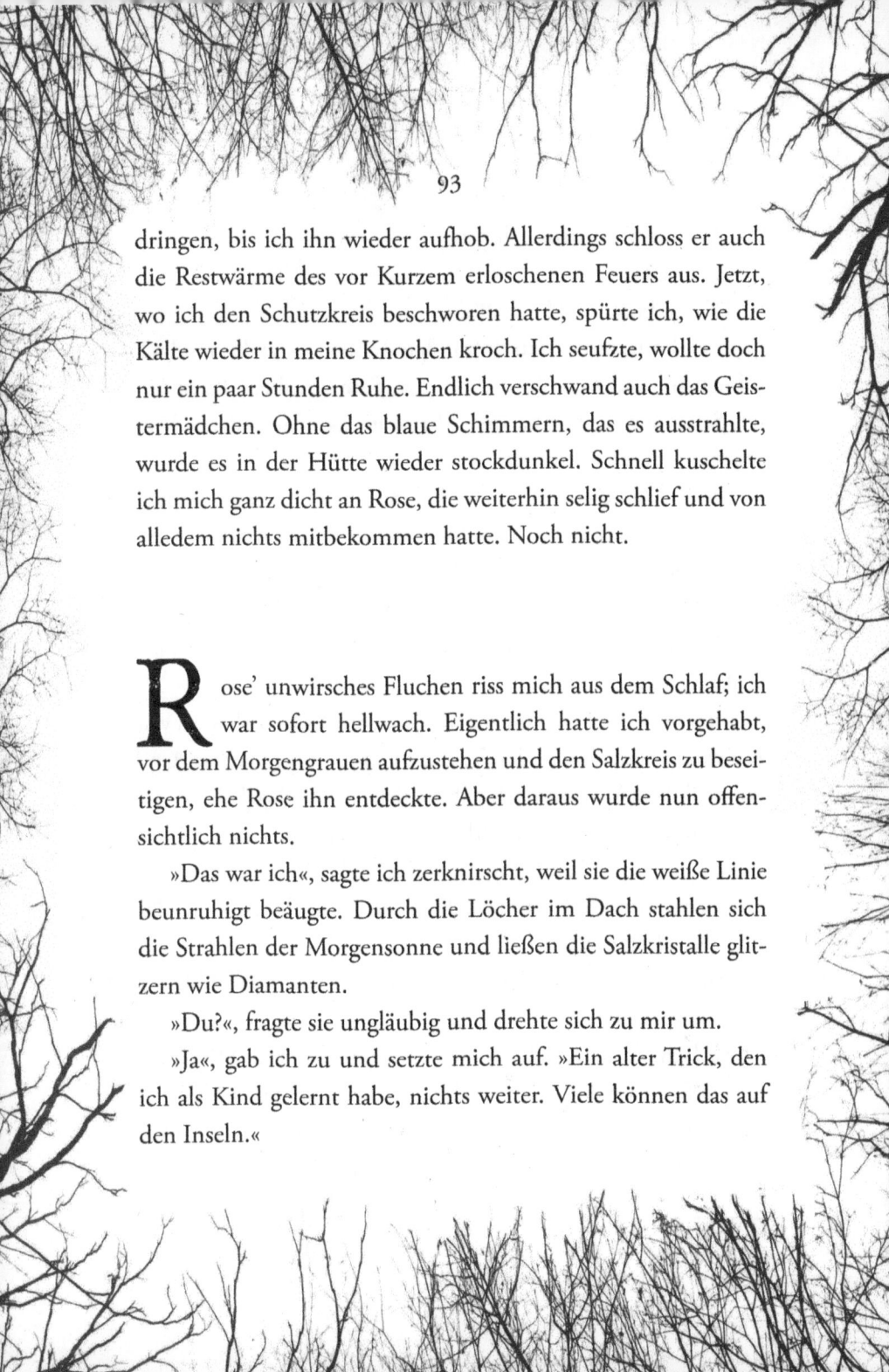

dringen, bis ich ihn wieder aufhob. Allerdings schloss er auch die Restwärme des vor Kurzem erloschenen Feuers aus. Jetzt, wo ich den Schutzkreis beschworen hatte, spürte ich, wie die Kälte wieder in meine Knochen kroch. Ich seufzte, wollte doch nur ein paar Stunden Ruhe. Endlich verschwand auch das Geistermädchen. Ohne das blaue Schimmern, das es ausstrahlte, wurde es in der Hütte wieder stockdunkel. Schnell kuschelte ich mich ganz dicht an Rose, die weiterhin selig schlief und von alledem nichts mitbekommen hatte. Noch nicht.

Rose' unwirsches Fluchen riss mich aus dem Schlaf; ich war sofort hellwach. Eigentlich hatte ich vorgehabt, vor dem Morgengrauen aufzustehen und den Salzkreis zu beseitigen, ehe Rose ihn entdeckte. Aber daraus wurde nun offensichtlich nichts.

»Das war ich«, sagte ich zerknirscht, weil sie die weiße Linie beunruhigt beäugte. Durch die Löcher im Dach stahlen sich die Strahlen der Morgensonne und ließen die Salzkristalle glitzern wie Diamanten.

»Du?«, fragte sie ungläubig und drehte sich zu mir um.

»Ja«, gab ich zu und setzte mich auf. »Ein alter Trick, den ich als Kind gelernt habe, nichts weiter. Viele können das auf den Inseln.«

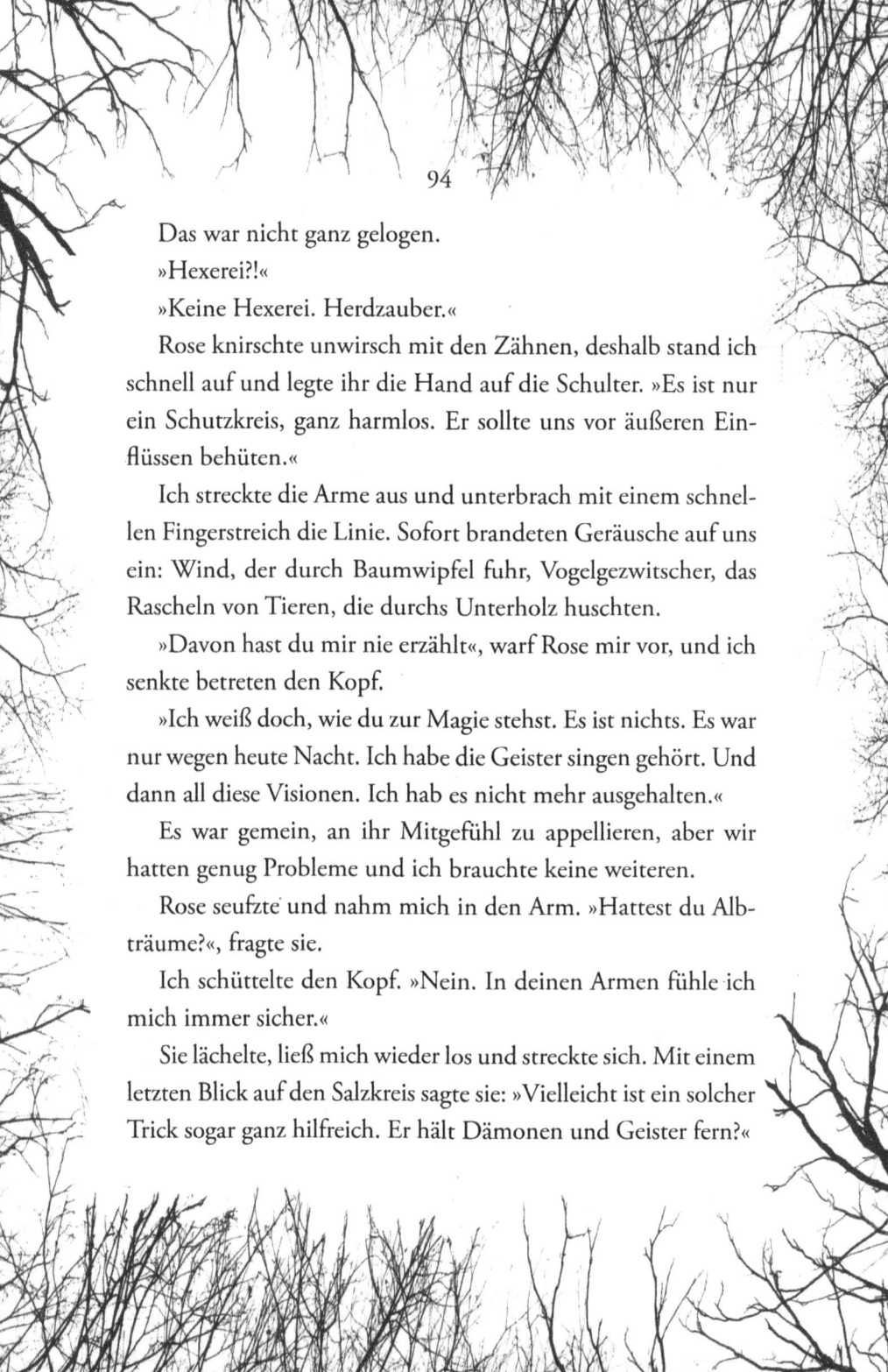

Das war nicht ganz gelogen.

»Hexerei?!«

»Keine Hexerei. Herdzauber.«

Rose knirschte unwirsch mit den Zähnen, deshalb stand ich schnell auf und legte ihr die Hand auf die Schulter. »Es ist nur ein Schutzkreis, ganz harmlos. Er sollte uns vor äußeren Einflüssen behüten.«

Ich streckte die Arme aus und unterbrach mit einem schnellen Fingerstreich die Linie. Sofort brandeten Geräusche auf uns ein: Wind, der durch Baumwipfel fuhr, Vogelgezwitscher, das Rascheln von Tieren, die durchs Unterholz huschten.

»Davon hast du mir nie erzählt«, warf Rose mir vor, und ich senkte betreten den Kopf.

»Ich weiß doch, wie du zur Magie stehst. Es ist nichts. Es war nur wegen heute Nacht. Ich habe die Geister singen gehört. Und dann all diese Visionen. Ich hab es nicht mehr ausgehalten.«

Es war gemein, an ihr Mitgefühl zu appellieren, aber wir hatten genug Probleme und ich brauchte keine weiteren.

Rose seufzte und nahm mich in den Arm. »Hattest du Albträume?«, fragte sie.

Ich schüttelte den Kopf. »Nein. In deinen Armen fühle ich mich immer sicher.«

Sie lächelte, ließ mich wieder los und streckte sich. Mit einem letzten Blick auf den Salzkreis sagte sie: »Vielleicht ist ein solcher Trick sogar ganz hilfreich. Er hält Dämonen und Geister fern?«

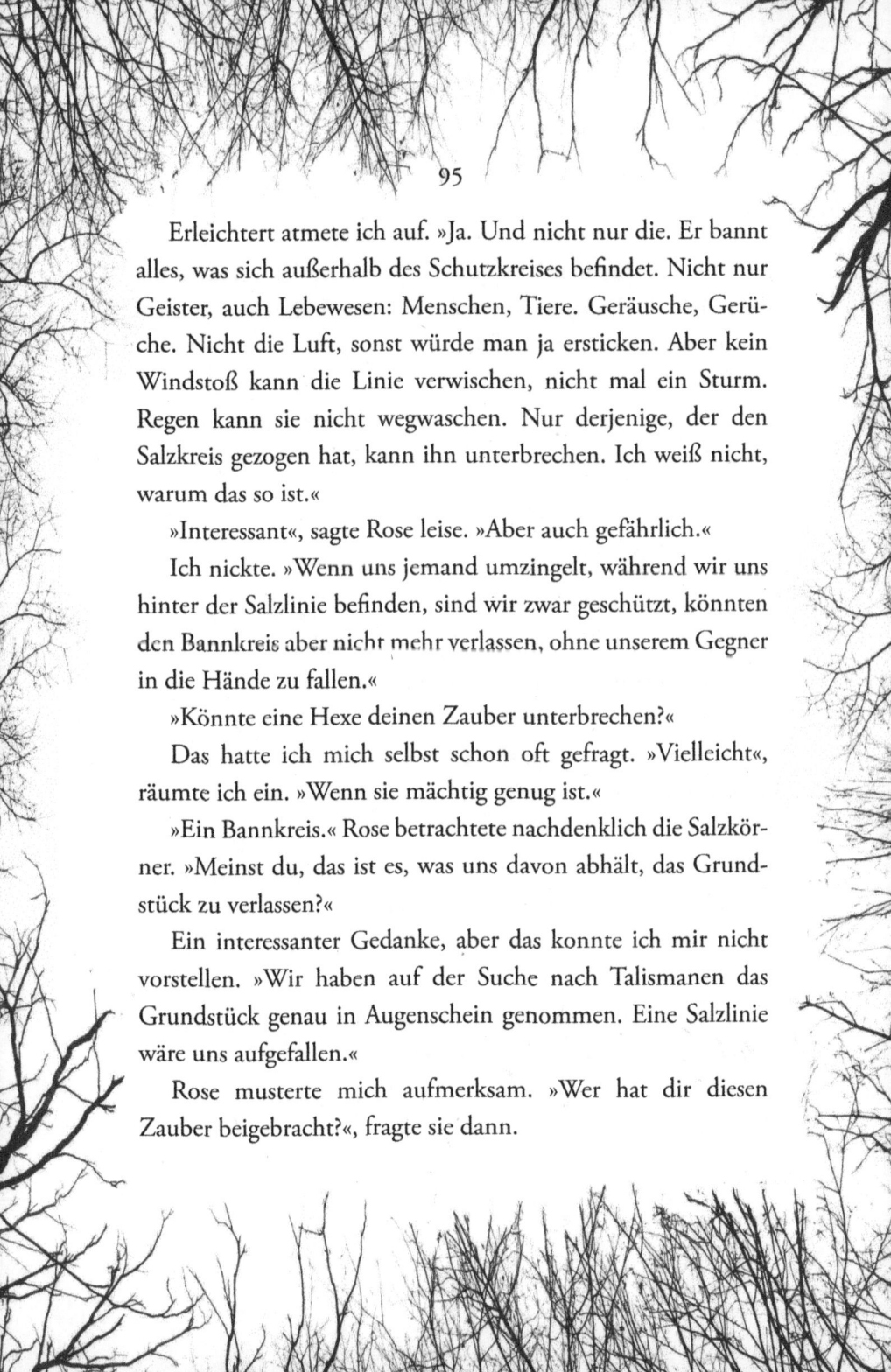

Erleichtert atmete ich auf. »Ja. Und nicht nur die. Er bannt alles, was sich außerhalb des Schutzkreises befindet. Nicht nur Geister, auch Lebewesen: Menschen, Tiere. Geräusche, Gerüche. Nicht die Luft, sonst würde man ja ersticken. Aber kein Windstoß kann die Linie verwischen, nicht mal ein Sturm. Regen kann sie nicht wegwaschen. Nur derjenige, der den Salzkreis gezogen hat, kann ihn unterbrechen. Ich weiß nicht, warum das so ist.«

»Interessant«, sagte Rose leise. »Aber auch gefährlich.«

Ich nickte. »Wenn uns jemand umzingelt, während wir uns hinter der Salzlinie befinden, sind wir zwar geschützt, könnten den Bannkreis aber nicht mehr verlassen, ohne unserem Gegner in die Hände zu fallen.«

»Könnte eine Hexe deinen Zauber unterbrechen?«

Das hatte ich mich selbst schon oft gefragt. »Vielleicht«, räumte ich ein. »Wenn sie mächtig genug ist.«

»Ein Bannkreis.« Rose betrachtete nachdenklich die Salzkörner. »Meinst du, das ist es, was uns davon abhält, das Grundstück zu verlassen?«

Ein interessanter Gedanke, aber das konnte ich mir nicht vorstellen. »Wir haben auf der Suche nach Talismanen das Grundstück genau in Augenschein genommen. Eine Salzlinie wäre uns aufgefallen.«

Rose musterte mich aufmerksam. »Wer hat dir diesen Zauber beigebracht?«, fragte sie dann.

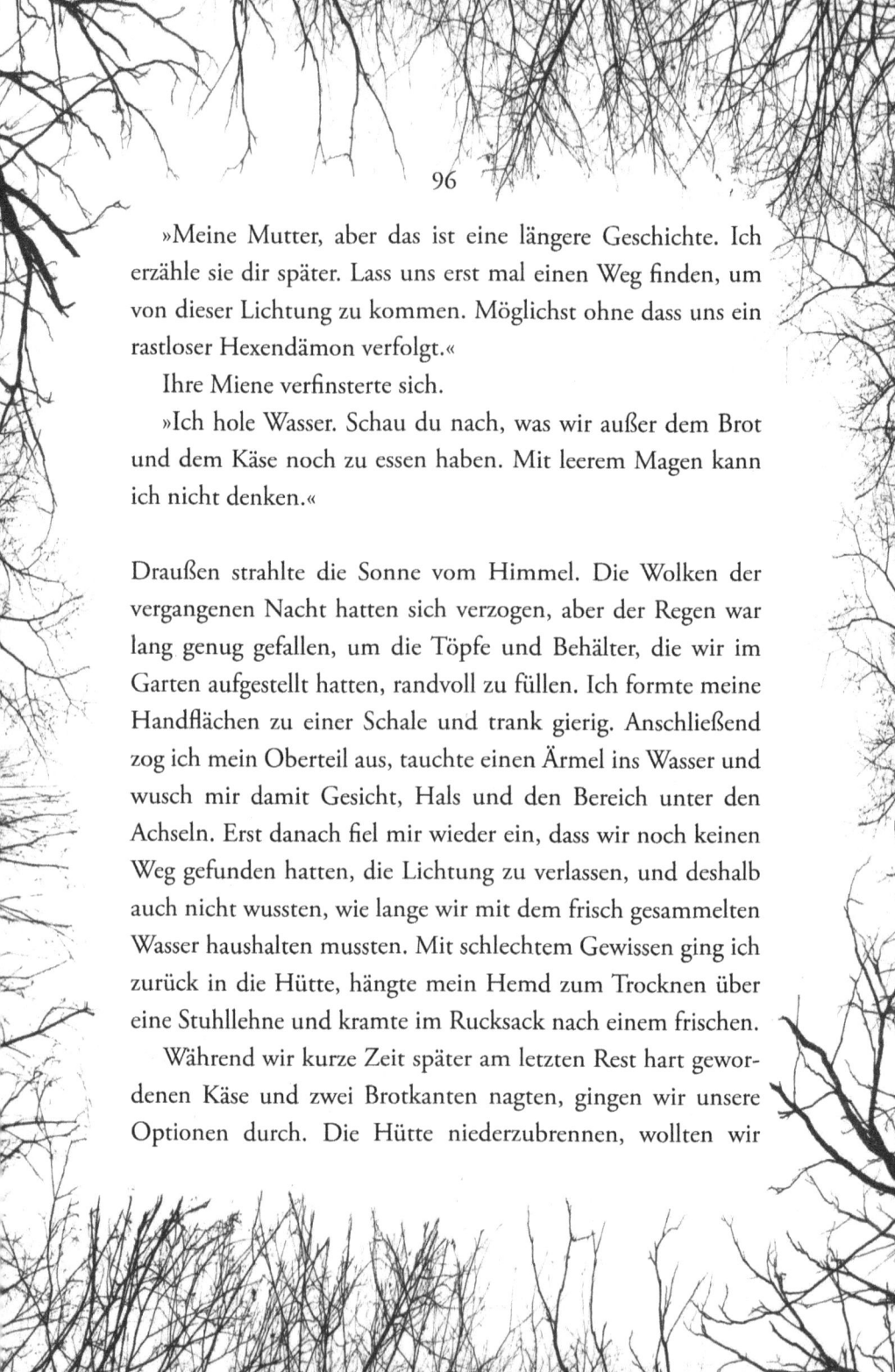

»Meine Mutter, aber das ist eine längere Geschichte. Ich erzähle sie dir später. Lass uns erst mal einen Weg finden, um von dieser Lichtung zu kommen. Möglichst ohne dass uns ein rastloser Hexendämon verfolgt.«

Ihre Miene verfinsterte sich.

»Ich hole Wasser. Schau du nach, was wir außer dem Brot und dem Käse noch zu essen haben. Mit leerem Magen kann ich nicht denken.«

Draußen strahlte die Sonne vom Himmel. Die Wolken der vergangenen Nacht hatten sich verzogen, aber der Regen war lang genug gefallen, um die Töpfe und Behälter, die wir im Garten aufgestellt hatten, randvoll zu füllen. Ich formte meine Handflächen zu einer Schale und trank gierig. Anschließend zog ich mein Oberteil aus, tauchte einen Ärmel ins Wasser und wusch mir damit Gesicht, Hals und den Bereich unter den Achseln. Erst danach fiel mir wieder ein, dass wir noch keinen Weg gefunden hatten, die Lichtung zu verlassen, und deshalb auch nicht wussten, wie lange wir mit dem frisch gesammelten Wasser haushalten mussten. Mit schlechtem Gewissen ging ich zurück in die Hütte, hängte mein Hemd zum Trocknen über eine Stuhllehne und kramte im Rucksack nach einem frischen.

Während wir kurze Zeit später am letzten Rest hart gewordenen Käse und zwei Brotkanten nagten, gingen wir unsere Optionen durch. Die Hütte niederzubrennen, wollten wir

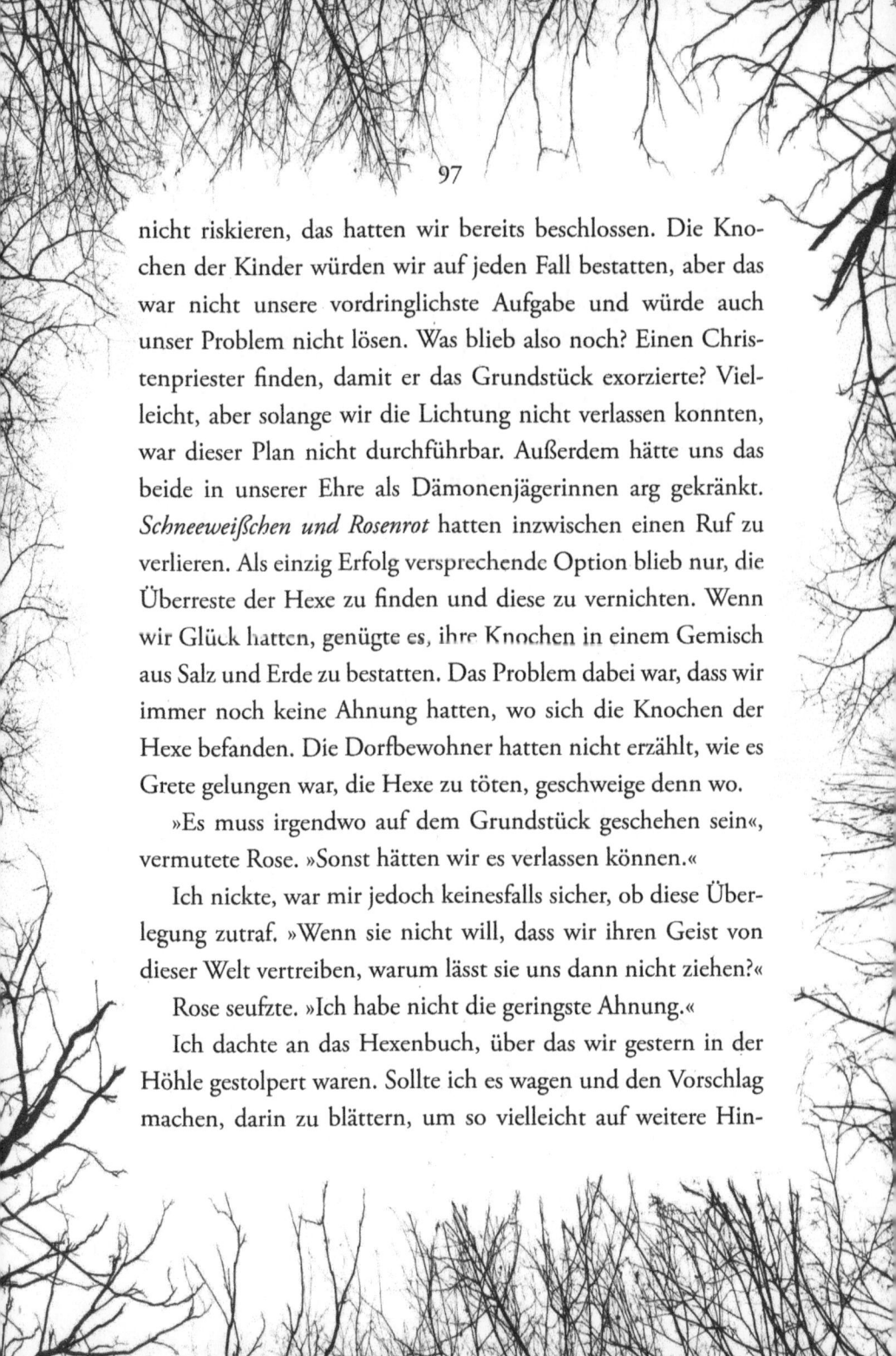

nicht riskieren, das hatten wir bereits beschlossen. Die Knochen der Kinder würden wir auf jeden Fall bestatten, aber das war nicht unsere vordringlichste Aufgabe und würde auch unser Problem nicht lösen. Was blieb also noch? Einen Christenpriester finden, damit er das Grundstück exorzierte? Vielleicht, aber solange wir die Lichtung nicht verlassen konnten, war dieser Plan nicht durchführbar. Außerdem hätte uns das beide in unserer Ehre als Dämonenjägerinnen arg gekränkt. *Schneeweißchen und Rosenrot* hatten inzwischen einen Ruf zu verlieren. Als einzig Erfolg versprechende Option blieb nur, die Überreste der Hexe zu finden und diese zu vernichten. Wenn wir Glück hatten, genügte es, ihre Knochen in einem Gemisch aus Salz und Erde zu bestatten. Das Problem dabei war, dass wir immer noch keine Ahnung hatten, wo sich die Knochen der Hexe befanden. Die Dorfbewohner hatten nicht erzählt, wie es Grete gelungen war, die Hexe zu töten, geschweige denn wo.

»Es muss irgendwo auf dem Grundstück geschehen sein«, vermutete Rose. »Sonst hätten wir es verlassen können.«

Ich nickte, war mir jedoch keinesfalls sicher, ob diese Überlegung zutraf. »Wenn sie nicht will, dass wir ihren Geist von dieser Welt vertreiben, warum lässt sie uns dann nicht ziehen?«

Rose seufzte. »Ich habe nicht die geringste Ahnung.«

Ich dachte an das Hexenbuch, über das wir gestern in der Höhle gestolpert waren. Sollte ich es wagen und den Vorschlag machen, darin zu blättern, um so vielleicht auf weitere Hinweise zu stoßen? Rose hatte besser auf meine Offenbarung mit dem Schutzzauber reagiert, als ich es für möglich gehalten hatte. Allerdings wollte ich mein Glück auch nicht überstrapazieren.

»Wir haben doch überall gesucht …«, murmelte ich stattdessen.

»Nicht überall!« Rose' Miene hellte sich schlagartig auf. Ich sah sie erstaunt an.

»Die Höhle hinter dem Keller«, erklärte sie. »Wir sind dem Gang nicht bis zu seinem Ende gefolgt. Vielleicht tauchte die Hexe kurz nach dem Moment auf, in dem das Mädchen, Grete, ihrem Bruder die Hand abgeschlagen hat und …«

»Den Finger.«

»Was?«

»Sie hat ihm den Finger abgeschlagen.«

»Gut. Nachdem sie ihm den Finger abgeschlagen hat. Und Grete stürmte auf sie zu und machte kurzen Prozess. Sie könnten ihren toten Körper in den Gang neben dem kleinen Kerker gezogen haben.«

Ich glaubte nicht, dass sie mit ihrer Vermutung recht hatte, wollte aber auch nichts unversucht lassen. Nachdem ich unter Rose' skeptischen Blicken das kleine Beutelchen mit dem restlichen Salz wieder an meinem Gürtel befestigt hatte, stiegen wir erneut in das dunkle, klamme Kellerloch hinunter. Meine heimliche Hoffnung, dass ich mich tagsüber weniger unwohl in dieser unterirdischen Folterkammer fühlen würde, erfüllte sich

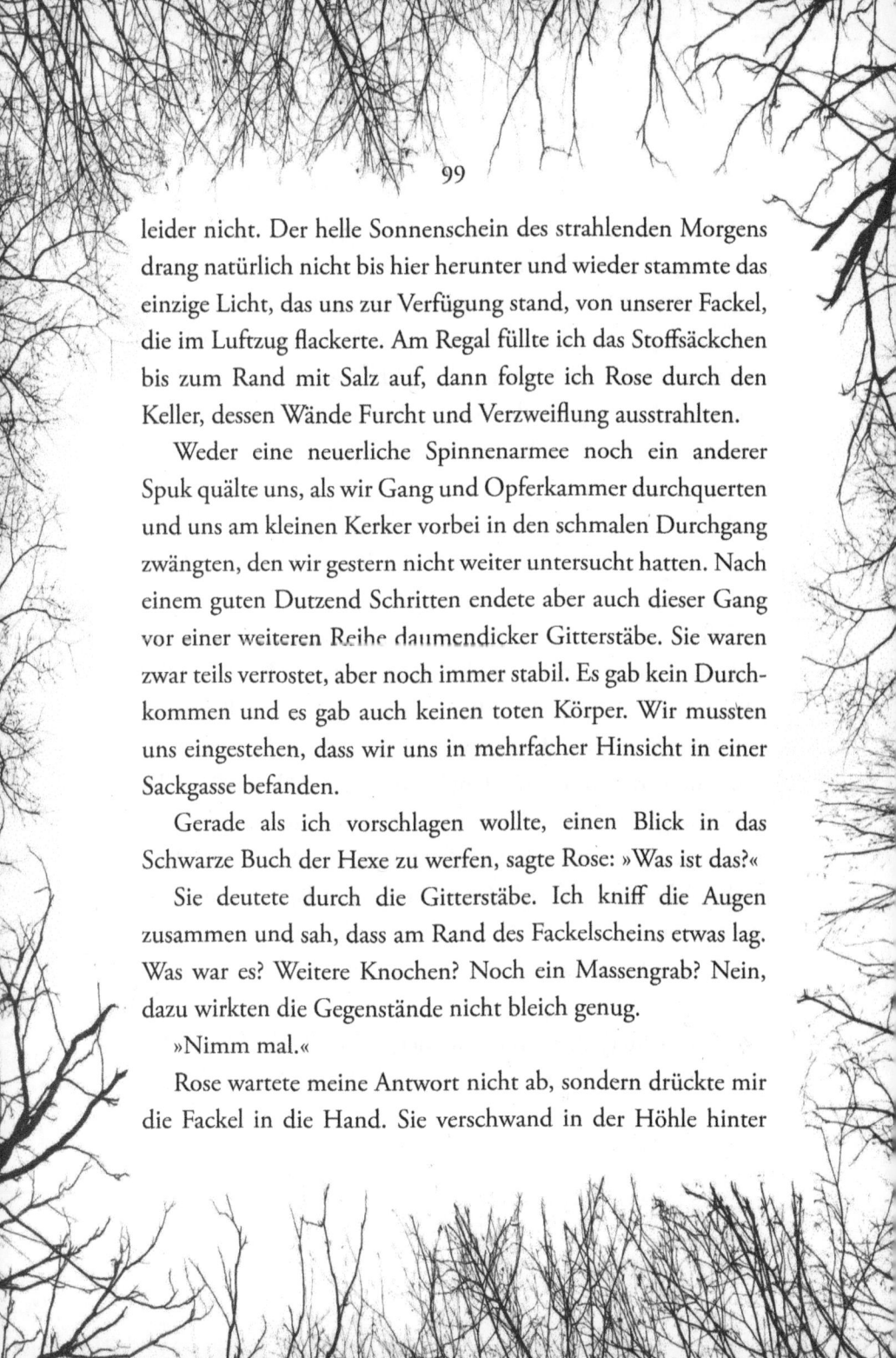

leider nicht. Der helle Sonnenschein des strahlenden Morgens drang natürlich nicht bis hier herunter und wieder stammte das einzige Licht, das uns zur Verfügung stand, von unserer Fackel, die im Luftzug flackerte. Am Regal füllte ich das Stoffsäckchen bis zum Rand mit Salz auf, dann folgte ich Rose durch den Keller, dessen Wände Furcht und Verzweiflung ausstrahlten.

Weder eine neuerliche Spinnenarmee noch ein anderer Spuk quälte uns, als wir Gang und Opferkammer durchquerten und uns am kleinen Kerker vorbei in den schmalen Durchgang zwängten, den wir gestern nicht weiter untersucht hatten. Nach einem guten Dutzend Schritten endete aber auch dieser Gang vor einer weiteren Reihe daumendicker Gitterstäbe. Sie waren zwar teils verrostet, aber noch immer stabil. Es gab kein Durchkommen und es gab auch keinen toten Körper. Wir mussten uns eingestehen, dass wir uns in mehrfacher Hinsicht in einer Sackgasse befanden.

Gerade als ich vorschlagen wollte, einen Blick in das Schwarze Buch der Hexe zu werfen, sagte Rose: »Was ist das?«

Sie deutete durch die Gitterstäbe. Ich kniff die Augen zusammen und sah, dass am Rand des Fackelscheins etwas lag. Was war es? Weitere Knochen? Noch ein Massengrab? Nein, dazu wirkten die Gegenstände nicht bleich genug.

»Nimm mal.«

Rose wartete meine Antwort nicht ab, sondern drückte mir die Fackel in die Hand. Sie verschwand in der Höhle hinter

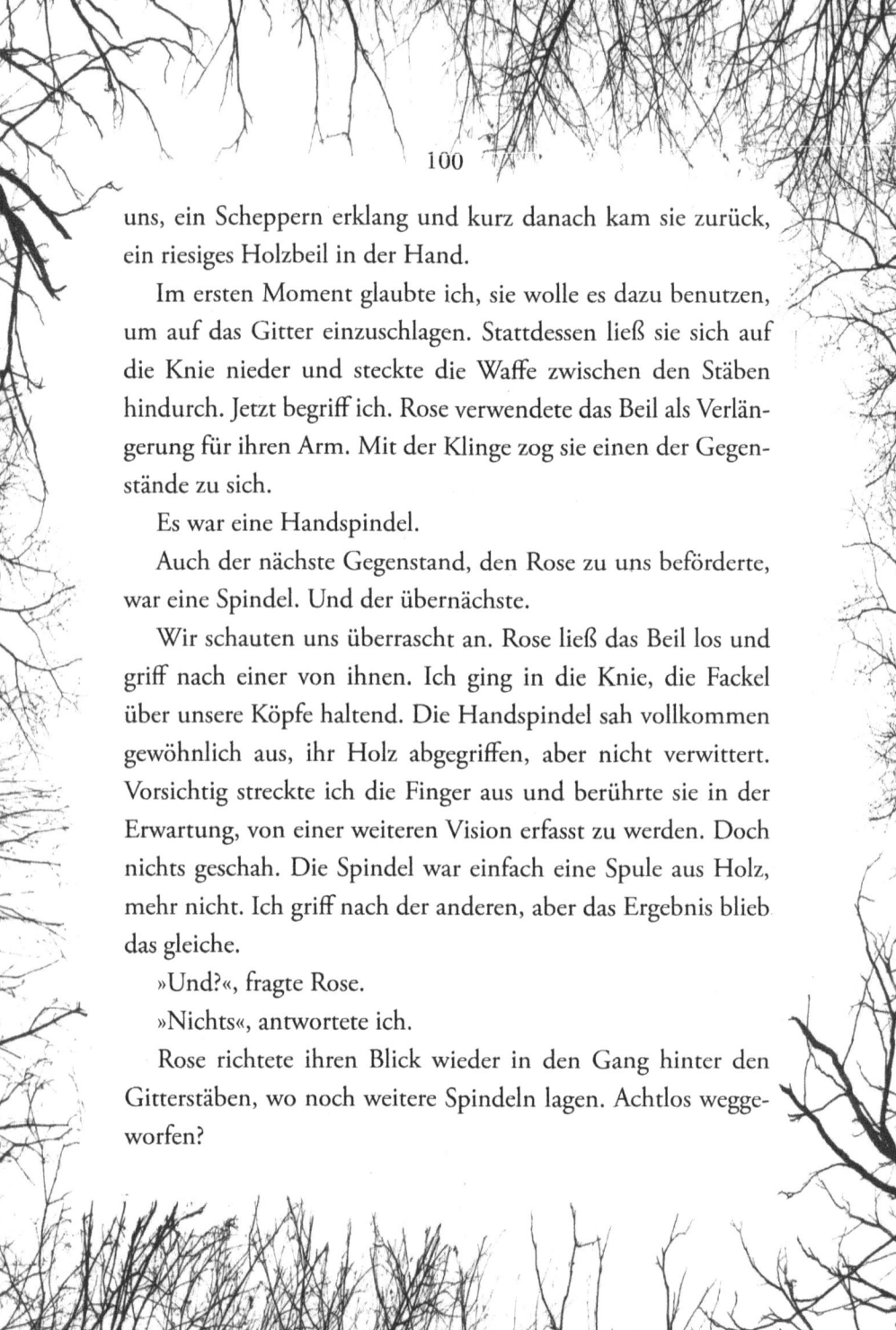

uns, ein Scheppern erklang und kurz danach kam sie zurück, ein riesiges Holzbeil in der Hand.

Im ersten Moment glaubte ich, sie wolle es dazu benutzen, um auf das Gitter einzuschlagen. Stattdessen ließ sie sich auf die Knie nieder und steckte die Waffe zwischen den Stäben hindurch. Jetzt begriff ich. Rose verwendete das Beil als Verlängerung für ihren Arm. Mit der Klinge zog sie einen der Gegenstände zu sich.

Es war eine Handspindel.

Auch der nächste Gegenstand, den Rose zu uns beförderte, war eine Spindel. Und der übernächste.

Wir schauten uns überrascht an. Rose ließ das Beil los und griff nach einer von ihnen. Ich ging in die Knie, die Fackel über unsere Köpfe haltend. Die Handspindel sah vollkommen gewöhnlich aus, ihr Holz abgegriffen, aber nicht verwittert. Vorsichtig streckte ich die Finger aus und berührte sie in der Erwartung, von einer weiteren Vision erfasst zu werden. Doch nichts geschah. Die Spindel war einfach eine Spule aus Holz, mehr nicht. Ich griff nach der anderen, aber das Ergebnis blieb das gleiche.

»Und?«, fragte Rose.

»Nichts«, antwortete ich.

Rose richtete ihren Blick wieder in den Gang hinter den Gitterstäben, wo noch weitere Spindeln lagen. Achtlos weggeworfen?

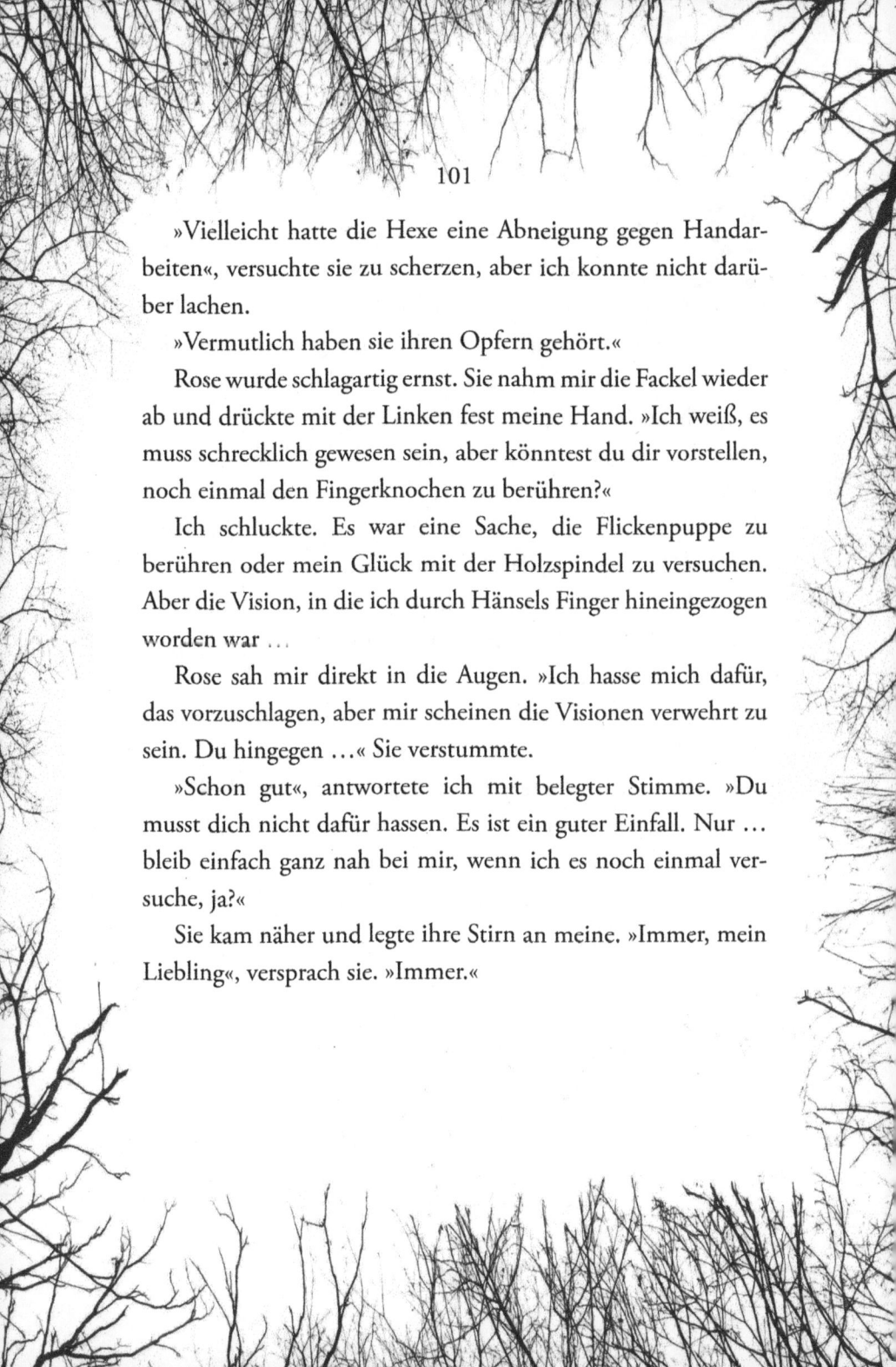

»Vielleicht hatte die Hexe eine Abneigung gegen Handarbeiten«, versuchte sie zu scherzen, aber ich konnte nicht darüber lachen.

»Vermutlich haben sie ihren Opfern gehört.«

Rose wurde schlagartig ernst. Sie nahm mir die Fackel wieder ab und drückte mit der Linken fest meine Hand. »Ich weiß, es muss schrecklich gewesen sein, aber könntest du dir vorstellen, noch einmal den Fingerknochen zu berühren?«

Ich schluckte. Es war eine Sache, die Flickenpuppe zu berühren oder mein Glück mit der Holzspindel zu versuchen. Aber die Vision, in die ich durch Hänsels Finger hineingezogen worden war …

Rose sah mir direkt in die Augen. »Ich hasse mich dafür, das vorzuschlagen, aber mir scheinen die Visionen verwehrt zu sein. Du hingegen …« Sie verstummte.

»Schon gut«, antwortete ich mit belegter Stimme. »Du musst dich nicht dafür hassen. Es ist ein guter Einfall. Nur … bleib einfach ganz nah bei mir, wenn ich es noch einmal versuche, ja?«

Sie kam näher und legte ihre Stirn an meine. »Immer, mein Liebling«, versprach sie. »Immer.«

Rose hatte eine unserer Decken von oben geholt und vor dem Kerker ausgebreitet, bei dem wir den Fingerknochen gefunden hatten. Er lag immer noch bleich und unbewegt dort auf dem Boden, wo ich ihn gestern hatte fallen lassen. Ich war mir sicher, dass es sich um Hans' abgetrennten Finger handelte, auch wenn Haut, Fleisch und Adern inzwischen verschwunden waren und nur noch der blanke Knochen übrig geblieben war. Wir hatten überlegt, ob Rose den Knochen mit nach oben ans Tageslicht bringen sollte. Aber mein Bauchgefühl sagte mir, dass hier unten, wo sich so viel Schreckliches abgespielt hatte, der richtige Platz für eine weitere Vision war. Deshalb saßen Rose und ich uns im Schneidersitz gegenüber, die Fackel neben uns in ein hohes Glasgefäß gestellt. Ich wusste nicht, ob es nur Schatten vom Feuerschein waren, die das Gesicht meiner Freundin zeichneten, oder ihre Sorge um mich. Einen Moment lang schauten wir uns schweigend an und atmeten gleichmäßig ein und aus, um unseren Puls zu beruhigen und uns aufeinander einzustimmen.

»Ich bin bei dir«, flüsterte Rose mir beruhigend zu und ich lächelte sie dankbar an.

»Ich weiß«, sagte ich.

Dann griff ich nach dem Knochen. Die Besorgnis, lange auf eine Vision warten zu müssen, stellte sich als unbegründet heraus. Ich war sofort wieder

dort.

»Hänsel, streck deine Finger heraus!«, keift die Alte wie jeden Morgen und Abend seit über einer Woche. Bisher geht unser Plan auf, aber das heißt nicht, dass das Glück uns ewig hold bleibt und die Hexe uns nicht eines Tages doch durchschaut. Wir brauchen mehr als eine Notlösung. Wir müssen endlich einen Weg finden, wie wir Hänsel aus dem Käfig bekommen und von hier verschwinden können. Gestern habe ich sogar dafür gebetet, sowohl zu dem Einen Gott als auch zu den alten. Die Hexe knurrt unwirsch und ich atme auf. Unser Trick hat unsere Gefängniswärterin ein weiteres Mal getäuscht. Hänsel trägt den Fingerstumpf Tag und Nacht unter einer Binde an den Bauch gepresst, damit er körperwarm ist, wenn die Hexe danach fragt. Die Wunde heilt Gott sei Dank gut und hat sich nicht entzündet, etwas, wovor ich große Angst hatte. Aber mir gehen langsam die frischen Binden aus und am abgehackten Finger hat sich das Fleisch verfärbt und droht vom Knochen zu fallen. Was, wenn das geschieht und wir keine Fluchtmöglichkeit gefunden haben? Werde ich den Mut haben, Hans einen weiteren Finger abzuschlagen? Und selbst wenn ich das tue, ist es dafür nicht schon zu spät? Die Hexe hat ihn so gemästet, dass das nichts mehr nützen würde. Ich unterdrücke ein Stöhnen.

«Steh nicht rum und halte Maulaffen feil«, fährt die Alte mich an und unterbricht meine schauderhaften Gedanken. »Geh nach draußen und hole Wasser.«

Weil ich mich nicht schnell genug umdrehe, versetzt mir die Hexe eine klatschende Ohrfeige …

Der Knochen fiel mir aus den Fingern und ich hob meine Hand zu meiner linken Wange, die wie Feuer brannte. Entsetzt schnappte ich nach Luft.

»Was ist?«, fragte Rose erschrocken.

Ich lächelte sie an, um sie zu beruhigen. »Alles gut. Es ist nur ... Die Hexe hat Margarete in der Vision ins Gesicht geschlagen und ich ... habe das gespürt.«

Rose riss die Augen auf. »Wir beenden dieses Experiment sofort«, sagte sie bestimmt.

Ich schüttelte den Kopf. »Wir haben noch nicht erfahren, was wir wissen müssen.«

Ehe sie antworten konnte, griff ich nach dem Knochen.

Der Weg zu dem kleinen Fluss ist weit und ich bin mir sicher, dass die Hexe ihn nicht gegangen ist, ehe mein Bruder und ich zu ihrer Hütte kamen. Wozu auch, wenn sie dunkle Zauber weben kann? Mich aber lässt sie schleppen. Über die beiden randvoll gefüllten Eimer schwappt Wasser, als ich mit ihnen über die Schwelle zurück ins Haus stolpere.

»Dumme Gans. Kannst du nicht aufpassen?«, zischt die Alte verärgert.

Sie steht am großen Esstisch und wetzt ein langes Messer. Mir wird schlecht, als ich das sehe. Eine Ahnung sagt mir, dass uns die Zeit davongelaufen ist.

»Stell die Eimer beim Spülstein ab. Dann geh hinaus und mach im Backofen Feuer. Dein Bruder mag fett oder mager sein,

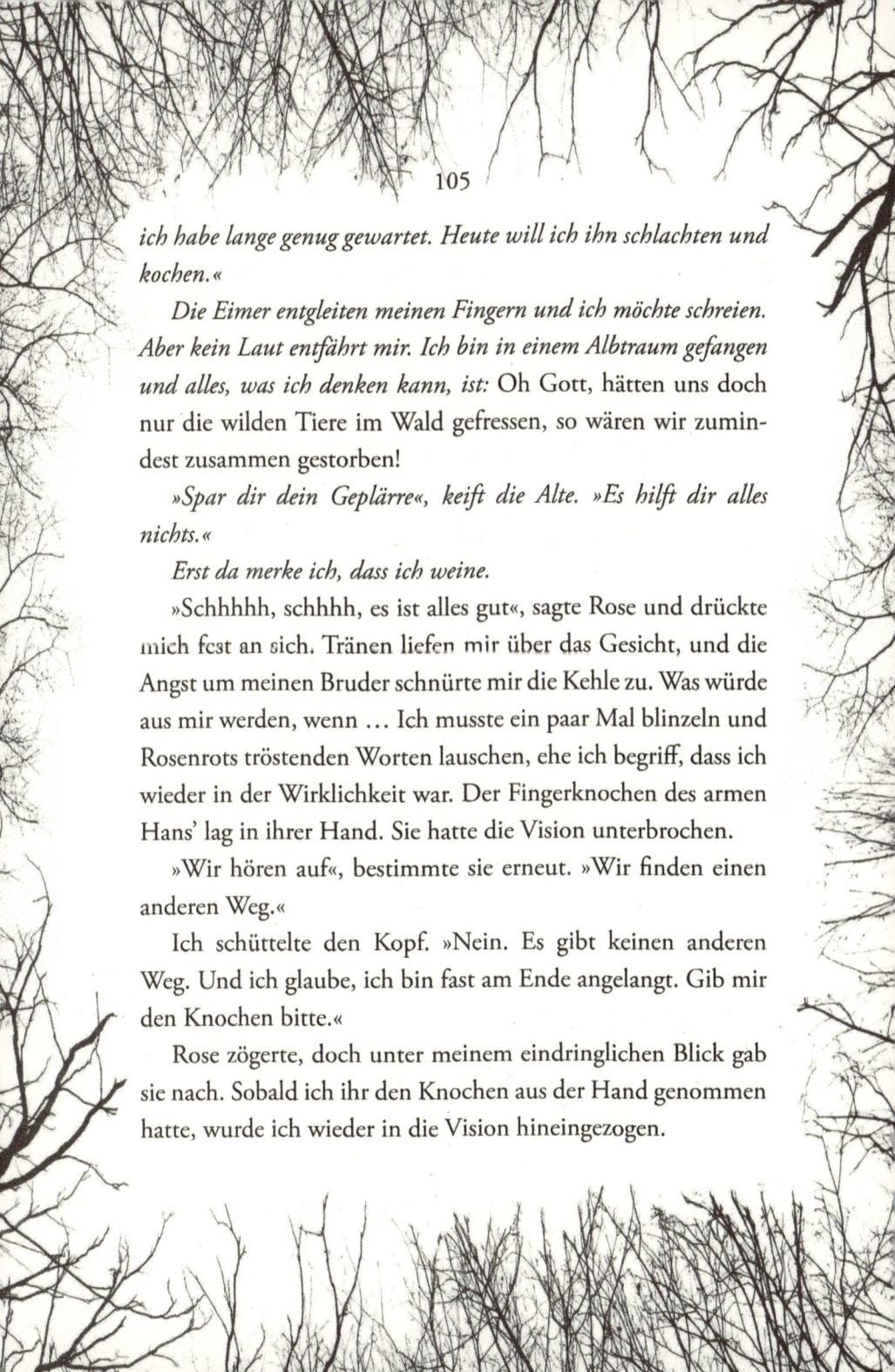

ich habe lange genug gewartet. Heute will ich ihn schlachten und kochen.«

Die Eimer entgleiten meinen Fingern und ich möchte schreien. Aber kein Laut entfährt mir. Ich bin in einem Albtraum gefangen und alles, was ich denken kann, ist: Oh Gott, hätten uns doch nur die wilden Tiere im Wald gefressen, so wären wir zumindest zusammen gestorben!

»Spar dir dein Geplärre«, keift die Alte. »Es hilft dir alles nichts.«

Erst da merke ich, dass ich weine.

»Schhhhh, schhhh, es ist alles gut«, sagte Rose und drückte mich fest an sich. Tränen liefen mir über das Gesicht, und die Angst um meinen Bruder schnürte mir die Kehle zu. Was würde aus mir werden, wenn … Ich musste ein paar Mal blinzeln und Rosenrots tröstenden Worten lauschen, ehe ich begriff, dass ich wieder in der Wirklichkeit war. Der Fingerknochen des armen Hans' lag in ihrer Hand. Sie hatte die Vision unterbrochen.

»Wir hören auf«, bestimmte sie erneut. »Wir finden einen anderen Weg.«

Ich schüttelte den Kopf. »Nein. Es gibt keinen anderen Weg. Und ich glaube, ich bin fast am Ende angelangt. Gib mir den Knochen bitte.«

Rose zögerte, doch unter meinem eindringlichen Blick gab sie nach. Sobald ich ihr den Knochen aus der Hand genommen hatte, wurde ich wieder in die Vision hineingezogen.

Sie hat mich nicht noch einmal zu Hans gelassen. Vielleicht ist das besser so. Ein Blick in mein Gesicht, und er hätte gewusst, was los ist. Das darf ich ihm nicht antun. Ich muss stark sein, für uns beide. Mir muss etwas einfallen, das uns rettet. Jetzt.

Aber ich habe keine Idee. Und keine Wahl. Ich knie hinter dem Haus vor dem großen Backofen und starre wie hypnotisiert in die Flammen, als ob mir das Feuer einen Ratschlag geben könnte. Wenn ich doch nur mit Gegenständen sprechen könnte. Ich bin jedoch keine Hexe, auch wenn die Alte einmal etwas anderes gesagt hat. Den ganzen Morgen habe ich damit zugebracht, das Innere des Backofens mit einem Handbesen auszukehren, Holz herbei-zuschleppen und es aufzuschichten, das Feuer zu schüren und zu beobachten, wie es heißer und heißer wird. Ich habe versucht, mir so viel Zeit wie möglich zu lassen, aber jetzt ist alles getan, was die Hexe mir aufgetragen hat. Als ich Reisig aus dem Wald holte, habe ich gesehen, wie sie im Garten stand und Möhren aus dem Erdreich gezogen und Zwiebeln geerntet hat. Wie kann sie das tun? Wie kann sie das nur tun? Ob Hänsel noch in seinem Käfig sitzt, oder ob er bereits …

»Ist genug eingeheizt?«

Die Stimme der Alten ertönt unerwartet und erschreckt mich fast zu Tode. Reflexartig werfe ich die untere Luke des Backofens zu. Als ob es etwas nutzen würde, die Flammen vor ihrem Blick zu verbergen. Mühsam stehe ich auf. Die Knie tun mir weh, aber auch das spielt keine Rolle. Nicht für dieses Ungeheuer.

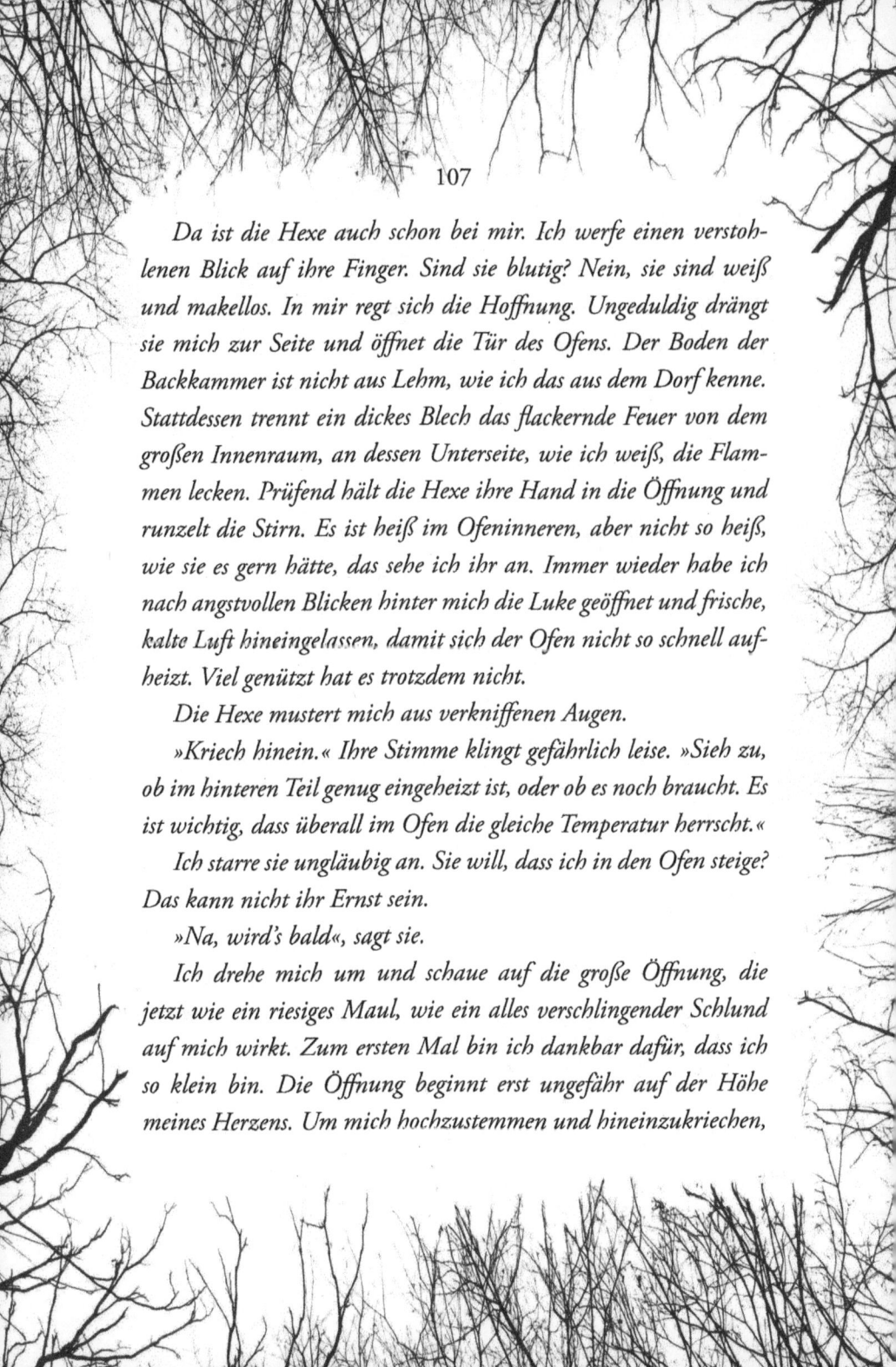

Da ist die Hexe auch schon bei mir. Ich werfe einen verstohlenen Blick auf ihre Finger. Sind sie blutig? Nein, sie sind weiß und makellos. In mir regt sich die Hoffnung. Ungeduldig drängt sie mich zur Seite und öffnet die Tür des Ofens. Der Boden der Backkammer ist nicht aus Lehm, wie ich das aus dem Dorf kenne. Stattdessen trennt ein dickes Blech das flackernde Feuer von dem großen Innenraum, an dessen Unterseite, wie ich weiß, die Flammen lecken. Prüfend hält die Hexe ihre Hand in die Öffnung und runzelt die Stirn. Es ist heiß im Ofeninneren, aber nicht so heiß, wie sie es gern hätte, das sehe ich ihr an. Immer wieder habe ich nach angstvollen Blicken hinter mich die Luke geöffnet und frische, kalte Luft hineingelassen, damit sich der Ofen nicht so schnell aufheizt. Viel genützt hat es trotzdem nicht.

Die Hexe mustert mich aus verkniffenen Augen.

»Kriech hinein.« Ihre Stimme klingt gefährlich leise. »Sieh zu, ob im hinteren Teil genug eingeheizt ist, oder ob es noch braucht. Es ist wichtig, dass überall im Ofen die gleiche Temperatur herrscht.«

Ich starre sie ungläubig an. Sie will, dass ich in den Ofen steige? Das kann nicht ihr Ernst sein.

»Na, wird's bald«, sagt sie.

Ich drehe mich um und schaue auf die große Öffnung, die jetzt wie ein riesiges Maul, wie ein alles verschlingender Schlund auf mich wirkt. Zum ersten Mal bin ich dankbar dafür, dass ich so klein bin. Die Öffnung beginnt erst ungefähr auf der Höhe meines Herzens. Um mich hochzustemmen und hineinzukriechen, bräuchte ich einen Schemel. Ich habe die Luke heute viele Male geöffnet, aber die heiße Luft wird mir den Atem rauben. Meine Finger werden verbrennen, sowohl am aufgeheizten Lehm als auch am glühenden Backblech.

Da kommt mir eine Idee. Eine verrückte Idee, aber mehr habe ich nicht. Ich setze alles auf eine Karte. Ich reiße die Augen weit auf, meine Unterlippe zittert – ich muss ihr meine Angst nicht vorgaukeln – und sage leise und mit unsicherer Stimme: »Ich weiß nicht, wie ich's machen soll. Wie komm ich da hinein?«

»Dumme Gans«, herrscht sie mich an. »Die Öffnung ist groß genug.«

»Ja«, antworte ich. »Aber ich komme nicht hoch. Ich bin zu klein.«

Sie verdreht die Augen, geht an mir vorbei und stellt sich auf die Zehenspitzen. Mit den Händen stützt sie sich an der unteren Ofenöffnung ab und drückt sich hoch. Als ob sie die Hitze gar nicht spüren würde.

»Siehst du«, sagt sie und wendet mir den Kopf zu. »Es ist ganz einfach …«

Das ist mein Moment. Ich greife nach oben, umschließe ihr Medaillon und ziehe mit einem beherzten Ruck und aller Kraft an ihrer Halskette. Ich spüre, wie die feinen Glieder reißen und mir das Metall in die Hand schneidet. Blut quillt zwischen meinen Fingern hervor, aber befriedigt merke ich, dass es die Hexe ist, die aufschreit, nicht ich. Ob sie die Kette zum Zaubern braucht oder

ob sie, falls sie zu so einer solchen Gefühlsregung überhaupt fähig ist, nur sentimentale Erinnerungen mit ihr verbindet? Weshalb auch immer, die Kette ist ihr offenbar wichtig, denn ich habe gesehen, wie oft sie das Medaillon mit den Fingern berührt. Vor allem dann, wenn sie mir einen Befehl gibt.

Ehe meine Peinigerin sich fangen kann, werfe ich den Anhänger samt Kette an ihr vorbei in den Ofen, ganz nach hinten. Dann weiche ich flink drei, vier Schritte zurück aus ihrer Reichweite.

Sie reißt die Augen auf, aber anstatt sich auf mich zu stürzen, tut sie, was ich mir erhofft habe.

»Du Biest, das wirst du mir büßen!«, brüllt sie, wendet sich von mir ab und greift nach der Kette. Ich atme aufgeregt ein, als ich sehe, dass ihr Arm zu kurz ist und sie nicht an das Schmuckstück herankommt. Sie drückt sich ächzend nach oben, beugt ihren Oberkörper tief in das Backrohr hinein, streckt ihre Hand nach vorne. Ich stürze auf sie zu, gehe in die Knie und nutze meinen Schwung, um sie am Hintern nach oben zu schieben, direkt in das Ofenloch. Wieder schreit sie überrascht auf, aber die Lehmhöhle schluckt ihren Schrei und macht ihn seltsam dumpf. Ich höre, wie ihre Haut auf das heiße Metall trifft und zu zischen beginnt. Für einen Moment befinden wir uns beide in Schockstarre. Dann geht alles ganz schnell. Sie brüllt und rumort im Ofen, dreht sich wie ein Springteufel herum. Die Kette ist vergessen. Sie will mich vernichten, das weiß ich. Aber auch ich habe meine Starre abgeschüt-

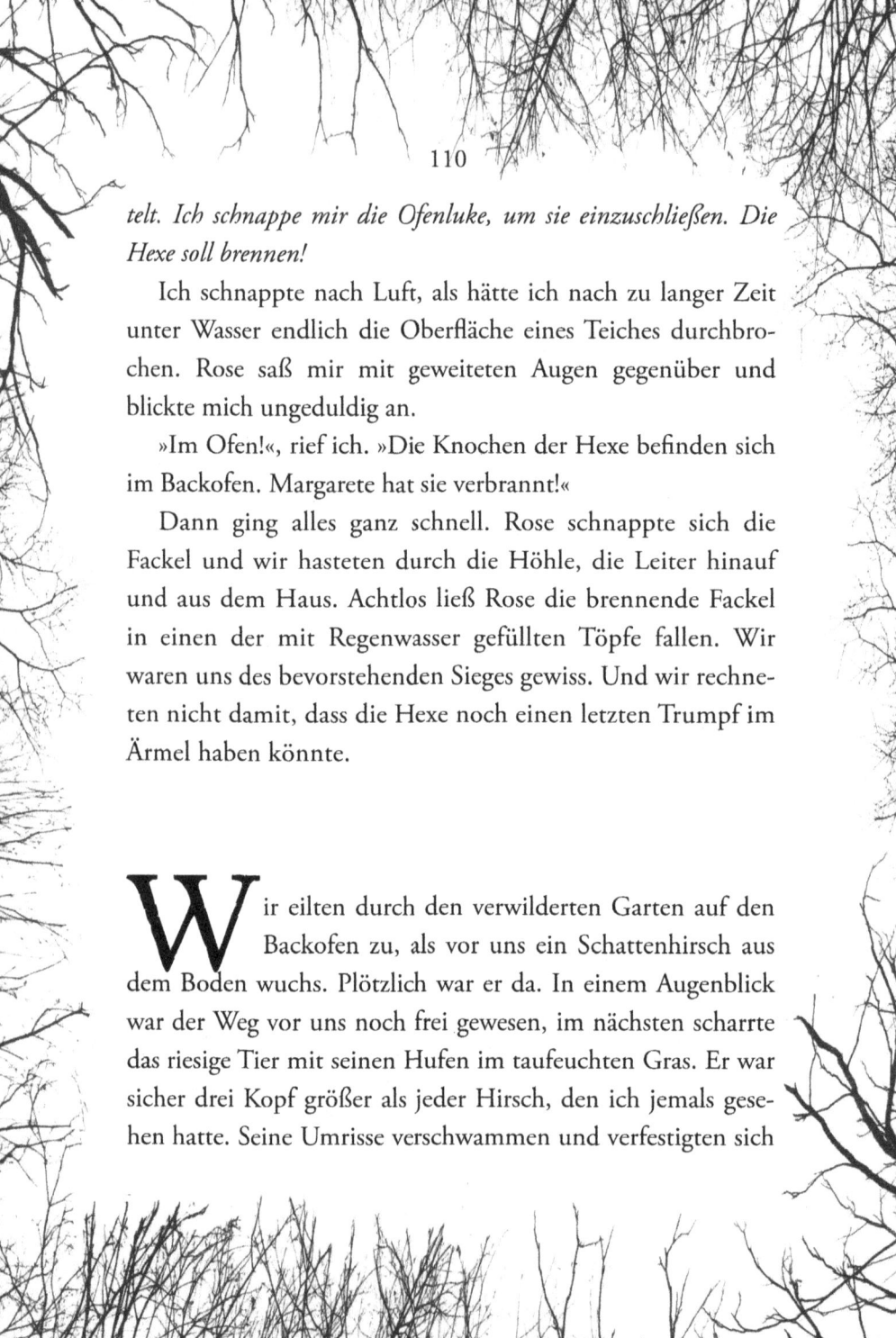

telt. Ich schnappe mir die Ofenluke, um sie einzuschließen. Die Hexe soll brennen!

Ich schnappte nach Luft, als hätte ich nach zu langer Zeit unter Wasser endlich die Oberfläche eines Teiches durchbrochen. Rose saß mir mit geweiteten Augen gegenüber und blickte mich ungeduldig an.

»Im Ofen!«, rief ich. »Die Knochen der Hexe befinden sich im Backofen. Margarete hat sie verbrannt!«

Dann ging alles ganz schnell. Rose schnappte sich die Fackel und wir hasteten durch die Höhle, die Leiter hinauf und aus dem Haus. Achtlos ließ Rose die brennende Fackel in einen der mit Regenwasser gefüllten Töpfe fallen. Wir waren uns des bevorstehenden Sieges gewiss. Und wir rechneten nicht damit, dass die Hexe noch einen letzten Trumpf im Ärmel haben könnte.

W ir eilten durch den verwilderten Garten auf den Backofen zu, als vor uns ein Schattenhirsch aus dem Boden wuchs. Plötzlich war er da. In einem Augenblick war der Weg vor uns noch frei gewesen, im nächsten scharrte das riesige Tier mit seinen Hufen im taufeuchten Gras. Er war sicher drei Kopf größer als jeder Hirsch, den ich jemals gesehen hatte. Seine Umrisse verschwammen und verfestigten sich

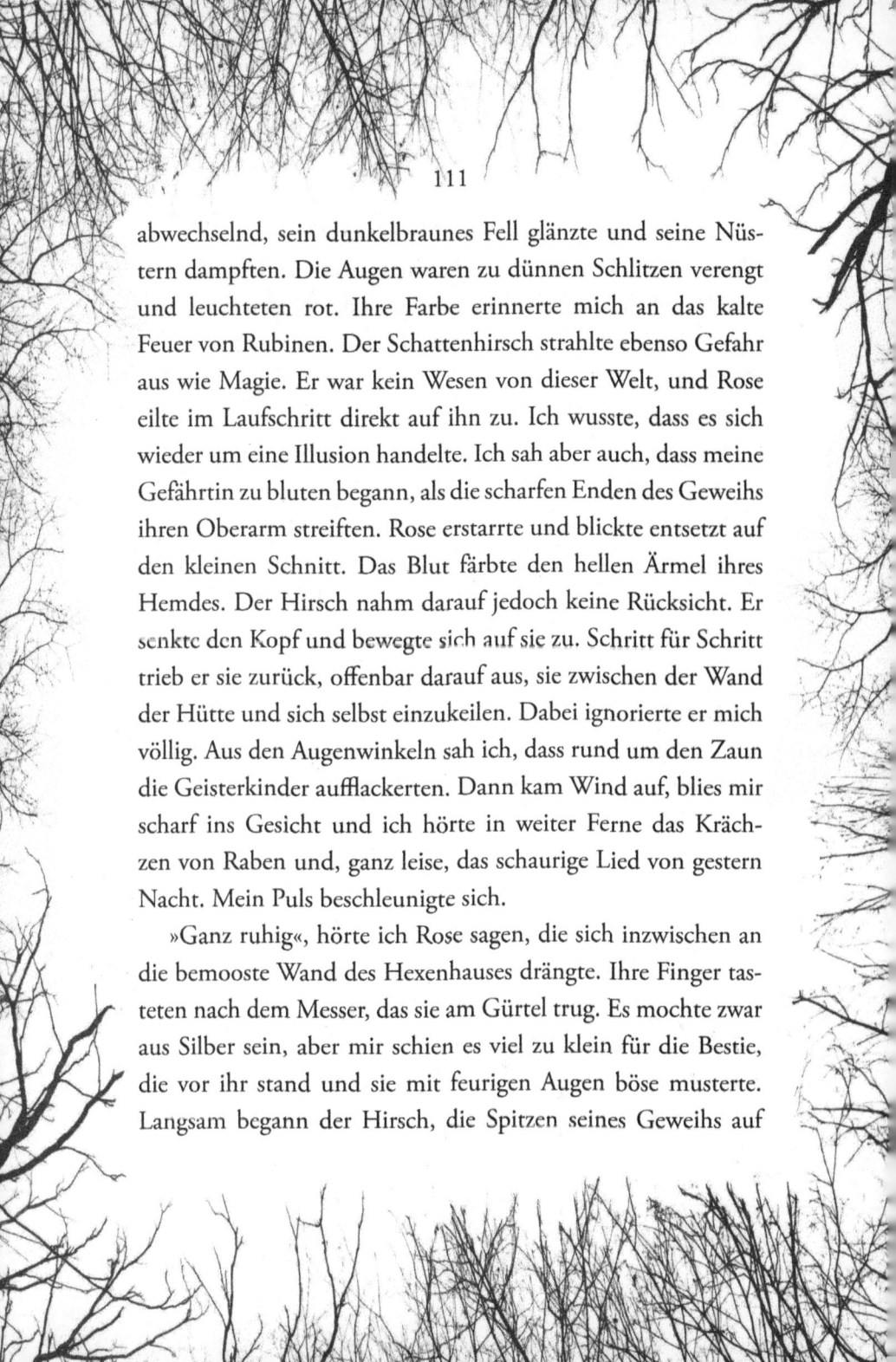

abwechselnd, sein dunkelbraunes Fell glänzte und seine Nüstern dampften. Die Augen waren zu dünnen Schlitzen verengt und leuchteten rot. Ihre Farbe erinnerte mich an das kalte Feuer von Rubinen. Der Schattenhirsch strahlte ebenso Gefahr aus wie Magie. Er war kein Wesen von dieser Welt, und Rose eilte im Laufschritt direkt auf ihn zu. Ich wusste, dass es sich wieder um eine Illusion handelte. Ich sah aber auch, dass meine Gefährtin zu bluten begann, als die scharfen Enden des Geweihs ihren Oberarm streiften. Rose erstarrte und blickte entsetzt auf den kleinen Schnitt. Das Blut färbte den hellen Ärmel ihres Hemdes. Der Hirsch nahm darauf jedoch keine Rücksicht. Er senkte den Kopf und bewegte sich auf sie zu. Schritt für Schritt trieb er sie zurück, offenbar darauf aus, sie zwischen der Wand der Hütte und sich selbst einzukeilen. Dabei ignorierte er mich völlig. Aus den Augenwinkeln sah ich, dass rund um den Zaun die Geisterkinder aufflackerten. Dann kam Wind auf, blies mir scharf ins Gesicht und ich hörte in weiter Ferne das Krächzen von Raben und, ganz leise, das schaurige Lied von gestern Nacht. Mein Puls beschleunigte sich.

»Ganz ruhig«, hörte ich Rose sagen, die sich inzwischen an die bemooste Wand des Hexenhauses drängte. Ihre Finger tasteten nach dem Messer, das sie am Gürtel trug. Es mochte zwar aus Silber sein, aber mir schien es viel zu klein für die Bestie, die vor ihr stand und sie mit feurigen Augen böse musterte. Langsam begann der Hirsch, die Spitzen seines Geweihs auf ihren Oberkörper auszurichten. Mir blieb kaum noch Zeit zum Handeln. Ich griff in das Säckchen an meinem Gürtel, holte eine Prise Salz heraus und näherte mich den beiden vorsichtig. Das Rabenkrächzen wurde lauter. Das Monster setzte sich in Bewegung.

Rose zischte. »Verdammt.«

Ich sammelte all meinen Mut, schloss die Augen, warf das Salz in die Luft, dem Schattenhirsch entgegen, und murmelte Worte in meiner Muttersprache. Die Magie in meinen Adern erwachte zum Leben. Freudig und wild drängte sie nach draußen und ich spürte, dass der Zauber seine Wirkung tat. Das Salz zischte, als es auf das Fell des Hirsches traf. Er röhrte auf und drehte ruckartig den Kopf in meine Richtung. Zufrieden stellte ich fest, dass die Kristalle sich durch sein Fell gefressen hatten. Kleine Tropfen perlten aus seinem Fell, aber sie waren nicht rot, sondern von ölig schimmerndem Schwarz und zäher Konsistenz. Wieder stieg Dampf aus seinen Nüstern auf. Er ließ jetzt ganz von Rose ab und drehte sich zu mir um.

Gut, dachte ich. *Sie ist in Sicherheit.*

Dass die Bestie jetzt auf mich zuhielt, war zweitrangig. Entschlossen griff ich nach meinem Dolch und durchtrennte die Schnüre, mit denen ich den kleinen Beutel an meinem Gürtel festgebunden hatte. Dann ließ ich die Waffe neben mir ins Gras fallen, drehte das Säckchen um und schüttete mir Salz in

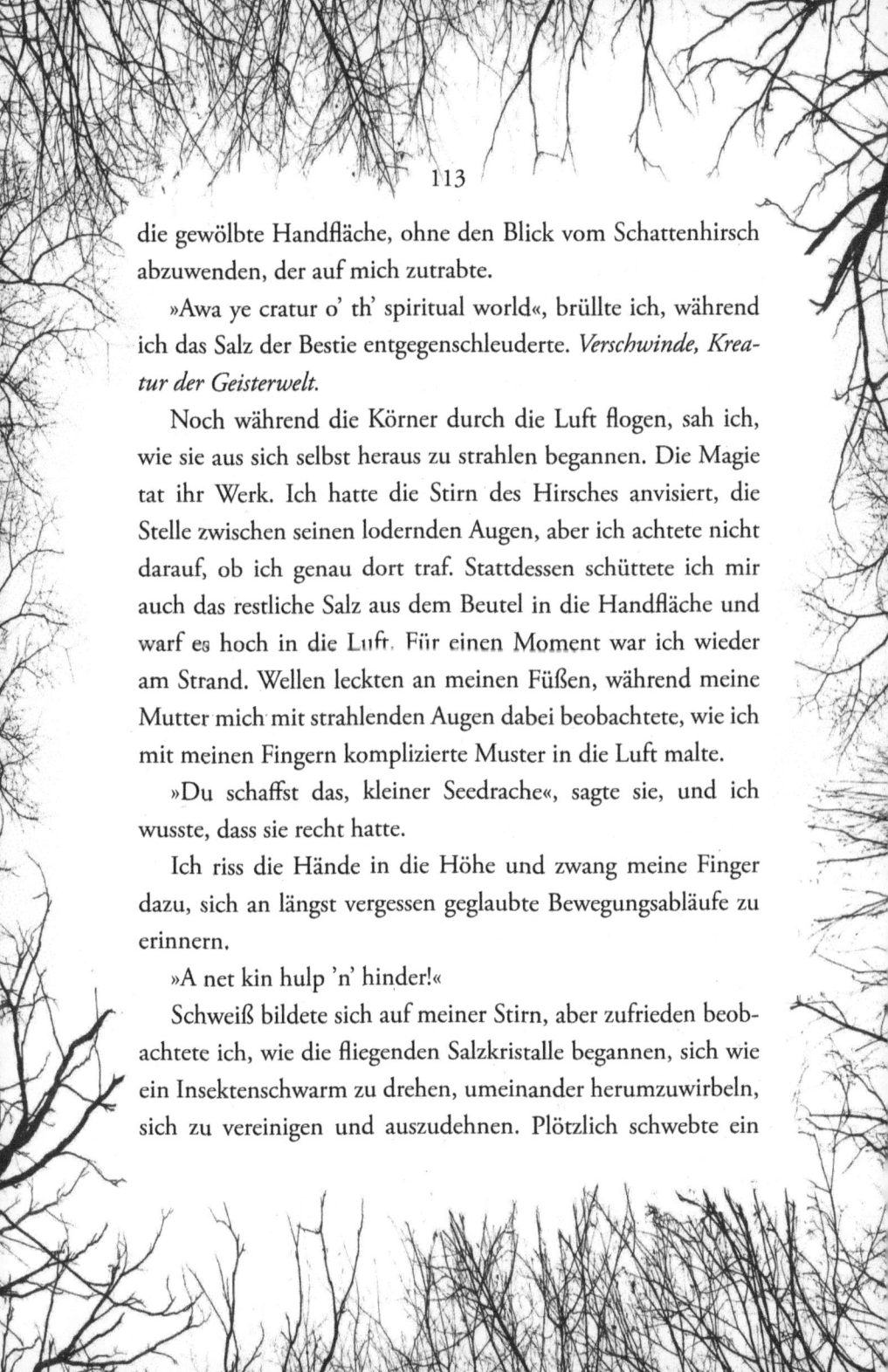

die gewölbte Handfläche, ohne den Blick vom Schattenhirsch abzuwenden, der auf mich zutrabte.

»Awa ye cratur o' th' spiritual world«, brüllte ich, während ich das Salz der Bestie entgegenschleuderte. *Verschwinde, Kreatur der Geisterwelt.*

Noch während die Körner durch die Luft flogen, sah ich, wie sie aus sich selbst heraus zu strahlen begannen. Die Magie tat ihr Werk. Ich hatte die Stirn des Hirsches anvisiert, die Stelle zwischen seinen lodernden Augen, aber ich achtete nicht darauf, ob ich genau dort traf. Stattdessen schüttete ich mir auch das restliche Salz aus dem Beutel in die Handfläche und warf es hoch in die Luft. Für einen Moment war ich wieder am Strand. Wellen leckten an meinen Füßen, während meine Mutter mich mit strahlenden Augen dabei beobachtete, wie ich mit meinen Fingern komplizierte Muster in die Luft malte.

»Du schaffst das, kleiner Seedrache«, sagte sie, und ich wusste, dass sie recht hatte.

Ich riss die Hände in die Höhe und zwang meine Finger dazu, sich an längst vergessen geglaubte Bewegungsabläufe zu erinnern.

»A net kin hulp 'n' hinder!«

Schweiß bildete sich auf meiner Stirn, aber zufrieden beobachtete ich, wie die fliegenden Salzkristalle begannen, sich wie ein Insektenschwarm zu drehen, umeinander herumzuwirbeln, sich zu vereinigen und auszudehnen. Plötzlich schwebte ein

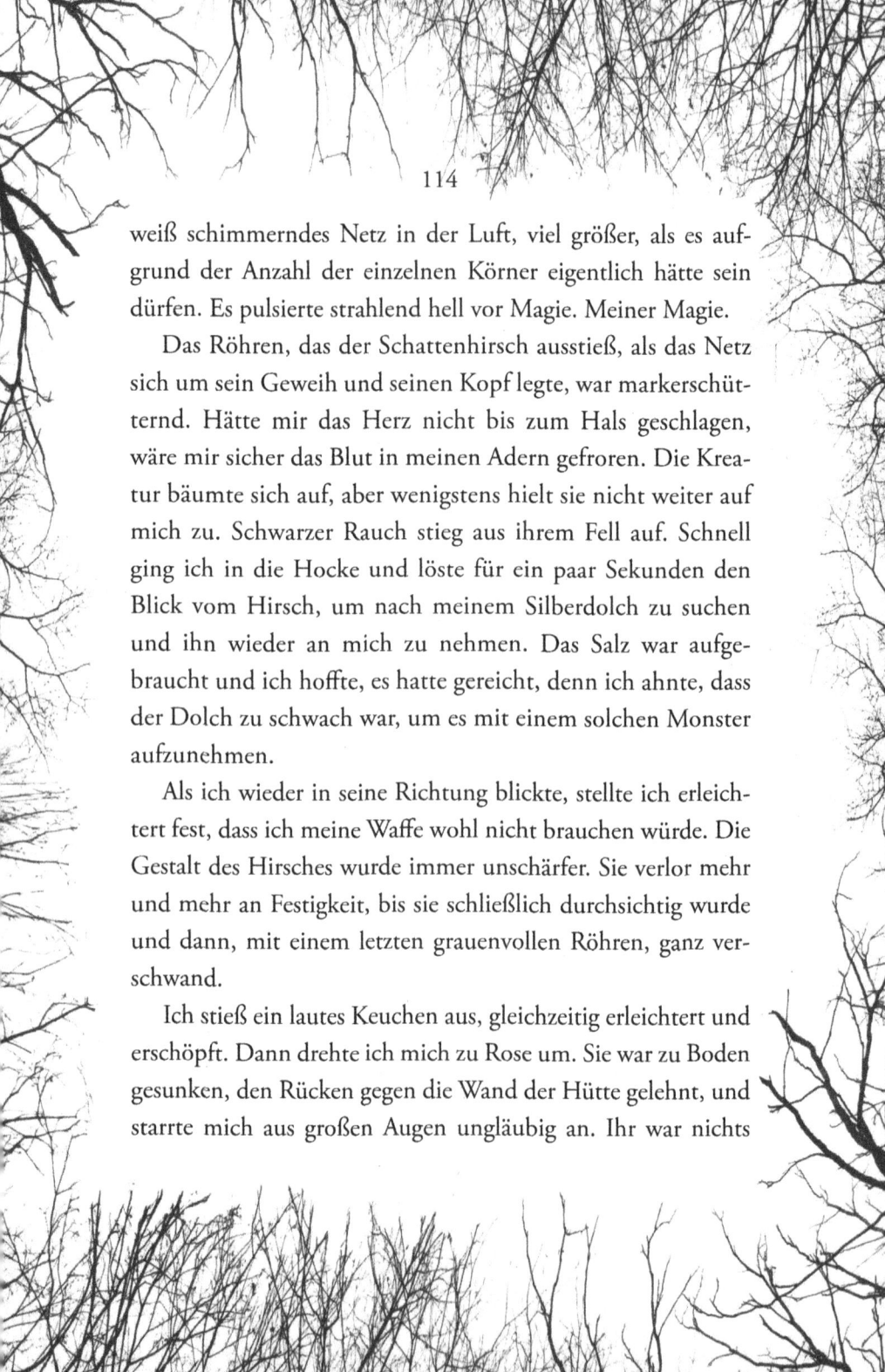

weiß schimmerndes Netz in der Luft, viel größer, als es aufgrund der Anzahl der einzelnen Körner eigentlich hätte sein dürfen. Es pulsierte strahlend hell vor Magie. Meiner Magie.

Das Röhren, das der Schattenhirsch ausstieß, als das Netz sich um sein Geweih und seinen Kopf legte, war markerschütternd. Hätte mir das Herz nicht bis zum Hals geschlagen, wäre mir sicher das Blut in meinen Adern gefroren. Die Kreatur bäumte sich auf, aber wenigstens hielt sie nicht weiter auf mich zu. Schwarzer Rauch stieg aus ihrem Fell auf. Schnell ging ich in die Hocke und löste für ein paar Sekunden den Blick vom Hirsch, um nach meinem Silberdolch zu suchen und ihn wieder an mich zu nehmen. Das Salz war aufgebraucht und ich hoffte, es hatte gereicht, denn ich ahnte, dass der Dolch zu schwach war, um es mit einem solchen Monster aufzunehmen.

Als ich wieder in seine Richtung blickte, stellte ich erleichtert fest, dass ich meine Waffe wohl nicht brauchen würde. Die Gestalt des Hirsches wurde immer unschärfer. Sie verlor mehr und mehr an Festigkeit, bis sie schließlich durchsichtig wurde und dann, mit einem letzten grauenvollen Röhren, ganz verschwand.

Ich stieß ein lautes Keuchen aus, gleichzeitig erleichtert und erschöpft. Dann drehte ich mich zu Rose um. Sie war zu Boden gesunken, den Rücken gegen die Wand der Hütte gelehnt, und starrte mich aus großen Augen ungläubig an. Ihr war nichts

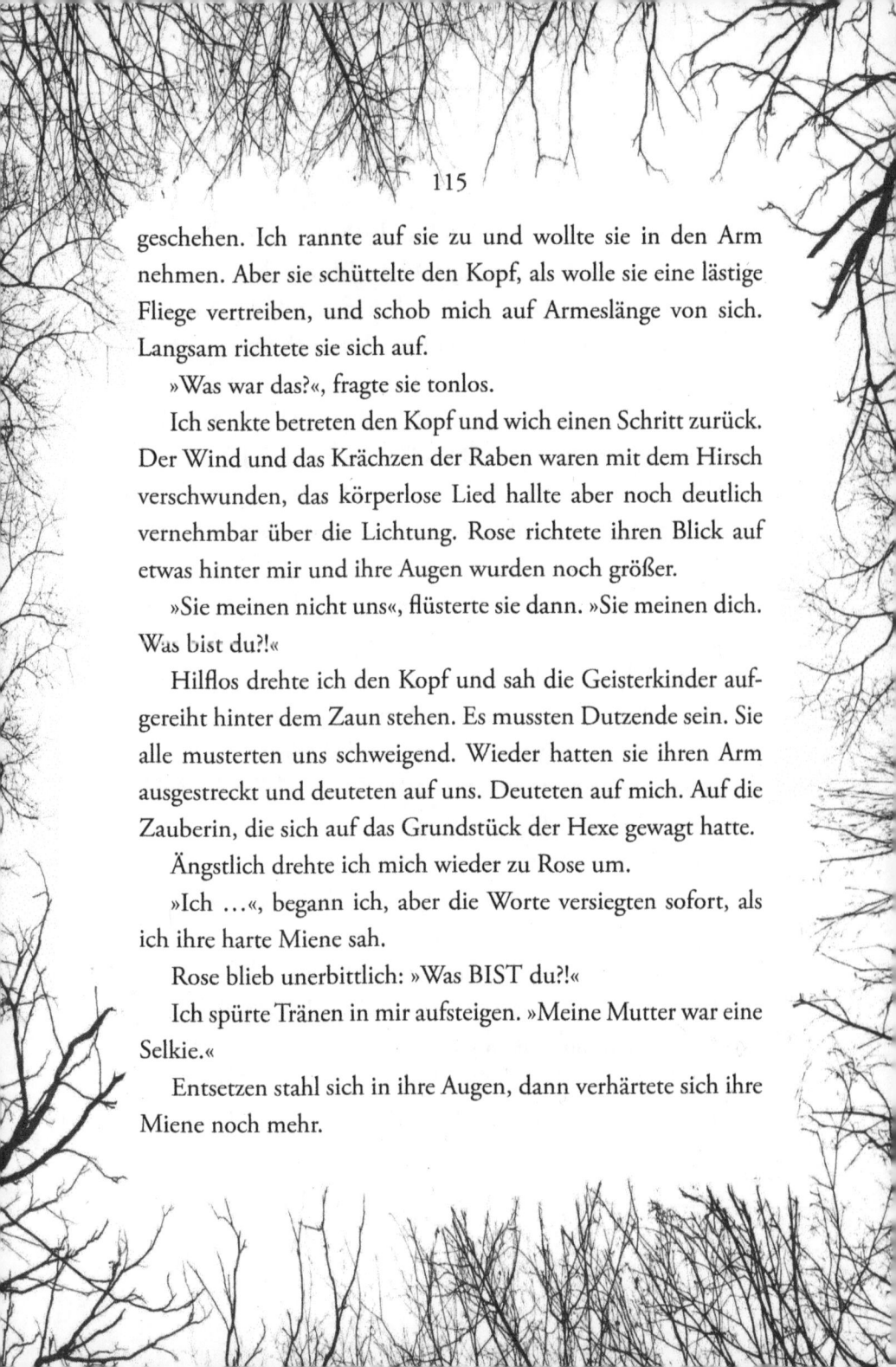

geschehen. Ich rannte auf sie zu und wollte sie in den Arm nehmen. Aber sie schüttelte den Kopf, als wolle sie eine lästige Fliege vertreiben, und schob mich auf Armeslänge von sich. Langsam richtete sie sich auf.

»Was war das?«, fragte sie tonlos.

Ich senkte betreten den Kopf und wich einen Schritt zurück. Der Wind und das Krächzen der Raben waren mit dem Hirsch verschwunden, das körperlose Lied hallte aber noch deutlich vernehmbar über die Lichtung. Rose richtete ihren Blick auf etwas hinter mir und ihre Augen wurden noch größer.

»Sie meinen nicht uns«, flüsterte sie dann. »Sie meinen dich. Was bist du?!«

Hilflos drehte ich den Kopf und sah die Geisterkinder auf- gereiht hinter dem Zaun stehen. Es mussten Dutzende sein. Sie alle musterten uns schweigend. Wieder hatten sie ihren Arm ausgestreckt und deuteten auf uns. Deuteten auf mich. Auf die Zauberin, die sich auf das Grundstück der Hexe gewagt hatte.

Ängstlich drehte ich mich wieder zu Rose um.

»Ich …«, begann ich, aber die Worte versiegten sofort, als ich ihre harte Miene sah.

Rose blieb unerbittlich: »Was BIST du?!«

Ich spürte Tränen in mir aufsteigen. »Meine Mutter war eine Selkie.«

Entsetzen stahl sich in ihre Augen, dann verhärtete sich ihre Miene noch mehr.

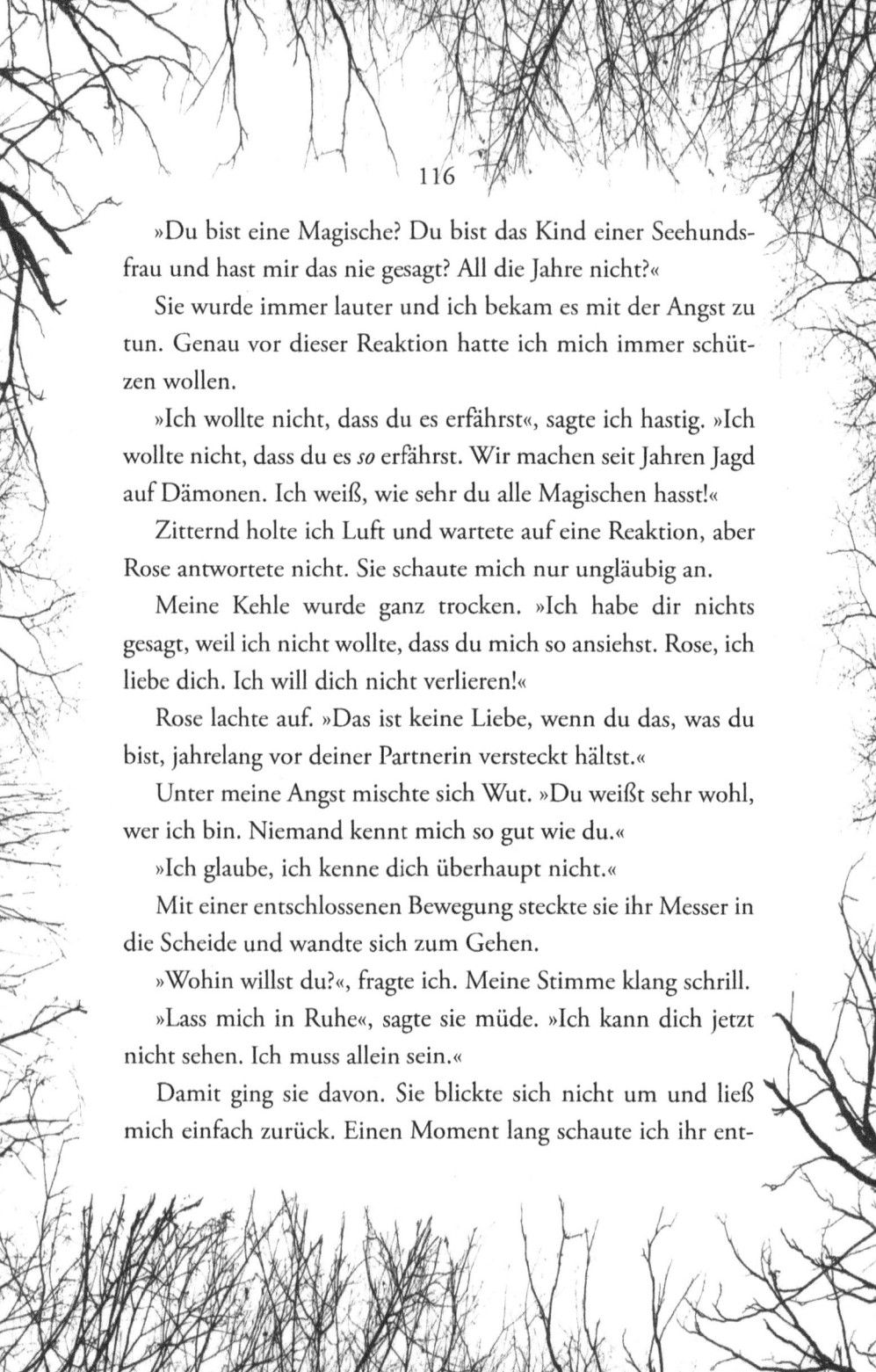

»Du bist eine Magische? Du bist das Kind einer Seehundsfrau und hast mir das nie gesagt? All die Jahre nicht?«

Sie wurde immer lauter und ich bekam es mit der Angst zu tun. Genau vor dieser Reaktion hatte ich mich immer schützen wollen.

»Ich wollte nicht, dass du es erfährst«, sagte ich hastig. »Ich wollte nicht, dass du es *so* erfährst. Wir machen seit Jahren Jagd auf Dämonen. Ich weiß, wie sehr du alle Magischen hasst!«

Zitternd holte ich Luft und wartete auf eine Reaktion, aber Rose antwortete nicht. Sie schaute mich nur ungläubig an.

Meine Kehle wurde ganz trocken. »Ich habe dir nichts gesagt, weil ich nicht wollte, dass du mich so ansiehst. Rose, ich liebe dich. Ich will dich nicht verlieren!«

Rose lachte auf. »Das ist keine Liebe, wenn du das, was du bist, jahrelang vor deiner Partnerin versteckt hältst.«

Unter meine Angst mischte sich Wut. »Du weißt sehr wohl, wer ich bin. Niemand kennt mich so gut wie du.«

»Ich glaube, ich kenne dich überhaupt nicht.«

Mit einer entschlossenen Bewegung steckte sie ihr Messer in die Scheide und wandte sich zum Gehen.

»Wohin willst du?«, fragte ich. Meine Stimme klang schrill.

»Lass mich in Ruhe«, sagte sie müde. »Ich kann dich jetzt nicht sehen. Ich muss allein sein.«

Damit ging sie davon. Sie blickte sich nicht um und ließ mich einfach zurück. Einen Moment lang schaute ich ihr entgeistert hinterher. Dann sank ich auf die Knie, vergrub mein Gesicht in den Händen und überließ mich den Schluchzern, die meinen Körper schüttelten.

Irgendwann waren alle Tränen geweint, die ich in mir hatte, und Rose war nicht zurückgekehrt. Ich wusste nicht, wo sie war. War sie ins Haus gegangen? Hatte sie den Zaun durchschritten und festgestellt, dass der Bann, der auf dem Grundstück lag, nur mit mir verbunden war und nicht mit ihr? Hatte sie mich verlassen? Meine Augen waren verquollen, meine Wangen aufgedunsen und meine Kehle ausgedörrt. Ich wischte mir das Gesicht mit dem Ärmel meines Hemdes sauber. Dann stand ich schwankend auf. Die Geisterkinder waren noch immer da, beobachteten mich. Das schottische Lied war verstummt, endlich, auch wenn der Kehrreim mir wieder und wieder durch den Kopf hallte:

Ho-van, ho-van gorry o go,
She's lost her dearest baby-o

Hatte ich das? Hatte ich meinen liebsten Schatz verloren? Ohne Rose fühlte ich mich leer. Schutzlos. Allein.

Ich brauchte sie.

Aber ich hatte auch meine Mutter gebraucht, und doch hatte die mich verlassen. Nach ihrem Weggang war mein Vater nicht mehr derselbe gewesen. Tagelang hatte er am Strand nach ihr Ausschau gehalten, war das Ufer auf und ab gegangen und hatte den Sturm und die Wellen angefleht, sie zu ihm zurückzubringen. Als das nichts half, hatte er sich in sich selbst zurückgezogen. Er fuhr nicht mehr aufs Meer hinaus, sondern verkroch sich in unserer Hütte. Die Fensterläden hielt er geschlossen, außerdem entzündete er abends kein Licht, und wenn ich ihn ansprach, blickte er meist durch mich hindurch, als sei ich gar nicht da. Schließlich waren wir zu meiner Tante und ihrem Mann gezogen. Vermutlich, weil wohl selbst Vater endlich begriffen hatte, dass ich zu jung war, um ohne Mutter zu leben. Nur dass mir Tante Raelyn auch keine war. Sie hatte die Frau meines Vaters nie gemocht, und auch mir gelang es in den sieben Jahren, die ich bei ihr lebte, nicht, ihr Herz zu gewinnen. Sie bot mir ein Dach über dem Kopf, gab mir zu essen, und alles, was sie als Gegenleistung von mir verlangte, war, ihr im Haushalt zur Hand zu gehen. Dafür war ich ihr bis heute dankbar. Doch als mein Vater begann, immer mehr Zeit auf dem Meer und in den Schänken des Dorfes zu verbringen, in dem verzweifelten und unmöglichen Versuch, meine Mutter entweder zu finden oder sie zu vergessen, fühlte ich mich einsam. So einsam, das jeder Atemzug wehtat. Eines Tages fuhr mein Vater hinaus aufs Meer und kam nicht mehr zurück. Das Einzige, was ich zu diesem Zeitpunkt noch empfinden konnte, war dumpfer Schmerz – und Wut. Wut auf die

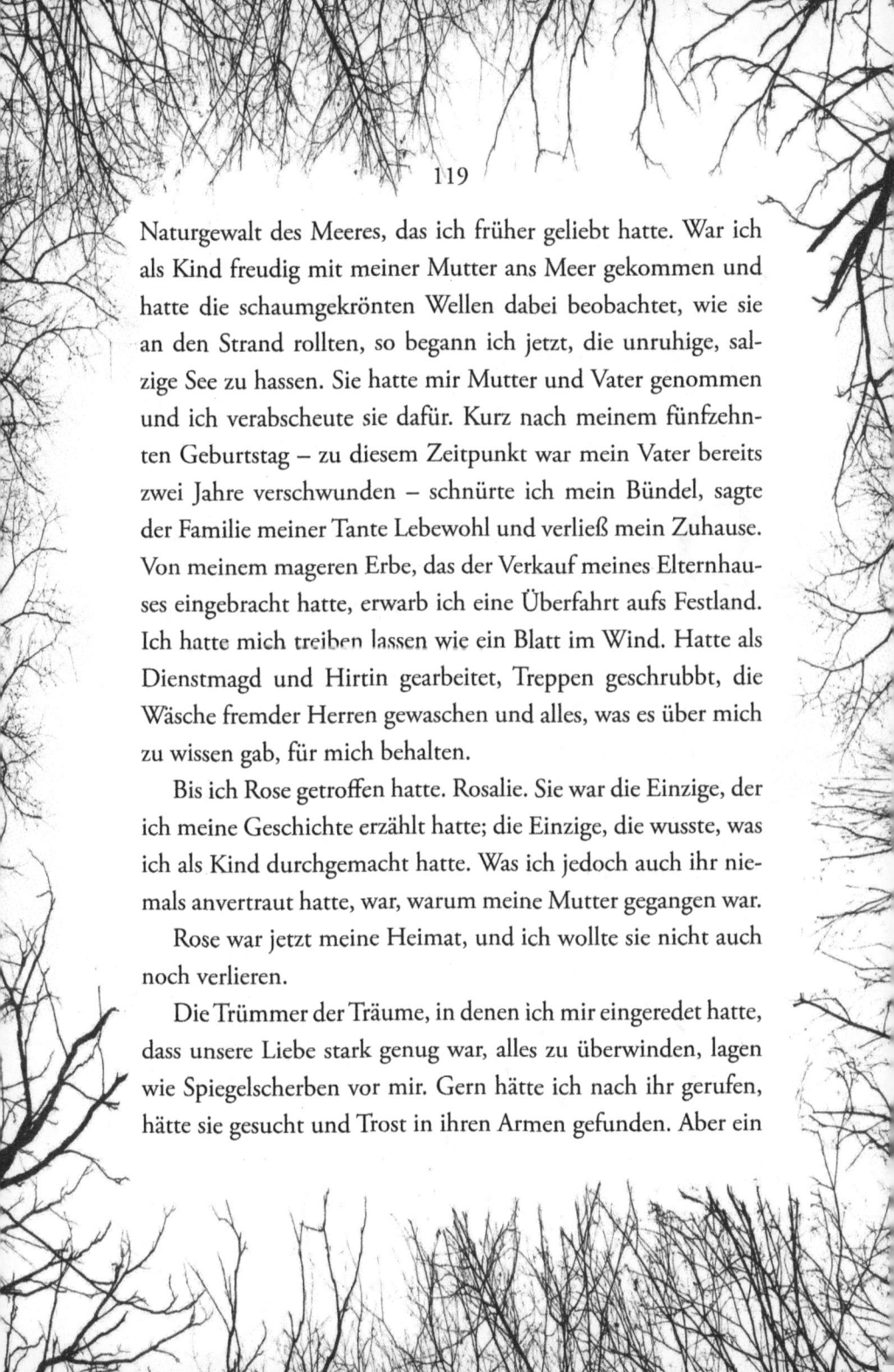

Naturgewalt des Meeres, das ich früher geliebt hatte. War ich als Kind freudig mit meiner Mutter ans Meer gekommen und hatte die schaumgekrönten Wellen dabei beobachtet, wie sie an den Strand rollten, so begann ich jetzt, die unruhige, salzige See zu hassen. Sie hatte mir Mutter und Vater genommen und ich verabscheute sie dafür. Kurz nach meinem fünfzehnten Geburtstag – zu diesem Zeitpunkt war mein Vater bereits zwei Jahre verschwunden – schnürte ich mein Bündel, sagte der Familie meiner Tante Lebewohl und verließ mein Zuhause. Von meinem mageren Erbe, das der Verkauf meines Elternhauses eingebracht hatte, erwarb ich eine Überfahrt aufs Festland. Ich hatte mich treiben lassen wie ein Blatt im Wind. Hatte als Dienstmagd und Hirtin gearbeitet, Treppen geschrubbt, die Wäsche fremder Herren gewaschen und alles, was es über mich zu wissen gab, für mich behalten.

Bis ich Rose getroffen hatte. Rosalie. Sie war die Einzige, der ich meine Geschichte erzählt hatte; die Einzige, die wusste, was ich als Kind durchgemacht hatte. Was ich jedoch auch ihr niemals anvertraut hatte, war, warum meine Mutter gegangen war.

Rose war jetzt meine Heimat, und ich wollte sie nicht auch noch verlieren.

Die Trümmer der Träume, in denen ich mir eingeredet hatte, dass unsere Liebe stark genug war, alles zu überwinden, lagen wie Spiegelscherben vor mir. Gern hätte ich nach ihr gerufen, hätte sie gesucht und Trost in ihren Armen gefunden. Aber ein

Teil von mir wusste, dass es das alles nur schlimmer machen würde. Falls ich sie noch nicht ganz verloren hatte, durfte ich sie jetzt nicht bedrängen. Also presste ich die Lippen aufeinander und tat das Einzige, was mir noch zu tun blieb – ich stellte mich dem Geist der Hexe.

Diesmal hielten mich keine Hindernisse davon ab, zum Backofen zu kommen. Kein Vogelschwarm stürzte auf mich herab, kein Schattenhirsch drohte mich aufzuspießen. Die eiserne Tür hob sich schwarz vom hellbraunen Lehm ab, aus dem der Ofen gebaut worden war. Ich streckte die Hand aus und berührte den Griff, um die Luke nach unten aufzuziehen. Da ereilte mich eine weitere Vision.

Mit beiden Händen schnappe ich mir den Griff der Luke, um sie zu schließen. Das Toben der Hexe ignoriere ich. Das Eisen ist warm – fast heiß – und schwer, aber ich weiß, dass ich nur diese eine Chance habe. Ich sammle alle mir noch verbliebenen Kräfte. Die Hexe soll brennen!

Ich mag den Mut einer Verzweifelten besitzen, aber das tut sie auch. Ehe ich die Luke ganz schließen kann, streckt sie ihren Arm aus dem kleiner werdenden Spalt und greift nach mir. Schnell weiche ich zurück, aber sie erwischt meine Haare. Ihre Finger krallen sich in meine Locken und sie klammert sich fest, als wäre

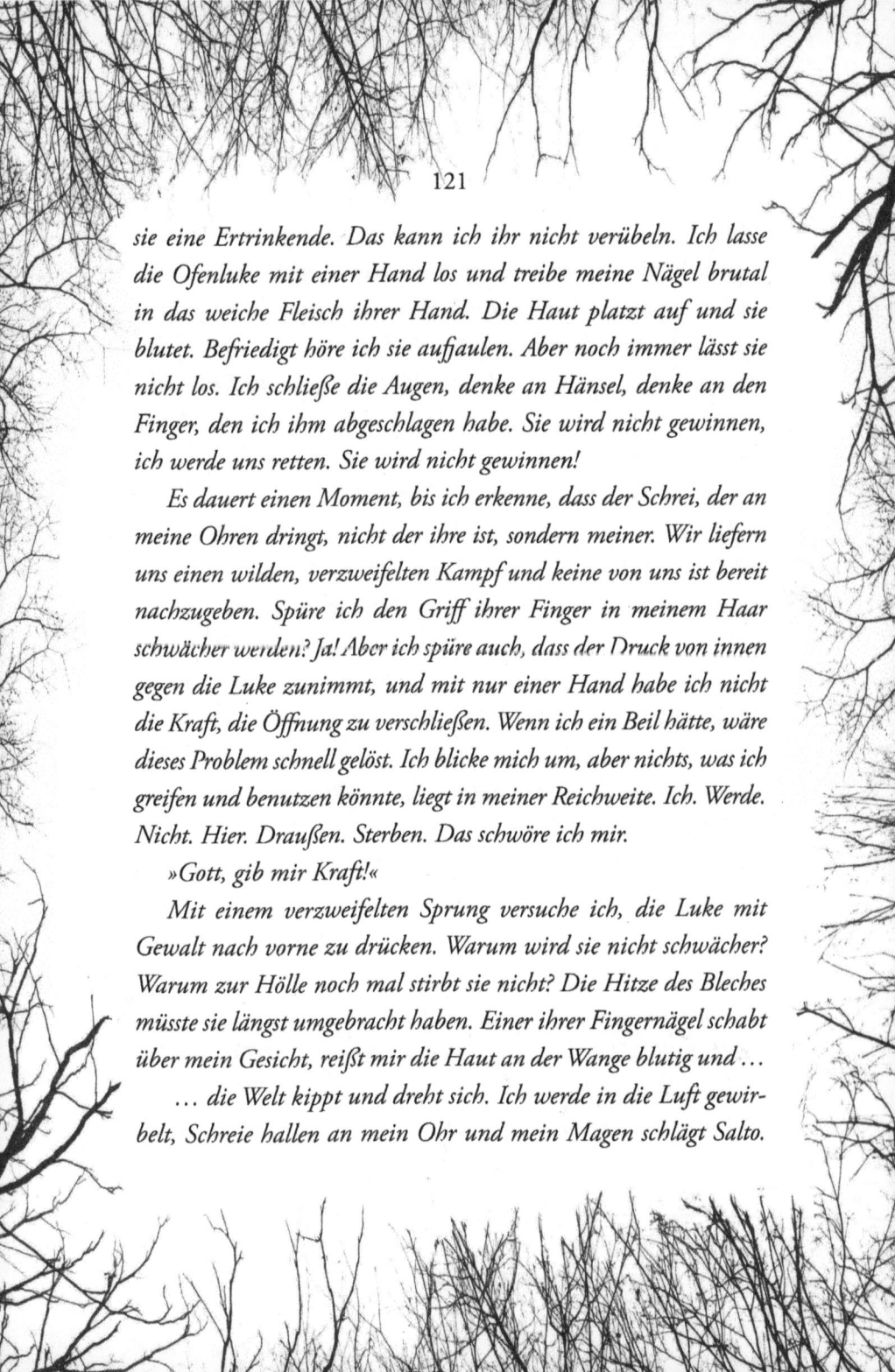

sie eine Ertrinkende. Das kann ich ihr nicht verübeln. Ich lasse die Ofenluke mit einer Hand los und treibe meine Nägel brutal in das weiche Fleisch ihrer Hand. Die Haut platzt auf und sie blutet. Befriedigt höre ich sie aufjaulen. Aber noch immer lässt sie nicht los. Ich schließe die Augen, denke an Hänsel, denke an den Finger, den ich ihm abgeschlagen habe. Sie wird nicht gewinnen, ich werde uns retten. Sie wird nicht gewinnen!

Es dauert einen Moment, bis ich erkenne, dass der Schrei, der an meine Ohren dringt, nicht der ihre ist, sondern meiner. Wir liefern uns einen wilden, verzweifelten Kampf und keine von uns ist bereit nachzugeben. Spüre ich den Griff ihrer Finger in meinem Haar schwächer werden? Ja! Aber ich spüre auch, dass der Druck von innen gegen die Luke zunimmt, und mit nur einer Hand habe ich nicht die Kraft, die Öffnung zu verschließen. Wenn ich ein Beil hätte, wäre dieses Problem schnell gelöst. Ich blicke mich um, aber nichts, was ich greifen und benutzen könnte, liegt in meiner Reichweite. Ich. Werde. Nicht. Hier. Draußen. Sterben. Das schwöre ich mir.

»Gott, gib mir Kraft!«

Mit einem verzweifelten Sprung versuche ich, die Luke mit Gewalt nach vorne zu drücken. Warum wird sie nicht schwächer? Warum zur Hölle noch mal stirbt sie nicht? Die Hitze des Bleches müsste sie längst umgebracht haben. Einer ihrer Fingernägel schabt über mein Gesicht, reißt mir die Haut an der Wange blutig und …

… die Welt kippt und dreht sich. Ich werde in die Luft gewirbelt, Schreie hallen an mein Ohr und mein Magen schlägt Salto.

Meine Haare fliegen mir ins Gesicht, meine Kleider flattern in einem starken Wind und ich drehe mich um meine eigene Achse, immer wieder, zumindest kommt es mir so vor. Was geschieht hier? Es ist unmöglich, einen klaren Gedanken zu fassen. Ich will einen Schrei ausstoßen, öffne den Mund, doch der Wind reißt mir die Laute sofort von den Lippen. Meine Hand streckt sich Halt suchend aus und greift ins Leere – und dann ist es vorbei. Zunächst weiß ich nicht, wo ich bin. Meine Finger klammern sich in die Haare der Hexe. Ich stehe nicht mehr, sondern knie auf allen vieren und es ist heiß, unendlich heiß. Die Wände um mich herum glühen. Ich möchte springen, tanzen, den Kontakt zur heißen Unterfläche verlieren und es ist eng, viel zu eng. Ich … ich weiß, wo ich bin. Ich bin im Ofen! Aber wie kann das sein? Ungläubig starre ich auf meine Hand, die ein Medaillon an einer silbernen Kette hält. Auf meine Hand, die nicht meine Hand ist. Sie ist runzelig und von Altersflecken überzogen. Es ist ihre! Ich bin … sie. Die Luke vor mir klafft ein Stück weiter auf und himmlisch kühle Luft strömt mir entgegen. Ich schaue hinaus ins Freie, ich schaue in MEIN GESICHT. Das sich zu einem hämischen Grinsen verzieht. Und noch während ich versuche zu begreifen, was gerade geschehen ist, und ein schrecklicher Schrei sich tief in meiner Kehle löst, stößt sie mich nach hinten und schlägt die Luke des Ofens vor meiner Nase zu. Panik und blinde Wut überkommen mich. Brüllend hämmere ich mit beiden Fäusten an die Ofentür. Das Atmen fällt mir schwer in der unerträglich heißen Luft. Der Boden verbrennt mir die Glieder. Ich weiß, dass ich viel zu viel Lärm mache,

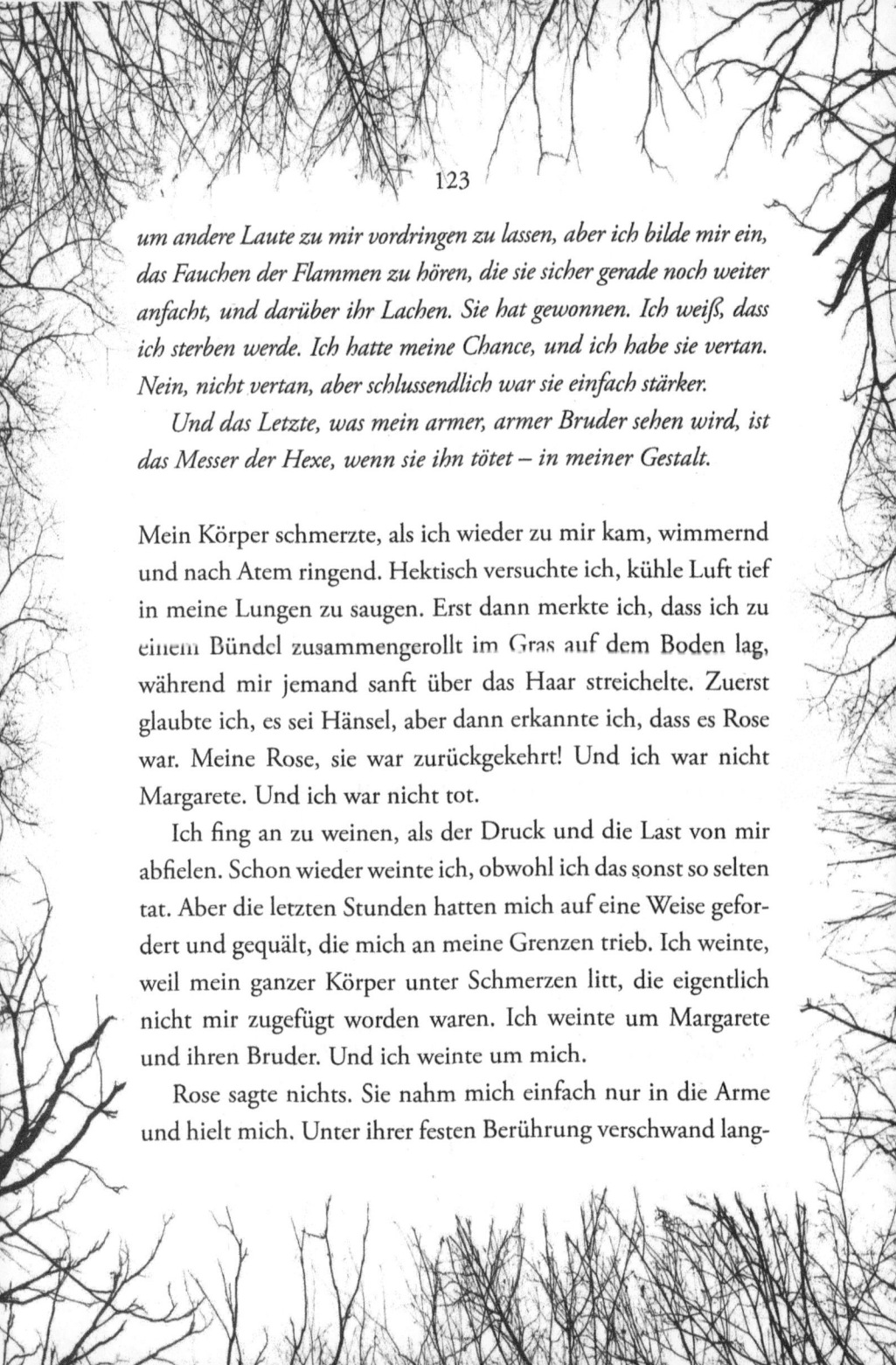

um andere Laute zu mir vordringen zu lassen, aber ich bilde mir ein,
das Fauchen der Flammen zu hören, die sie sicher gerade noch weiter
anfacht, und darüber ihr Lachen. Sie hat gewonnen. Ich weiß, dass
ich sterben werde. Ich hatte meine Chance, und ich habe sie vertan.
Nein, nicht vertan, aber schlussendlich war sie einfach stärker.

Und das Letzte, was mein armer, armer Bruder sehen wird, ist
das Messer der Hexe, wenn sie ihn tötet – in meiner Gestalt.

Mein Körper schmerzte, als ich wieder zu mir kam, wimmernd
und nach Atem ringend. Hektisch versuchte ich, kühle Luft tief
in meine Lungen zu saugen. Erst dann merkte ich, dass ich zu
einem Bündel zusammengerollt im Gras auf dem Boden lag,
während mir jemand sanft über das Haar streichelte. Zuerst
glaubte ich, es sei Hänsel, aber dann erkannte ich, dass es Rose
war. Meine Rose, sie war zurückgekehrt! Und ich war nicht
Margarete. Und ich war nicht tot.

Ich fing an zu weinen, als der Druck und die Last von mir
abfielen. Schon wieder weinte ich, obwohl ich das sonst so selten
tat. Aber die letzten Stunden hatten mich auf eine Weise gefor-
dert und gequält, die mich an meine Grenzen trieb. Ich weinte,
weil mein ganzer Körper unter Schmerzen litt, die eigentlich
nicht mir zugefügt worden waren. Ich weinte um Margarete
und ihren Bruder. Und ich weinte um mich.

Rose sagte nichts. Sie nahm mich einfach nur in die Arme
und hielt mich. Unter ihrer festen Berührung verschwand lang-

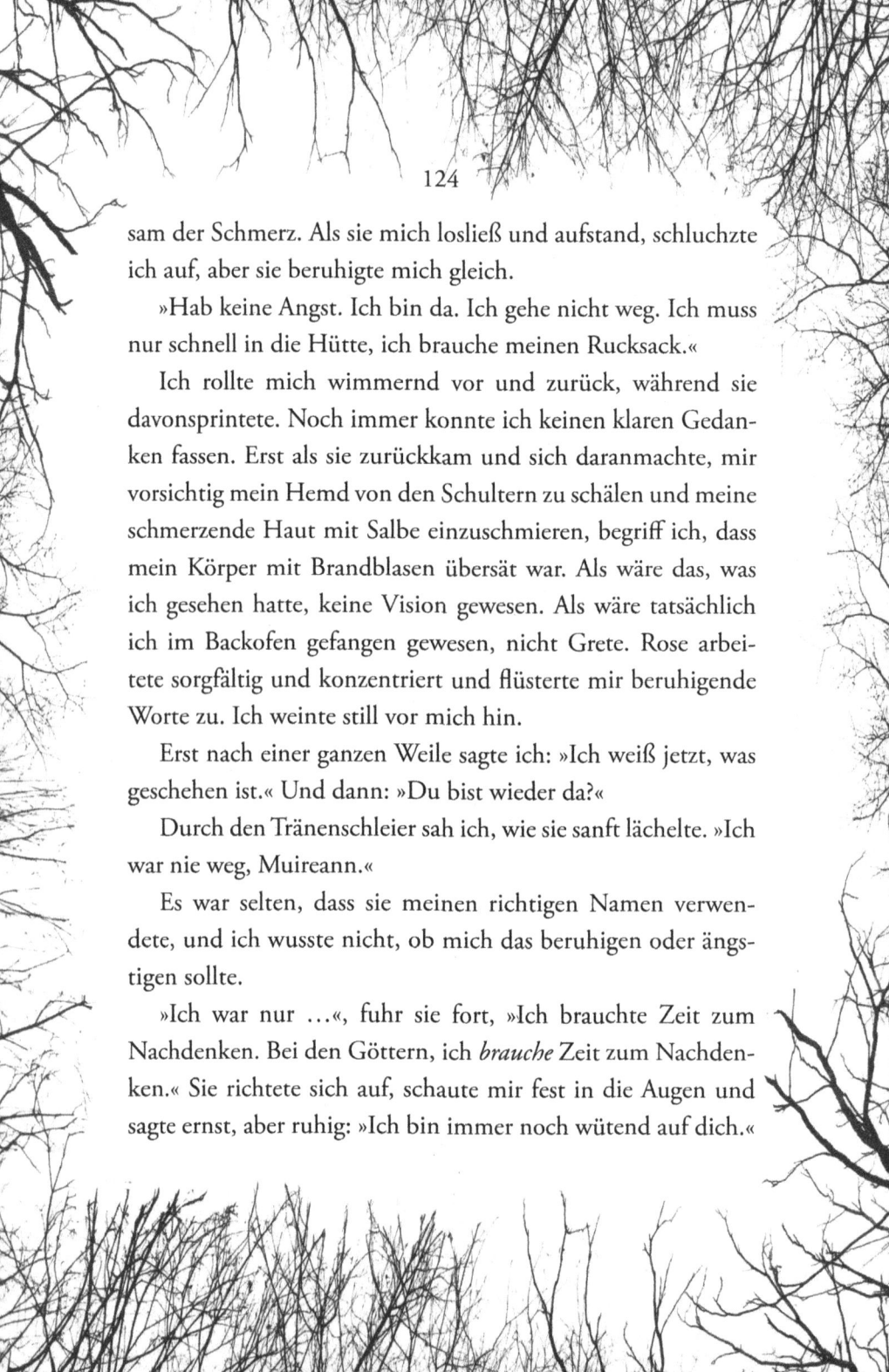

sam der Schmerz. Als sie mich losließ und aufstand, schluchzte ich auf, aber sie beruhigte mich gleich.

»Hab keine Angst. Ich bin da. Ich gehe nicht weg. Ich muss nur schnell in die Hütte, ich brauche meinen Rucksack.«

Ich rollte mich wimmernd vor und zurück, während sie davonsprintete. Noch immer konnte ich keinen klaren Gedanken fassen. Erst als sie zurückkam und sich daranmachte, mir vorsichtig mein Hemd von den Schultern zu schälen und meine schmerzende Haut mit Salbe einzuschmieren, begriff ich, dass mein Körper mit Brandblasen übersät war. Als wäre das, was ich gesehen hatte, keine Vision gewesen. Als wäre tatsächlich ich im Backofen gefangen gewesen, nicht Grete. Rose arbeitete sorgfältig und konzentriert und flüsterte mir beruhigende Worte zu. Ich weinte still vor mich hin.

Erst nach einer ganzen Weile sagte ich: »Ich weiß jetzt, was geschehen ist.« Und dann: »Du bist wieder da?«

Durch den Tränenschleier sah ich, wie sie sanft lächelte. »Ich war nie weg, Muireann.«

Es war selten, dass sie meinen richtigen Namen verwendete, und ich wusste nicht, ob mich das beruhigen oder ängstigen sollte.

»Ich war nur …«, fuhr sie fort, »Ich brauchte Zeit zum Nachdenken. Bei den Göttern, ich *brauche* Zeit zum Nachdenken.« Sie richtete sich auf, schaute mir fest in die Augen und sagte ernst, aber ruhig: »Ich bin immer noch wütend auf dich.«

Ich senkte den Blick, aber sie legte einen Finger unter mein Kinn und richtete meinen Kopf wieder auf.

»Ich war noch nicht fertig«, erklärte sie. »Ja, ich bin wütend. Und verwirrt. Aber das heißt nicht, dass ich dich verlasse, hörst du?«

Ich blickte sie an, vermutlich ebenso durcheinander wie sie selbst. Ich wusste nicht, was ich antworten sollte.

»Das alles muss bis später warten«, sagte sie dann und zog mich wieder vorsichtig in ihre Arme. »Ich bin zurückgekommen, weil ich dich schreien gehört habe. Du hast so schrecklich gebrüllt. Da wusste ich, dass du mich brauchst. Alles andere muss warten. Muireann, es tut mir leid, dass ich dich allein in die Vision habe gehen lassen, wirklich. Aber jetzt bin ich da.«

Ich lehnte mich an sie und musste wieder weinen. Diesmal waren es keine Tränen des Schmerzes und der Verzweiflung, sondern der Erleichterung. *Du musst jetzt stark sein, mein kleiner Seedrache*, schoss es mir durch den Kopf. Diesmal war die Person, die ich liebte, nicht gegangen.

Rose hob mich vorsichtig hoch und trug mich zurück in die Hütte. Unsere Decken lagen jetzt direkt an der Tür zum Garten. Sanft legte sie mich darauf, dann setzte sie sich im Schneidersitz in den Türspalt und bettete meinen Kopf auf ihre Beine. Sonnenstrahlen kitzelten mein Gesicht und ungläubig beobachteten wir, wie die Brandblasen auf meiner Haut sich glätteten und verblassten, als seien sie nie da gewesen. Auch die Schmerzen klangen ab.

Dies war ein seltsamer Ort, aber ich fühlte mich zu wackelig auf den Beinen, um etwas anderes zu tun als tief ein- und auszuatmen.

»Du wirst nicht gehen?«, fragte ich schließlich unsicher.

Rose seufzte tief. »So leicht wirst du mich nicht los«, sagte sie dann. »Wir haben uns versprochen, füreinander da zu sein und uns zu vertrauen.«

Ich nickte.

»Aber du hast mir nicht vertraut, Muireann«, fuhr sie fort. »Und das macht mich wütend.«

»Es tut mir leid«, stammelte ich.

»Ich bin noch nicht fertig«, schnitt sie mir streng das Wort ab. »Ja, ich bin wütend. Richtig wütend. Wütender, als du dir vorstellen kannst.«

Sie schaute mir fest und unerbittlich in die Augen. »Ein klein wenig auf mich selbst, weil ich dir offenbar das Gefühl gegeben habe, dass du mir nicht alles über dich erzählen kannst. Viel wütender bin ich allerdings auf dich, weil du mir nicht vertraut hast. Nicht genug jedenfalls. Ja, ich *hasse* Magie. Und über das, was heute geschehen ist – was du heute getan hast, müssen wir noch reden. Du bist eine Magische. Ich habe keine Ahnung, was das für uns bedeutet. Aber ich liebe dich, und wenn es etwas gibt, das ich über Liebe gelernt habe, dann ist es das: Liebe überwindet alles. Sie hat die Macht, Flüche zu brechen. Verwandelt Frösche in Prinzen und erweckt Prinzessinnen aus ihrem Zauberschlaf. Und Liebe kann verzeihen.«

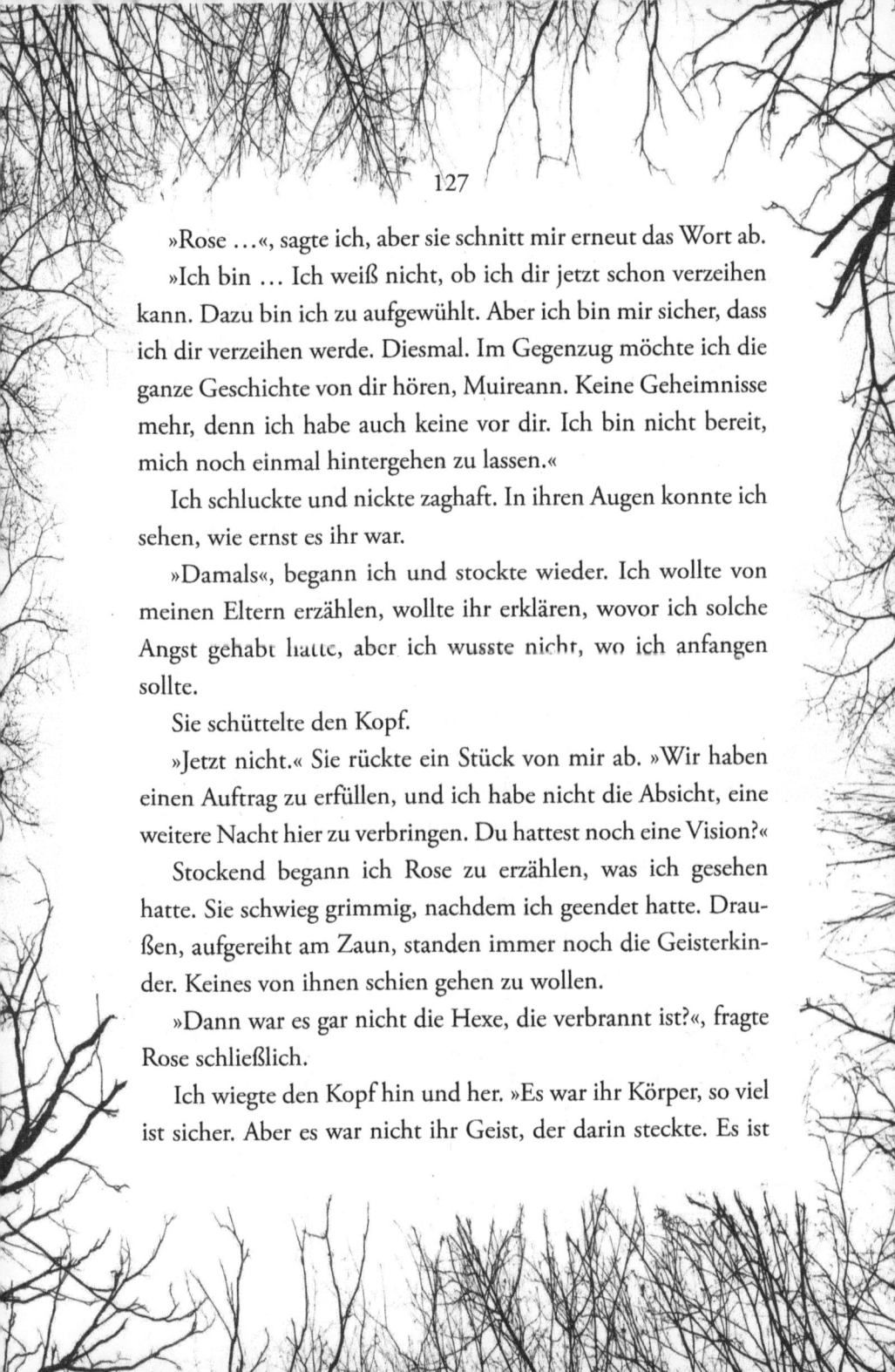

»Rose …«, sagte ich, aber sie schnitt mir erneut das Wort ab.

»Ich bin … Ich weiß nicht, ob ich dir jetzt schon verzeihen kann. Dazu bin ich zu aufgewühlt. Aber ich bin mir sicher, dass ich dir verzeihen werde. Diesmal. Im Gegenzug möchte ich die ganze Geschichte von dir hören, Muireann. Keine Geheimnisse mehr, denn ich habe auch keine vor dir. Ich bin nicht bereit, mich noch einmal hintergehen zu lassen.«

Ich schluckte und nickte zaghaft. In ihren Augen konnte ich sehen, wie ernst es ihr war.

»Damals«, begann ich und stockte wieder. Ich wollte von meinen Eltern erzählen, wollte ihr erklären, wovor ich solche Angst gehabt hatte, aber ich wusste nicht, wo ich anfangen sollte.

Sie schüttelte den Kopf.

»Jetzt nicht.« Sie rückte ein Stück von mir ab. »Wir haben einen Auftrag zu erfüllen, und ich habe nicht die Absicht, eine weitere Nacht hier zu verbringen. Du hattest noch eine Vision?«

Stockend begann ich Rose zu erzählen, was ich gesehen hatte. Sie schwieg grimmig, nachdem ich geendet hatte. Draußen, aufgereiht am Zaun, standen immer noch die Geisterkinder. Keines von ihnen schien gehen zu wollen.

»Dann war es gar nicht die Hexe, die verbrannt ist?«, fragte Rose schließlich.

Ich wiegte den Kopf hin und her. »Es war ihr Körper, so viel ist sicher. Aber es war nicht ihr Geist, der darin steckte. Es ist

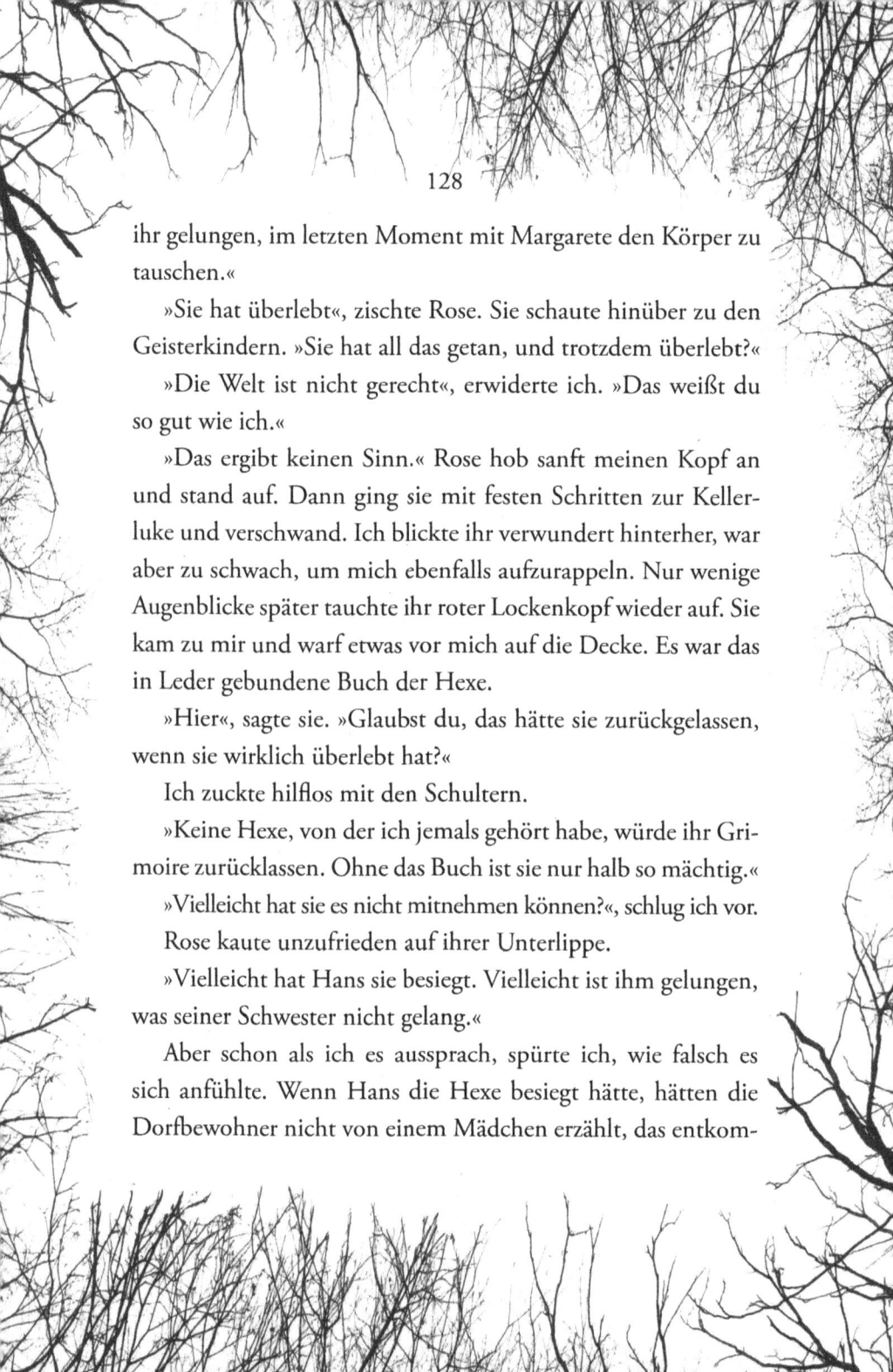

ihr gelungen, im letzten Moment mit Margarete den Körper zu tauschen.«

»Sie hat überlebt«, zischte Rose. Sie schaute hinüber zu den Geisterkindern. »Sie hat all das getan, und trotzdem überlebt?«

»Die Welt ist nicht gerecht«, erwiderte ich. »Das weißt du so gut wie ich.«

»Das ergibt keinen Sinn.« Rose hob sanft meinen Kopf an und stand auf. Dann ging sie mit festen Schritten zur Kellerluke und verschwand. Ich blickte ihr verwundert hinterher, war aber zu schwach, um mich ebenfalls aufzurappeln. Nur wenige Augenblicke später tauchte ihr roter Lockenkopf wieder auf. Sie kam zu mir und warf etwas vor mich auf die Decke. Es war das in Leder gebundene Buch der Hexe.

»Hier«, sagte sie. »Glaubst du, das hätte sie zurückgelassen, wenn sie wirklich überlebt hat?«

Ich zuckte hilflos mit den Schultern.

»Keine Hexe, von der ich jemals gehört habe, würde ihr Grimoire zurücklassen. Ohne das Buch ist sie nur halb so mächtig.«

»Vielleicht hat sie es nicht mitnehmen können?«, schlug ich vor.

Rose kaute unzufrieden auf ihrer Unterlippe.

»Vielleicht hat Hans sie besiegt. Vielleicht ist ihm gelungen, was seiner Schwester nicht gelang.«

Aber schon als ich es aussprach, spürte ich, wie falsch es sich anfühlte. Wenn Hans die Hexe besiegt hätte, hätten die Dorfbewohner nicht von einem Mädchen erzählt, das entkom-

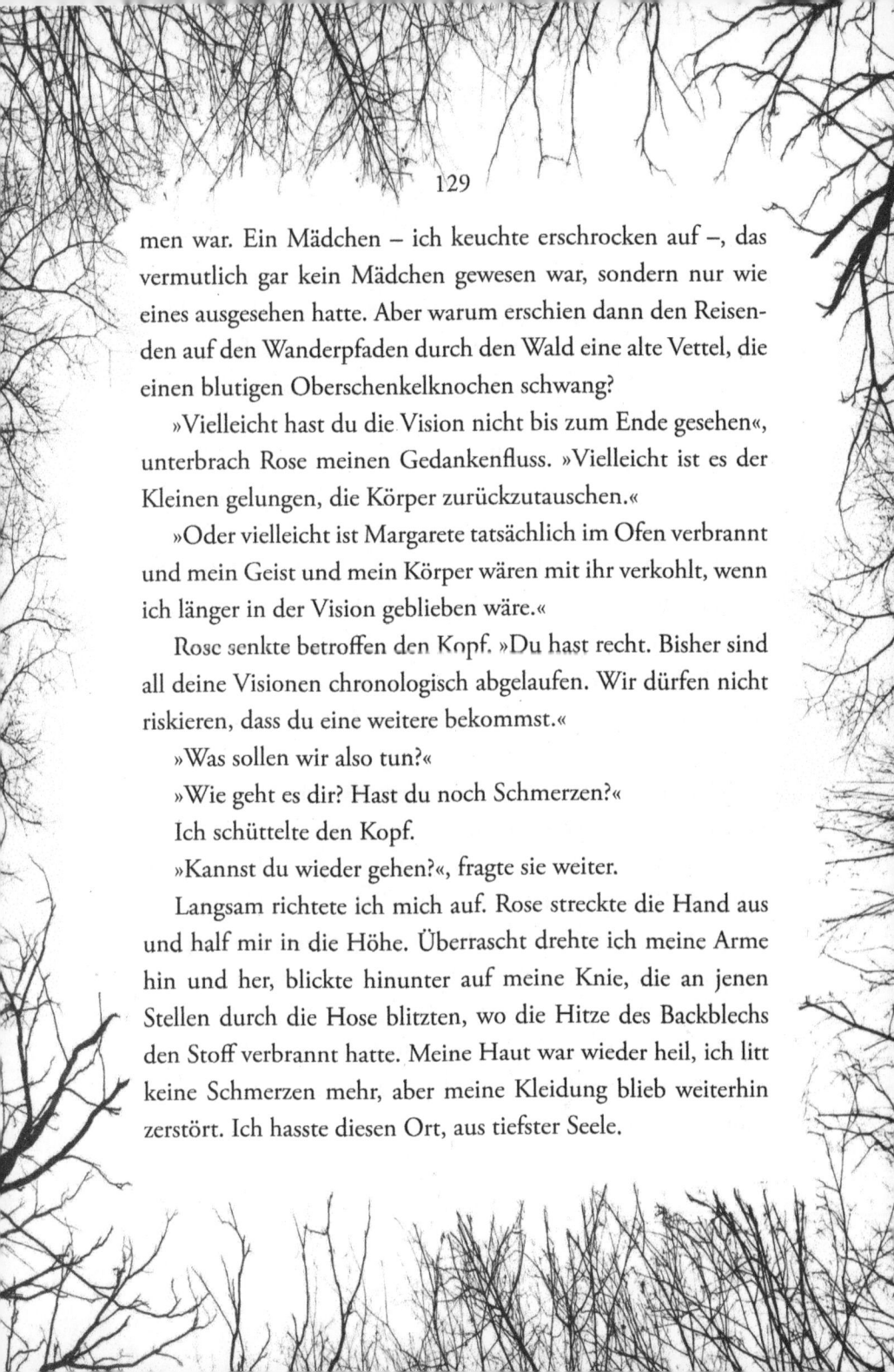

men war. Ein Mädchen – ich keuchte erschrocken auf –, das vermutlich gar kein Mädchen gewesen war, sondern nur wie eines ausgesehen hatte. Aber warum erschien dann den Reisenden auf den Wanderpfaden durch den Wald eine alte Vettel, die einen blutigen Oberschenkelknochen schwang?

»Vielleicht hast du die Vision nicht bis zum Ende gesehen«, unterbrach Rose meinen Gedankenfluss. »Vielleicht ist es der Kleinen gelungen, die Körper zurückzutauschen.«

»Oder vielleicht ist Margarete tatsächlich im Ofen verbrannt und mein Geist und mein Körper wären mit ihr verkohlt, wenn ich länger in der Vision geblieben wäre.«

Rose senkte betroffen den Kopf. »Du hast recht. Bisher sind all deine Visionen chronologisch abgelaufen. Wir dürfen nicht riskieren, dass du eine weitere bekommst.«

»Was sollen wir also tun?«

»Wie geht es dir? Hast du noch Schmerzen?«

Ich schüttelte den Kopf.

»Kannst du wieder gehen?«, fragte sie weiter.

Langsam richtete ich mich auf. Rose streckte die Hand aus und half mir in die Höhe. Überrascht drehte ich meine Arme hin und her, blickte hinunter auf meine Knie, die an jenen Stellen durch die Hose blitzten, wo die Hitze des Backblechs den Stoff verbrannt hatte. Meine Haut war wieder heil, ich litt keine Schmerzen mehr, aber meine Kleidung blieb weiterhin zerstört. Ich hasste diesen Ort, aus tiefster Seele.

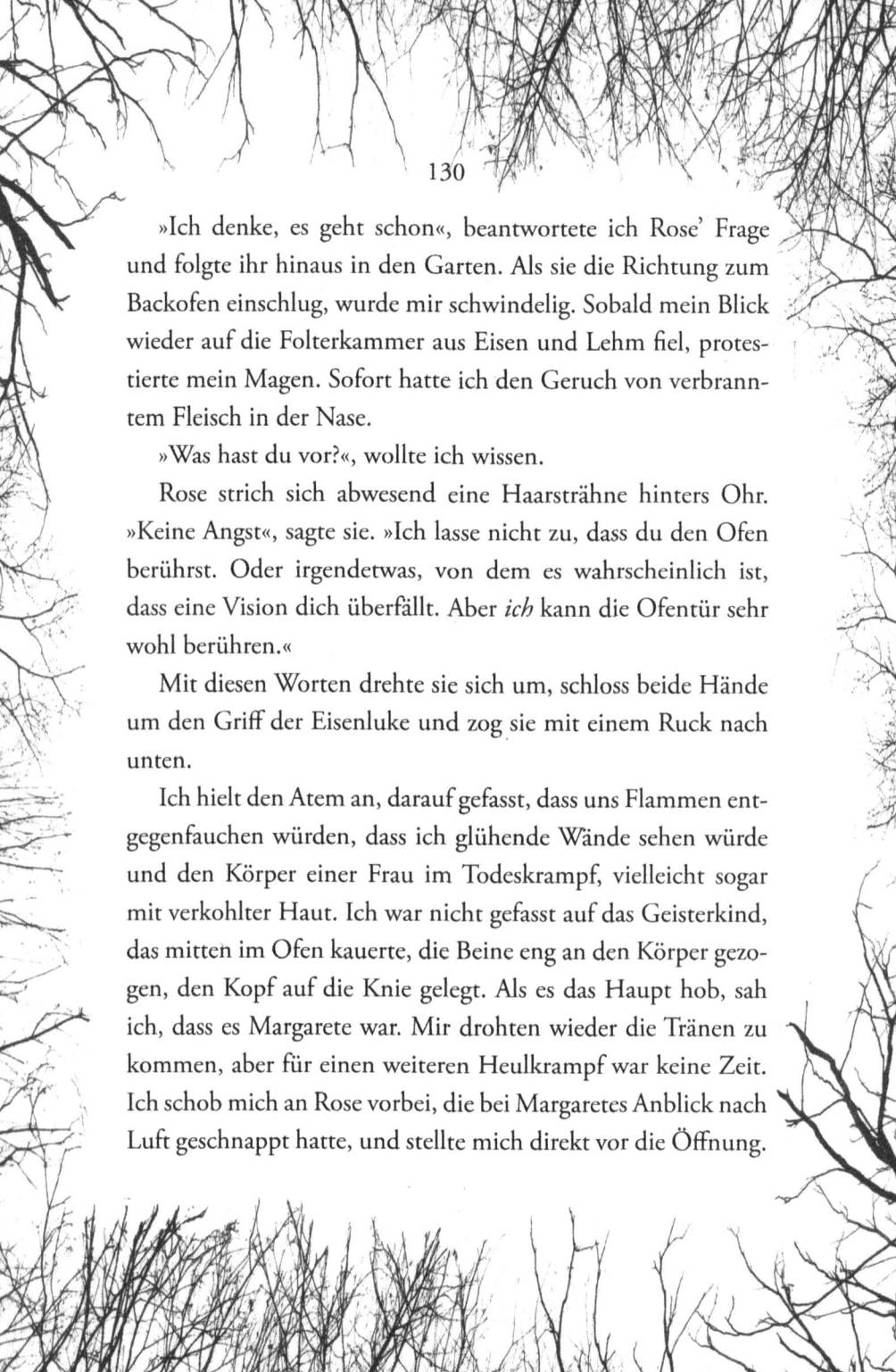

»Ich denke, es geht schon«, beantwortete ich Rose' Frage und folgte ihr hinaus in den Garten. Als sie die Richtung zum Backofen einschlug, wurde mir schwindelig. Sobald mein Blick wieder auf die Folterkammer aus Eisen und Lehm fiel, protestierte mein Magen. Sofort hatte ich den Geruch von verbranntem Fleisch in der Nase.

»Was hast du vor?«, wollte ich wissen.

Rose strich sich abwesend eine Haarsträhne hinters Ohr. »Keine Angst«, sagte sie. »Ich lasse nicht zu, dass du den Ofen berührst. Oder irgendetwas, von dem es wahrscheinlich ist, dass eine Vision dich überfällt. Aber *ich* kann die Ofentür sehr wohl berühren.«

Mit diesen Worten drehte sie sich um, schloss beide Hände um den Griff der Eisenluke und zog sie mit einem Ruck nach unten.

Ich hielt den Atem an, darauf gefasst, dass uns Flammen entgegenfauchen würden, dass ich glühende Wände sehen würde und den Körper einer Frau im Todeskrampf, vielleicht sogar mit verkohlter Haut. Ich war nicht gefasst auf das Geisterkind, das mitten im Ofen kauerte, die Beine eng an den Körper gezogen, den Kopf auf die Knie gelegt. Als es das Haupt hob, sah ich, dass es Margarete war. Mir drohten wieder die Tränen zu kommen, aber für einen weiteren Heulkrampf war keine Zeit. Ich schob mich an Rose vorbei, die bei Margaretes Anblick nach Luft geschnappt hatte, und stellte mich direkt vor die Öffnung.

Eisen bindet Magie und der Lehmkorpus des Ofens war mit einer Eisenluke verschlossen gewesen. Hatte Margarete all die Jahre in diesem Gefängnis in der Falle gesessen? Ich zwang mir ein Lächeln ins Gesicht, von dem ich hoffte, dass es beruhigend wirkte, und streckte dem Geist die Hand entgegen.

»Du musst keine Angst mehr haben«, sagte ich. »Sie ist nicht mehr hier.«

Das Mädchen legte den Kopf schief und schaute mich misstrauisch an. Hinter mir hörte ich ein Flüstern und Raunen. Ich musste mich nicht umdrehen, um zu wissen, dass es die Geisterkinder waren – sie waren nicht mehr stumm. Auch Margarete hörte die Stimmen der anderen, und sie neigte ihren schmächtigen kleinen, stofflosen Körper zur Seite, um an mir vorbeisehen zu können. Als sie die anderen sah, wurden ihre Augen noch größer.

Und dann, als eine Stimme ertönte, mit der wir beide nicht gerechnet hatten, blühte ein Lächeln auf ihrem Gesicht auf.

»Grete!«, rief die Jungenstimme hinter uns, und in das erleichterte Lachen, das erschallte, mussten auch Rose und ich mit einfallen. Margarete kletterte behände aus dem Ofen und rannte ihrem Bruder entgegen. Endlich erlöst.

Sie lief durch uns hindurch, als wären wir aus Luft. Es kitzelte, als der Geist mich berührte; neben mir keuchte Rose überrascht. Meine ganze Haut kribbelte und ich …

… *schreie. Es ist unerträglich heiß. Die Luft flimmert vor meinen Augen und jeder Atemzug tut weh. Tränen rinnen mir über die Wangen und verdampfen sofort an der heißen Luft. Meine Kehle ist wund vom Schreien und die ganze Welt glüht.*

»*Nein!*«, *brüllt Rose neben mir und schlägt mit ihren Fäusten gegen die Eisenluke. Sie ist neben mir, sie ist direkt neben mir! Ich bin Margarete und ich bin Muireann. Wir sind im Ofen und Rose ist bei uns, bei mir, in dieser Vision. In einer Vision, die uns verbrennt und die es gar nicht geben dürfte. Wir haben Margarete befreit. Aber wir haben die Hexe nicht besiegt.*

Neben mir kreischt Rose wie eine Wildkatze auf. Sie tobt und presst beide Handflächen auf die Eisenluke. Es ist ihr egal, dass ihre Haut dabei verbrennt.

»*Hilf mir!*«, *brüllt sie und endlich begreife ich, dass es keine Rolle spielt, warum wir in der Zeit zurückgereist sind und Margaretes Platz eingenommen haben. Dass es egal ist, dass wir beide, Rose und ich, gar nicht zu zweit in diesen Ofen passen dürften. Und dass es schon bald egal sein wird, warum das geschieht, weil wir tot sein werden, wenn wir uns nicht wehren.*

Ich brülle auf und werfe mich nach vorne. Dabei achte ich nicht auf den Schmerz, der meinen ganzen Körper verzehrt, sondern presse meine Hand neben der von Rose gegen das Eisen. Die Luft wabert vor Hitze und ich sehe, wie Rose' Hand verschwindet, während sich meine in die eines Mädchens verwandelt – in Margaretes Hand, deren blutige Finger noch immer das Medail-

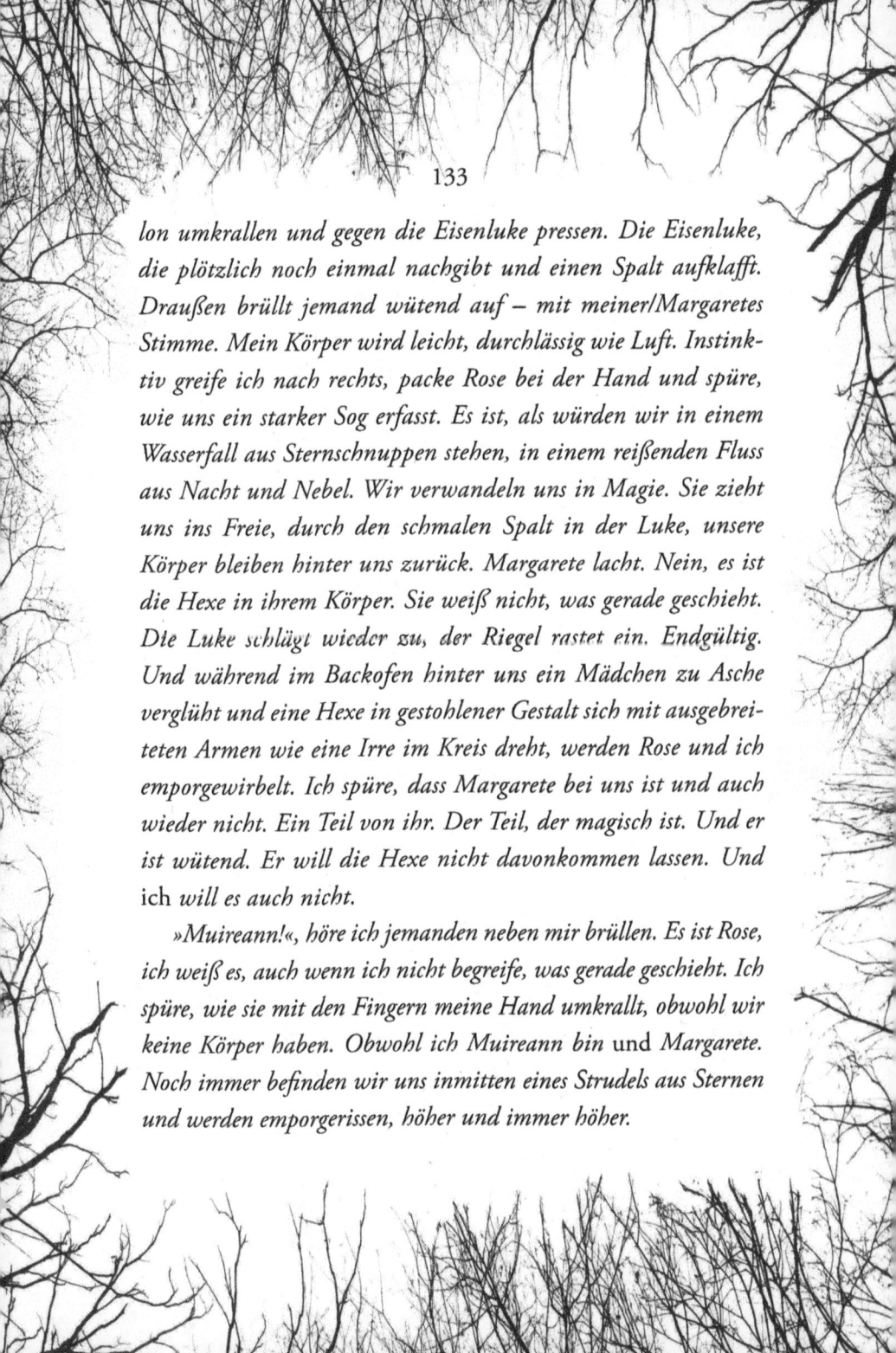

lon umkrallen und gegen die Eisenluke pressen. *Die Eisenluke, die plötzlich noch einmal nachgibt und einen Spalt aufklafft. Draußen brüllt jemand wütend auf – mit meiner/Margaretes Stimme. Mein Körper wird leicht, durchlässig wie Luft. Instinktiv greife ich nach rechts, packe Rose bei der Hand und spüre, wie uns ein starker Sog erfasst. Es ist, als würden wir in einem Wasserfall aus Sternschnuppen stehen, in einem reißenden Fluss aus Nacht und Nebel. Wir verwandeln uns in Magie. Sie zieht uns ins Freie, durch den schmalen Spalt in der Luke, unsere Körper bleiben hinter uns zurück. Margarete lacht. Nein, es ist die Hexe in ihrem Körper. Sie weiß nicht, was gerade geschieht. Die Luke schlägt wieder zu, der Riegel rastet ein. Endgültig. Und während im Backofen hinter uns ein Mädchen zu Asche verglüht und eine Hexe in gestohlener Gestalt sich mit ausgebreiteten Armen wie eine Irre im Kreis dreht, werden Rose und ich emporgewirbelt. Ich spüre, dass Margarete bei uns ist und auch wieder nicht. Ein Teil von ihr. Der Teil, der magisch ist. Und er ist wütend. Er will die Hexe nicht davonkommen lassen. Und ich will es auch nicht.*

»Muireann!«, höre ich jemanden neben mir brüllen. Es ist Rose, ich weiß es, auch wenn ich nicht begreife, was gerade geschieht. Ich spüre, wie sie mit den Fingern meine Hand umkrallt, obwohl wir keine Körper haben. Obwohl ich Muireann bin und Margarete. Noch immer befinden wir uns inmitten eines Strudels aus Sternen und werden emporgerissen, höher und immer höher.

Ich sehe Rose und mich, Schneeweißchen und Rosenrot, vor dem Ofen stehen. Die Luke ist geöffnet.

Ich sehe die Hexe sich mit wehenden Röcken im Kreis drehen, an der gleichen Stelle. Die Luke ist geschlossen.

Zwei Bilder, die sich überlagern. Welches von beiden ist die Wirklichkeit?

Ich bin nur ein Geist, aber ich spüre, wie ich meine Augen zusammenkneife und die Hexe ins Visier nehme. Die Hexe, die meinen Körper trägt, als wäre er ein Kleid. Sie. Darf. Nicht. Gewinnen.

Die Sterne um uns herum verblassen und ich höre das Krächzen von Raben. Ein Vogelschwarm taucht über der Felskante auf, eine ganze Schar aus glänzenden schwarzen Federn, onyxfarbenen Augen – und Schnäbeln, die gefährlich scharf im Sonnenlicht glitzern.

Ich bin eins und ich bin viele. Ich bin Magie.

Ich weiß, was ich zu tun habe.

Ich dehne mich, strecke mich. Ein Teil von mir fährt hinein in den Vogelschwarm. Aus meiner Haut sprießen Federn, meine Hände verwandeln sich in Krallen. Jetzt sind es starke Schwingen, die mich tragen und auf denen ich durch die Luft gleite.

Ich sperre unsere Schnäbel auf und stoße einen vielkehligen Kampfschrei aus. Ich bin der Schwarm und ich stürze mich auf das Biest, das mir das angetan hat. Das einen Teil von mir in einem falschen Körper in einem Ofen verbrennen lässt.

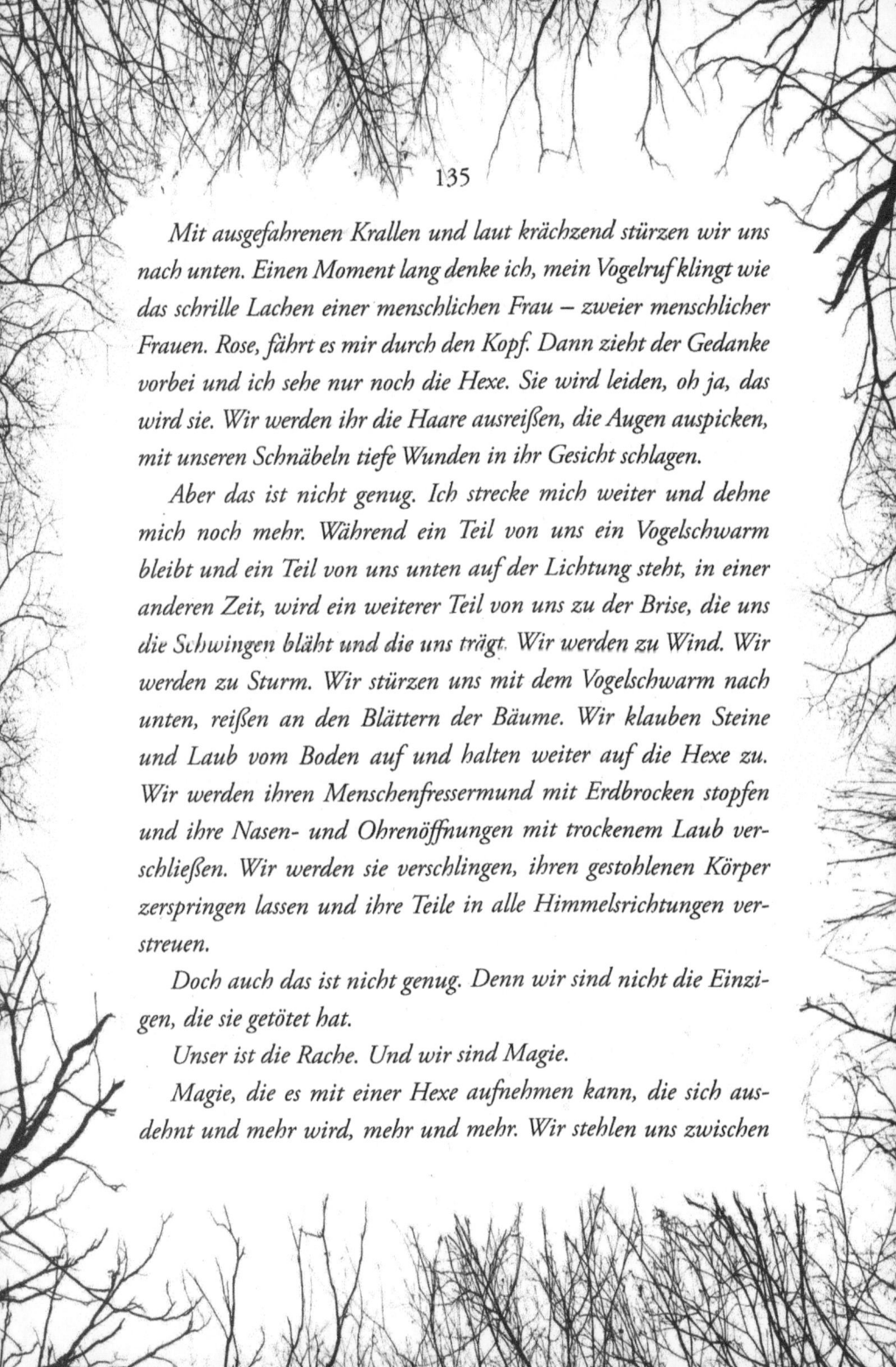

Mit ausgefahrenen Krallen und laut krächzend stürzen wir uns nach unten. Einen Moment lang denke ich, mein Vogelruf klingt wie das schrille Lachen einer menschlichen Frau – zweier menschlicher Frauen. Rose, fährt es mir durch den Kopf. Dann zieht der Gedanke vorbei und ich sehe nur noch die Hexe. Sie wird leiden, oh ja, das wird sie. Wir werden ihr die Haare ausreißen, die Augen auspicken, mit unseren Schnäbeln tiefe Wunden in ihr Gesicht schlagen.

Aber das ist nicht genug. Ich strecke mich weiter und dehne mich noch mehr. Während ein Teil von uns ein Vogelschwarm bleibt und ein Teil von uns unten auf der Lichtung steht, in einer anderen Zeit, wird ein weiterer Teil von uns zu der Brise, die uns die Schwingen bläht und die uns trägt. Wir werden zu Wind. Wir werden zu Sturm. Wir stürzen uns mit dem Vogelschwarm nach unten, reißen an den Blättern der Bäume. Wir klauben Steine und Laub vom Boden auf und halten weiter auf die Hexe zu. Wir werden ihren Menschenfressermund mit Erdbrocken stopfen und ihre Nasen- und Ohrenöffnungen mit trockenem Laub ver- schließen. Wir werden sie verschlingen, ihren gestohlenen Körper zerspringen lassen und ihre Teile in alle Himmelsrichtungen ver- streuen.

Doch auch das ist nicht genug. Denn wir sind nicht die Einzi- gen, die sie getötet hat.

Unser ist die Rache. Und wir sind Magie.

Magie, die es mit einer Hexe aufnehmen kann, die sich aus- dehnt und mehr wird, mehr und mehr. Wir stehlen uns zwischen

Deckel und Brunnenrand hindurch und fahren den Schacht hinunter. Wir tauchen ein in ein Lager aus Knochen, schrecklich und schön zugleich. Jene werden sie richten, die sie zerstört hat.

Wir wühlen uns durch die Berge aus bleichen Gebeinen und rufen die, die vor uns gegangen sind. Sie tragen keine Magie in sich, das können wir spüren. Aber wir sind zornig, und Zorn verleiht Macht. Wir tragen genug Magie in uns, dass es auch für sie reicht. Wir können die Kinder nicht ins Leben zurückholen, aber wir können ihre Geister wecken. Es sind so viele. Um uns herum blühen sie auf, blau leuchtend und mit erstaunten Gesichtern.

Wenn wir einen Kopf hätten, würden wir ihn in den Nacken werfen und lachen.

Wir sind Magie und wir klettern den Schacht zum Brunnen wieder hinauf, ziehen die Geister mit uns empor, ziehen sie mit uns in die Freiheit, ehe der Wind sich davonschleicht und die hölzerne Abdeckung wieder auf dem Brunnenrand zum Liegen kommt. Wir sind Krallen und Schnäbel, Steine und Laub, körperlos, aber mächtig. Wir sind keine Opfer mehr.

Und wir stürzen uns auf die Hexe, die nun nicht mehr tanzt, sondern uns entsetzt entgegenblickt. Sie hat uns entdeckt und weiß, was das bedeutet. Sie öffnet den Mund, reißt die Augen überrascht auf… Meine Augen! Es sind meine Augen! Aber ich bin Margarete und sie ist …

»Muireann!«

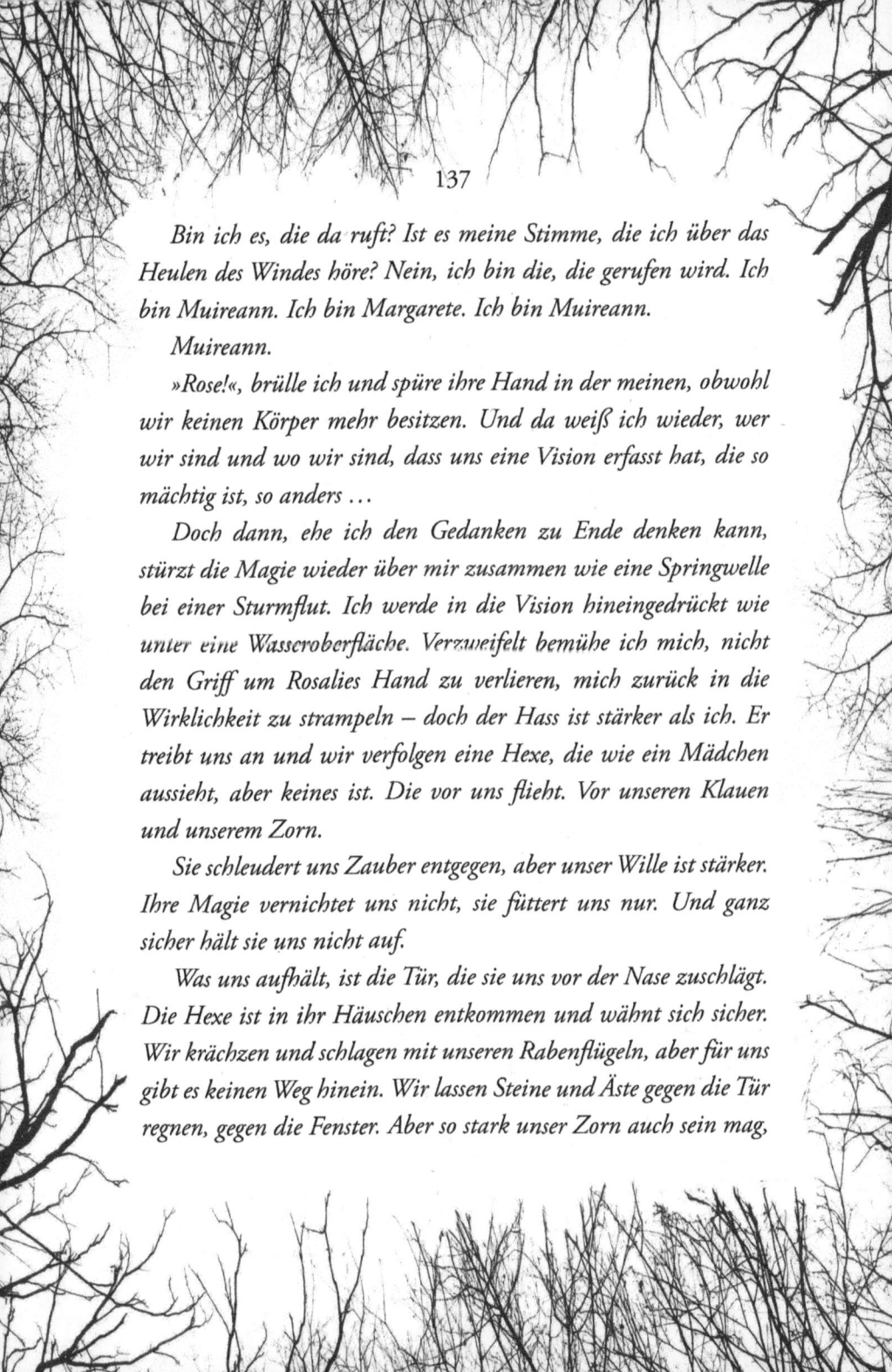

Bin ich es, die da ruft? Ist es meine Stimme, die ich über das Heulen des Windes höre? Nein, ich bin die, die gerufen wird. Ich bin Muireann. Ich bin Margarete. Ich bin Muireann.

Muireann.

»Rose!«, brülle ich und spüre ihre Hand in der meinen, obwohl wir keinen Körper mehr besitzen. Und da weiß ich wieder, wer wir sind und wo wir sind, dass uns eine Vision erfasst hat, die so mächtig ist, so anders ...

Doch dann, ehe ich den Gedanken zu Ende denken kann, stürzt die Magie wieder über mir zusammen wie eine Springwelle bei einer Sturmflut. Ich werde in die Vision hineingedrückt wie unter eine Wasseroberfläche. Verzweifelt bemühe ich mich, nicht den Griff um Rosalies Hand zu verlieren, mich zurück in die Wirklichkeit zu strampeln – doch der Hass ist stärker als ich. Er treibt uns an und wir verfolgen eine Hexe, die wie ein Mädchen aussieht, aber keines ist. Die vor uns flieht. Vor unseren Klauen und unserem Zorn.

Sie schleudert uns Zauber entgegen, aber unser Wille ist stärker. Ihre Magie vernichtet uns nicht, sie füttert uns nur. Und ganz sicher hält sie uns nicht auf.

Was uns aufhält, ist die Tür, die sie uns vor der Nase zuschlägt. Die Hexe ist in ihr Häuschen entkommen und wähnt sich sicher. Wir krächzen und schlagen mit unseren Rabenflügeln, aber für uns gibt es keinen Weg hinein. Wir lassen Steine und Äste gegen die Tür regnen, gegen die Fenster. Aber so stark unser Zorn auch sein mag,

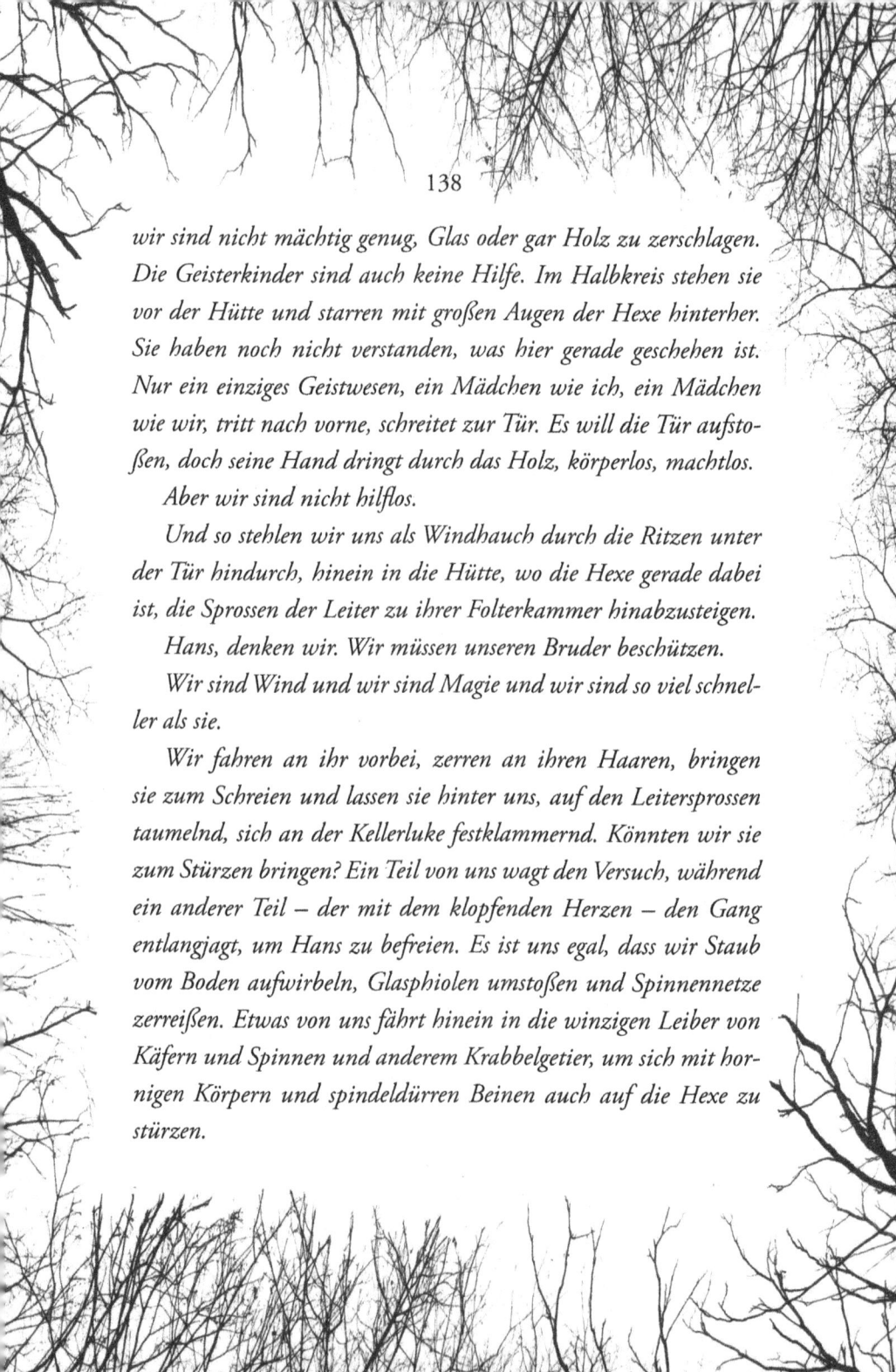

wir sind nicht mächtig genug, Glas oder gar Holz zu zerschlagen. Die Geisterkinder sind auch keine Hilfe. Im Halbkreis stehen sie vor der Hütte und starren mit großen Augen der Hexe hinterher. Sie haben noch nicht verstanden, was hier gerade geschehen ist. Nur ein einziges Geistwesen, ein Mädchen wie ich, ein Mädchen wie wir, tritt nach vorne, schreitet zur Tür. Es will die Tür aufstoßen, doch seine Hand dringt durch das Holz, körperlos, machtlos.

Aber wir sind nicht hilflos.

Und so stehlen wir uns als Windhauch durch die Ritzen unter der Tür hindurch, hinein in die Hütte, wo die Hexe gerade dabei ist, die Sprossen der Leiter zu ihrer Folterkammer hinabzusteigen.

Hans, denken wir. Wir müssen unseren Bruder beschützen.

Wir sind Wind und wir sind Magie und wir sind so viel schneller als sie.

Wir fahren an ihr vorbei, zerren an ihren Haaren, bringen sie zum Schreien und lassen sie hinter uns, auf den Leitersprossen taumelnd, sich an der Kellerluke festklammernd. Könnten wir sie zum Stürzen bringen? Ein Teil von uns wagt den Versuch, während ein anderer Teil – der mit dem klopfenden Herzen – den Gang entlangjagt, um Hans zu befreien. Es ist uns egal, dass wir Staub vom Boden aufwirbeln, Glasphiolen umstoßen und Spinnennetze zerreißen. Etwas von uns fährt hinein in die winzigen Leiber von Käfern und Spinnen und anderem Krabbelgetier, um sich mit hornigen Körpern und spindeldürren Beinen auch auf die Hexe zu stürzen.

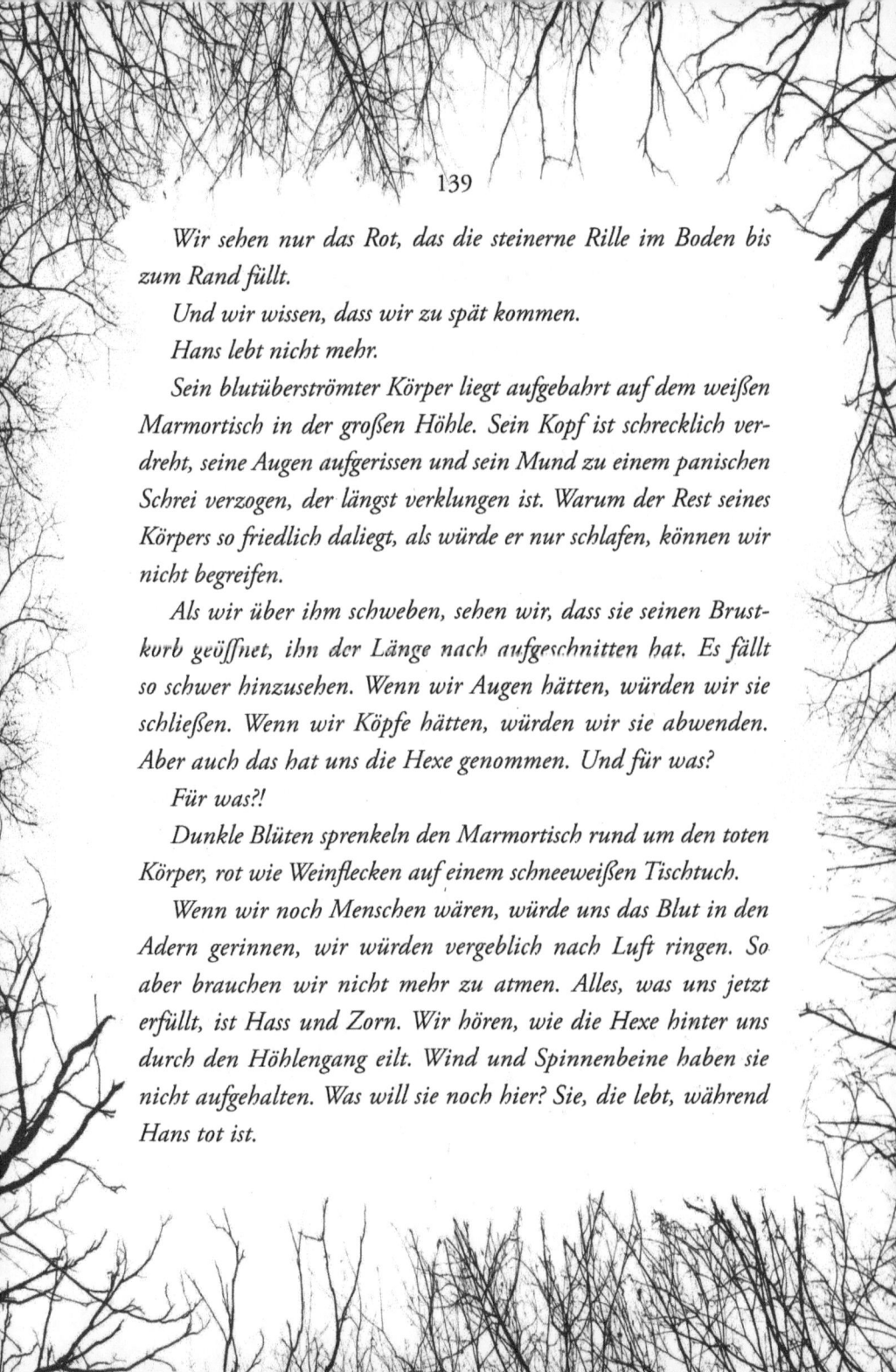

Wir sehen nur das Rot, das die steinerne Rille im Boden bis zum Rand füllt.

Und wir wissen, dass wir zu spät kommen.

Hans lebt nicht mehr.

Sein blutüberströmter Körper liegt aufgebahrt auf dem weißen Marmortisch in der großen Höhle. Sein Kopf ist schrecklich verdreht, seine Augen aufgerissen und sein Mund zu einem panischen Schrei verzogen, der längst verklungen ist. Warum der Rest seines Körpers so friedlich daliegt, als würde er nur schlafen, können wir nicht begreifen.

Als wir über ihm schweben, sehen wir, dass sie seinen Brustkorb geöffnet, ihn der Länge nach aufgeschnitten hat. Es fällt so schwer hinzusehen. Wenn wir Augen hätten, würden wir sie schließen. Wenn wir Köpfe hätten, würden wir sie abwenden. Aber auch das hat uns die Hexe genommen. Und für was?

Für was?!

Dunkle Blüten sprenkeln den Marmortisch rund um den toten Körper, rot wie Weinflecken auf einem schneeweißen Tischtuch.

Wenn wir noch Menschen wären, würde uns das Blut in den Adern gerinnen, wir würden vergeblich nach Luft ringen. So aber brauchen wir nicht mehr zu atmen. Alles, was uns jetzt erfüllt, ist Hass und Zorn. Wir hören, wie die Hexe hinter uns durch den Höhlengang eilt. Wind und Spinnenbeine haben sie nicht aufgehalten. Was will sie noch hier? Sie, die lebt, während Hans tot ist.

Da erinnern wir uns an die Geisterkinder. Wir sind in ihr knöchernes Grab vorgestoßen und haben sie aufgeweckt. Und anders als die ihren, ist Hänsels Körper noch nicht verrottet.

»Margarete, nein!«, schreit jemand.

Rose?

Ich selbst?

Aber ich höre nicht auf sie. Ich stürze nach vorne, stürze mich auf Hans. Ich küsse die toten Lippen meines Bruders, blase Luft in seine Lungen. Er schlägt die Augen auf. Nein, nicht er – seine Geistergestalt.

Langsam richtet sich sein gleißender Astralleib auf, während sein regloser Körper unter ihm zurückbleibt. Verwundert hebt er eine durchsichtige Hand in die Höhe und mustert sie fasziniert.

»Hans«, sagen wir: Muireann, Margarete, Rose. Und die Hexe, die in die Höhle getreten ist. Sie sieht aus wie ich.

Er wird sie doch nicht für Margarete halten? Er wird nicht glauben, dass wir … dass ich …

Aber der Geist meines Bruders presst die Lippen aufeinander und wir wissen, dass er sie durchschaut hat. Wenn wir könnten, würden wir erleichtert aufatmen.

Die Hexe mustert Hans aus zusammengekniffenen Augen. Ein Orb aus weißem Licht strahlt über ihrem Kopf. Weiß sie, dass auch wir hier sind? Kann sie uns spüren? Die Angst hat sie auf dem Weg hierher jedenfalls wieder verlassen. Bedauerlich.

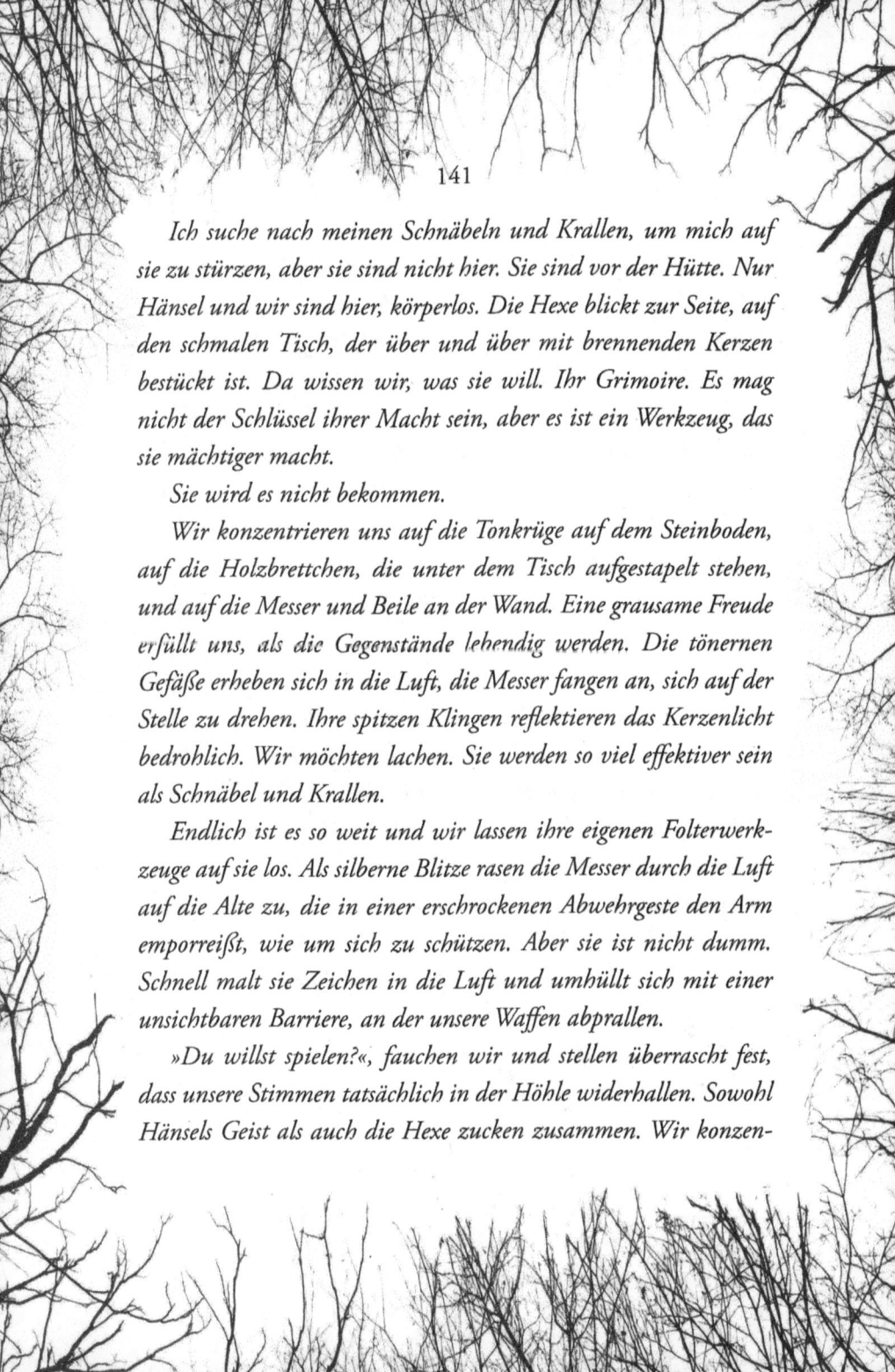

Ich suche nach meinen Schnäbeln und Krallen, um mich auf sie zu stürzen, aber sie sind nicht hier. Sie sind vor der Hütte. Nur Hänsel und wir sind hier, körperlos. Die Hexe blickt zur Seite, auf den schmalen Tisch, der über und über mit brennenden Kerzen bestückt ist. Da wissen wir, was sie will. Ihr Grimoire. Es mag nicht der Schlüssel ihrer Macht sein, aber es ist ein Werkzeug, das sie mächtiger macht.

Sie wird es nicht bekommen.

Wir konzentrieren uns auf die Tonkrüge auf dem Steinboden, auf die Holzbrettchen, die unter dem Tisch aufgestapelt stehen, und auf die Messer und Beile an der Wand. Eine grausame Freude erfüllt uns, als die Gegenstände lebendig werden. Die tönernen Gefäße erheben sich in die Luft, die Messer fangen an, sich auf der Stelle zu drehen. Ihre spitzen Klingen reflektieren das Kerzenlicht bedrohlich. Wir möchten lachen. Sie werden so viel effektiver sein als Schnäbel und Krallen.

Endlich ist es so weit und wir lassen ihre eigenen Folterwerkzeuge auf sie los. Als silberne Blitze rasen die Messer durch die Luft auf die Alte zu, die in einer erschrockenen Abwehrgeste den Arm emporreißt, wie um sich zu schützen. Aber sie ist nicht dumm. Schnell malt sie Zeichen in die Luft und umhüllt sich mit einer unsichtbaren Barriere, an der unsere Waffen abprallen.

»Du willst spielen?«, fauchen wir und stellen überrascht fest, dass unsere Stimmen tatsächlich in der Höhle widerhallen. Sowohl Hänsels Geist als auch die Hexe zucken zusammen. Wir konzen-

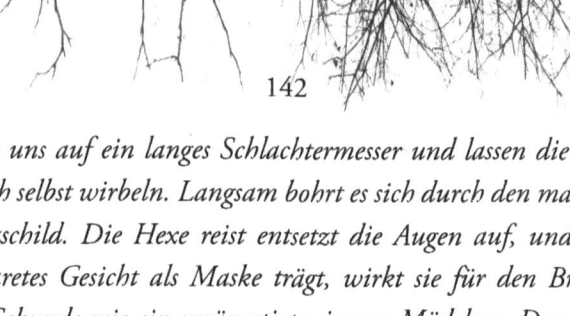

trieren uns auf ein langes Schlachtermesser und lassen die Klinge um sich selbst wirbeln. Langsam bohrt es sich durch den magischen Schutzschild. Die Hexe reist entsetzt die Augen auf, und da sie Margaretes Gesicht als Maske trägt, wirkt sie für den Bruchteil einer Sekunde wie ein verängstigtes junges Mädchen. Dann presst sie die Lippen aufeinander und ihre Augen lodern zornig auf. Einen Moment lang scheint sie unschlüssig. Dann wirbelt sie auf dem Absatz herum und flieht aus der Höhle, flieht vor uns. Ohne ihr Grimoire.

Wir jagen ihr hinterher. Wir jagen sie aus der Hütte. Wir jagen sie durch den Garten. Sie läuft auf den Wald zu, aber sie wird uns nicht entkommen.

Der Teil von uns, der am schnellsten ist, der Wind, eilt ihr voraus. Er fährt durch das Strauchwerk am Rand der Lichtung und hinein in einen wunderschönen, anmutigen Hirsch. Er ist ein edles Tier mit einem weit verzweigten Geweih. Vielleicht mag es nicht so spitz sein wie die Klingen der Hexe, aber es wird genügen. Unser Zorn füllt den Hirschbock aus, macht ihn zu einem der unseren, lässt ihn wachsen. Wir traben vom Wald her auf die Hexe zu, setzen über den Zaun hinweg auf ihr Grundstück. Wir senken unser Geweih – doch sie hebt nur die Hand und eine mächtige Windböe schleudert uns zur Seite.

Wir schreien auf.

Für einen Moment wissen wir nicht, wer wir sind, wo wir sind. Ich bin wieder Schneeweißchen und neben mir steht Rosenrot.

Wenn wir jetzt nichts tun, wird die Hexe uns entkommen.

Die Geisterkinder setzen ihr nach, Hänsel ist unter ihnen. Er hat sich ihnen angeschlossen und verfolgt die Mörderin, die den Körper seiner Schwester gestohlen hat. Unseren Körper. Margaretes Körper.

Wir sind schwach, wir sind erschöpft. Wir wollen nicht aufgeben, aber wir sehen, wie die Hexe die Linie zwischen Wald und Grundstück überquert, wie sie sich umdreht und erneut Zeichen in die Luft malt. Entschlossen stößt sie ihre Hand in einen Brombeerstrauch, der im Garten wächst, und zieht sie dann wieder zurück. Blut rinnt ihr über die Finger, die sie nach vorne streckt, um die roten Tropfen wie Tränen zu Boden fallen zu lassen. Wieder schreit sie etwas und wir spüren, wie Macht aufwallt. Aber diesmal ist es nicht unsere. Es ist ihre. Und wir erkennen entsetzt, wie sie ein neues Gefängnis für uns schafft. Sie benötigt keinen Brunnenschacht und keine Ofenöffnung, um uns einzusperren. Mühelos baut sie Mauern aus Nichts, ein Gefängnis aus Leere. Auch wenn sie aussieht wie ein unschuldiges, frommes Mädchen, ist sie eine Hexe. Sie webt einen Bann. Wir stehen auf der einen Seite, sie auf der anderen. Mit Entsetzen wird uns klar, dass wir die Lichtung nicht mehr verlassen können.

Als sie fertig ist, blickt sie wütend zurück auf das, was einst ihr Heim war. Und wir starren sie an, unfähig, ihr Schaden zuzufügen. Mit einem Fluch auf den Lippen dreht sie sich um und verschwindet im Wald. Wir wünschten, wir könnten fluchen, doch

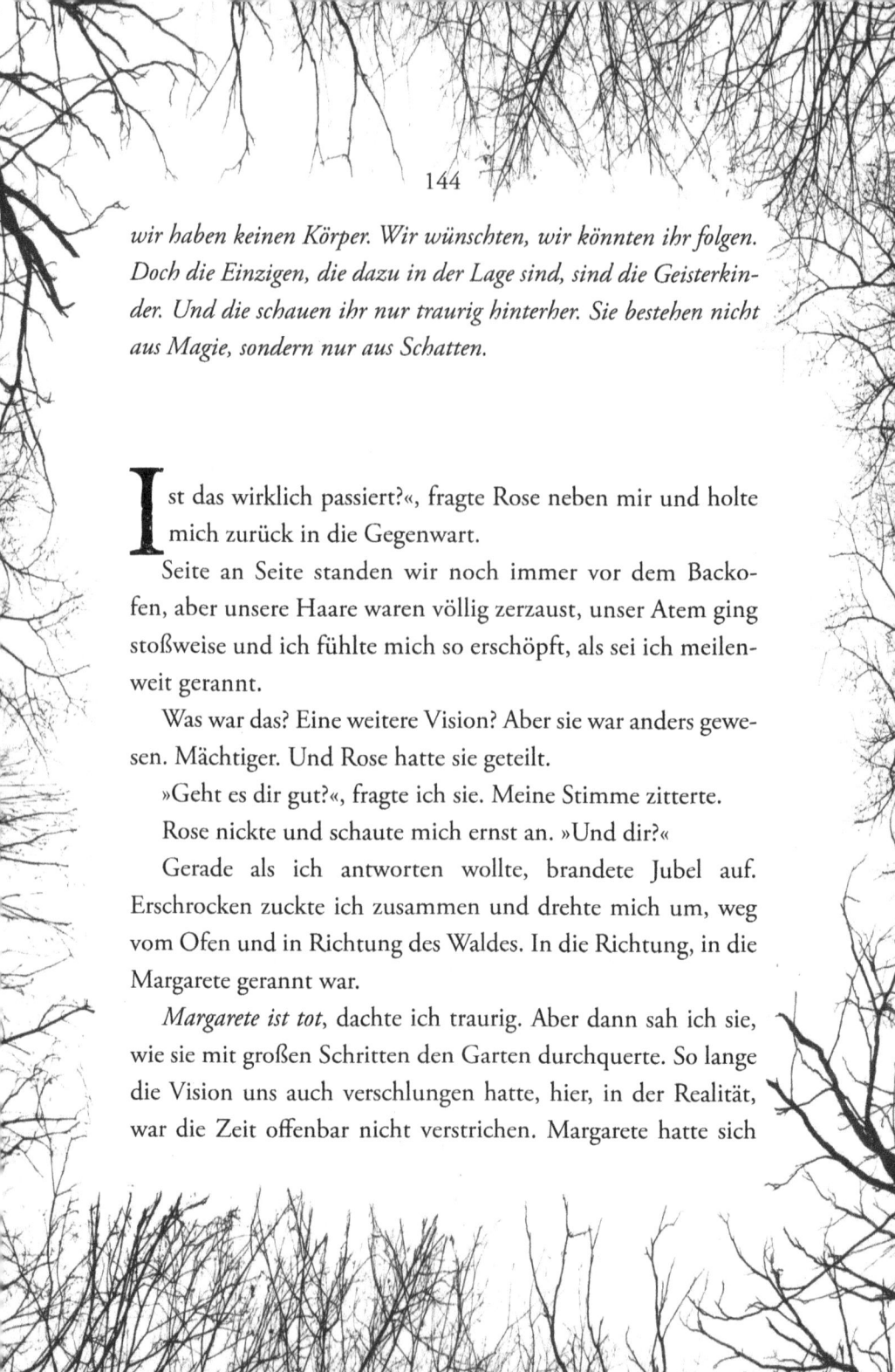

wir haben keinen Körper. Wir wünschten, wir könnten ihr folgen. Doch die Einzigen, die dazu in der Lage sind, sind die Geisterkinder. Und die schauen ihr nur traurig hinterher. Sie bestehen nicht aus Magie, sondern nur aus Schatten.

Ist das wirklich passiert?«, fragte Rose neben mir und holte mich zurück in die Gegenwart.

Seite an Seite standen wir noch immer vor dem Backofen, aber unsere Haare waren völlig zerzaust, unser Atem ging stoßweise und ich fühlte mich so erschöpft, als sei ich meilenweit gerannt.

Was war das? Eine weitere Vision? Aber sie war anders gewesen. Mächtiger. Und Rose hatte sie geteilt.

»Geht es dir gut?«, fragte ich sie. Meine Stimme zitterte.

Rose nickte und schaute mich ernst an. »Und dir?«

Gerade als ich antworten wollte, brandete Jubel auf. Erschrocken zuckte ich zusammen und drehte mich um, weg vom Ofen und in Richtung des Waldes. In die Richtung, in die Margarete gerannt war.

Margarete ist tot, dachte ich traurig. Aber dann sah ich sie, wie sie mit großen Schritten den Garten durchquerte. So lange die Vision uns auch verschlungen hatte, hier, in der Realität, war die Zeit offenbar nicht verstrichen. Margarete hatte sich

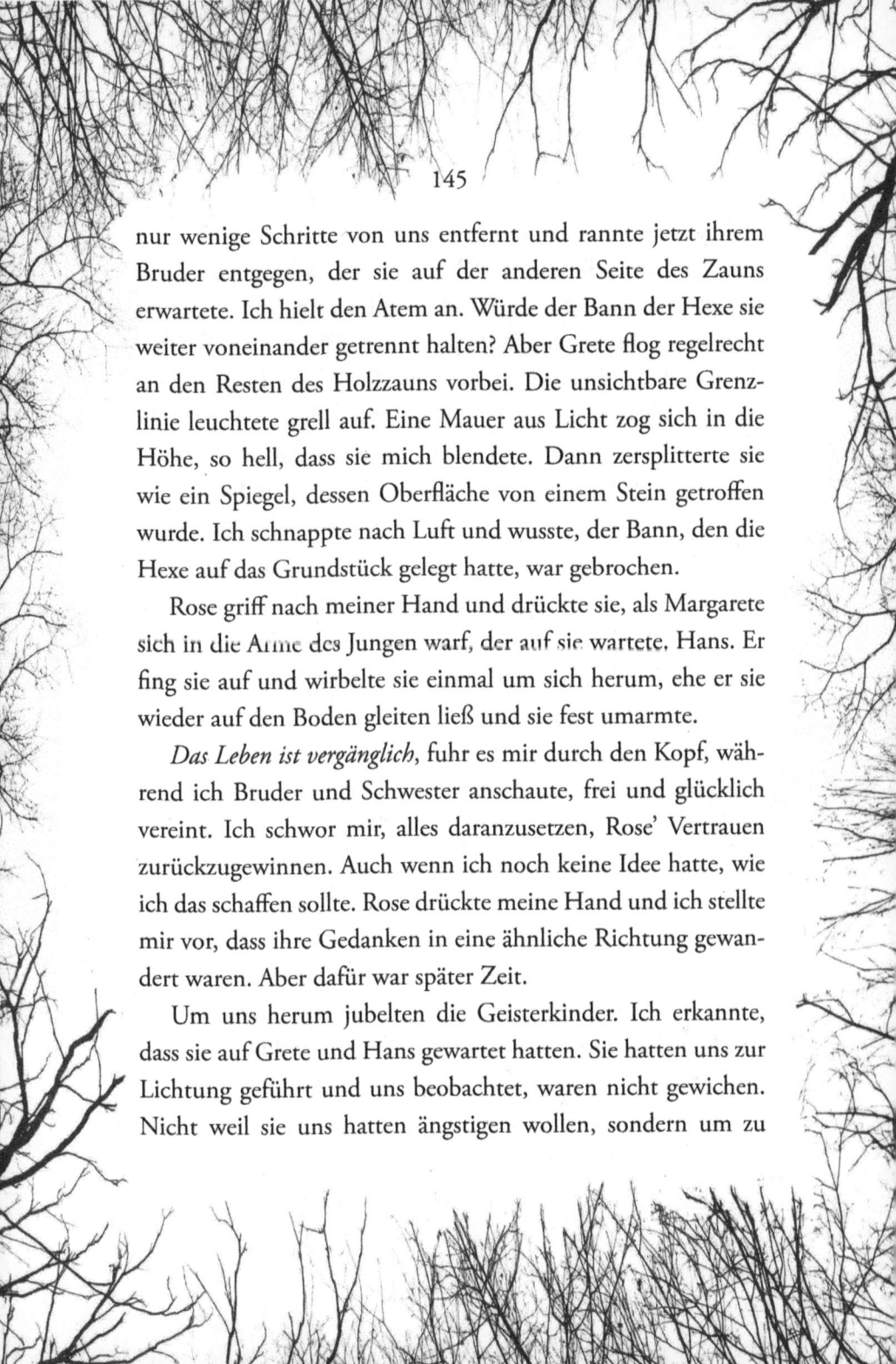

nur wenige Schritte von uns entfernt und rannte jetzt ihrem Bruder entgegen, der sie auf der anderen Seite des Zauns erwartete. Ich hielt den Atem an. Würde der Bann der Hexe sie weiter voneinander getrennt halten? Aber Grete flog regelrecht an den Resten des Holzzauns vorbei. Die unsichtbare Grenzlinie leuchtete grell auf. Eine Mauer aus Licht zog sich in die Höhe, so hell, dass sie mich blendete. Dann zersplitterte sie wie ein Spiegel, dessen Oberfläche von einem Stein getroffen wurde. Ich schnappte nach Luft und wusste, der Bann, den die Hexe auf das Grundstück gelegt hatte, war gebrochen.

Rose griff nach meiner Hand und drückte sie, als Margarete sich in die Arme des Jungen warf, der auf sie wartete, Hans. Er fing sie auf und wirbelte sie einmal um sich herum, ehe er sie wieder auf den Boden gleiten ließ und sie fest umarmte.

Das Leben ist vergänglich, fuhr es mir durch den Kopf, während ich Bruder und Schwester anschaute, frei und glücklich vereint. Ich schwor mir, alles daranzusetzen, Rose' Vertrauen zurückzugewinnen. Auch wenn ich noch keine Idee hatte, wie ich das schaffen sollte. Rose drückte meine Hand und ich stellte mir vor, dass ihre Gedanken in eine ähnliche Richtung gewandert waren. Aber dafür war später Zeit.

Um uns herum jubelten die Geisterkinder. Ich erkannte, dass sie auf Grete und Hans gewartet hatten. Sie hatten uns zur Lichtung geführt und uns beobachtet, waren nicht gewichen. Nicht weil sie uns hatten ängstigen wollen, sondern um zu helfen. Weil sie Hans und Margarete zusammenbringen wollten. Rose und ich sahen voller Staunen zu, wie der Junge und das Mädchen sich an den Händen fassten und durch das hohe Gras der Lichtung zum Waldrand eilten. Die anderen Geisterkinder folgten ihnen. Margarete und ihr Bruder blickten kein einziges Mal zurück zum Hexenhaus. Im hellen Licht der Mittagssonne war es gar nicht so einfach auszumachen, bei welchem flackernden Licht es sich um wen handelte. Bald hatte die Masse der Geister sowohl Hans als auch Margarete verschluckt. Man mochte meinen, die Kinder hätten geweint, mit ihrem Schicksal gehadert, gemeinsam getrauert und ihre Mörderin verflucht. Aber alles, was vom Wald her zu uns herüberdrang, waren glückliche Rufe und befreites Lachen. Waren sie erlöst? Ich wollte es glauben. Auch wenn ich noch immer nicht verstand, was es mit den Illusionen und Geistererscheinungen auf sich gehabt hatte, war ich mir recht sicher, dass der Spuk sein Ende gefunden hatte. Rose und ich hatten erfahren, was wirklich geschehen war; wir hatten Margarete gefunden und befreit, unsere Aufgabe war erfüllt. Es mochte nicht die gewesen sein, für welche die Dorfbewohner uns bezahlt hatten, aber der Weg durch den Wald sollte von nun an wieder sicher sein. Ein Sonnenstrahl fiel mir direkt ins Gesicht, blendete mich. Aus den Augenwinkeln sah ich, dass auch Rose ihre Hand hob, um ihre Augen abzuschirmen. Als ich wieder sehen konnte, waren die Geisterkinder verschwunden. Die Lichtung und der Wald lagen

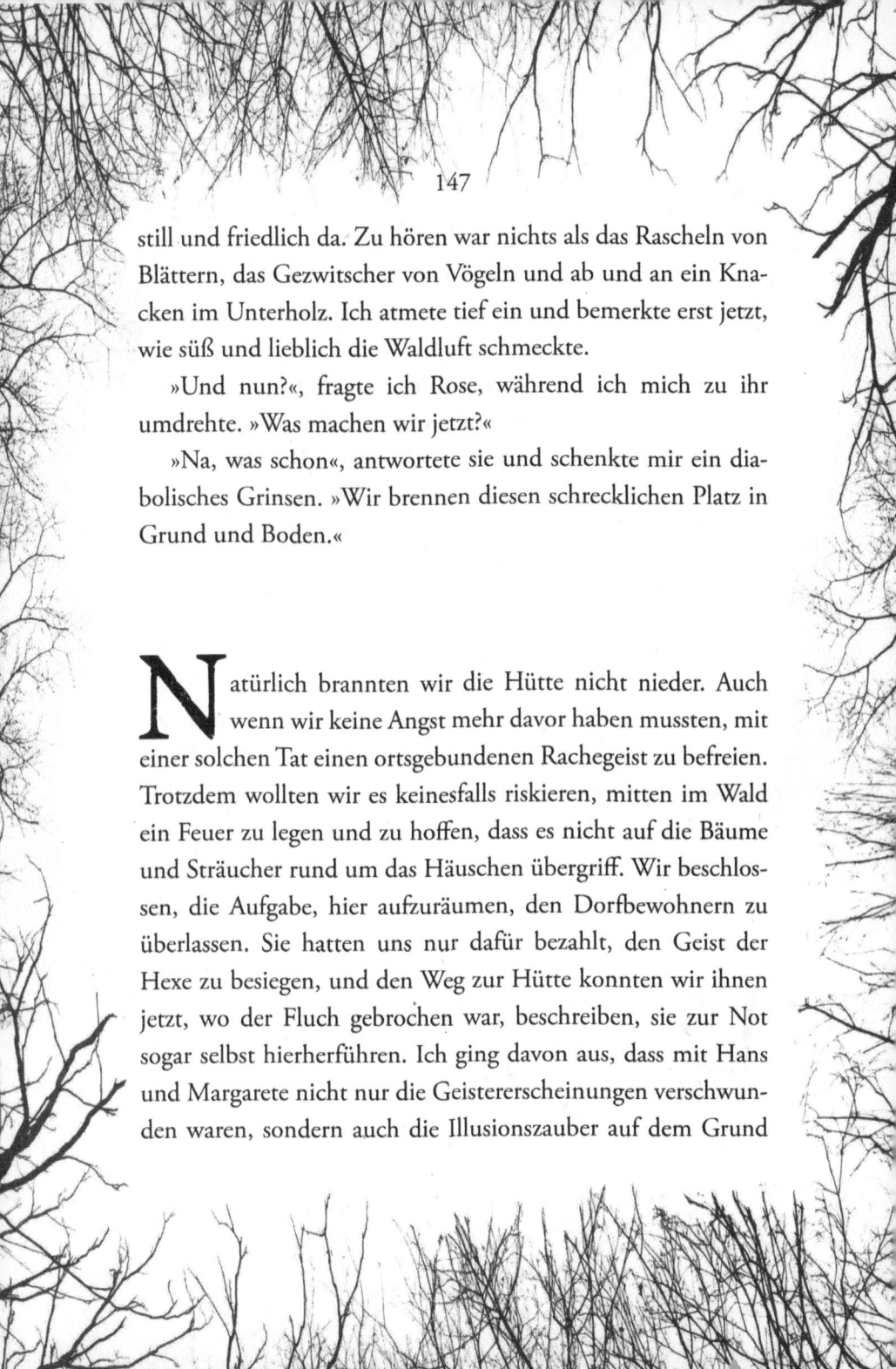

still und friedlich da. Zu hören war nichts als das Rascheln von Blättern, das Gezwitscher von Vögeln und ab und an ein Knacken im Unterholz. Ich atmete tief ein und bemerkte erst jetzt, wie süß und lieblich die Waldluft schmeckte.

»Und nun?«, fragte ich Rose, während ich mich zu ihr umdrehte. »Was machen wir jetzt?«

»Na, was schon«, antwortete sie und schenkte mir ein diabolisches Grinsen. »Wir brennen diesen schrecklichen Platz in Grund und Boden.«

Natürlich brannten wir die Hütte nicht nieder. Auch wenn wir keine Angst mehr davor haben mussten, mit einer solchen Tat einen ortsgebundenen Rachegeist zu befreien. Trotzdem wollten wir es keinesfalls riskieren, mitten im Wald ein Feuer zu legen und zu hoffen, dass es nicht auf die Bäume und Sträucher rund um das Häuschen übergriff. Wir beschlossen, die Aufgabe, hier aufzuräumen, den Dorfbewohnern zu überlassen. Sie hatten uns nur dafür bezahlt, den Geist der Hexe zu besiegen, und den Weg zur Hütte konnten wir ihnen jetzt, wo der Fluch gebrochen war, beschreiben, sie zur Not sogar selbst hierherführen. Ich ging davon aus, dass mit Hans und Margarete nicht nur die Geistererscheinungen verschwunden waren, sondern auch die Illusionszauber auf dem Grund

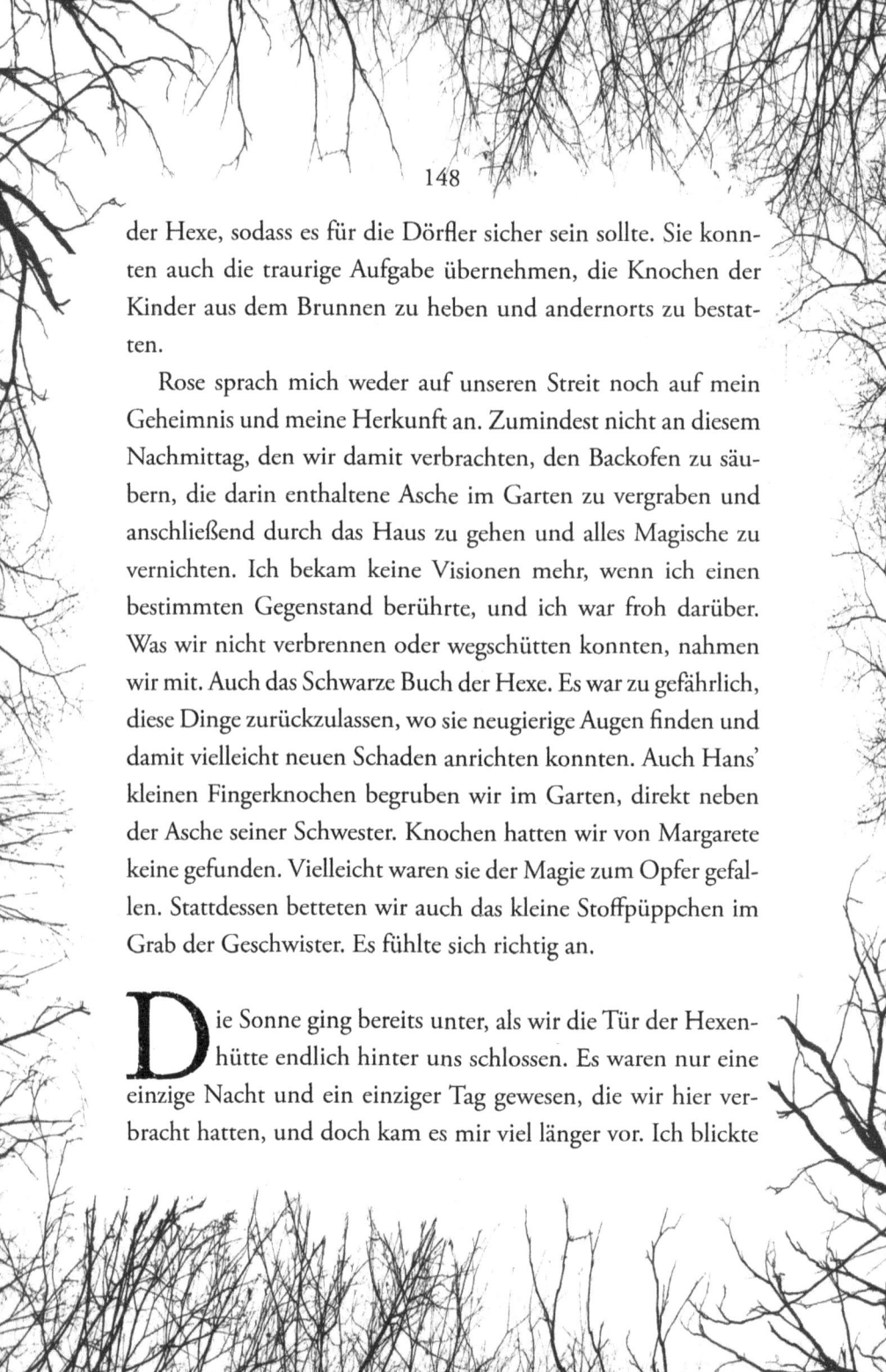

der Hexe, sodass es für die Dörfler sicher sein sollte. Sie konnten auch die traurige Aufgabe übernehmen, die Knochen der Kinder aus dem Brunnen zu heben und andernorts zu bestatten.

Rose sprach mich weder auf unseren Streit noch auf mein Geheimnis und meine Herkunft an. Zumindest nicht an diesem Nachmittag, den wir damit verbrachten, den Backofen zu säubern, die darin enthaltene Asche im Garten zu vergraben und anschließend durch das Haus zu gehen und alles Magische zu vernichten. Ich bekam keine Visionen mehr, wenn ich einen bestimmten Gegenstand berührte, und ich war froh darüber. Was wir nicht verbrennen oder wegschütten konnten, nahmen wir mit. Auch das Schwarze Buch der Hexe. Es war zu gefährlich, diese Dinge zurückzulassen, wo sie neugierige Augen finden und damit vielleicht neuen Schaden anrichten konnten. Auch Hans' kleinen Fingerknochen begruben wir im Garten, direkt neben der Asche seiner Schwester. Knochen hatten wir von Margarete keine gefunden. Vielleicht waren sie der Magie zum Opfer gefallen. Stattdessen betteten wir auch das kleine Stoffpüppchen im Grab der Geschwister. Es fühlte sich richtig an.

Die Sonne ging bereits unter, als wir die Tür der Hexenhütte endlich hinter uns schlossen. Es waren nur eine einzige Nacht und ein einziger Tag gewesen, die wir hier verbracht hatten, und doch kam es mir viel länger vor. Ich blickte

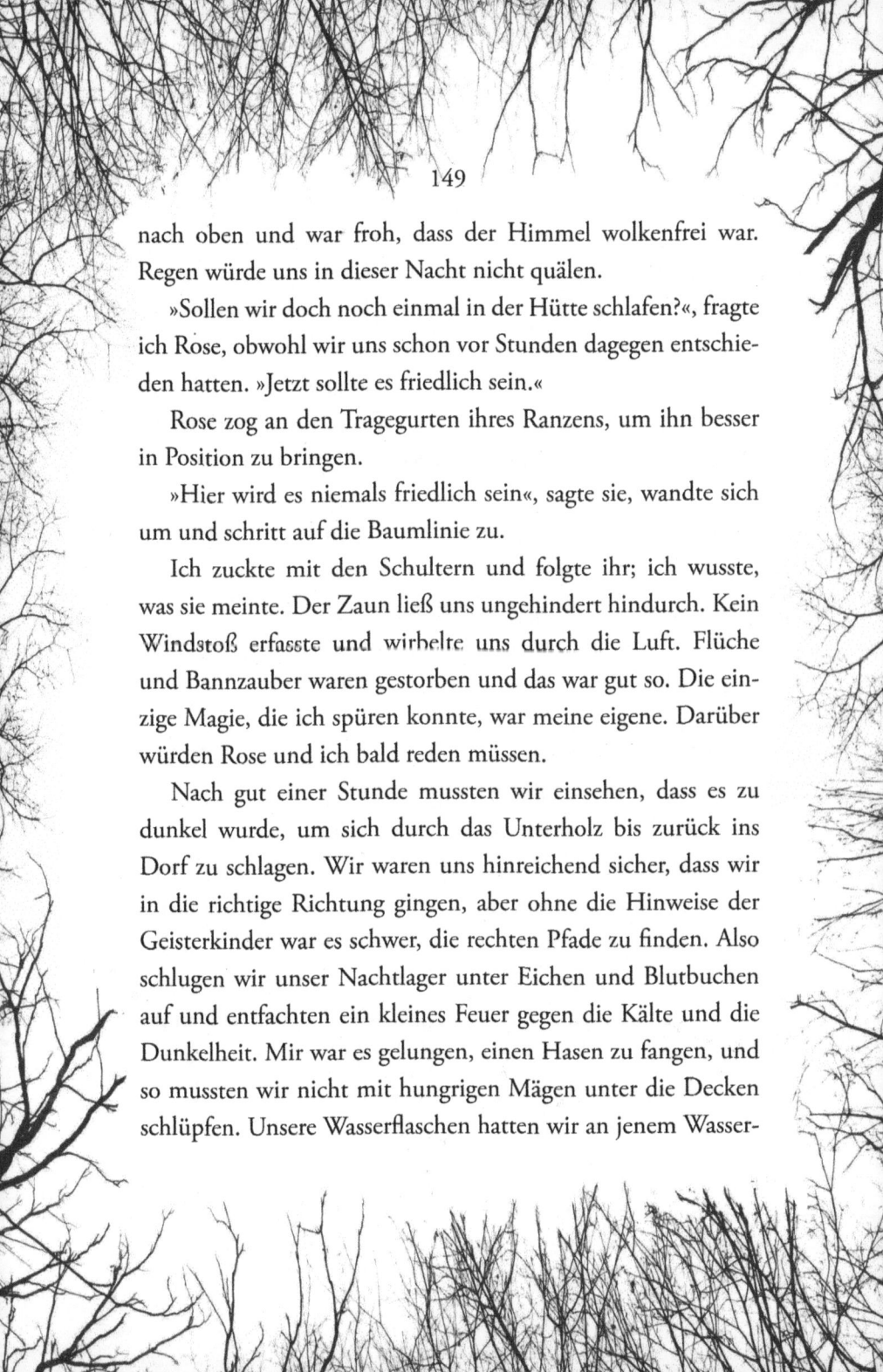

nach oben und war froh, dass der Himmel wolkenfrei war. Regen würde uns in dieser Nacht nicht quälen.

»Sollen wir doch noch einmal in der Hütte schlafen?«, fragte ich Rose, obwohl wir uns schon vor Stunden dagegen entschieden hatten. »Jetzt sollte es friedlich sein.«

Rose zog an den Tragegurten ihres Ranzens, um ihn besser in Position zu bringen.

»Hier wird es niemals friedlich sein«, sagte sie, wandte sich um und schritt auf die Baumlinie zu.

Ich zuckte mit den Schultern und folgte ihr; ich wusste, was sie meinte. Der Zaun ließ uns ungehindert hindurch. Kein Windstoß erfasste und wirbelte uns durch die Luft. Flüche und Bannzauber waren gestorben und das war gut so. Die einzige Magie, die ich spüren konnte, war meine eigene. Darüber würden Rose und ich bald reden müssen.

Nach gut einer Stunde mussten wir einsehen, dass es zu dunkel wurde, um sich durch das Unterholz bis zurück ins Dorf zu schlagen. Wir waren uns hinreichend sicher, dass wir in die richtige Richtung gingen, aber ohne die Hinweise der Geisterkinder war es schwer, die rechten Pfade zu finden. Also schlugen wir unser Nachtlager unter Eichen und Blutbuchen auf und entfachten ein kleines Feuer gegen die Kälte und die Dunkelheit. Mir war es gelungen, einen Hasen zu fangen, und so mussten wir nicht mit hungrigen Mägen unter die Decken schlüpfen. Unsere Wasserflaschen hatten wir an jenem Wasser-

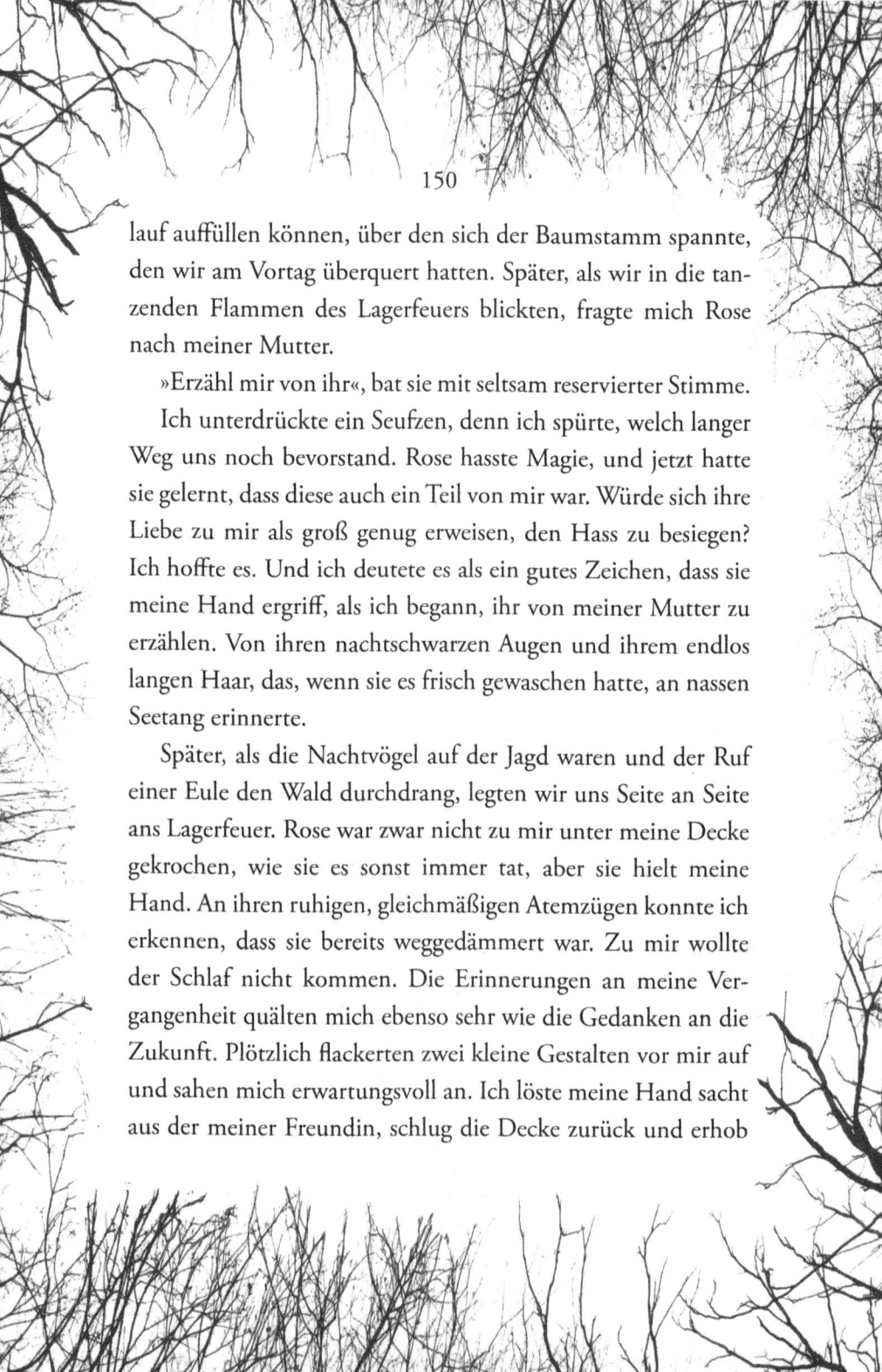

lauf auffüllen können, über den sich der Baumstamm spannte, den wir am Vortag überquert hatten. Später, als wir in die tanzenden Flammen des Lagerfeuers blickten, fragte mich Rose nach meiner Mutter.

»Erzähl mir von ihr«, bat sie mit seltsam reservierter Stimme.

Ich unterdrückte ein Seufzen, denn ich spürte, welch langer Weg uns noch bevorstand. Rose hasste Magie, und jetzt hatte sie gelernt, dass diese auch ein Teil von mir war. Würde sich ihre Liebe zu mir als groß genug erweisen, den Hass zu besiegen? Ich hoffte es. Und ich deutete es als ein gutes Zeichen, dass sie meine Hand ergriff, als ich begann, ihr von meiner Mutter zu erzählen. Von ihren nachtschwarzen Augen und ihrem endlos langen Haar, das, wenn sie es frisch gewaschen hatte, an nassen Seetang erinnerte.

Später, als die Nachtvögel auf der Jagd waren und der Ruf einer Eule den Wald durchdrang, legten wir uns Seite an Seite ans Lagerfeuer. Rose war zwar nicht zu mir unter meine Decke gekrochen, wie sie es sonst immer tat, aber sie hielt meine Hand. An ihren ruhigen, gleichmäßigen Atemzügen konnte ich erkennen, dass sie bereits weggedämmert war. Zu mir wollte der Schlaf nicht kommen. Die Erinnerungen an meine Vergangenheit quälten mich ebenso sehr wie die Gedanken an die Zukunft. Plötzlich flackerten zwei kleine Gestalten vor mir auf und sahen mich erwartungsvoll an. Ich löste meine Hand sacht aus der meiner Freundin, schlug die Decke zurück und erhob

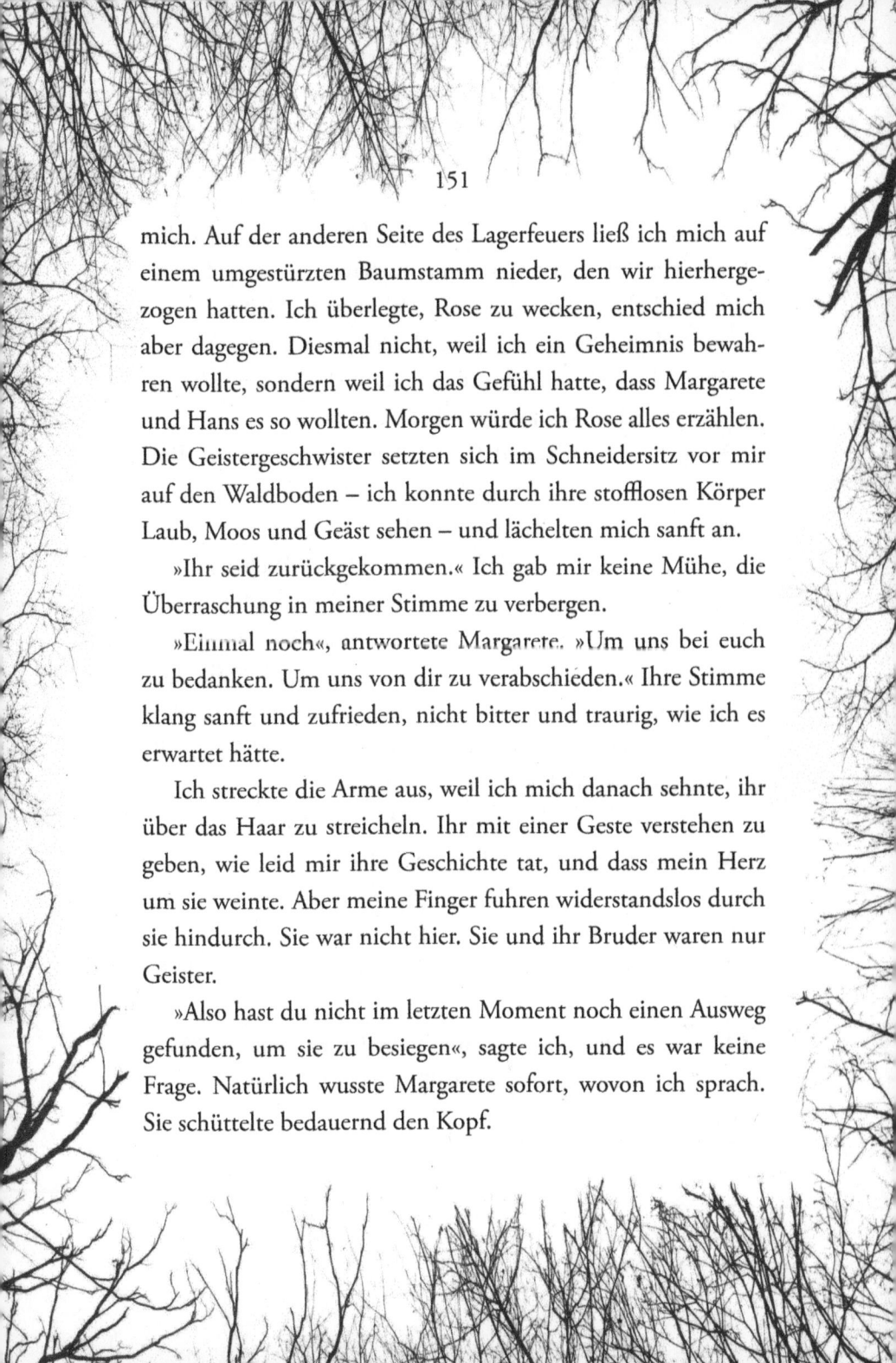

mich. Auf der anderen Seite des Lagerfeuers ließ ich mich auf einem umgestürzten Baumstamm nieder, den wir hierhergezogen hatten. Ich überlegte, Rose zu wecken, entschied mich aber dagegen. Diesmal nicht, weil ich ein Geheimnis bewahren wollte, sondern weil ich das Gefühl hatte, dass Margarete und Hans es so wollten. Morgen würde ich Rose alles erzählen. Die Geistergeschwister setzten sich im Schneidersitz vor mir auf den Waldboden – ich konnte durch ihre stofflosen Körper Laub, Moos und Geäst sehen – und lächelten mich sanft an.

»Ihr seid zurückgekommen.« Ich gab mir keine Mühe, die Überraschung in meiner Stimme zu verbergen.

»Einmal noch«, antwortete Margarete. »Um uns bei euch zu bedanken. Um uns von dir zu verabschieden.« Ihre Stimme klang sanft und zufrieden, nicht bitter und traurig, wie ich es erwartet hätte.

Ich streckte die Arme aus, weil ich mich danach sehnte, ihr über das Haar zu streicheln. Ihr mit einer Geste verstehen zu geben, wie leid mir ihre Geschichte tat, und dass mein Herz um sie weinte. Aber meine Finger fuhren widerstandslos durch sie hindurch. Sie war nicht hier. Sie und ihr Bruder waren nur Geister.

»Also hast du nicht im letzten Moment noch einen Ausweg gefunden, um sie zu besiegen«, sagte ich, und es war keine Frage. Natürlich wusste Margarete sofort, wovon ich sprach. Sie schüttelte bedauernd den Kopf.

»Sie wird ihre Strafe erhalten«, sagte Hans, und klang dabei, trotz seiner hohen Kinderstimme, unglaublich alt und weise. »Gott wird nicht zulassen, dass sie unbeschadet bleibt.«

Ich lächelte ihn traurig an und verkniff mir eine Antwort darüber, wie viel Leid ich bereits auf der Welt gesehen hatte, das nie von irgendeinem Gott gelindert worden war.

Margaretes Geisterhand drückte die seine, ganz so, wie Rose immer die meine. »Es war nicht das Ende«, erklärte sie. »Während mein Körper im Backofen verglühte, brach sich die Magie, die in meinem Herzen schlummerte, ihre Bahn. Woher sie kam, von wem ich sie erbte – ich weiß es nicht. Aber sie schlummerte in mir, und die Hexe muss das gesehen haben. Sie schloss mich im Ofen ein, aber ein Teil meiner Magie entschlüpfte nach draußen. Ich wollte die Hexe aufhalten, ich wollte sie vernichten, aber ich wusste nicht wie. Ich glaube, meine Magie, wild und ungezähmt, fand ihren eigenen Weg.«

Ich nickte und erinnerte mich an die letzte Vision, in der ich zu Wind und Stein und Federn geworden war. »Immerhin hat die Hexe einen Großteil ihrer Macht verloren. Sie hatte keine Zeit mehr, nach ihrem Zauberbuch zu greifen.«

Gretel lächelte. »Und das Medaillon hat sie bei mir im Backofen gelassen.«

Sie streckte die Hand aus und plötzlich baumelte zwischen ihren Fingern das silberne Medaillon, das ich in meinen Visionen gesehen hatte.

»Das ist ihre Kette«, sagte ich. »Ist sie magisch?«

Margarete zuckte mit den Schultern. »Wer weiß. Zumindest war sie ihr sehr wichtig.«

Sie fixierte mich mit festem Blick. »Sie darf ihr niemals wieder in die Hände fallen.«

Ich nickte langsam. Margarete lächelte. Dann ließ sie das Schmuckstück vor mir auf den Boden fallen. »Nimm du es. Dorthin, wohin wir gehen, kann ich es nicht mitnehmen.«

Ich zauderte.

»Du wirst es hüten können«, versprach Margarete. »Beschützen vor ihr. Du besitzt bereits ihr Grimoire.«

Nach kurzem Zögern griff ich zu Boden und klaubte Medaillon und Kette vom Waldboden auf. Bevor ich es mir anders überlegen konnte, steckte ich es schnell in den Beutel, den ich immer noch am Gürtel trug. Dann faltete ich meine Finger ineinander und stützte mein Kinn darauf ab. »Die Dorfbewohner erzählen von dem Geist einer alten Frau, der mit einem Knochen des Nachts die Pfade im Wald unsicher macht.«

Hans grinste. »Das waren wir. Die Geisterkinder und ich.« Seine Miene wurde grimmig. »Es hielt die Leute von der Hütte fern. Es hielt sogar die Hexe von der Hütte fern. Sie traute sich nicht mehr in ihr altes Zuhause. Niemand traute sich mehr in diesen Wald.«

»Aber so konnte euch niemand erlösen«, argumentierte ich. »Habt ihr euch nicht nach Frieden gesehnt? Warum habt ihr

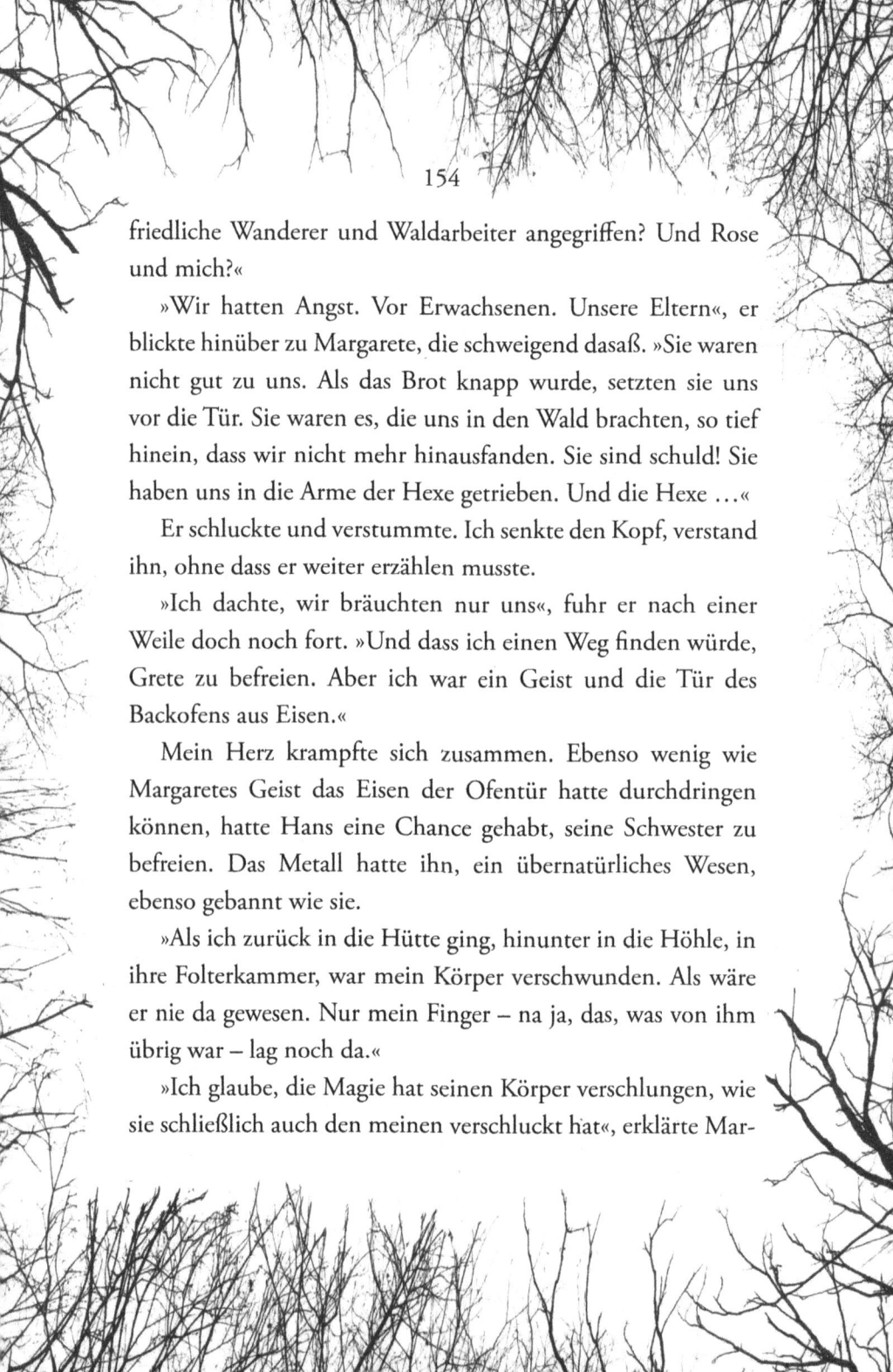

friedliche Wanderer und Waldarbeiter angegriffen? Und Rose und mich?«

»Wir hatten Angst. Vor Erwachsenen. Unsere Eltern«, er blickte hinüber zu Margarete, die schweigend dasaß. »Sie waren nicht gut zu uns. Als das Brot knapp wurde, setzten sie uns vor die Tür. Sie waren es, die uns in den Wald brachten, so tief hinein, dass wir nicht mehr hinausfanden. Sie sind schuld! Sie haben uns in die Arme der Hexe getrieben. Und die Hexe ...«

Er schluckte und verstummte. Ich senkte den Kopf, verstand ihn, ohne dass er weiter erzählen musste.

»Ich dachte, wir bräuchten nur uns«, fuhr er nach einer Weile doch noch fort. »Und dass ich einen Weg finden würde, Grete zu befreien. Aber ich war ein Geist und die Tür des Backofens aus Eisen.«

Mein Herz krampfte sich zusammen. Ebenso wenig wie Margaretes Geist das Eisen der Ofentür hatte durchdringen können, hatte Hans eine Chance gehabt, seine Schwester zu befreien. Das Metall hatte ihn, ein übernatürliches Wesen, ebenso gebannt wie sie.

»Als ich zurück in die Hütte ging, hinunter in die Höhle, in ihre Folterkammer, war mein Körper verschwunden. Als wäre er nie da gewesen. Nur mein Finger – na ja, das, was von ihm übrig war – lag noch da.«

»Ich glaube, die Magie hat seinen Körper verschlungen, wie sie schließlich auch den meinen verschluckt hat«, erklärte Mar-

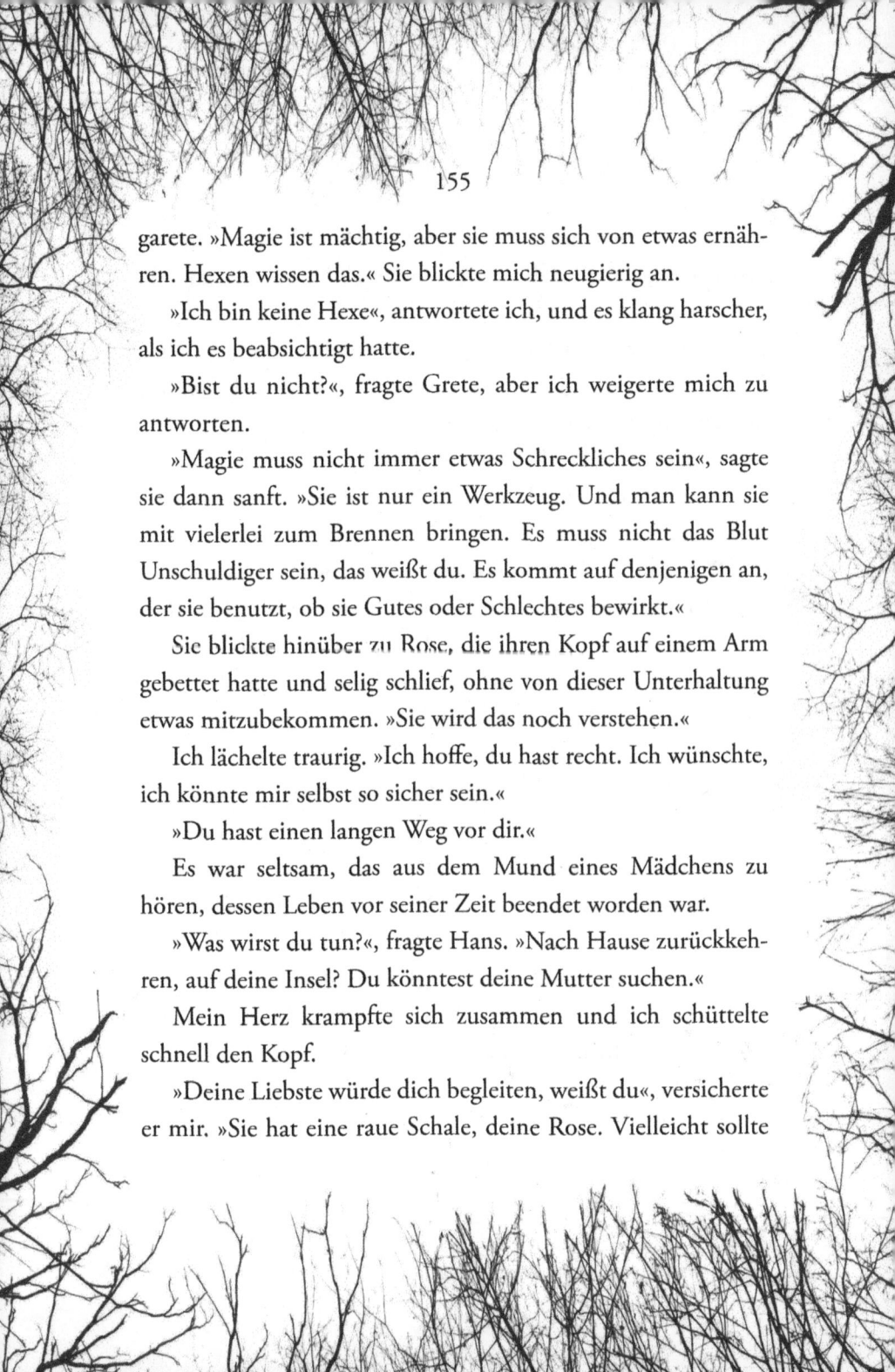

garete. »Magie ist mächtig, aber sie muss sich von etwas ernähren. Hexen wissen das.« Sie blickte mich neugierig an.

»Ich bin keine Hexe«, antwortete ich, und es klang harscher, als ich es beabsichtigt hatte.

»Bist du nicht?«, fragte Grete, aber ich weigerte mich zu antworten.

»Magie muss nicht immer etwas Schreckliches sein«, sagte sie dann sanft. »Sie ist nur ein Werkzeug. Und man kann sie mit vielerlei zum Brennen bringen. Es muss nicht das Blut Unschuldiger sein, das weißt du. Es kommt auf denjenigen an, der sie benutzt, ob sie Gutes oder Schlechtes bewirkt.«

Sie blickte hinüber zu Rose, die ihren Kopf auf einem Arm gebettet hatte und selig schlief, ohne von dieser Unterhaltung etwas mitzubekommen. »Sie wird das noch verstehen.«

Ich lächelte traurig. »Ich hoffe, du hast recht. Ich wünschte, ich könnte mir selbst so sicher sein.«

»Du hast einen langen Weg vor dir.«

Es war seltsam, das aus dem Mund eines Mädchens zu hören, dessen Leben vor seiner Zeit beendet worden war.

»Was wirst du tun?«, fragte Hans. »Nach Hause zurückkehren, auf deine Insel? Du könntest deine Mutter suchen.«

Mein Herz krampfte sich zusammen und ich schüttelte schnell den Kopf.

»Deine Liebste würde dich begleiten, weißt du«, versicherte er mir. »Sie hat eine raue Schale, deine Rose. Vielleicht sollte

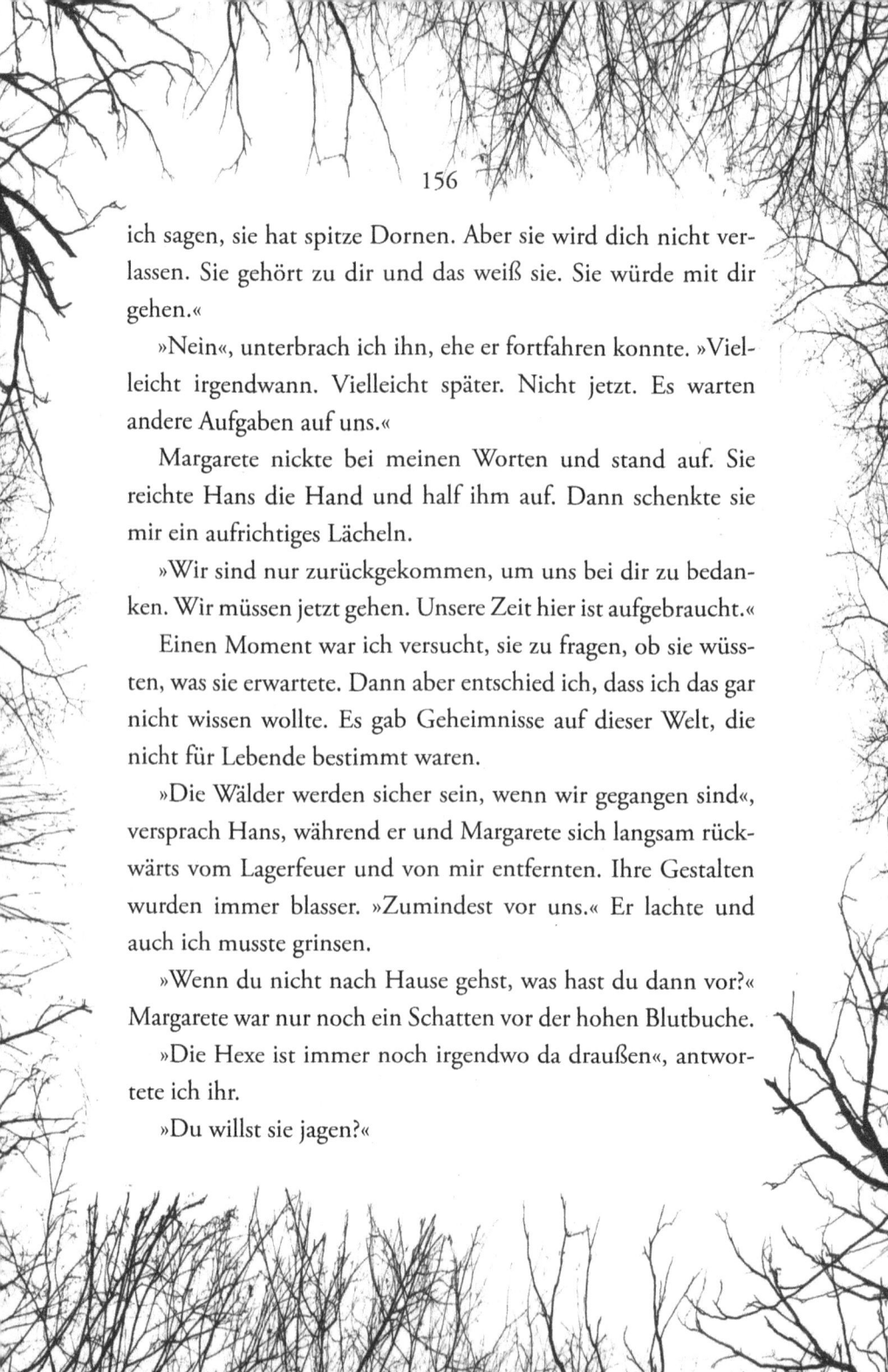

ich sagen, sie hat spitze Dornen. Aber sie wird dich nicht verlassen. Sie gehört zu dir und das weiß sie. Sie würde mit dir gehen.«

»Nein«, unterbrach ich ihn, ehe er fortfahren konnte. »Vielleicht irgendwann. Vielleicht später. Nicht jetzt. Es warten andere Aufgaben auf uns.«

Margarete nickte bei meinen Worten und stand auf. Sie reichte Hans die Hand und half ihm auf. Dann schenkte sie mir ein aufrichtiges Lächeln.

»Wir sind nur zurückgekommen, um uns bei dir zu bedanken. Wir müssen jetzt gehen. Unsere Zeit hier ist aufgebraucht.«

Einen Moment war ich versucht, sie zu fragen, ob sie wüssten, was sie erwartete. Dann aber entschied ich, dass ich das gar nicht wissen wollte. Es gab Geheimnisse auf dieser Welt, die nicht für Lebende bestimmt waren.

»Die Wälder werden sicher sein, wenn wir gegangen sind«, versprach Hans, während er und Margarete sich langsam rückwärts vom Lagerfeuer und von mir entfernten. Ihre Gestalten wurden immer blasser. »Zumindest vor uns.« Er lachte und auch ich musste grinsen.

»Wenn du nicht nach Hause gehst, was hast du dann vor?« Margarete war nur noch ein Schatten vor der hohen Blutbuche.

»Die Hexe ist immer noch irgendwo da draußen«, antwortete ich ihr.

»Du willst sie jagen?«

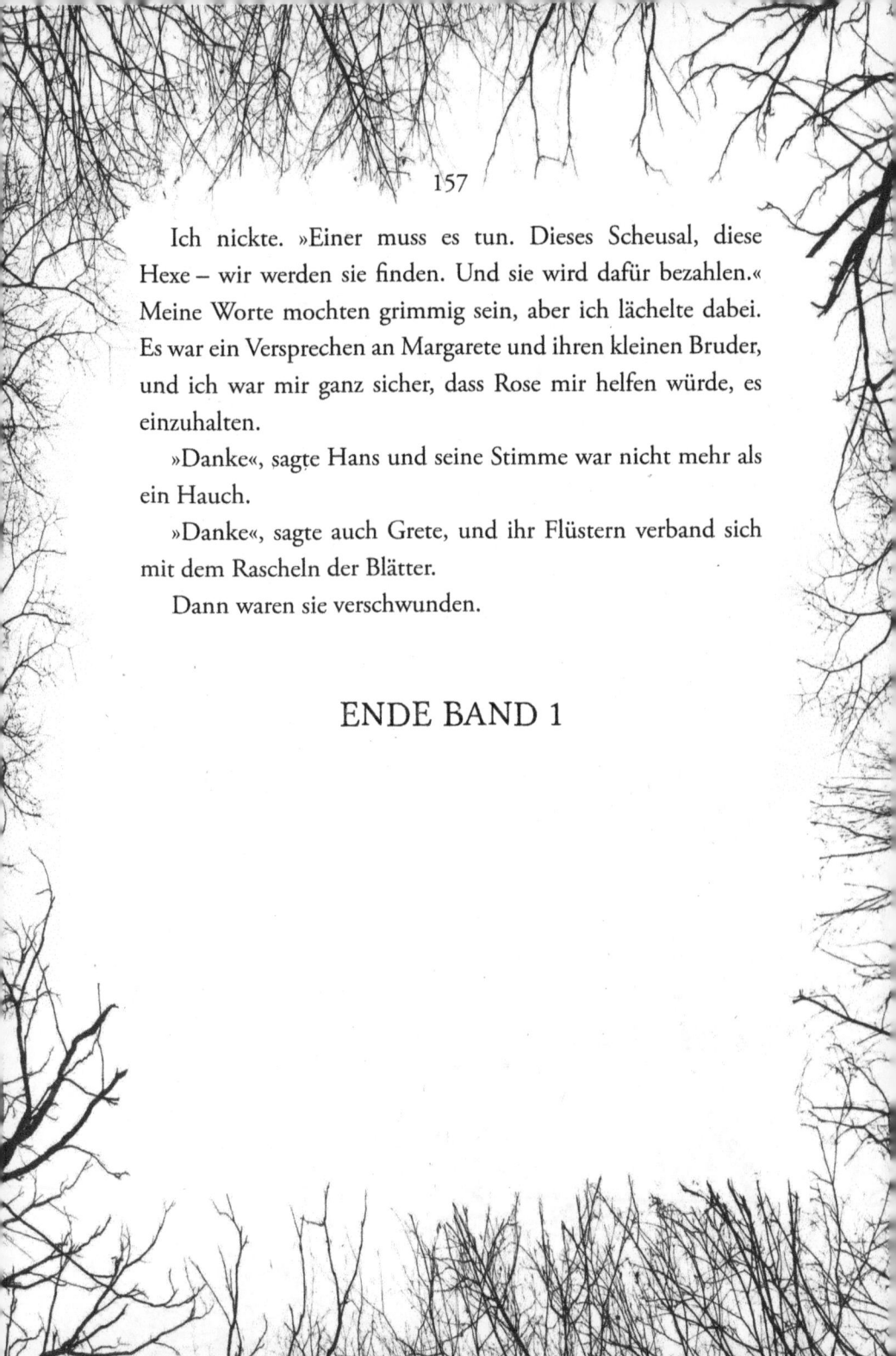

Ich nickte. »Einer muss es tun. Dieses Scheusal, diese Hexe – wir werden sie finden. Und sie wird dafür bezahlen.« Meine Worte mochten grimmig sein, aber ich lächelte dabei. Es war ein Versprechen an Margarete und ihren kleinen Bruder, und ich war mir ganz sicher, dass Rose mir helfen würde, es einzuhalten.

»Danke«, sagte Hans und seine Stimme war nicht mehr als ein Hauch.

»Danke«, sagte auch Grete, und ihr Flüstern verband sich mit dem Rascheln der Blätter.

Dann waren sie verschwunden.

ENDE BAND 1

NACHWORT

Und wenn Schneeweißchen sagte: »Wir wollen uns nicht verlassen«, so antwortete Rosenrot: »So lange wir leben nicht.«

(Schneeweißchen und Rosenrot,

Brüder Grimm: Kinder und Hausmärchen)

Anders als die meisten Märchen, die Jacob und Wilhelm Grimm zusammentrugen, besitzt *Schneeweißchen und Rosenrot* keine jahrhundertealte Tradition mündlicher Überlieferungen. Den *Aschenputtel*-Stoff kannten bereits die alten Griechen und Chinesen. Hänsel und Gretel ähnelt in vielen Elementen Märchen von Kindern, die Menschenfressern in die Hände fallen. Und Varianten von *Schneewittchen* und *Dornröschen* finden sich weltweit.

Nicht so die symbolüberladene Geschichte um zwei mutige Schwestern, die sich mit einem keifenden Zwerg herumschlagen und einem Bären Unterschlupf gewähren. Wilhelm Grimm berichtet, dass *Schneeweißchen und Rosenrot* auf das Märchen *Der undankbare Zwerg* von Karoline Stahl (1776 bis 1837) zurückgeht, welches er benutzt, aber »auf seine Weise erzählt« habe. Übersetzt heißt das bei ihm, er hat das Märchen erweitert, stark an seine eigenen Moralvorstellungen angepasst und um Reime, Sprichwörter und Redensarten ergänzt. Die Rosenbäumchen vor dem Haus der Schwestern kennt Karoline Stahl ebenso wenig wie das Motiv des Tierbräutigams. In ihrer Version besitzen die beiden Mädchen noch beide Eltern und jede Menge Geschwister. Zudem endet Stahl nicht mit einer glänzenden Hochzeit. Nachdem ein Bär (der sich nicht als verzauberter Prinz entpuppt, sondern einfach nur ein wildes Tier ist) den boshaften Zwerg getötet hat, nehmen die Schwestern dessen Schatz an sich und leben mit ihrer bis dahin bettelarmen Familie in behaglichem Reichtum.

Auch ich habe mir für *Rosen und Knochen* große Freiheiten genommen, was das Märchen von Schneeweißchen und Rosenrot angeht. Wenn ihr die Novelle gelesen habt, wisst ihr, dass es sich dabei nicht um eine klassische Adaption der Vorlage handelt. Stattdessen habe ich der Grimm'schen Sammlung Motive entlehnt, um mein eigenes dunkles Märchen zu weben. Ich hoffe, es hat euch gefallen; vielleicht sogar gut genug, um mir zu einem späteren Zeitpunkt erneut in das Reich der Hexenjäger und Dämonenbeschwörer zu folgen.

Denn die Welt der *Hexenwald-Chroniken* ist größer als das kleine Fleckchen, das ich euch diesmal gezeigt habe. Sie ist angelehnt an das mittelalterliche Europa und bevölkert mit zahlreichen klassischen Märchenfiguren. Der Spessart und die Sagen, die sich um ihn ranken, haben mich ebenso inspiriert wie osteuropäische, italienische und französische Volks- und Kunstmärchen. Da es in den Werken von Grimm, Andersen & Co. von Königen und Prinzessinnen nur so wimmelt, ist das Mitteleuropa der *Hexenwald-Chroniken* in zahlreiche Kleinkönigreiche und Fürstentümer zersprengt. Während der Hass auf Hexen in vielen Orten mehr und mehr zunimmt, herrscht über das nördliche Inselkönigreich Albion eine Hexenkönigin und im östlichen Zarenreich hält die mächtige Baba Yaga eine schützende Hand über ihre magiebegabten Schwestern.

Viele Märchenmotive, die euch auf den ersten Blick bekannt vorkommen mögen, habe ich, ebenso wie die Geographie und Geschichte Europas, für die *Hexenwald-Chroniken* verfremdet und frei interpretiert. Schließlich handelt es sich bei ihnen um Fairy Tale-Fantasy.

So ist das Sternbild der Giftigen Nadel, das Muireann Rose nachts im Garten der Hexe zeigt, frei erfunden. Die Geschichte von Königin Silberbaum, die sie ihr dazu erzählt, ist es jedoch nicht. *Goldbaum und Silberbaum* ist ein keltisches Märchen. Dabei handelt es sich um eine Variante des Schneewittchen-Mythos. Dem Märchen zufolge befragt eine eitle Königin namens Silberbaum täglich im Garten ihres Schlosses eine sprechende Kröte, wer die schönste Frau der Welt sei. So sonnt sie sich jahrelang in dem Wissen, dass es niemand äußerlich mit ihr aufnehmen kann. Bis zu dem Tag, an dem ihre leibliche Tochter Goldbaum erwachsen wird. Als die Kröte Silberbaum verkündet, dass Goldbaum schöner ist als sie, verlangt die eifersüchtige Königin von ihrem Gatten, das gemeinsame Kind zu töten. Dieser überlistet seine Gemahlin, indem er Goldbaum mit einem Prinzen aus einem fernen Reich verheiratet. Als Silberbaum jedoch erfährt, dass ihre Konkurrentin noch lebt, reist sie ihrer Tochter hinterher und tötet sie mithilfe einer vergifteten Nadel. Goldbaums Ehemann bringt es nicht über sich, seine geliebte Frau zu beerdigen. Er bewahrt ihren Leichnam im Turm seiner Burg auf – wo Jahre später seine zweite Gemahlin die Tote findet. Sie entfernt die giftige Nadel und erweckt Goldbaum so zu neuem Leben. Anstatt über ihre unerwartete Rivalin wütend zu sein, bietet die zweite Frau dem Prinzen an, ihren Platz zu räumen und ihn kampflos Goldbaum zu überlassen. Doch der König widerspricht. Freimütig erklärt er, nunmehr mit beiden Frauen an seiner Seite herrschen und leben zu wollen. Und nachdem die zweite Frau einen weiteren Mordanschlag durch die eitle Königin Silberbaum verhindert, leben der Prinz und seine beiden Ehefrauen »lang, glücklich und friedvoll« miteinander. Die amerikanische Märchenspezialistin Heidi Anne Heiner glaubt an einen schottischen Ursprung, weshalb ich das Märchen in *Rosen und Knochen* Muireann in den Mund gelegt habe. Heiners Website *surlalunefairytales.blogspot.de* möchte ich übrigens jedem Märchenfan unbedingt ans Herz legen.

Das Lied, das die Geister Muireann vom Waldrand aus zuraunen, ist ebenfalls keine Erfindung von mir, sondern ein altes Kinderlied aus den schottischen Highlands. Ihr findet es im Internet, wenn ihr nach *Highland Fairy Lullaby* sucht. Auch die Sagen über den Ghillie Dhu, dem Geist in den Birken, und von Tom, dem Reimer, der niemals die Unwahrheit sprechen konnte, könnt ihr online nachlesen.

Und falls ihr Lust auf eine weitere Erzählung aus der Welt der Hexenwald-Chroniken verspürt, so freue ich mich, euch mit der nachfolgenden Kurzgeschichte *Der Flötenspieler* bereits heute eine weitere präsentieren zu dürfen.

DER FLÖTENSPIELER

Eine Kurzgeschichte aus der Welt der Hexenwald-Chroniken

Der Flötenspieler saß auf einem Baumstumpf. Sein Gewand war aus grell gefärbten Stoffen gefertigt und auch das Scharlachrot und Orange seines Flickenmantels hob sich leuchtend gegen die triste Herbstlandschaft des Moores ab. In der Hand hielt er achtlos sein Instrument, während er seinen bohrenden Blick auf die junge Frau richtete. Sie stand nur wenige Meter vor ihm und versuchte verzweifelt, ihre Furcht zu verbergen. Aber ihr Körper betrog sie. Er konnte die Angst in ihren geweiteten Augen und an ihren Händen ablesen, die verkrampft ein kleines Bündel aus verblichener Wolle an ihren Bauch pressten. Sie war ein unscheinbares Ding: blasse, sommersprossige Haut, wässrige Augen, das dunkelblonde Haar zu zwei Zöpfen geflochten, die sie zu beiden Seiten ihres Kopfes als Schnecken aufgesteckt hatte. Er hatte sie bereits in einer Pfütze beobachtet, seit sie das Moor betreten hatte, aber Einzelheiten hatte er in dem schlammverwirbelten Wasser nicht erkennen können. Genüsslich hatte er zugesehen, wie sie zunehmend verzweifelter durch die tückische Umgebung wanderte. Erst nach einer Weile hatte er die Irrlichter ausgesandt, um sie zu sich zu locken. Am Pochen ihrer Halsschlagader konnte der Flötenspieler erkennen, wie sehr ihr Herz raste. Einen Augenblick lang weidete er sich noch an ihrer Furcht, dann streckte er ruckartig einen Arm nach vorne und deutete mit seiner beinernen Flöte auf sie.

»Was willst du?«, fragte er barsch.

Er konnte sehen, dass sie am liebsten auf dem Absatz herumgewirbelt wäre, aber sie beherrschte sich. Mehr noch: Beeindruckt stellte er fest, dass sie seinen Blick erwiderte. Ihre blauen Augen wirkten mit einem Mal viel weniger wässrig. Eher stählern. Er hob überrascht eine Augenbraue.

»Ich will die Kinder aus Hameln zurück«, presste sie hervor. Sie konnte das Zittern in ihrer Stimme nicht ganz unterdrücken, aber sie sprach laut und deutlich.

»Hameln?«

»Ihr seid vor wenigen Monaten dort gewesen«, antwortete sie. »Ich weiß, dass Ihr es wart.«

Der Flötenspieler lachte keckernd. »Und wenn ich es war?«

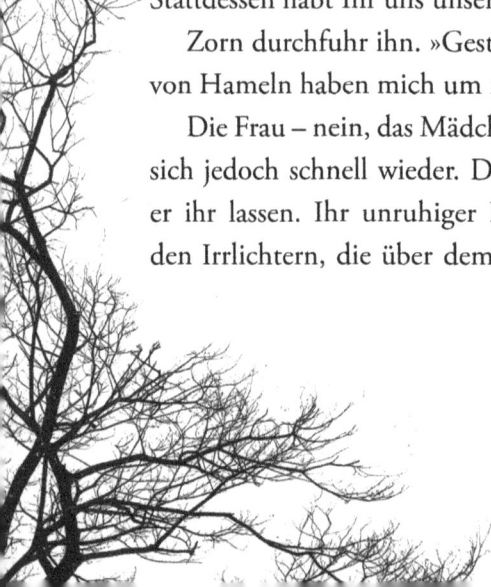

»Ihr habt versprochen, die Stadt von den Ratten zu befreien. Stattdessen habt Ihr uns unsere Kinder gestohlen!«

Zorn durchfuhr ihn. »Gestohlen?!«, fauchte er. »Die Bürger von Hameln haben mich um meinen Lohn geprellt.«

Die Frau – nein, das Mädchen – zuckte vor ihm zurück, fing sich jedoch schnell wieder. Die Kleine hatte Mut, das musste er ihr lassen. Ihr unruhiger Blick streifte über das Moor zu den Irrlichtern, die über dem sumpfigen Wasser tanzten. Mit einer Hand nestelte sie in ihrem Bündel herum und fischte eine speckige, abgegriffene Lederbörse heraus.

»Hier«, sagte sie und streckte sie ihm entgegen. »Darin sind vierzig Taler. Zehn mehr als der versprochene Lohn. Nehmt sie. Nehmt das Geld und gebt uns unsere Kinder zurück. Bitte.«

Das Moor schien den Atem anzuhalten. Kein Wind wehte über die Lichtung. Selbst die Irrlichter erstarrten zu leblosen Flämmchen erstarrt. Dann schnaubte er laut und sah, wie die Hoffnung, die auf ihrem Gesicht erblüht war, wieder erstarb.

»Behalte dein Geld«, sagte er ruppig. »Ich brauche es nicht. Hab es nie gebraucht. Schau her!«

Geschwind setzte er die Flöte an die Lippen und blies hinein. Der hohe, fast schrille Ton, den er erzeugte, hallte unwirklich im Moor wider. Dann griff er mit der Linken in ein strohiges Grasbüschel zu seinen Füßen, riss einige Halme aus der Erde und streckte die Faust in die Höhe. Er schloss die Augen und beschwor das blaue Feuer herauf, das seine Magie nährte. Er wusste, dass draußen über dem Sumpf die Irrlichter hektisch hin und her schwirrten. Er brauchte sie nicht zu sehen, um zu wissen, dass eines unter ihnen auf einmal blendend hell aufleuchtete und zu einem Nichts verglühte. Seine Macht war verbraucht; an ihm hatte er sich bereits zu oft bedient. Als er die Augen wieder öffnete, hatte sich das Gras in seiner Hand in Gold verwandelt.

»Hier«, sagte er und warf ihr achtlos die Goldfäden vor die Füße. »Nimm es. Ich brauche es nicht.«

Ungläubig starrte die Menschenfrau auf das verwandelte Gras. Aber sie machte keine Anstalten, sich danach zu bücken. Beherzt ging sie auf ihn zu, schritt über das kleine Vermögen zu ihren Füßen hinweg und streckte ihm die Geldbörse erneut entgegen.

»Nehmt es! Wir hatten einen Handel.«

»Den ihr gebrochen habt.«

»Wir … ich … Aber ich habe sonst nichts, was ich Euch anbieten könnte.«

Er zuckte mit den Schultern. »Dann geh.«

Wieder führte er sein Instrument an die Lippen. Die Irrlichter über dem Moor zitterten erneut aufgeregt. Die Fremde verstaute die Börse in ihrem Bündel. Dann heftete sie ihren Blick auf ihn.

»Nein«, sagte sie fest. »Ich kann nicht gehen. Nicht ohne meinen kleinen Jungen. Ich will ihn zurück.«

»Deinen Jungen?«

Sie nickte heftig. »Mein Sohn. Er ist eines der Kinder aus Hameln, die Ihr gestohlen habt.«

»Du hast nichts, was du mir anbieten könntest«, spottete er.

»Ihr könnt mich haben.«

Wie amüsant.

»Nicht interessiert.«

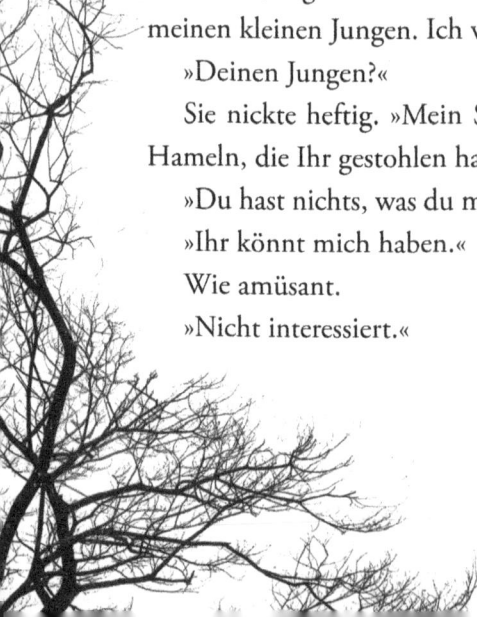

»Bitte.« Sie sank vor ihm auf die Knie. Die Feuchte des Bodens fraß sich sofort in den Stoff ihres Kleides und verfärbte ihn dunkel. »Er ist mein Liebstes! Er ist alles, was mir von seinem Vater geblieben ist.«

Der Flötenspieler legte zornig die Stirn in Falten: »Wie sehr kannst du ihn geliebt haben? Du hast ihn allein gelassen. Ihr Weiber seid doch alle gleich. Ihr nennt euch Mütter, aber ihr kümmert euch nicht um die kleinen Würmchen, die ihr euch aus dem Leib presst. Bei mir geht es ihm besser, ihm und seinen Kameraden. Schau sie dir an!«

Wütend riss er den Arm herum und deutete zu den Irrlichtern, die unruhig über dem brackigen Wasser schwebten. »Schau, wie sie tanzen und sich im Kreis drehen. Sie sind glücklicher bei mir.«

Ihre Stimme klang flach und emotionslos, als sie antwortete: »Ihr habt sie in Irrlichter verwandelt.«

Er glaubte schon, sie geschlagen zu haben, doch dann kehrte das Feuer in ihre Augen zurück. »Ich hätte ihn nicht allein lassen dürfen, ich weiß. Aber es ist schwer allein, als junge Witwe mit einem Kind. Ich musste bei der Herrschaft arbeiten und habe ihn nicht mitnehmen können. Gebt ihn mir zurück, ich flehe Euch an: Gebt ihn mir zurück!«

Einen Augenblick starrte der Flötenspieler sie schweigend an.

»Du langweilst mich, Weib«, sagte er schließlich. »Troll dich deiner Wege.«

»Und wenn ich Euch ein Spiel anbiete?«

Er hob überrascht den Kopf. Sie legte ihr Bündel zur Seite und stützte sich mit den Händen ab, um sich wieder aufzurichten. »Ein Spiel«, wiederholte sie und schritt mutig weiter auf ihn zu. »Ihr liebt Rätsel und Spiele, nicht wahr?«

Es war ein letzter, verzweifelter Versuch, ihn umzustimmen. Und doch ... Wie lange hatte niemand mehr mit ihm gespielt? Er wusste, dass seine Augen leuchteten – und sie konnte es ebenfalls sehen. Er legte die Flöte auf seine Oberschenkel und stemmte seine Hände auf seine beiden Knie. »An was hast du gedacht?«

Sie räusperte sich. »Ihr gebt mir meinen Sohn zurück ... wenn ich Euren Namen errate.«

Eine Weile lang musterte er das dumme Ding abschätzig. Dann stahl sich ein Grinsen auf sein Gesicht. »Ein Rätselspiel, soso.« sagte er. »Und was bekomme ich, wenn du ihn nicht errätst?«

Sie zuckte mit den Schultern. »Das Geld. Mein Hab und Gut. Mich. Was spielt das für eine Rolle? Wenn ich mein Herz nicht zurückerhalte, ist alles andere auch egal.«

Er legte seinen Kopf schief und trommelte mit seinem Instrument auf dem Knie.

»Du bist dir ganz sicher?«, fragte er.

Das Mädchen schluckte, nickte dann aber heftig. »Ja«, stieß es hervor.

Der Flötenspieler schnellte in die Höhe und machte einen Satz nach vorne, die Hand der Menschenfrau entgegengestreckt. Die zuckte zurück und taumelte zwei, drei Schritte nach hinten, ehe sie sich wieder fing. Er weidete sich an dem köstlichen Keim des Zweifels, der in ihren Augen aufglomm, an ihrer Ahnung, wie gefährlich dieser Handel für sie war. Aber sie hatte wenig zu verlieren und viel zu gewinnen. Sie würde nicht aufgeben. Er war nicht überrascht, als auch sie die Hand ausstreckte und die seine ergriff. »Der Handel gilt.«

Mit einem triumphierenden Lachen löste er sich aus ihrem Griff und wich tänzelnd ein paar Schritte zurück, brachte wieder Abstand zwischen sie beide. Die Fransen seines Flickenmantels tanzten wie Flammen in der Luft. Die Irrlichter über dem See hingegen erstarrten zu Eis.

»Du bist ein mutiges Ding, das muss ich dir lassen.« Langsam ließ er sich wieder auf der Baumwurzel nieder. »Also gut. Ich gebe dir drei Tage Zeit. Sieh, was du bis dahin ausrichten kannst. In drei Tagen magst du wieder hierherkommen. Drei Versuche gewähre ich dir. Drei Namen darfst du nennen. Rätst du richtig, gehört dein Kind dir. Und jetzt verschwinde.«

Er führte sein beinernes Instrument an die Lippen, um ein Lied anzustimmen, doch noch ehe der erste Ton sich in die Luft erhob, schüttelte die Menschenfrau störrisch den Kopf. Ihre wasserblauen Augen blitzten triumphierend auf.

»Ich brauche keine drei Tage«, erklärte sie. Ihre Stimme schnitt durch die Luft wie ein Messer aus kalt geschmiedetem Eisen. »Ich brauche auch keine drei Versuche. Ich kenne Euren Namen und ich kann ihn Euch nennen. Hier. Heute. Jetzt!«

»Hier und jetzt? Also gut.« Er legte die Flöte auf ein Bett aus weichem Moos, verschränkte die Arme vor der Brust und musterte sie kalt. »Dann mal los. Wie heiße ich?«

»Ich kenne Euch« sagte die Menschenfrau. »Und ich habe keine Angst vor Euch.«

Beinahe hätte er laut aufgelacht, denn er konnte sehen, dass jede Faser ihres Körpers danach schrie, die Beine in die Hand zu nehmen und davonzurennen. Dennoch ließ er ihr ihren vermeintlichen Triumph. Unmöglich, dass sie wusste …

»Ihr seid der Flötenspieler«, schleuderte sie ihm da entgegen. »Ihr seid der Rattenfänger und Ihr habt die Kinder von Hameln gestohlen.« Mit jedem Wort wurde ihre Stimme fester: »Ihr seid ein Falschspieler. Ihr habt Bauern und Herrscher belogen und Müllerinnen und Königinnen um ihre Kinder betrogen. Ihr seid ein Kinderdieb, heraufgefahren aus der tiefsten Hölle. Ihr seid der Herr der Moore, ein Meister der Lüge, ein Diener des Teufels und Ihr besitzt etwas von seiner Zauberkraft.«

Er verspannte sich, seine Hände verkrampften sich und es fiel ihm schwer, nicht zu seiner Flöte zu greifen und mit einem schrillen Ton eines seiner Irrlichter zu rufen, um die freche

Dirne zum Schweigen zu bringen. Sie wusste zu viel. Doch sie fuhr unbeirrt fort: »Ich kenne Euren wahren Namen, König der Irrlichter, und deshalb habt Ihr keine Macht über mich.« Mit ausgestrecktem Zeigefinger schritt sie auf ihn zu. »Ihr heißt Rumpelstilzchen! Und ich verlange meinen Sohn von Euch zurück; unversehrt und in menschlicher Gestalt.«

Einen schrecklichen Augenblick lang herrschte Schweigen. Selbst der Wind, der durch die Gräser und die Äste der Birken hinter ihnen fuhr, trug keinerlei Geräusch zu ihnen.

Dann warf der Flötenspieler seinen Kopf in den Nacken und brach in schallendes Gelächter aus.

Das Mädchen warf ihm einen verunsicherten Blick zu. Er aber griff nach seiner Flöte und stand wieder von seinem hölzernen Thron auf.

»Du dumme, dumme Gans!« beschimpfte er sie. Das Lachen war verstummt und er sprach langsam und bedrohlich. »Nichts weißt du. Gar nichts.« Er baute sich vor ihr auf, riss das Stoffbündel an sich und schleuderte es hinaus aufs Moor, wo es mit einem dumpfen Platschen aufkam und langsam versank. Mit der Spitze der Flöte stieß er gegen ihre Brust und als sie begann, langsame Schritte nach hinten zu machen, trieb er sie mit dem Instrument unerbittlich vor sich her.

»Ammenmärchen und alte Geschichten! Hast du wirklich geglaubt, mich dadurch besiegen zu können?« Wieder lachte er. Wie köstlich ihre Furcht war. Fast konnte er sie schmecken.

Als sie über eine Wurzel stolperte und mit beiden Armen verzweifelt in der Luft ruderte, machte er keine Anstalten, ihr zu
helfen. Unsanft landete sie im Dreck.

»Aber …«

»Nichts aber!«, keifte er und stellte sich breitbeinig vor ihr
hin. Obwohl er nur ein kleiner Kerl war, nicht viel größer als
ein Menschenkind, ragte er vor ihr auf wie ein Turm. »Wie
dumm ihr Menschen doch seid. Wer hat dir diese Geschichte
erzählt? Deine Großmutter?«

Sie schüttelte verbissen den Kopf. »Eine Wäscherin aus dem
Schloss.«

Als er sie schweigend musterte, fuhr sie fort. »Sie hat mir
von der Urgroßmutter des Königs erzählt. Von Eurem Handel.
Das Stroh, das Ihr zu Gold gesponnen habt.«

»Eine schöne Geschichte«, höhnte er. »Für die Dummen
und Narren unter euch! Ein Märchen, das ist es, was die diese
Dirne daraus gemacht hat.« Mit einer herrischen Geste und
einem weiteren kurzen Ton aus seiner Flöte befehligte er ein
Irrlicht zu sich. Beinahe widerwillig löste sich sein dienstbarer
Geist aus der Gruppe und schwebte zu ihm herüber. Als es
endlich heran war und neben seinem Kopf flackerte, richtete er
seinen Blick wieder auf die Menschenfrau. »Sie war schlauer als
du. Wenn mein Name wirklich Rumpelstilzchen wäre, glaubst
du dann, ich würde jetzt hier vor dir stehen? Wäre ich dann
nicht hinabgefahren in die tiefste Hölle, von der du glaubst,

dass ich aus ihr gekommen bin? Oder auf einem Kochlöffel davongeritten in die Schwärze der Nacht, um nie wiederzukehren? Hätte ich mich nicht in zwei Hälften gerissen? Ist es nicht das, was sie erzählen?« Er brach in irres Gelächter aus. »Du nennst mich den Meister der Lüge, aber es sind die Menschen, die Lügner sind. Hast du das nicht gewusst? Deine edle Königin aus der Geschichte, sie war eine Lügnerin. Wie ihr Vater. Sie hat meinen Namen nicht erraten. Sie hat ihr Kind nicht behalten. Ich habe es mitgenommen. Hier schwebt es vor dir.« Er deutete auf das Irrlicht, das in der Luft zitterte. »Königsblut«, zischte er. »Altes Blut. Es enthält so viel mehr Magie als die Seelen der anderen. Schon viele Jahre ist es in meiner Gewalt, und noch immer ist es stärker als die meisten seiner Geschwister.«

Das Mädchen schüttelte den Kopf. »Ihr habt Prinz Johann nicht geraubt. Als König hat er das Land weise und gut regiert.«

»Auf dem Thron saß ein Bauernlümmel, du Dummkopf. Die Müllerspute hat das einzig Vernünftige gemacht, was sie tun konnte: Nachdem ich mir ihr Kind genommen habe, hat sie es mir gleichgetan. Das Kind einer armen Bäuerin hat sie sich gegriffen, geraubt von einer ehrlosen Hebamme, die erst mit reichlich Gold entlohnt wurde und dann mit dem kalten Kuss eines Messers. Glaubst du, das Volk hätte *sie* auf dem Thron geduldet? Eine Frau, die ihr eigenes Kind an einen *Dämon* verkauft? Glaubst du, der König hätte sie dann noch in seine Arme geschlossen? Sie wusste, was zu tun war. Und seither sitzen auf eurem kostbaren Thron die Söhne von Bauern.«

»Das kann nicht sein«, murmelte sie. »Das darf nicht wahr sein.«

»Aber es ist wahr, mein Liebchen. Und damit ist unser Handel besiegelt.«

Noch ehe sie etwas erwidern konnte, hatte der Flötenspieler sein Instrument an die Lippen gehoben und ihm eine durchdringende Tonfolge entlockt. Die Gestalt des Mädchens vor ihm begann zu verschwimmen und löste sich alsdann in Luft auf. Ein Meter über der Stelle, auf der sie gesessen hatte, tanzte ein neues Irrlicht in der Luft.

»Schwaches Blut«, zischte der Flötenspieler. »Du warst zu alt. Eure Macht verbraucht sich schnell, wenn ihr den Kinderschuhen entwachsen seid, und du wirst meine Magie kaum nähren. Aber Handel ist Handel und ein wenig Magie ist besser als gar keine.«

Mit einer Kopfbewegung schickte er sie in Richtung der Irrlichter über dem Moor. »Na los, ab mit dir zu den anderen, bis ich dich wieder rufe. Vielleicht findest du dort ja sogar deinen Sohn. Falls er noch nicht verglüht ist.«

Er beobachtete, wie die kleine blaue Flamme zusammen mit dem Königsblut langsam dem Meer der Irrlichter entgegenschwebte und schließlich von ihm verschluckt wurde. Das Mädchen wurde zu einem unscheinbaren Licht von vielen,

Brennstoff für seinen Zauber. Dann drehte er sich um und ging zu seinem Sitzplatz zurück. Menschen waren so berechenbar. Sie glaubten, ihnen gehöre die Welt und doch wussten sie gar nichts. Sie erzählten sich alte Geschichten, ohne daraus zu lernen. Stattdessen verdrehten sie diese bis zur Unkenntlichkeit, und das nur, weil sie nichts so sehr liebten wie ein gutes Ende. Generation um Generation erzählten sie sie ihren Kindern und Kindeskindern, immer eine Spur weniger grausam, immer mehr geschönt, um sie zu trösten und zu verzaubern. Dabei vergaßen sie den Sinn, den die alten Geschichten wirklich gehabt hatten: Vor den Monstern zu warnen, die im Schatten lauerten.

Monster, wie er eines war. Wesen, die nie die Liebe einer Mutter erfahren hatten. Immer wieder die gleichen Geschichten. Immer wieder das Rätselspiel. Und immer wieder ging er als Sieger hervor. Die Benennung des Dunklen gab den Menschen eine Illusion von Kontrolle. Solange sie ihm Namen gaben, war er sicher. Anders als der kleine Sohn seines jüngsten Opfers, hatte er nie eine Mutter gehabt, die ihn geliebt hatte und die für ihn da gewesen war. Deshalb konnte er nicht verlieren. Es gab nur eine einzige Möglichkeit, wie man ihn besiegen konnte: Man musste hinter sein Geheimnis kommen.

Aber noch nie hatte jemand erraten, dass er selbst keinen eigenen Namen besaß.

Der Flötenspieler *erschien erstmals 2015 in der von Fabienne Siegmund herausgegebenen Anthologie* Die Irrlichter *im Verlag Torsten Low.*

Herzlichen Dank, lieber Torsten, dass du uns erlaubt hast, den Flötenspieler Seite an Seite mit Schneeweißchen und Rosenrot zu stellen.

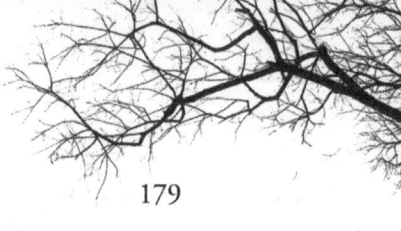

GRIMMIGE MÄRCHEN

Die Geschichte von Muireann und Rose, von ihrer Jagd auf den Geist einer Hexe, ist sehr düster geworden. Ich glaube, dass ich dabei den Wurzeln der ursprünglichen Märchen nahe gekommen bin. Dass diese auch eine sehr dunkle Seite haben, wird in den weichgespülten Versionen unserer Tage oft vergessen. Der kleinen Meerjungfrau gelingt es in Hans Christian Andersens Kunstmärchen anders als im Disney-Zeichentrickfilm nicht, das Herz des Prinzen zu erobern. In der französischen Variante von Rotkäppchen muss die Heldin nackt zum Wolf ins Bett klettern und wird anschließend von ihm gefressen – und zwar ohne dass der Jäger noch zur Rettung eilt. Die Bilderbuchversionen, Hörspiele und Filmadaptionen von Aschenputtel lassen gern unter den Tisch fallen, dass im Originaltext die ach so harmlosen Täubchen am Ende des Märchens den beiden Stiefschwestern die Augen auspicken.

Auch heute noch finden sich in *Grimms Kinder- und Hausmärchen* Geschichten, die wie Vorlagen für Horrorfilme wirken: In *Das Mädchen ohne Hände* schlägt der eigene Vater seiner Tochter beide Hände ab, um ein Versprechen dem Teufel gegenüber einzulösen. Die schöne Allerleirauh flieht vor ihrem leiblichen

Vater, weil er sie nach dem Tod ihrer Mutter zur Frau begehrt. In *Die singenden Knochen* macht ein Bursche seinen Bruder erst betrunken und erschlägt ihn anschließend, um sich selbst einer Tat rühmen zu können, die der Jüngere vollbracht hat. Die Wahrheit kommt jedoch ans Licht, als ein Hirte später einen Knochen findet und daraus eine Flöte schnitzt, die von selbst zu spielen beginnt und die schaurige Tat enthüllt. Die modernen Bilderbuchversionen von *Schneewittchen* erzählen zwar, dass die böse Königin der Titelheldin nach dem Leben trachtet. Sie verschweigen aber, dass sie den Jäger auffordert, ihr Lunge und Leber der Ermordeten zu bringen. Der Jäger täuscht seine Herrin, indem er ihr die Innereien eines Wildschweins bringt, aber die Geschichte betont genüsslich, dass der Koch Lunge und Leber in Salz kochen musste, damit »das boshafte Weib« sie verspeisen konnte.

Überhaupt ist Kannibalismus in Märchen recht verbreitet. Im *Märchen vom Machandelbaum* tötet eine böse Frau nicht nur ihren Stiefsohn, indem sie ihm mit dem Deckel einer Truhe den Kopf abschlägt. Sie schiebt darüber hinaus die Schuld auch noch der eigenen Tochter in die Schuhe. Dann hackt sie den Jungen in Stücke, kocht ihn und serviert ihn dem arglosen Vater zum Abendessen.

Und in *Das Mordschloss* begegnet ein junges Mädchen im Schloss seines Herrn einer alten Frau, die menschliche Därme schrubbt.

Die Alte weist die Geschockte darauf hin, dass es am nächsten Tag wohl ihre Därme sein werden, die sie zu säubern hat.

Natürlich muss man Jacob und Wilhelm Grimm zugutehalten, dass ihre Märchensammlung ursprünglich gar nicht für Kinderohren bestimmt war. Die Erstauflage, in der die Brüder ihren Texten wissenschaftliche Anmerkungen zur Seite stellten, fand keinen Anklang. Wilhelm überarbeitete daraufhin die Märchentexte. Von Auflage zu Auflage passte er die Märchen stärker dem Zeitgeist an. Die Helden wurden gottesfürchtiger und sittsamer, eiferten christlichen Idealen nach – und eroberten plötzlich die deutschen Haushalte. Um niemanden zu verschrecken, machte man aus den schrecklichen Müttern der Märchen kurzerhand Stiefmütter. Im Erstdruck von 1812 wird in *Rapunzel* angedeutet, dass die im Turm gefangene Schöne und ihr Prinz nicht ganz so keusch miteinander umgingen, wie man das heute allgemein annimmt. Die Fee kommt hinter Rapunzels Geheimnis, weil dieser plötzlich die Kleider um den Bauch herum nicht mehr passen. Das passte natürlich nicht zu den züchtigen Moralvorstellungen der damaligen Zeit. So ist Rapunzel in der späteren Version ihres Märchens nicht mehr schwanger, sondern fragt die Zauberin: »Wie kommt es nur? Sie wird mir viel schwerer heraufzuziehen als der junge Königssohn.« Man könnte sagen, Rapunzel wird in der jüngeren Fassung tugendhafter – verhält sich dafür aber ziemlich dämlich.

Die Handschriften der Erstversionen der Brüder Grimm sind übrigens online einsehbar auf www.grimms.de Und diese Texte haben oft mit den Versionen der gedruckten Märchensammlung nur wenig gemein.

Nicht nur in Deutschland kennt man düstere Märchen. Zu den faszinierendsten Gestalten der slawischen Mythologie gehört die Hexe Baba Yaga, die in einer Hütte auf Hühnerbeinen lebt. Wie unsere Frau Holle geht sie vermutlich auf eine alte Göttin zurück und tritt mal helfend, mal richtend in Erscheinung. Im Märchen von der wunderschönen Wassilissa erfahren wir, dass die Baba Yaga um ihr Haus einen Zaun aus menschlichen Knochen gezogen hat, auf dessen Pfählen Totenschädel stecken, deren Augenhöhlen leuchten. Die Tür der Hütte besteht aus Menschenbeinen, die Riegel aus Händen, das Schloss aus einem Mund mit scharfen Zähnen.

Der italienische Schriftsteller Giambattista Basile erzählt in *Der Floh* von einem König, der einen Floh so lange mästet, bis er so groß wie ein Hammel ist. Daraufhin zieht er ihm die Haut ab und erklärt, wer auch immer erraten könne, von welchem Tier dieses »Fell« stamme, dem würde er seine Tochter zur Ehefrau geben. So kommt es, dass ein wilder Mann zum Gemahl einer Prinzessin wird.

Das kleine Mädchen mit den Schwefelhölzern erfriert im gleichnamigen Kunstmärchen des dänischen Dichters Hans Christian Andersen in einer kalten Neujahrsnacht, weil ihm niemand zu Hilfe eilt.

In *Ali Baba* tötet eine Sklavin neununddreißig von vierzig Räubern, indem sie diese mit heißem Öl überschüttet.

In der französischen *Dornröschen*-Version weckt der Prinz die schlafende Schöne nicht durch einen Kuss. Vielmehr entbrennt in ihm eine solche Leidenschaft, als er sie sieht, dass er sich an der bewusstlosen Prinzessin vergeht. Sie wacht erst neun Monate später auf, als sie Zwillinge auf die Welt bringt. Eines der Neugeborenen saugt an ihrem Finger und entfernt dadurch einen verfluchten Holzsplitter, der die Prinzessin in den Schlaf versetzt hat. Doch damit ist ihr Leidensweg noch nicht zu Ende. Sie heiratet ihren Vergewaltiger – und muss feststellen, dass ihre Schwiegermutter eine Menschenfresserin ist, die ihr nun nach dem Leben trachtet.

Das sind wahrlich Geschichten, bei denen sich einem die Nackenhaare aufrichten. Verständlich, dass man sie im Lauf der Jahrzehnte zensiert und umgearbeitet hat. Allerdings haben nicht nur Disney & Co. die oft düsteren traditionellen Volkserzählungen verharmlost. Auch der französische Schriftsteller Charles Perrault passte Märchen an den Geschmack seines Publikums an. In seinem Fall waren das primär die Damen und

Herren der gehobenen Pariser Gesellschaft des 17. Jahrhunderts. Der gläserne Pantoffel Cendrillons (englisch: *Cinderella*) geht auf sein Konto. Ebenso wie die niedlichen Mäuschen und die Kürbiskutsche. Ein prägnantes Kennzeichen des Aschenputtel-Motivs, das weltweit in unterschiedlichen Versionen verbreitet ist, ist die Totemsymbolik, mit der es arbeitet. Bei Grimm erbittet Aschenputtel Hilfe beim Haselstrauch, der auf dem Grab ihrer Mutter wächst. In zahlreichen anderen Varianten rund um den Globus gewähren Knochen dem Mädchen Hilfe. Aber Perrault verzichtete bewusst darauf. In seiner Version gibt es keine gleichsam tröstende und magisch-morbide Grabstätte, dafür aber eine schillernde Fee.

Allerdings geht es auch bei Perrault mitunter recht düster zu. In *Blaubart* vertraut ein frisch angetrauter Ehemann seiner jungen Frau sämtliche Schlüssel seines Heimes an. Alle darf sie benutzen, bis auf einen. In seiner Abwesenheit übermannt die Frau die Neugier. Aber als sie das verbotene Zimmer betritt, findet sie dort die grausam hingerichteten Leichen der früheren Frauen ihres Gemahls. Der erkennt ihren Ungehorsam daran, dass ihr der Schlüssel in eine Blutlache fällt, und will sie daraufhin ebenfalls ermorden.

Schrecklich, oder?

Meinen Heldinnen Schneeweißchen und Rosenrot wünsche ich, dass eine glücklichere Zukunft auf sie wartet. Ihre Liebe ist stark genug, sämtliche Schrecken zu überwinden. Die düsteren Motive der alten Volksmärchen haben aber dennoch ihre Berechtigung und ihren Reiz. Sie lehren uns, dass die Welt nicht nur eitel Sonnenschein ist und dass wir uns unseren inneren und äußeren Dämonen stellen müssen. Denn nur durch die Konfrontation mit ihnen können wir glücklich leben – bis zum Ende unserer Tage.

Dies ist eine überarbeitete Version eines Artikels, der im Juli 2010 in der Zeitschrift Nautilus – Abenteuer & Phantastik *erstveröffentlicht wurde.*

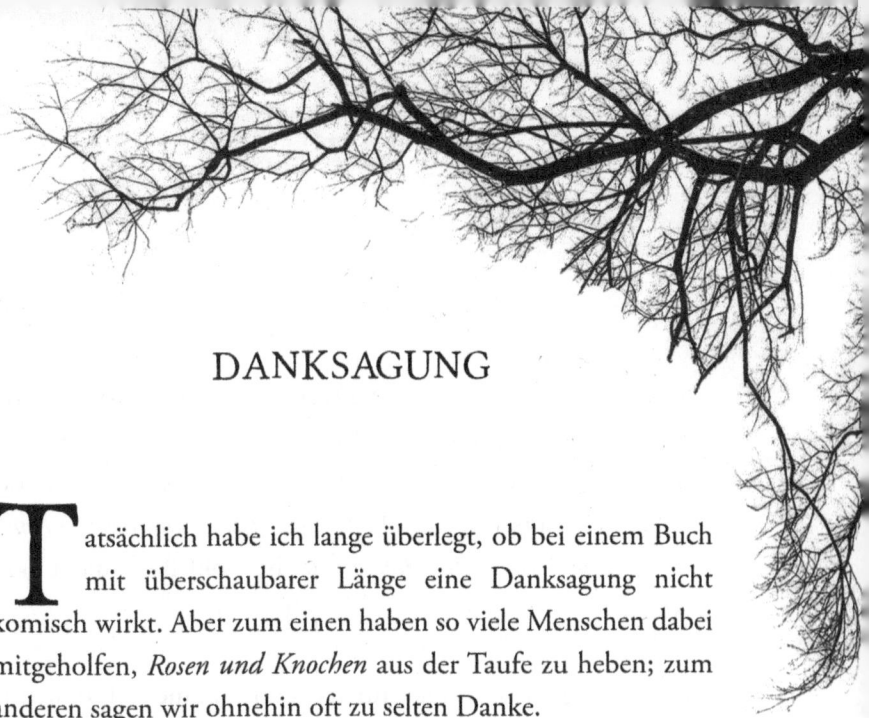

DANKSAGUNG

Tatsächlich habe ich lange überlegt, ob bei einem Buch mit überschaubarer Länge eine Danksagung nicht komisch wirkt. Aber zum einen haben so viele Menschen dabei mitgeholfen, *Rosen und Knochen* aus der Taufe zu heben; zum anderen sagen wir ohnehin oft zu selten Danke.

In diesem Sinn:

Als Allererstes danke ich dir, ja dir! Dafür, dass du zu *Rosen und Knochen* gegriffen hast und in mein dunkles Märchen abgetaucht bist. Ich hoffe, es hat dir gefallen.

Danke, Astrid Behrendt, für das herzliche Zuhause, das du nicht nur diesem Buch, sondern auch mir im Drachenmond Verlag gegeben hast. Du bist die *Mother of Dragons*, aber für mich wirst du auch immer meine gute Fee sein – denn durch deine Hilfe und unermüdliche Arbeit gehen Märchen in Erfüllung.

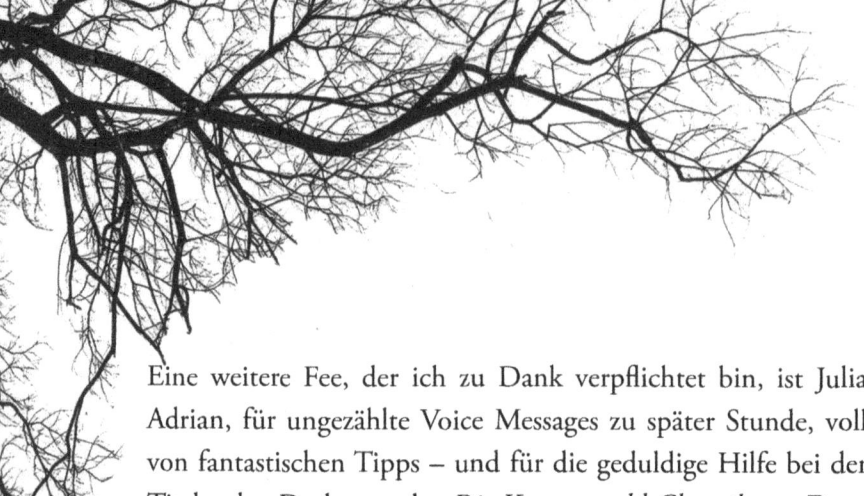

Eine weitere Fee, der ich zu Dank verpflichtet bin, ist Julia Adrian, für ungezählte Voice Messages zu später Stunde, voll von fantastischen Tipps – und für die geduldige Hilfe bei der Titelsuche. Du hast recht: *Die Knusperwald-Chroniken – Einen halben Hänsel zum Mitnehmen bitte* ist wohl doch nicht ganz passend.

Alexandra Fuchs – Danke für das einfühlsame Lektorat und deine Begeisterung für Muireann und Rose. Nicht zu vergessen deine Geduld und dein offenes Ohr! Deine Ideen und Anmerkungen haben dieses Buch besser gemacht und ich freue mich bereits auf viele weitere gemeinsame Projekte.

Das Gleiche gilt für Jessica Schmitz. Du bist eine hervorragende Alphaleserin. Danke, dass du sowohl deine Begeisterung für den Text mit mir geteilt hast als auch deine Bedenken. Es stimmt schon: »Wer sich dumm und unvorsichtig in einem Hexenkeller bewegt, der gehört gefressen!« Dank dir hat das Buch einen völlig neuen Schluss; ich hoffe, er wird dir gefallen. Richte bitte auch deinem Ehemann Nils meinen Dank aus, der sich meine Dämonenjägerinnen ebenfalls im frühen Stadium vorgeknöpft hat.

Marie Graßhoff – Danke für dieses wunderschöne Cover, in das du so viel Arbeit gesteckt hast. Dir habe ich es zu verdanken, dass viele Leute bereits im Vorfeld neugierig auf das Buch geworden sind. Und dein Titelbild hat mich zu einer kleinen Szene inspiriert, die ich in der Überarbeitung noch in den Text schmuggeln konnte. Du bist die Cover-Königin!

Michaela Retetzki. Herzlichen Dank für deine Argusaugen bei der Fehlersuche – und für die zahlreichen Anmerkungen im Korrektorat. Hoffentlich kann ich viele davon verinnerlichen und quäle dich das nächste Mal nicht mehr damit.

Da ich kein Sprachwunder bin, brauchte ich Hilfe beim Übersetzen der Zaubersprüche von Muireann in ihre Muttersprache. Danke dafür an Ann Duncan – und an Ana Woods, die Ann für mich gefunden hat.

Ein riesengroßes Dankeschön geht an meine *moageeks*: Nina & Stephan und Dr. Kat. Ohne euch, eure Ermutigung und eure offenen Ohren würde es *Rosen und Knochen* nicht geben. Punkt. Danke, dass ihr nie die Geduld verliert, mir den Kopf zurechtzurücken, auch wenn ich viel zu oft nicht auf euch höre.

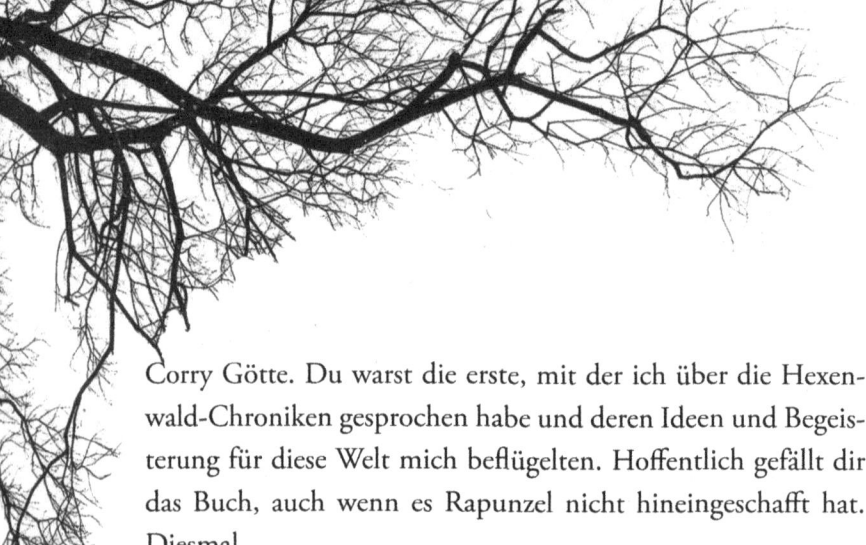

Corry Götte. Du warst die erste, mit der ich über die Hexen-wald-Chroniken gesprochen habe und deren Ideen und Begeis-terung für diese Welt mich beflügelten. Hoffentlich gefällt dir das Buch, auch wenn es Rapunzel nicht hineingeschafft hat. Diesmal.

Thomas, deine Begeisterung für mein Schreiben ist inspirierend, und ich bin gespannt, was du zu dieser Geschichte sagst. Ich hoffe, dass du eines Tages wieder den Zeichenstift schwingst. Vielleicht klappt es ja dann endlich mit einem gemeinsamen Projekt?

Jan: Danke, dass du diese Märchenadaption lesen möchtest, obwohl du eigentlich nie Bücher liest. Muireann und Rose haben dir viel zu verdanken. Nicht nur die Erkenntnis, dass Namen Schutzschilder sein können.

Nina Blazon und Susanne Gerdom. Danke nicht nur für Bücher, Postkarten und liebe Worte zur rechten Zeit, sondern auch dafür, dass ihr euch Texte aus meiner Feder angeschaut und mir wertvolles Feedback gegeben habt. Ihr wart und seid Vorbilder, Inspiration und Mutmacher.

Zu Dank verpflichtet bin ich ebenfalls meinen Testlesern! Ihr habt euch die Zeit genommen, das Manuskript kritisch zu lesen und mir eure Gedanken mitzuteilen. (Und Sanny: Du hast recht: Es waren echt viele Doppelpunkte!)

Ihr *Drachenflüsterer* – ob ihr nun in der Facebook-Gruppe seid oder nicht, ob ihr DM-Bücher lest, bloggt und/oder sonstwo die Werbetrommel für uns rührt. Es macht Spaß, mich virtuell und im echten Leben mit euch auszutauschen. Eure Unterstützung ist von unschätzbarem Wert.

Lieben Dank an meine Arbeitskollegen – dafür, dass ihr mein Schreiben unterstützt und mich auch im Oktober auf die Buchmesse fahren lasst, obwohl wir da ja eigentlich Urlaubssperre haben.

Ein ganz herzliches Dankeschön geht an »meine Drachen«. Danke, dass ihr mich so offen und freundlich aufgenommen und Teil dieser wundervollen Familie habt werden lassen. Ihr gehört eigentlich alle einzeln genannt, gerade die unter euch, die so fleißig hinter den Kulissen arbeiten. Aber dann würde diese Danksagung länger werden als die eigentliche Geschichte. Ich habe bereits viel von euch gelernt – und genieße es, so viel

Spaß mit euch zu haben. Wisst ihr eigentlich, wie außergewöhnlich das ist, was wir haben? Awesome!

Last but not least muss und möchte ich natürlich auch meiner echten Familie danken. Und die ist ziemlich groß. Man könnte fast schon von einem Clan sprechen. Oder zweien. Vor allem den Lesebegeisterten unter euch ein großes Danke. Ihr wisst, wie lange ich diesen Traum schon habe und ich bin froh, dass ihr euch mit mir darüber freuen könnt, dass er jetzt in Erfüllung geht.

Sebastian, mein großer kleiner Bruder. Ich wette, wenn ich dir dieses Buch in die Hand drücke, sagst du: »Nee, oder?« und »Saucool!« Wehe, du liest es nicht!

Mama & Papa. In *Rosen und Knochen* kommen viele schlechte Eltern vor. Daran erkennt man, dass man beim Schreiben einfallsreich sein muss, denn ihr wart alles andere als das. Danke für eure Unterstützung in wirklich jeglicher Hinsicht. Ich weiß, dass ihr stolz auf mich seid. Und wisst ihr was? Ich bin es auch auf euch.

Fühlt euch alle umarmt! Christian Handel, Juli 2017

Christian Handel (Hrsg.)
Palast aus Gold und Tränen (Band 2)
ISBN: 978-3-95991-516-8, kartoniert, EUR 14,90

Wie weit würdest du gehen,
um den Fluch einer Hexe zu brechen?

Ein geheimer Auftrag führt die Dämonenjägerinnen Muireann und Rose
an den Zarenhof. Dort soll eine rauschende Hochzeit stattfinden, zu der sämtliche Adelige
der umliegenden Länder geladen sind. Muireann und ihre Partnerin hoffen,
dort eine Spur jenes Monsters aufzunehmen, das sie gerade jagen.

Doch in der Nacht vor der Trauung verschwindet die junge Braut spurlos.
Will einer der Gäste die Hochzeit verhindern? Oder sind übernatürliche Kräfte am Werk?
Die Ermittlungen führen tief hinein in die Wälder des Zarenreiches –
das Zuhause der zwielichtigen Hexe Baba Yaga.

Christian Handel (Hrsg.)
Hinter Dornenhecken und Zauberspiegeln
ISBN: 978-3-95991-181-8, Klappenbroschur, EUR 14,90

Traust du dich, einen Blick hinter den Spiegel zu werfen?

Entdecke eine Welt, in der die Feen zum Klang fluchbeladener Harfen tanzen
und Geheimnisse wohl verborgen hinter Brombeerhecken schlummern.
Folge den Spuren derer, die du zu kennen glaubst.
Doch gib acht –
im Märchenreich ist nichts so, wie du es erwartest …

Eine märchenhafte Anthologie

Christian Handel (Hrsg.)

Durch Eiswüsten und Flammenmeere

ISBN: 978-3-95991-872-5, Klappenbroschur, EUR 14,90

Es war einmal eine Zeit, in der Schneeköniginnen
die Welt mit Eis überzogen und Hexen Menschen in Tiere verwandelten.
So jedenfalls erzählt man sich.
Was aber wäre, wenn Zauberinnen Mädchen in Türme sperrten, um sie zu schützen?
Wenn der Herzkönigin einst selbst das Herz gebrochen wurde?
Wenn man fortgehen muss, um sich selbst zu finden?
Es ist an der Zeit, auch die Stiefmütter, die Wölfe
und die Todesfeen zu Wort kommen zu lassen.
Bist du bereit für ihre Geschichten?

Die vierte märchenhafte Anthologie

Du brauchst Lesenachschub und möchtest dich überraschen lassen
oder wünschst Empfehlungen? Da können wir helfen!
Wir stellen für dich ganz individuell gepackte Buchpakete zusammen – unsere

DRACHENPOST

Du wählst, wie groß dein Paket sein soll, wir sorgen für den Rest.

Du sagst uns, welche Bücher du schon hast oder kennst und zu welchem Anlass es sein soll.
Bekommst du es zum Geburtstag #birthday
oder schenkst du es jemandem? #withlove
Belohnst du dich selber damit #mytime
oder hast du dir eine Aufmunterung verdient? #savemyday
Je mehr wir wissen, umso passender können wir dein Drachenmond-Care-Paket schnüren.
Du wirst nicht nur Bücher und Drachenmondstaubglitzer vorfinden, sondern auch Beigaben,
die deine Seele streicheln. Was genau das sein wird, bleibt unser Geheimnis …

Die Wahrscheinlichkeit ist groß,
dass sich das ein oder andere signierte Exemplar in deiner Box befinden wird. :)

Wir liefern die Box in einer Umverpackung, damit der schöne Karton heil bei dir ankommt und
als Geschenk nicht schon verrät, worum es sich handelt.

Lisan bringt das kleinste Drachenpaket zu dir, wobei *klein* bei Drachen ja relativ ist. € 49,90
Djiwar schleppt dir in ihren Klauen einen seitenstarken Gruß aus der Drachenhöhle bis vor die Tür. € 79,90
Xorjum hütet dein Paket wie seinen persönlichen Schatz und sorgt dafür, dass es heil bei dir ankommt –
und wenn er sich den Weg freibrennt! € 99,90

Zu bestellen unter www.drachenmond.de

Christian Handel (Hrsg.)

Von Flusshexen und Meerjungfrauen
ISBN: 978-3-95991-555-7, Klappenbroschur, EUR 14,90

Dunkel, glitzernd und geheimnisvoll:
Im Wasser liegt eine ganz besondere Magie.
Dies gilt umso mehr für die Bewohner dieses Elements –
Brunnengeister, deren Zuhause der Eingang zur Unterwelt ist,
Kappas, die auf dem Grunde japanischer Teiche leben,
und Fische, die Wünsche erfüllen.

Widersteht ihr dem Lockruf der Loreley in ein verborgenes Reich,
in dem Wasserpferde über mondbeschienene Seen galoppieren,
Seeungeheuer Küstenstädte bedrohen und
Nixen verträumten Mühlenweihern entsteigen?

Die fünfte märchenhafte Anthologie